언니의 약혼자

언니의 약혼자

초판 1쇄 찍은 날 │ 2016년 10월 10일
초판 1쇄 펴낸 날 │ 2016년 10월 19일

지은이 │ 송명순
펴낸이 │ 서경석

편 집 책 임 │ 조윤희
편   집 │ 이은주
           최고은
디 자 인 │ 박보라

펴 낸 곳 │ 도서출판 청어람
등록번호 │ 제387-1999-000006호
등록일자 │ 1999. 5. 31
어람번호 │ 제5-456호

주소 │ 경기도 부천시 원미구 부일로 483번길 40 서경B/D 3F
        (우) 14640
전화 │ 032-656-4452 팩스 │ 032-656-4453
http://www.chungeoram.com
E—mail │ chungeorambook@daum.net

ⓒ 송명순, 2016

ISBN 979-11-04-90985-6   03810

Chungeoram romance novel

언니의 약혼자

송명순 장편소설

도서출판 청어람

목차

프롤로그 / 7

제1장 / 16

제2장 / 69

제3장 / 117

제4장 / 158

제5장 / 204

제6장 / 244

제7장 / 278

제8장 / 327

제9장 / 367

마지막 장 / 394

에필로그 / 417

작가 후기

프롤로그

"아영아! 아영아!"

다영은 정혜의 오열을 들으며 사진 속 자신의 반쪽을 하염없이 보고 또 보았다.

이건 꿈이야. 분명히 이건 꿈이야. 이건 그저 끔찍한 악몽일 뿐이야. 이 끔찍한 장면이 끝나면 꿈에서 깨어날 테고, 그러면 방긋 웃는 아영이가 눈앞에서 웃고 있겠지. 그래 이제 깨자. 지금 당장 이 악몽에서 깨어나 살아 숨 쉬는 아영이를 만나자. 그리고 이상한 꿈을 꿨다며, 너 오늘 조심 좀 하라고 경고하자.

다영은 세뇌하듯 마음속으로 중얼거렸다. 끔찍한 악몽이길 바라는 지금 이 장면이 바로 현실이라는 걸 아주 잘 알면서…….

[나 너에게 할 말 있는데, 잠깐 시간 낼 수 있어?]

"무슨 일인데? 너 무슨 일 있어?"

인형같이 예쁘게 웃던 반쪽이었다. 엄마 배 속에 함께 있었고, 초등학교 5학년까지 한방에서 자란 반쪽, 아영은 다영의 쌍둥이 언니였다. 그런 언니의 목소리가 심각했다. 아니 어두웠다.

"전화로 말하면 안 돼? 나 지금 정신없는데."
[전화로 할 말이 아니야. 얼굴 보고 할 말이야.]
"나 집 아니야."
[어디 있는지만 알려주면, 내가 갈게.]
"죽령고개라고 알지? 경상북도에 있는 그 죽령고개. 나 그 산속에 있다고. 죽었다 깨어나도 지금 너 못 만나. 가지도 못하고."
[왜…… 거기 있어?]
"친분 있는 한옥 장인이 여기서 집 짓고 계셔. 집에 어울릴 가구 몇 개 주문하서서 그거 상의하려고 와 있어."
[알았어. 지금 내가 갈게.]
"나 모레 가니까 그날 만나자."
[지금 만나야 해. 오늘 아니면 안 돼. 그러니까 주소만 줘. 내가 찾아갈게.]

다영이 아는 아영은 온실 속 화초였다. 깨지기 쉬운 유리였고, 어머니 정혜가 애지중지 아끼는 보석이었으며, 높은 성에 살면서 바깥세상 같은 건 전혀 모르는 공주님이었다. 그래서 아영을 만날 땐, 언제나 그녀가 활동하는 공간 속으로 다영이가 직접 갔었다. 그런 아영이 직접 다영이 있는 곳까지 오겠다고 할 정도면 꽤 심각한 일이 분명했다. 그래서 오라고 했었다. 그래서⋯⋯.

"아영이 걔가 쟬 왜 만나러 간 거야? 도대체 무슨 중요한 할 말이 있어서 쟬 만나러 갔던 거냐고!"

정혜는 다영을 가리키며 사납게 소리쳤다.

"만약 할 말 있다 해도 네가 왔어야지! 네가 왔으면, 지금 아영이는 살아 있었을 텐데!"

정혜는 다영의 옷을 움켜잡고 거칠게 흔들었다.

"너 알고 있었잖아. 아영이 운전 서툰 거 알고 있었잖아. 알고 있으면서 운전을 하게 해?"

어머니 말이 맞다. 그때 오지 말라고 해야 했다. 바쁘다고, 만날 수 없으니까 절대 오지 말라고 해야 했었다. 그랬더라면 아영은 살아 있었을 텐데. 너무 늦어버린 후회가 다영을 괴롭혔다.

"내가 갈게, 이 말하기가 그렇게 힘들었어? 말 좀 해봐! 내가 갈게, 이 말 하기가 그렇게 힘들었냐고? 네가 그 말만 했었어도 아영이가 운전할 일은 없었을 거야! 운전만 안 했어도, 아영이는 지금 살아 있을 거라고!"

"그만해! 다영이는 아영이가 운전하는 거 몰랐어. 아영이가 운전해서 갈 줄 알았더라면, 당연히 오지 말라고 했지! 운전이 서툰 애한테 오라고 했겠어?"

어머니 친구분이 말리는 것 같았다.

"아니! 얘는 처음부터 아영이에게 관심 없었어! 관심도 없는 언니라서 운전을 하는지 못하는지 상관 안 했던 거라고! 조금이라도 관심 있었으면 오지 말라고 했겠지! 내가 가겠다고 했겠지!"

정혜의 분노를 받으면서도 다영은 아무 말도 하지 않았다. 그저 사진 속 웃고 있는 아영만을 볼 뿐이었다.

'너 무슨 말 하려던 거야? 무슨 말 하려고 날 찾아올 생각을 한 거야? 그 말이 그렇게 중요한 말이었어? 네 목숨과 바꿀 만큼 중요한 말이었니?'

뚝 눈물이 떨어진다. 다영은 떨어진 눈물을 손바닥으로 훔쳤다. 그리고 훔친 그 눈물을 내려다보았다.

눈물이다. 이건 슬프다는 뜻이겠지?

반쪽 쌍둥이, 한날한시에 같이 생겨난 존재. 이것만으로 아영이의 죽음은 눈물 흘리며 슬퍼할 이유로는 충분했다.

"너 아영이 어떻게 할 거야? 어떻게 할 거냐고!"

"정혜야! 너 정말 왜 이래? 아영이는 운전 미숙으로 사고가 난 거야! 다영이 잘못이 아니잖아!"

자신을 둘러싸고 주위에 이런저런 소란이 벌어지고 있는 것 같았지만, 다영은 마치 다른 세상에 있는 사람처럼 어떠한 동요도 없이 자신이 봐야 할 딱 한 곳만 응시했다.

물어보고 싶은 말은 하나도 물어보지 못했다. 물어볼까 하고 생각은 했지만, 나중에, 또 나중에, 급하지 않으니까. 이렇게 생각하며 묻지 않았었다. 지난 과거니까. 안다고 한들 변하는 건 없으니까. 늦게 알아도 상관없다 여겼다. 하지만 물어봤어야 했다.

'하아영, 왜 그렇게까지 했어? 나에게 왜 그렇게까지 했는데?'

마음속으로 한 질문. 너무 늦어버린 이 질문에 대답은 없다.

"넌 이렇게 멀쩡히 살아 있는데, 어째서 아영이가 죽은 거냐고! 살려내! 내 딸 살려내라고!"

아영이는 어머니의 딸이었다. 이혼하면서 어머니는 아영이를 선택했다. 그리고 선택받지 못한 다영은 아버지와 함께 남겨졌다.

전혀 닮지 않은 쌍둥이. 전혀 다른 쌍둥이. 쌍둥이 같지 않은 쌍둥이.

한 명은 예쁘고 귀여운 인형, 한 명은 못난이 인형 같은 쌍둥이였다. 그렇게 달라도 쌍둥이는 쌍둥이인데, 쌍둥이는 한쪽이 아프면 다른 한쪽도 아프다던데, 우리는 아니다. 우리는……

'넌 죽었는데, 난 어째서 이렇게 멀쩡한 거지? 내 반쪽이 이 세상에 없는데, 난 어째서 이렇게 아무렇지도 않은 거야?'

쌍둥이 중 한 명이 죽었다. 그런데 다른 한 명은 멀쩡하게 살아 있다.

어째서야? 쌍둥이인데, 어째서 우리 둘은 다른 운명인 거야?

다영은 온몸에 힘이 풀린 탓에 휘청거렸다.

"괜찮아요?"

단단한 팔이 다영의 어깨를 감싸 안았다. 그리고 귓가에 부드러운 음색의 남자 목소리가 들렸다.

"상우야, 다영이 데리고 나가. 어서!"

"가죠."

"안 돼요. 안……"

아영이와 떨어지고 싶지 않았다. 아영이 혼자 무서울 텐데, 이 무서운 곳에 아영이 혼자 두고 갈 수 없었다. 다영은 자신을 감싸 안은 팔을 뿌리치려고 했다. 하지만 그럴 수가 없었다. 그 손을 뿌리칠 힘이 지금 다영에게는 없었다. 어쩔 수 없이 남자에게 이끌려 장례식장 밖으로 나온 다영은 근처 벤치에 앉혀졌다. 그리고 남자는 잠깐만 기다리는 말을 한 뒤에 사라졌다.

"마셔요."

손에 자판기에서 갓 뽑은 커피가 들려진 건 사라졌던 남자가 몇 분 후 다시 돌아왔을 때였다. 남자는 다영의 손에 커피를 쥐어주고는 그녀 옆에 앉았다.

"아영이가 쌍둥이 동생 이야기를 참 많이 했습니다. 다영 씨 이야기 할 때 가장 행복해 보였을 정도니까요."

부드러운 음성이다. 다영은 고개를 돌려 남자를 보았다.

나이는 많아야 삼십대 초반. 객관적으로 봐도 꽤 잘생긴 사람이었다. 쌍꺼풀은 없지만 눈은 큰 편이고, 콧날도 높고, 입술 선도 뚜렷하다. 키도 크고, 슈트가 아주 잘 어울리는 남자였다.

"어째서…… 일까요?"

"뭐가요?"

"그 겁쟁이가 왜……."

"다영 씨를 만나러 위험한 용기를 냈냐고요?"

"네."

"할 말이 있었을 겁니다. 그때가 아니면 안 될 말. 그 말을 하기 위해, 하아영, 그 녀석이 정혜 이모께서 쳐 놓은 울타리 밖으로 나간 겁니다."

다영은 고개를 들어 옆에 있는 남자를 보았다.

"하나 확실한 건, 다영 씨 탓이 아니라는 겁니다. 다영 씨 탓이 아니라, 더 큰 용기를 못 낸 아영이 본인 탓입니다."

이 남자는 아영이에 대해 많은 걸 알고 있는 모양이다. 쌍둥이인 다영 자신이 모르는 부분까지 모두. 남자는 다영의 어깨를 두어 번 톡톡 두드려 준 후, 일어섰다.

"더 있다가 들어와요. 마음 좀 가라앉히고."

남자가 다시 장례식장 안으로 들어가고, 다영의 시선은 다시 아래로 떨어졌다.

초등학교 5학년 이후 함께 살지 못했던 쌍둥이였다. 중·고등학교 땐, 아영이가 미웠었다. 아니 가족 모두가 미웠다. 자신이 아니라 아영이의 손을 잡은 어머니가 미웠고, 그때 그렇게까지 한 아영이가 원망스러웠다. 그래서 일부러 아영의 전화를 피했다. 물론 편지에 답장조차 하지 않았다.

연락하고 지낸 것이 겨우 이 년이 조금 넘었을 뿐인데…….

그 모든 것이 후회가 되어 밀려왔다.

"아영아……."

"누구야?"

장례식장으로 돌아가던 상우는 입구에서 한 사람을 만나자 그 자리에 우뚝 멈췄다.

"뭐가?"

"너랑 함께 있던 여자, 누군데?"

"아영이 동생."

태인의 눈동자가 심하게 흔들린다. 상우는 태인이 다영을 보지 못하게 몸으로 앞을 막았다.

"너도 다영이 원망하는 거 아니지?"

"아니야. 그냥 동생이라고 하……."

목이 메는지 태인은 말을 끝내지 못했다. 하긴 지금 이곳에서 가족 이외에 가장 슬플 사람은 이 남자, 태인이다. 아니 어쩌면 제일 아플지도 모른다. 앞에 나서서 마음껏 슬퍼하지도 못하고, 속으로 삼켜야만 할 테니까.

"계속 생각했어. 왜 나한테 데려다 달라고 하지 않았을까? 나에게 데려다 달라고 했어도 됐을 텐데, 나도 몰래 동생을 만나러 가야만 했을까?"

"동생과 둘이서만 하고 싶은 말이 있었을 거야. 발단이 뭐든 결론은 하나야. 다영이는 아무 잘못이 없어."

"알아.

운전대를 잡은 건 아영이 스스로 결정한 거니까."

"그럼 됐어. 그것만 기억하면 돼."

상우는 힘내라는 뜻으로 태인의 어깨를 몇 번 툭툭 치고는 장례식장으로 돌아가려 했다.

"그래도 너무 무심했잖아."

하지만 떼었던 발을 앞으로 내딛기도 전에, 태인의 입에서 원망하듯 터져 나온 말에 다시 제자리에 멈춰 섰다.

"언니가 어떤 마음으로 사는지 한 번은, 딱 한 번은 물어볼 수 있었잖아. 하다영이 그렇게 무관심하지만 않았어도…… 아영이에게는 마음 터놓고 상담할 유일한 상대가 동생이었는데……."

"원망 쏟을 번지수를 잘못 찾았어. 다영이는 아무것도 몰라. 지금도 다영이는 어째서 아영이가 그렇게 급하게 자기를 찾아왔어야 했는지 궁금해해. 모든 걸 다 알면, 과연 다영이가 무슨 생각을 할까? 사랑하는 여자를 지키지 못한 널 원망할까, 여동생을 지키지 못한 날 원망할까? 얼마나 한심한 사람들이면, 남자

두 명이 여자 한 명을 지키지 못하지? 이런 결론을 내리고 오히려 우리를 원망할 거라는 생각은 왜 못 해?"

상우는 답답한 나머지 깊게 한숨을 토해냈다. 그리고 주위 누구도 듣지 못하게, 태인의 귀에 나지막하게 속삭였다.

"과정이 뭐든, 넌 사랑하는 여자가 혼자 모든 걸 감당하게 했고, 난 오빠로, 아영이를 친여동생이나 다름없다 말하면서도, 제대로 된 방패가 되지 못했어. 이게 아영이가 죽게 된 원인이야."

아파 하는 태인의 심장에 커다란 대못을 박았다는 건 상우도 잘 알고 있었다. 하지만 이렇게라도 녀석을 자극하지 않으면, 이 녀석 안에 있는 아픔이 모든 원망을 다영에게 쏟을 것만 같았다.

"다영이가 아니라, 바로 너와 내가 아영이를 죽인 거라고."

이 말들이 친구의 상처를 후벼 파겠지. 하지만 상우는 친구를 위로하는 대신 다영을 감싸는 쪽을 택했다. 지금 상우 생각은 하나였다. 아영의 죽음으로, 아영을 사랑하는 모든 사람이 다영을 원망하는 건 막아야 한다. 다영에게 쌍둥이 언니의 죽음과 동시에 모든 사람의 원망까지 감당하게 해선 안 된다.

"자기 장례식장에서 동생이 죄인이 되는 건, 아영이 뜻이 아니야. 아영이는 알고 있었어. 좀 더 빨리 동생에게 도움을 청했어야 했다는 걸."

눈물을 흘리며 고개를 떨어뜨리는 태인을 보며 상우는 다시 깊고 무거운 한숨을 토해냈다.

제1장

"이모!"

상우는 정혜의 손에 있는 술병을 빼앗았다.

"우리 상우 왔어?"

아직 해도 다 떨어지지 않은 초저녁이었다. 하지만 정혜는 이미 만취 상태로 몸조차 제대로 가누지 못했다.

"이모 왜 이러세요? 아영이 죽은 지 일 년이 넘었어요. 이제는 받아들여야 해요. 잘 아시잖아요!"

정혜와 상우의 어머니 나희는 친한 친구 사이로 바로 옆집에 살기 때문에 마치 한 가족인 듯 가깝게 지냈었다. 그래서 상우와 아영은 어렸을 적부터 서로 이모, 이모부, 오빠, 동생, 이러면서 가족처럼 지냈었다. 그건 지금도 마찬가지였다.

"자식을 먼저 보낸 부모가 어떻게 받아들이고 살 수 있겠어?

난 이제 아무 희망도 없어. 기 쓰고 살아갈 이유가 없다고.”

“자식 둘 중 한 명이 죽은 거잖아요. 나머지 한 명은 생각 안 하세요? 이모까지 잘못되면, 다영이 어떻게 해요? 다영이 혼자 아버지 장례식 치르고, 쌍둥이 언니 장례까지 치렀는데, 연이어 마지막 남은 가족인 이모 장례식까지 치러야겠어요?”

상우가 다영의 이름을 입에 올린 순간, 정혜는 움찔하면서 쓰러지려는 몸을 제대로 가누기 위해 노력했다.

“다영이도 엄마가 그리울 거예요. 이모도 마찬가지잖아요.”

“다영이 걔 나 못 받아들일 거야.”

정혜는 고개를 저었다.

“가족이잖아요. 노력하다 보면 좁혀질 거예요. 제가 찾아가서 부탁해 볼게요. 그러니까 술은 그만 드세요. 이모 이러고 계시면 걱정돼서 일도 제대로 안 된단 말이에요!”

“알았어. 알았으니까, 잔소리 그만해.”

“주무세요.”

상우는 정혜를 억지로 일으켜 세워 방으로 들어가 침대에 눕혔다. 그리고 잠이 들 때까지 한참 동안 침대 머리맡을 지켰다.

정혜가 잠든 후, 조심스럽게 방을 나온 상우는 집이 아닌 이 층 아영의 방으로 올라갔다. 그리고 책상에 앉아 사진 속 아영을 들여다보았다.

“모두 다 엉망진창이야. 어디서부터 정리를 해나가야 할지 모르겠다.”

숨이 막힐 것 같은 느낌에 상우는 무거운 한숨에 답답한 마음을 담아 토해냈다.

"그나마 다행인 건 다영이는 잘 이겨내고 있다는 거야."

다영의 이름을 입에 올린 상우가 갑자기 픽 웃음을 터뜨렸다.

"아영아, 내가 아는 다영이랑 네가 말하는 다영이가 차이가 너무 커서 사실 믿지 않았어. 난 여리고 수줍음 많고 내성적인 아이를 기억하는데, 넌 고집 세고, 강하고, 성격 급하고, 싸움꾼 다영이로 설명했으니까. 지난 일 년 동안 멀리서 다영이를 지켜봤는데, 네 말이 맞더라? 얼마나 황당하든지."

아영이 장례식 이후 상우는 가끔 다영을 찾아갔었다. 자신이 누군지 설명하기 위해 가만히 상황을 보던 중 가구 만드는 목재를 가지고 온 업자와 사납게 싸우는 다영을 몇 번이나 보게 된 것이었다.

"하얀 레이스 달린 옷만 입던 공주님이 어쩌다가 그렇게 터프해지셨는지."

어깨까지 오는 머리를 대충 하나로 질끈 묶은 다영은 청바지에 어두운 빛깔의 상의를 걸치고 긴 작업용 앞치마를 입고 있었다.

"그래도 반가웠어. 예전에 그 꼬마 아가씨 얼굴이 그대로 남아 있어서."

까만 눈동자가 유독 도드라져 보이던 동그란 눈과 햇빛과 안 친할 것 같은 하얀 피부는, 상우의 기억 속 바로 그 하다영, 아니 상우가 꼬마 아가씨라는 별명으로 부르던 그 아이였다.

"네가 하려던 것, 이모와 다영이를 가족으로 만드는 그 일, 내가 해야겠지? 그런데 아영아, 나 무서워. 걔 싸우는 거 보니까, 내 멱살 잡고 가볍게 던질 것 같단 말이야."

자기 말하고도 웃긴지, 상우는 하하 웃음을 터뜨렸다.

"하아영, 너 너무 큰일은 나한테 떠넘겼어. 알기는 아냐?"

상우는 살짝 얼굴을 찌푸리며 손가락으로 아영의 사진을 톡톡 두드렸다.

"그래도 걱정 마. 내가 잘 해낼게."

숨이 턱에 차오를 때까지 러닝머신을 뛴 상우는 의자에 털썩 앉으며 거친 숨을 몰아쉬었다.

"그래서 민정혜 사장님이 아영이 동생이랑 널 약혼시키려 한다고?"

민정혜 사장님. 동현은 정혜를 그렇게 불렀다.

정혜는 패션 그룹 MIN의 대표 이사로, 여성의류 브랜드와 남성의류 브랜드, 그리고 아웃도어 브랜드를 보유하고 있으며, 작년 대한민국 의류 기업 브랜드 순위 10위에 오른 회사였다. 업계에서 정혜가 높게 평가받는 건, 아버지가 하시던 의류 사업을 지금의 기업 형태로 키웠을 정도로 사업 능력에서만큼은 대단한 수완가이기 때문이었다.

태인과 동현은 상우 맞은편 의자에 앉으며 놀란 얼굴로 물었다.

"응."

"왜 갑자기 일이 그쪽으로 뛴 거야?"

동현은 장난꾸러기 개구쟁이 같은 이미지였다. 그런 이미지 탓일까. 그는 진지함이란 게 없었다. 늘 가볍고 장난스러웠다. 하지만 늘 예외는 존재하는 법. 변호사로 법정에 서는 그 순간만큼은 믿어지지 않을 정도로 진지해지는 녀석이라, 상우는 가끔 두 사람이 아닐까 하고 의심하기도 했다.

"아영이 죽은 뒤로 이모 생활이 엉망이잖아. 내가 가끔 회사에 들어가 보는데, 거기도 말이 아니더라고. 그래서 술이라도 그만 드시게 해야겠다는 생각에, 그만 정신 좀 차려달라고, 다영이를 입에 올렸던 것뿐인데 그게 약혼으로 되돌아온 거야."

상우는 답답하다는 표정으로 한숨을 푹 내쉬었다.

"무슨 족보가 이래? 엄밀히 말해서 너 형부 아니냐? 네가 공식적으로는 아영이 약혼자였잖아. 비공식적으로는 이놈이 진짜 애인이긴 했지만."

동현은 상우와 태인을 차례로 보면서 재미있다는 듯 킥킥 웃음을 터뜨렸다.

"정확히는 예비 약혼자였겠지. 약혼식 삼 일 전에 사고가 났으니까. 그리고 약혼식은 처음부터 없었어. 그러니까 예비 약혼자도 아니야. 그냥 오빠겠지."

아영이가 죽은 지 일 년이 지난 지금에까지 상우가 아영의 공식 약혼자로 인식되는 건 싫었기 때문에, 태인은 동현이 한 말에 틀린 부분을 콕 집어서 정정했다.

같은 동네에 사는 편안한 오빠. 옛날 아영이 태인에 대해 내린 정의였다. 그런 편안함 때문에 태인을 사랑한 건지도 모르겠다. 아영은 그게 제일 필요했을 테니까.

사실 처음 두 사람이 사귄다 했을 때 상우는 진짜 괜찮겠냐고 물었었다. 친구 중 가장 성격이 좋은 사람이 태인이긴 하나, 정혜가 가장 마음에 안 들어 하는 녀석도 태인이기 때문이었다. 아영은 당당히 자신 있다고 말했고, 상우는 네 결정을 존중한다고 말하며 알았다고 했었다. 하지만 그때 말렸어야 했던 건 아니었을까 하고, 상우는 가끔 생각하고 있었다.

"나도 어떻게 해야 할지 모르겠어. 정혜 이모께서 이렇게 나오실 줄은 꿈에도 생각 못 했으니까."

상우는 진짜 난감하다는 표정이었다. 예비 약혼녀의 동생이라. 표면상으로 보면 말도 안 되는 이야기이기 때문이었다.

"아영이 어머니, 너 포기 못 하실 거야. 이 세상에서 그분 사위는 너 한 명뿐이니까. 포기가 가능했으면, 아영이가 그렇게 도망치려 하지 않았겠지."

태인의 말 속에는 깊은 원망이 묻어 있었다. 친구에게 연인을 잃은 아픔은 아직 진행형이라는 누구보다 잘 알기에, 상우는 그 부분에 대해서는 아무 말도 하지 않았다.

"솔직히 말해서 진짜 약혼은 아영이가 아니라 걔랑 하는 거 아니었냐? 원래 민정혜 사장님께서 애지중지 아끼던 아이는 아영이가 아니라 걔라며? 게다가 원래 계획대로 태인이랑 아영이가 사라지면, 다음에 무슨 일이 일어날지 우리 대충 짐작하고 있었잖아. 민 사장님 그 약혼식장에 아영이 대신 하다영 밀어 넣을 가능성 90% 이상이고, 쌍둥이라 해도, 상우에게 여동생은 아영이밖에 없으니, 당연히 한쪽은 여자고. 뭐가 문제야? 원래대로 가는 건데?"

"동현이 넌 지금 그걸 말이라고 하냐?"

태인은 짜증 내듯 말하고는 물을 몇 모금 벌컥벌컥 마셨다.

"태인이 너도 바라던 것 아니었어? 네가 아영이랑 이어지려면 상우를 해결했어야 했고, 상우를 해결할 방법은 아영이 동생뿐이었다는 거 잘 알고 있었잖아."

아영이가 살아 있었을 때는 동현이가 말한 대로 그렇게 생각했었다. 아영의 동생과 상우가 결혼하면, 아영이는 어머니의 그늘에서 벗어날 수 있을 테니, 어쩌면 도망이라는 방법 말고, 이곳에서도 결혼할 수 있지 않을까 하는 기대를 했었던 건 사실이었다.

"뒤진다? 내가 짐짝이야? 여기저기 던져서 넘기게?"

상우가 매섭게 인상을 쓰자, 동현은 어색하게 하하 웃고는 머리를 긁적였다.

"어쨌거나 대단하신 우리 한상우 님께서는 가만있어도 약혼녀가 하늘에서 뚝 떨어진다? 와! 이건 행복의 사나이인 거지."

동현이 대놓고 놀려대자 상우는 들고 있던 생수병을 친구에게 던졌다. 그러자 동현은 자연스럽게 그 생수병을 받아서 테이블 위에 내려놓고는 얄밉게 히죽 미소를 지어 보였다.

"다영이 분명히 거품 물 거야. 예전 꼬마 아가씨라면 순순히 그렇게 하겠다고 대답하겠지만, 지금은 절대로 아니지. 그 성격에 뒷목 잡고 안 쓰러지면 다행이다."

목재를 잘못 가지고온 업자를 향해 무섭게 따지던 다영이 머릿속에 스치자 상우는 오한이 드는지 가늘게 몸을 부르르 떨었다.

"그런데 하다영 그렇게 대단해?"

동현은 이 상황이 재미있는지 눈을 반짝였다.

"넌 다영이가 화내는 걸 안 봐서 몰라. 조금 떨어져 서 있는데도 눈에 불이 이글이글 타오르는 게 보이더라."

"민정혜 사장님보다도 더? 설마!"

"두 성격이 부딪치면 볼만하지 않을까 싶다."

동현은 '와!' 하는 감탄사를 내뱉으며 하하 웃음을 터뜨렸다.

"아영이 어머니, 그 동생이 꺾을 확률은 없는 거야?"

"모르겠다. 중간에 나만 새우 등 터지게 생겼어."

상우는 다시 생각해도 골치가 아픈지 길게 한숨을 내쉬며 미간을 찌푸렸다.

아침 그리고 커피 한 잔의 여유.

다영은 향긋한 원두커피 향기를 맡으며 문을 열고 베란다로 나갔다. 차가운 한파로 며칠 움츠려 있던 사람들의 몸이 가볍다. 이건 날씨가 한결 따뜻해졌다는 의미였다. 하늘은 맑았고, 이상하게 공기까지 상쾌하게 느껴지는 그런 아침이었다.

"좋다."

다영은 커피를 한 모금 마시며 오늘도 평화롭게 지나가길 빌었다.

까악, 까악.

하지만 예상치 못한 까마귀의 출연에 그녀의 미간은 저절로 일그러지고 말았다.

뭐지, 이 엄습해 오는 불안감은?

오늘 하루 자신에게 닥칠 불행의 가능성을 생각하던 다영은 머릿속을 텅텅 비우고 그냥 당하자는 생각으로 다시 거실로 들어왔다.

푸드덕 그리고 나뭇가지 흔들리는 소리가 이어졌다. 다영은 고개를 돌려 방금 자신이 있던 베란다를 보았다. 그리고 베란다 바로 앞, 나뭇가지에 앉아 있는 까치를 보게 되었다.

"나쁜 일 하나, 좋은 일 하나? 아니면 나쁜 소식 하나, 좋은 소식 하나?"

이렇게 중얼거리며 커피를 한 모금 마시던 다영은 곧 희미하게 미소를 머금었다.

"반품 하나, 주문 하나. 이거겠네."

"어떻게 할 생각이야? 약혼할 거야?"

피트니스클럽에서 동현은 혼자 자기 차를 몰고 가고, 동현과 함께 온 태인은 웬일인지 상우와 함께 간다며 그의 차에 올랐다. 그리고 집으로 가는 길에서 태인은 진짜 상우에게 묻고 싶은 말을 하기 시작했다.

"그게 왜 궁금한데?"

"이번에도 아영이 때처럼 강 건너 불구경하듯 그렇게 방관만 할 건지 물어보는 거야."

"이제는 나인가 보다?"

"뭐?"

"네 원망의 대상이 이제는 나냐고 물어보는 거야."

"사실이잖아. 너 아영이는 강 건너 불구경하듯 그렇게 멀리서 지켜보기만 했잖아. 아영이 혼자 끙끙거리고 있는데도, 그냥 네일은 네가 알아서 하라며 그냥 수수방관했잖아. 그래서 물어보는 거야. 아영이 동생한테도 그렇게 무관심할 거냐고!"

"수수방관? 무관심?"

차가 신호에 걸리자, 상우는 옆에 앉은 태인을 매섭게 노려보았다.

"내가 뭘 더 해야 했냐? 너희 둘을 위해 너희 떠나는 날에 딱 맞춰서 약혼 날짜 잡아주고, 너희 알리바이 만들어주고, 너희 떠나면 그 뒷정리까지 다 해주겠다고 했는데, 그것 이외에 더 뭘 해줬어야 네 마음에 들었을 거냐고!"

"아영이가 죽었잖아!"

태인은 치밀어 오른 감정을 숨기지 못하고 그만 날카롭게 소리를 질렀다.

"그래. 그럼 물어보자. 내가 방패가 돼서 이모 시선 막고 있는 동안 넌 뭐했는데? 넌 이모는 고사하고 아영이조차도 설득 못 했어! 그럼 그 설득까지 내가 해야 했어? 아영이를 설득하고, 이모를 설득하고, 너희 결혼하는 것까지 내가 다 해줘야 했었냐고!"

화난 마음에 버럭 소리를 지른 상우는 신호가 바뀌자 거친 숨을 내쉬며 다시 차를 몰았다.

"아영이는 나도 아파. 너에겐 사랑이지만, 나에게는 가족이었던 애야. 아영이를 생각하면 나도 아프다고. 처음부터 태인이 네가 직접 나서게 했다면 지금 아영이는 살아 있을지도 모르는데, 너희를 위해서라는 명분으로 내가 한 행동들이 잘못되었던 건 아닌지 나도 매일 생각하고 또 생각해!"

"넌 그런 변명이라도 하지. 난 뭘 할까? 아영이가 죽은 지금, 내가 할 수 있는 건 아무것도 없잖아. 난 너 때문에 대놓고 아영이를 그리워할 수도 없어. 공식적으로 아영이의 남자는 너니까!"

"그렇다고 다른 사람을 원망하는 건 아니지. 게다가 네 사랑을 위해 난 어른들께 크고 작은 거짓말을 해왔어. 누구도 친구와 동생을 위해 그렇게 못 해. 그러니까 난, 너한테 이런 원망 들을 이유 없어!"

알고 있다. 상우는 아영의 어머니인 정혜의 눈을 가리기 위한 도구로 100%, 아니 120%의 역할을 해왔었다.

상우는 아영과 태인이 데이트라도 하는 날이면 정혜에게 전화를 걸어서 허락을 받았고, 데이트가 끝날 때까지 알리바이를 만드느라 밤늦도록 사무실에서 시간을 보냈었다. 짧은 여행을 갈 때는 상우도 덩달아 외박을 했고, 어쩌다 아영과 태인이 함께 있는 모습을 들키기라도 하는 날에는 이런저런 변명을 하며 자기가 잘못해서 태인이를 대신 보냈다는 식으로 위기를 모면하기도 했었다. 그러다 결국에는 아영과 태인이 도망갈 준비를 하는 동안, 완벽하게 정혜의 눈을 가리기 위해, 거짓으로 약혼 날짜까지 잡게 된 것이다. 약혼 날짜는 아영이와 태인이 떠나는 그날이었고, 그들이 사라지면 상우는 그 뒷수습까지 다 책임지기로 했었다.

"미친 짓이라는 걸 알면서도 내가 아영이 뜻에 동의한 건, 아영이가 그만큼 절박했기 때문이야. 내가 정신 이상한 인간이라 해도, 그 정도까지는 미치지 말아야지 하면서도, 아영이 뜻에 따라준 것은, 널 절대로 받아들이지 않을 정혜 이모의 성격을 알았기 때문이라고. 그런 미친 짓이라도 해서 아영이가 행복하면 그걸로 됐다 여겼기 때문이야! 그게 오빠로서 아영이에게 해줄 수 있는 처음이자 마지막 선물이라 여겼기 때문이라고. 알아?"

상우는 답답한 마음에 무겁고 긴 한숨을 토해냈다.

"그만하자. 지금 우리에게 아영이는 아픈 응어리야. 죽은 아영이를 계속 아픈 응어리로 남기면 너하고 나, 결국엔 친구 관계를 끊을 수밖에 없어. 아영이도 그걸 원하지는 않을 거야."

태인은 머리를 등받이에 툭 기대며 초점 없는 눈으로 앞을 응시했다.

"아영이 쌍둥이 동생 말이야?"

"왜?"

"만약 그 아이가 아영이 자리에 있었다면, 어떤 일이 벌어졌을까? 지금 아영이처럼 똑같이 됐을까?"

"그런 가정법은 쓰는 게 아니야."

"아니지. 달랐을 거야. 만약 아영이 동생이 아영이 자리에 있었더라면, 넌 거짓 약혼식이 아니라 진짜 약혼식을 하려 했을 거잖아. 그리고 진짜 약혼녀인 그 아이를 강 건너 불구경하듯 그렇게 멀리서 보고 있지도 않을 거고. 내가 왜 너에게 화내는지 알아? 한상우 넌, 아영이에게만큼은 비겁하고 비열한 놈이었기 때문이야."

상우는 아무 말도 하지 않았다. 어쩌면 맞을지도 모른다는 생각이 들어서였다. 만약 아영이가 아니라 다영이었다면, 동생이 아니라 여자일 수도 있었다. 만약 함께 자란 아이가 아영이 아니라 다영이었다면, 상우는 오빠의 마음이 아니라 남자의 마음으로 다영이를 대했을 가능성이 컸었다.

"그래서 너 어떻게 할 거야? 약혼할 거야? 아영이는 오랜 시간 그렇게 혼자 시리고 아프게 했으면서, 너 아영이 동생과 약혼할 거냐고!"

상우는 이번에도 역시 아무 말도 하지 않았다. 다만 핸들을 잡은 손이 가늘게 떨리는 모습이, 지금 상우의 감정에 미묘한 변화가 있다는 걸 말해주었다.

아무리 지독한 아픔이라 해도 산 사람은 살게 마련인가 보다.

한 배에 있다가 같은 날 세상 빛을 본 쌍둥이 중 한 명이 죽었는데, 남아 있는 한쪽은 무슨 일이 있었냐는 듯 평범하게 사는 것 보면.

다영은 스며드는 찬바람에 주머니에 손을 찔러 넣으며 하늘을 올려다보았다.

아영이 가고 일 년 하고 열흘째.

'잘 지내지?'

다영은 가끔 하늘을 보며 그곳에 있을 아영에게 말을 걸었다. 하지만 돌아오는 건 차갑게 머리를 날리는 바람뿐이었다.

'그곳에서 아빠는 만났어? 아빠도 잘 지내지? 너 혼자가 아니라서 다행이야. 그곳에 아빠가 있어서, 네가 외롭지 않아 다행이야.'

쌍둥이 중 한 명이 죽었다. 그것도 자신을 만나러 오다가 죽었다. 그 사실이 커다란 응어리가 되어, 목에 턱 하니 걸려서 내려가지 않았다.

"다영아, 전화!"

친구 현주가 휴대폰을 가져다주자, 다영은 전화를 받았다.

"여보세요?"

[나다.]

휴대폰 안에서 들리는 음성에 다영의 눈이 커졌다.

다영은 어머니의 명령으로 으리으리한 집들이 많은 몰려 있는 동네 중 하나인 평창동에 오게 되었다. 어울리지 않은 곳에 온 탓일까. 어머니인 정혜의 집에 도착한 그 순간부터 그녀의 머리는 꽉 조이는 것처럼 아파왔다.

"어머니!"

정혜가 다영을 부른 건 아영이 죽은 지 일 년이 지난 후였다. 그리고 갑자기 연락해 온 어머니는 기가 막히고, 어이없고, 황당한 말을 쏟아냈다.

"네 수준에는 감히 상상도 할 수 없는 자리야. 그러니 잔말 말고 내 말 들어."

이분은 변하지도 않는다. 인간은 세월이 흐르면 변하기도 한다던데, 아니 큰일을 당하면 그 일을 계기로 변하기도 한다던데, 이분은 과거에도 이 모습이었고, 현재도 이 모습이었다.

하긴 외모부터 변함이 없으시다. 조금은 날카로워 보이는 눈매에 아직도 식단 조절과 운동을 목숨처럼 지키시는지 예전 몸매와 별반 차이가 없으시다. 패션 회사 사장님답게 머리끝부터 발끝까지 어디 한 군데 흐트러짐 없는 모습까지, 숨 막힐 정도로 완벽하신 분이었다.

"내 수준에는 감히 상상도 할 수 없는 자리니까, 탐 안 낼 거예요. 그러니 다시는 이런 일로 저 부르지 마세요."

다영은 자리에서 벌떡 일어났다.

"널 만나러 가다가 아영이가 죽었어!"

정혜가 히스테릭하게 소리를 지르자, 다영은 다시 자리에 앉았다.

"네! 어머니 딸 아영이는 죽었어요! 죽은 딸 대신에 날 그 자리에 밀어 넣겠다는 것 같은데, 난 싫어요! 난 어머니 딸 아영이가 아니니, 어머니 마음대로 휘두를 생각 하지 마세요!"

"그 사고만 아니었으면, 아영이는 사랑하는 약혼자랑 지금 행복을 거야. 아니, 어쩌면 결혼해서 예쁘게 살고 있었을지도 몰라. 앞으로 행복할 일만 남았었는데, 널 만나러 가다가 아영이가 죽은 거잖아!"

"네! 그렇다고 치죠! 내가 아영이 행복을 빼앗았다고 칠게요! 그러니 더더욱 싫어요! 아영이 약혼자와 내가 약혼하는 게 말이 된다고 보세요? 내가……."

다영은 잠시 말을 끊고, 끓어오르는 속을 달래기 위해 씩씩 거친 숨을 몰아쉬었다. 그리고 어느 정도 마음이 가라앉았을 때, 다시 입을 열었다.

"내가 아영이 걸 다 빼앗았다 해도, 약혼자는 아니에요. 그럴 순 없다고요!"

"약혼 삼 일 전이었어! 사고 난 그날이 약혼식 삼 일 전이었다고!"

아영이에게 사랑하는 남자가 있다는 말도 못 들어봤지만, 사고가 난 날이 약혼식 삼 일 전이라는 것도 처음 듣는 이야기였다.

그럼 그날 약혼한다고 말하려 했던 걸까?

아니다. 만약 그런 일이었다면 그보다 훨씬 전에 말했을 것이다. 하지만 아영이는 약혼은 고사하고 사귀는 사람이 있다는 말도 한 적이 없었다. 확실치는 않지만, 이건 일부러 말을 안 했다고 봐야 했다.

도대체 왜 약혼 사실을 숨겼던 걸까?

혹 약혼하기 싫었던 걸까? 어머니 성격으로 봐서는 분명히 일방적으로 밀어붙였을 텐데, 혹 그 예비 약혼자를 사랑하지 않았던 걸까?

답을 들을 수 없으니 끊임없이 왜, 라는 질문만 떠올랐다. 그리고 그 질문들은 다영의 생각을 자꾸 불길한 방향으로 이끌었다.

"미치셨어요? 제정신이냐고요?"

하지만 지금 제일 기가 막힌 건 아영이가 약혼 삼 일 전에 사고가 났다는 것이 아니었다.

"죽은 언니 예비 약혼자와 약혼해라?"

다영은 아무리 생각해도 웃긴다는 생각밖에 안 들어 어이없다는 듯 하하 웃음을 터뜨렸다.

"차라리 나보고 따라 죽으라고 하세요! 그러면 이 자리에서 아영이 따라 죽어줄 테니까!"

더 듣고 있을 필요도 없을 것 같아, 다영은 자리에서 일어나 현관 쪽으로 걸어갔다.

"안 돼! 결정하고 가! 안 그러면 너 못 가!"

"정말 머리가 어떻게 된 것 아니에요?"

다영이 팔을 잡고 늘어지는 정혜를 거칠게 뿌리치자, 그녀는 그대로 바닥에 쓰러졌다. 그리고 그때, 현관문이 열리고 정혜의 연배와 비슷해 보이는 여인과 젊은 사내 한 명이 들어왔다.

"정혜야."

"이모!"

사내는 재빨리 집 안으로 들어와 정혜를 일으켜 세웠다. 그리고 무슨 일이냐는 듯 다영을 보았다. 장례식장에서 커피를 건넸던 남자였다. 그 순간 다영은 직감했다. 이 남자가 아영의 예비 약혼자라는 것을.

"이 남자도 동의했어요? 죽은 예비 약혼녀 대신, 그 동생하고 약혼하겠다고 해요? 정신 차리세요. 어머니의 딸 아영이는 죽었어요! 나는 어머니가 버린 딸 다영이란 말이에요! 버린 딸에게 죽은 딸 대신해서 죽은 딸 인생을 살라는 게 말이 되는 거냐고요? 미친 것이 아니면 어떻게 그런 황당한 말을 해요? 어떻게!"

아영은 저런 어머니와 어떻게 살아낸 걸까?

아주 잠깐 대화한 것인데도 다영은 숨이 막혀 죽을 것만 같았다. 단 일 초도 더는 어머니와 함께 있고 싶지 않을 정도였다.

이런 분을 참아내느라 아영은 얼마나 힘들었을까?

아니다. 어쩌면 아영이 얼마큼 힘들지 알고 있었던 건지도 모른다. 오래전 어머니의 그늘에서 숨어 살았던, 어머니의 살아 있는 인형은 원래 하아영이 아니라 하다영이었으니까.

"난 어머니의 그 미친 집착 받을 생각 없어요. 하아영 대신 어머니 밑으로 들어가 또다시 살아 있는 인형이 되느니, 차라리 죽을 겁니다! 하아영 삶이 꽃밭이라 해도 싫어요! 그게 얼마나 숨이 막히는지, 그게 얼마나 사람을 미치게 하는지, 그게 얼마나 사람을 바보로 만드는지, 내가 이미 한 번 당해봐서 알거든. 그러니까 제발 나 좀 내버려 둬요. 제발 신경 끄시라고요! 아시겠어요?"

다영은 정혜를 향해 한껏 퍼부은 후, 문을 박차고 나왔다.

'하아영! 그냥 너 나 좀 데리고 가라! 그게 차라리 속 편하겠어!'

대문을 나오고 몇 미터 씩씩거리며 걸어가던 다영은 그 자리에 우뚝 멈춰서 신경질적으로 자기 머리를 헝클었다.

"다영 씨."

그때 뒤에서 자신을 부르는 목소리가 들렸고, 다영은 뒤를 돌아보았다. 그곳에는 조금 전 정혜의 집에서 본 그 남자가 있었다.

"다영 씨가 이해하세요. 아영이가 죽고, 정혜 이모께서 많이 심약해지셨거든요."

정혜 이모. 이 남자, 어머니를 이모라 부르는 모양이었다. 그렇다는 건 아주 어렸을 때부터 두 집안이 친하게 지내면서 자주 왕래했었다는 뜻이었다.

"이해는 해요."

다영은 퉁명스럽게 툭 말을 내뱉고는 다시 가려고 했다.

"대충 맞춰 드리는 게 어때요?"

"무슨 말씀이세요?"

잘못 들어나 싶어, 다영은 남자에게 질문의 뜻을 다시 물어보았다.

"이모 뜻, 대충 맞춰 드리면 어떠냐고요. 생각해 보겠다 하고, 시간을 버는 거죠."

"기가 막히네. 그쪽 세계는 이게 보통 일인가 봐요? 대충 맞추라는 말을 하는 것 보면. 아니면 처음부터 누구랑 하든 상관없는 건가?"

"그럴 리가요. 난 그저, 이모가 걱정돼서 하는 말이에요."

"아영이 약혼자 맞죠? 아니, 예비 약혼자였다고 해야 하나?"

"네."

남자는 짧게 대답하며 빙긋 웃었다.

"성함이?"

"한상우라고 합니다."

"어머니가 그렇게 걱정되면 상우 씨가 자주 들여다보면 되겠네요. 내 얼굴 보는 것보다는 더 반가워하실 테니까."

"어째서 그렇게 냉정하죠? 꼬박꼬박 어머니라 부르는 것도 이상하고. 여자들 대부분 '엄마' 아닌가요? 어머니라 부르는 것 흔치 않잖아요."

"초등학교 5학년 이후, 어머니를 만난 횟수가 열 번이 채 안 돼요. 그 열 번도 짧게 잠깐씩 본 것뿐이죠. 내 눈 한 번 제대로 맞춰주지도 않았고, 내 머리 한 번 쓸어주지 않았던 분인데, 내 입에서 '엄마' 이런 친근한 단어가 나올 리가 없죠. 어머니라고 부르는 것도 어색한데."

"이모, 참 좋은 엄마입니다. 딸에게 지극하죠. 그 지극한 사랑 한 번 받아보는 게 어때요? 나랑 약혼하겠다고 하면 그 사랑 원 없이 받을 텐데."

"그냥 안 받고 말래요. 난 아영이가 아니니까. 온실 속 화초도 아니고, 유리도 아니고, 귀한 보석도 아니고, 성에 갇힌 공주는 더더욱 아니에요. 맞지 않는 옷은 안 입을 거예요. 차라리 죽는 게 낫지."

다영은 뒤돌아 몇 걸음 걸어갔다.

"부탁이라고 하면 어떻습니까? 딱 삼 개월입니다. 딱 삼 개월만 옆에서 이모 좀 챙겨주세요. 그러면 어느 정도 기운을 차릴 테니까요. 그 뒤엔 제가 정리하겠습니다. 제 쪽에서 정리하면, 이모도 쉽게 받아들일 수 있으실 거예요."

상우의 말에 다영은 더 가지 못하고 다시 뒤돌았다.

"약혼하란 뜻이 아니에요. 딱 삼 개월만 이모 집에서 이모와 함께 생활해 주면 돼요. 이모가 원하는 건 약혼이 아닙니다. 딸과 함께 살고 싶은 마음에 약혼이라는 억지를 부리는 겁니다. 나랑 함께 살자. 이렇게 좋게 말하면, 다영 씨 들을 성격 아니잖아요. 다영 씨만 이모를 잘 아는 게 아니에요. 이모도 다영 씨에 대해 아주 잘 알죠. 그래서 약혼이라는 충격요법을 쓰신 겁니다."

"차라리 함께 살자고 하는 게 낫겠는데요?"

"무시했겠죠. 만약 그랬다면, 다영 씨는 지금처럼 화를 내는 게 아니라, 무시했을 겁니다. 더 적나라하게 말해서, 지금의 다영 씨라면 뉘 집 개가 짖나 했을 겁니다. 아닌가요?"

비교적 정확하게 파악하고 있다. 상우에게 생각을 들켜 버린 다영은 순간 움찔하며 뒤로 한 걸음 물러섰다.

"다영 씨만 들어와 준다면, 나머지는 제가 해결하겠습니다. 순순히 딸 역할을 하라는 게 아닙니다. 싸우셔도 돼요. 다만 한 집에서 싸우라는 거예요. 그렇게 정혜 이모 눈앞에서 왔다 갔다 하라는 겁니다."

"아영이 예비 약혼자라 그런가, 어머니에 대한 애착이 대단하네요? 그쪽이 자식 같아요."

"당연히 이모가 걱정됩니다. 큰 집에 혼자 사는 것도 걱정이고요."

"그럼 걱정되는 분이 잘 챙기세요. 난 모르니까."

"엄마를 부탁한다!"

다시 가려고 했던 다영은 상우의 말에 또 가지 못하고 그를 볼 수밖에 없었다.

"이 말 하려던 건 아니었을까요? 아영이?"

"자기가 항상 함께할 텐데, 나에게 어머니를 부탁할 리가 없죠."

"떠나려 했다면요? 그래서 혼자 남겨질 엄마가 걱정됐다면요?"

"왜요? 그쪽하고 약혼한 뒤에 함께 손잡고 유학이라도 갈 예정이었어요?"

"아영이 사랑하는 사람 있었어요. 그 사람하고 떠날 계획이었습니다. 약혼하는 날, 아영이는 약혼식장이 아닌 공항으로 갈 예정이었어요."

"자세한 설명을 부탁드려도 될까요? 머리가 나쁜지 이해가 잘 안 되거든요."

"아영이가 사랑하는 사람, 정혜 이모는 받아들이지 못하는 그런 사람입니다. 반대하실 거 불 보듯 뻔하니까, 둘이 함께할 방법으로 도망을 생각한 겁니다."

"말도 안 돼."

다영은 어이없어서 그냥 하하 웃음을 터뜨렸다.

이건 또 무슨 말이야? 그렇다면 아영이가 바람피웠다는 뜻이야?

함께 살지 않았던 쌍둥이라지만, 아영은 약혼 날짜까지 잡은 남자를 두고 책임감 없게 딴 남자랑 바람이나 피우는 그런 여자가 아니었다. 다영이 아는 아영이라면, 당당하게 미안하다 하고, 예비 약혼자와 헤어지는 쪽을 택했을 애였다.

"약혼한다는 말 못 들어봤죠? 아영이가 말 안 했을 텐데요?"

"깜빡했을 수도 있죠. 늦게 말해도 되니까, 말 안 했을 수도 있고. 어차피 말했다 해도 안 갔을 거니까. 당사자가 죽어 내가 진실을 알지 못한다고 이런 식으로 아영이 이름을 더럽혀도 되나요?"

쌍둥이는 쌍둥이다. 그리고 피는 물보다 진한 법이다. 죽은 아영의 명예를 더럽히는 건 누구라도 용서할 수 없었다. 비록 그 상대가 아영의 약혼자라도.

"그게 왜 아영이를 더럽히는 거로 생각하죠?"

"아영이는 당신 약혼녀였다며? 아영이 사랑한 것 아니에요? 그래서 약혼까지 하려 한 거잖아요!"

"사랑이라……."

상우는 픽 웃음을 터뜨렸다.

"물론 아영이 사랑해요. 하지만 여자로 사랑한 건 아닙니다. 아영이는 처음부터 동생이었어요. 딴 놈 주기 아까운 예쁜 여동생이었죠. 약혼식은 어른들의 눈을 가리기 위한 임시방편이었습니다. 물론 모두가 기대하는 그런 약혼식은 없어요. 제가 살짝 미쳤다는 말을 많이 듣는 편이긴 하지만, 여동생과 약혼할 만큼 미치지는 않았습니다. 팩트는 하나예요. 아영이에게는 사랑하는 남자가 있었고, 약혼식 당일 어른들이 모두 약혼식에 온 정신이 가 있는 그때, 그 사람과 떠날 계획이었습니다. 그리고 다영 씨가 남겨질 엄마를 위로해 줬으면 했다는 겁니다."

아영아, 너 정말 그랬던 거야? 너 정말 엄마에게서 벗어나려고 했던 거야?

생각해 보니, 다영이가 생각하는 아영이의 성격은 어린 시절의 모습이었다. 어린 시절의 아영은 분명히 하고 싶은 말은 끝까지 해내야 직성이 풀리는 아이였으니까.

"아영이가 그럴 리가 없어요. 어머니를 속이고 도망가느니 당당하게 말하고 야단맞을 거예요! 어머니의 반대 같은 것 이겨냈을 거라고요!"

"진짜 그렇게 생각해요? 정혜 이모의 딸이, 정말 그렇게 말할 수 있었을까요? 아영이가 반대를 이겨낼 정도로 강했을까요?"

아니다. 아영이는, 아니 어머니의 딸은 절대로 어머니께 진실을 말할 수 없었을 것이다. 어머니는 자기와 다른 생각을 하는 딸을 용납할 분이 아니니까.

'하아영…… 너 정말…… 옛날 나처럼 자기 생각 같은 건 조금도 없는 그런 바보가 되어버렸던 거야? 정말 그런 거였어?'

심장이 찌릿하게 아프다. 아영이 눈앞에 있다면 어째서 그렇게까지 바보냐고, 붙잡고 화냈을 것 같았다.

"아영이가 어머니를 나에게 부탁할 생각이었다고요? 그것 때문에 더욱더 믿을 수 없는 겁니다. 나와 어머니는 절대로 함께할 수 없는 사이거든요. 가까이 해봤자 상처밖에 더 얻을 게 없는 사이란 말이죠. 그걸 아는 아영이가 어머니를 나에게 부탁할 리가 없어요."

"그건 다영 씨 생각이죠. 그리고 다영 씨는 아영이에게 빚이 있잖아요. 아영이에게 미안한 감정이 조금이라도 있다면, 이모를 돌봐줘야 하는 거죠."

이 남자 자꾸 이상한 말만 하고 있다. 이해 안 되고 어이없는 말만 쭉 늘어놓고 있는데, 이 남자는 자기가 하는 말이 옳다고 생각하는 것 같았다.

"내가 왜 아영이에게 미안해해야 하죠? 어째서요?"

"다영 씨 대신 이모를 따라왔으니까."

"아영이를 선택한 건 어머니였어요. 그리고 아무 망설임 없이 따라간 건 아영이었고요!"

"다영 씨가 이모를 따라왔다면 어떻게 됐을까요? 이모 그늘에서 자란 애가 아영이가 아닌 다영 씨였다면 과연 다영 씨, 지금처럼 자유롭게 살 수 있었을까요? 내가 기억하는 어린 시절의 하다영은 말 없고, 수줍음 많고, 사람 눈 잘 못 마주치고, 이모가 준 인형을 안고, 이모가 입혀준 옷을 입으며, 이모가 허락하는 말만 하는 그런 여자애였는데. 그런 다영 씨가 이모 그늘에서 자랐다면 과연 어떤 모습이었을까요?"

'내 어린 시절을 알고 있다?'

이 남자 누구야? 이 남자가 어째서 날 알아?

엄마 친구 아들이니 어쩜 한두 번 볼 수도 있었을 것이다. 하지만 어린 시절의 기억 따위 다영에게는 없었다. 다영이 기억하는 어린 시절은 부모님 이혼 이후부터였다. 아버지 손잡고 검도장으로 가던 그때부터였다.

다영은 움찔하며 한 걸음 뒤로 물러났다.

"여린 동생이 엄마랑 함께 살면 그 성격에 싫다는 소리는 고사하고, 숨도 크게 한 번 못 쉬고 살게 될 것 같아서, 아영이 직접 엄마를 따라가겠다고 나선 겁니다. 그리고 그 긴 세월 동안 아영이는 이모가 원하는 순종적인 하다영의 모습으로 살아왔어요. 자기가 그렇게 살지 않으면, 엄마가 아빠와 행복하게 잘 살고 있는 다영 씨를 데리고 올 것 같아서."

언니의 희생으로 행복하게 자란 동생. 이렇게 들으니 아영이가 희생한 게 맞았다. 그리고 결과만 놓고 보자면, 자신이 아영이에게 고맙다고 해야 하는 것도 맞았다.

"아영이는 다영 씨 대신 유리성 안에 갇힌 겁니다. 아영이의 그 마음을 다영 씨만큼은 알아줘야 한다고 생각해요."

뭐라 한마디 할 법도 한데, 다영은 상우가 한 말에 가타부타 말없이 그저 물끄러미 그를 보기만 했다.

"내 말이 믿기 힘들다면, 아영이의 삶에 직접 뛰어들어서 두 눈으로 확인해 보세요. 그러면 내 말이 사실인지 아닌지 확인할 수 있을 테니."

이 남자는 분명히 진심을 말하고 있었다. 즉석에서 지어낸 거짓말은 아니라는 소리였다.

"다영 씨 대신, 겉모습은 물론 마음마저 다영 씨가 되어버린 아영에게 조금이라도 미안하다면, 이모께서 아영이가 죽었다는 걸 받아들일 때까지만 함께해 주세요. 부탁합니다."

"싫어요. 난 내가 왜 그렇게까지 희생해야 하는지 모르겠어요. 어째서 내가 아영이에게 미안해해야 하는데요? 도대체 어떤 부분 때문에 아영이가 날 위해서 희생했다고 말하는 건데요? 어머니와 함께 살았다는 것만으로 아영이는 불행했고, 난 아영이의 불행을 바탕으로 행복해졌다는 결론은 누가 낸 건데요? 이봐요,

한상우 씨! 아무것도 모르면서 아는 척하지 마. 당신 그거 주제넘어. 알아?"

예상했던 대답이 아닌지, 상우의 얼굴에 당혹감이 떠올랐다. 이 남자는 자기가 원하는 답을 얻기 위해, 슬쩍슬쩍 죄책감을 건드릴 생각이었을 것이다. 그리고 100% 성공할 수 있다며 자신도 했을 것이다. 하지만 애초에 다영에게는 통하지 않을 방법이었다. 아니 다른 사람들이 그렇게 생각했다는 자체만으로 더럽게 기분 나빴다.

다영은 상우를 매섭게 노려보다가 그대로 휙 돌았다.

"씨. 아침부터 까마귀가 울더니……."

내가 다시 이 동네에 발을 디디면 사람이 아니다. 다영은 속으로 이렇게 중얼거리며 서둘러 그 자리를 떴다.

집에 돌아온 다영은 소파에 털썩 앉았다.

"내가 기억하는 어린 시절의 하다영은 말 없고, 수줍음 많고, 사람 눈 잘 못 마주치고, 이모가 준 인형을 안고, 이모가 입혀준 옷을 입으며, 이모가 허락하는 말만 하는 그런 여자애였는데."

"날 몇 번이나 봤다고 아는 척이야? 난 기억도 없는……."

상우가 한 말에 자존심이 상한 다영은 씩씩 거친 숨을 몰아쉬었다. 그러다가 문득 떠오른 기억에 그녀는 놀라며 자리에서 벌떡 일어서고야 말았다.

"꼬마 아가씨!"

"설마……."

"잘 지냈지? 오늘도 귀엽네. 꼬마 아가씨?"

만날 때마다 머리를 쓸어내리고 볼을 잡던 그 오빠.
"설마 그 오빠가 그 남자였어?"
눈을 맞추며 웃어주는 것도 잠시, 그 오빠는 아영이가 부르면
곧 그녀 앞에서 사라졌다. 그때 다영은 멀어져 가는 오빠를 차마
따라갈 수가 없어서 보고 또 보았다. 사진을 찍을 때마다 오빠
의 옆자리는 아영의 차지였다. 다영은 부끄러운 마음에 차마 다
가가지도 못하고 아영의 옆에서 어색하게 사진을 찍을 뿐이었다.
지금 생각해 보면 참 바보 같았던 그 시절. 그 오빠는 바보 같았
던 그녀가 절대로 넘볼 수 없는 그런 존재였었다.
다영은 낮은 욕설을 내뱉으며 다시 소파에 주저앉았다.
"뭐야? 왜 그 인간이야?"
밀려드는 절망과 괴로운 마음에 다영은 한참 동안 머리를 쥐어
뜯어야만 했다.

늦은 밤. 자택 마당에 나온 상우는 하늘을 보며 긴 한숨을 토
해냈다.
뭐지? 찝찝한데, 뭐가 찝찝한 거지?
뭔가 자꾸 걸리는 느낌인데, 뭐가 걸리는지 알 수가 없었다.

"한숨이 깊다?"

"아버지."

상우는 자신을 보고 있는 아버지를 발견하고는 빙긋 미소를 머금었다.

"정혜 씨가 말도 안 되는 일을 벌이는 거지? 그것 때문에 잠도 안 자고 이렇게 고민하고 있어?"

"이모는 딸하고 살고 싶다는 말을 그렇게 하는 것 같아요. 이모의 마음 이해합니다. 저를 내세워서라도 다시 다영이랑 가족이 된다면, 잠깐 이모 손에 휘둘려도 돼요."

"그런데 어째서 고민이 깊어?"

"글쎄요. 뭐가 자꾸 걸리는데, 뭐가 걸리는지 도통 모르겠어요."

"고민은 되는데, 그 실체를 모른다는 건 더 고민이지. 잘 생각해 봐. 잘 생각해 보면 알게 되겠지."

아버지는 부드럽게 웃으며 상우의 어깨를 몇 번 토닥여 주었다.

"그런데 오늘 다영이는 봤어?"

"네. 만났어요."

상우는 아까 낮에 봤던 다영을 잠깐 떠올리다가 픽 웃음을 흘렸다.

"왜? 무슨 일 있었던 거야?"

"그게 아니라, 정말 많이 변해서요. 말을 얼마나 잘하던지. 제가 말문이 다 막혔다니까요."

"네가? 와! 네 말문을 막았다면 고수 중의 고수라는 뜻인데?"

"사실 그때부터 계속 찝찝해요. 제가 뭘 놓친 것 같은 느낌이 자꾸 들어서."

"한두 번 보고 그 사람에 대해 다 알 수는 없어."

"네. 알고 있어요."

"아영이보다 다영이가 상대하기 더 힘들 거야. 아마 네가 지금까지 상대했던 사람 중 가장 힘든 상대가 될지도 몰라."

"아버지는 다영이에 대해 좀 아시는 것 같은데요?"

상우가 장난스럽게 묻자 아버지는 빙긋 웃었다.

"안 그래도 힘들어요. 정혜 이모하고 다영이 사이에 끼어서 이리 터지고 저리 터지는 느낌이에요. 앞으로는 더 심해질 것 같은 예감도 들고. 그래도 뭐, 다영이가 정혜 이모와 다시 가족이 될 수만 있다면 다 상관없다 이렇게 생각하기로 했어요."

"그래. 고생해. 우리 상우, 파이팅!"

"넵! 파이팅!"

아버지의 응원을 받은 상우는 두 주먹을 불끈 쥐며 환하게 웃어 보였다.

다음 날, 공방에 출근한 이후부터 다영의 생각은 딴 곳으로 가출 상태였다.

"하다영! 하다영!"

다영은 친구인 현주가 귓가에서 소리 지르자 소스라치게 놀라며 귀를 틀어막았다.

"뭐야? 고막 나가게 하려고 작정했어?"

"정신 어디다 빼놓고 왔어? 바빠 죽겠는데, 정신 안 챙겨?"

다영과 함께 '맑은 누리' 공방의 공동 대표인 현주는 주문받은 가구 작업을 해야 할 시간에 딴생각에 빠져 있는 다영이 못마땅하다는 표정이었다.

"미안해. 내가 요즘 고민이 많잖아."

"너답지 않아. 그냥 가볍게 넘겨. 어차피 너 어머니랑 살 생각 없는 것 아니야?"

"그래도 그분이 내 어머니라는 사실은 변함이 없잖아. 그 남자 말대로 그 큰 집에 혼자 사시는 것도 마음에 걸리고."

"그럼 들어가. 이제부터라도 엄마와 딸로 오순도순 잘 살아봐."

"내 남은 인생을 모두 쏟을 정도로 걱정되지는 않고."

현주는 어이없다는 듯 웃으며 인스턴트커피를 두 잔 타서 한 잔은 다영에게 주고, 나머지 한 잔은 자신이 들었다.

"애증이라는 거지? 네 엄마와 너?"

"애증? 그런 감정이라도 있으면 좋겠네."

"그럼 뭐야? 애증도 아니고, 그렇다고 관심 딱 끊는 것도 아니고, 참 복잡한 관계네."

"아영이는 왜 스스로 바보가 된 걸까? 생각해 보니까, 그 남자 말대로 아영이 옛날에는 용감하고 활달한 성격이었어. 유리처럼 약했던 건 나였고."

맞다. 옛날의 아영은 그랬다. 그런데 어쩌다가 아영이가 유리 공주님이 되어버린 걸까?

옛날의 아영이라면 적어도 어머니에게 벗어나기 위해 몰래 도망갈 생각 같은 건 하지 않을 것이다. 아영의 약혼자, 그 한상우라는 남자가 한 말이 사실이라면 말이다.

다영은 커피를 한 모금 마시며 나지막하게 한숨을 내쉬었다.

"결국, 아이들은 누가 어떻게 키우느냐에 따라 성격이 달라진 다는 거네? 네 말이 사실이라면 너랑 네 언니 성격이 뒤바뀐 거 잖아."

정말 그런 걸까?

생각해 보면, 부모님이 함께 살 땐, 아영이는 아버지와 친했었 고, 그녀 자신은 어머니가 끼고 다녔었다. 그래서 아영은 밝고 활 달했고, 웬만한 남자애들보다 용감했으며, 친구도 아주 많았던 거로 기억된다. 반대로 그녀 자신은 어머니의 보호 아래 사는 어 머니의 인형이었었다. 온기는 있지만, 자신의 의지 같은 건 전혀 없었던, 예쁘게 꾸며놓은 인형이었다.

"그 남자 도대체 왜 그런 생각을 하게 된 걸까?"

언니가 동생을 위해서 어머니를 따라갔다. 그 남자는 도대체 어느 부분에서 그 선택이 동생을 위하는 거라 생각했던 걸까?

"그 남자가 무슨 생각이든 상관있어? 내가 아는 하다영은 다 른 사람 신경 쓰는 그런 타입 아닌데. 그 남자가 도대체 누구기에 세상일에 전혀 관심 없는 우리 하다영이 신경 쓰는 걸까?"

"그런 거 아니야."

다영은 살짝 미간을 찌푸리며 커피를 한 모금 마셨다.

"그럼?"

"그냥 거슬려서."

"뭐가?"

"하아영, 내 쌍둥이 언니도 그런 생각이었던 건 아닐까 하는 생각이 들어서.”

“그럴 수도 있겠네.”

현주는 장난스럽게 말하고는 킥킥 웃음을 흘렸다.

“짜증 나.”

머리가 복잡했다. 아니 지끈지끈 아프기까지 했다.

“저기…… 여기에 하다영 씨 계신가요?”

다영이 아픈 머리를 쥐어뜯으며 고민하고 있을 때, 고민에 고민을 더해줄 또 한 사람이 그녀를 찾아왔다. 바로 어머니 집에서 봤던, 어머니의 친구라던 그분이었다.

눈치 빠른 현주가 일이 있다는 핑계를 대고 작업실을 나간 후, 다영은 찻잔에 티백 녹차를 우려서 어머니의 친구 앞에 놓아주었다.

“나 기억 안 나지? 너 어렸을 때, 나를 나희 이모라고 불렀었는데.”

다영은 기억하지 못해 죄송하다는 얼굴로 빙긋 미소를 머금었다.

“하긴, 어렸을 때니까.”

나희는 미소를 머금으며 찻잔을 감싸 쥐었다.

“그럼 우리 상우도 기억 안 나겠네? 우리 상우가 너 진짜 많이 귀여워했었는데.”

“죄송합니다.”

“죄송할 일은 아니지. 어렸을 때니까.”

입이 떨어지지 않는지 이런저런 이야기로 말을 빙빙 돌리던 나희는 크게 숨을 토해낸 후, 마음을 굳혔는지 다영을 똑바로 응시하면서 입을 열었다.

"나 다영이 네게 엄마 집에 들어가 달라는 부탁하러 왔어."

"아주머니께서도 어머니와 같은 생각인 거예요?"

"아니야."

나희는 손까지 내저으며 고개를 저었다.

"물론 너희 엄마하고 내가, 자식들을 이어주자는 약속을 하긴 했어. 하지만 그건 어디까지나 아이들이 좋다는 전제하에 한 약속이고, 억지로 집안과 집안을 잇는 그런 짓은 안 해. 정말이야."

"어머니 혼자 생각이시라니 다행이긴 하네요."

다영은 픽 웃었다. 하긴 정상적인 사람이라면 그 결혼은 반대했을 것이다.

겉모습만 보면 아영이는 공주님으로 좋은 환경에서 좋은 교육을 받고 자랐다. 또 정혜의 뒤를 이어 회사를 물려받게 되어 있었다. 어머니가 넌 감히 엄두도 못 낼 상대라 한 것으로 보아, 한상우라는 남자도 만만치 않은 배경일 게 뻔했다. 그러니 친구 딸이라 해도 나희로서는 봉황 대신 닭을 선택할 리가 없다는 뜻이다.

"우리 상우랑 아영인 같이 자라다시피 해서 서로 맺어져도 괜찮겠다는 생각이 들어서 그런 거야. 상우랑 아영이가 싫다고 했으면 안 했어."

"그런데 왜 제가 어머니와 같이 살아야 하는 거죠? 전 그 이유를 잘 모르겠는데요."

"다영아, 네 엄마 생각 좀 해주면 안 돼? 네 엄마 많이 약해져 있어. 내가 매일 들여다보긴 하는데, 마음 붙일 상대가 없어서 그런지, 생활이 말이 아니야."

"제가 들어간다고 해도 달라질 건 없다고 보는데요?"

"넌 정혜 딸이잖아. 네가 옆에 있으면 아영이 생각도 덜 날 테고, 의지도 될 거야."

"함께 사는 거 그다지 좋은 방법 같지는 않아요."

"네 엄마, 이혼 후, 재혼도 안 하고 아영이만 보며 살았어. 그런데 갑자기 아영이가 죽었으니, 그 충격이 얼마나 크겠니? 그건 네가 이해해 줘야지."

이해해라. 왜 사람들은 모든 걸 이해하라는 말로 넘기려 하는 걸까? 정말 이해하면 모든 게 아무것도 아닌 게 되는 걸까?

이해라는 걸 해보지 않아서 사실은 모르겠다. 그리고 알고 싶지도 않았다.

다영은 정혜가 느끼고 있을 아픔도, 친구를 걱정해 이리 찾아온 나희의 안타까운 마음도 다 이해가 되지 않았다.

"거듭 생각해도, 어머니와 함께 사는 건 아니에요. 어머니와 저, 함께 살았을 때가 기억나지 않을 만큼, 오랜 세월 떨어져 지냈어요. 그런데 지금에 와서 함께 지낼 수 있을 거라 보세요? 보나 마나 누구 한 명 미쳐서 나갈 게 뻔한데, 그 미친 짓을 제가 왜 하겠어요?"

"엄마잖아. 가족이라고는 엄마와 너 단둘뿐인데, 네가 엄마를 돌봐줘야지."

가족. 가족의 정의는 도대체 뭘까? 핏줄로 이뤄진 집단? '나'가 아닌 '우리'인 사람들?

그게 뭐든 간에 다영에겐 나 자신이 아닌 이상 모두 남이었다.

그런데 남의 인생을 왜 나에게 책임지라 하는 건지, 다영은 나희의 말이 전혀 이해되지 않았다.

"결론은 하나예요. 그 집에 어머니와 저 이렇게 둘만 지내는 정신 나간 짓 하고 싶지 않아요. 그리고 평화로운 내 생활을 바꿔 버릴 정도로, 어머니에 대한 애틋한 감정도 없어요."

"이럴 때 서로 힘이 되어줘야지, 그게 가족이잖아. 모르는 척 그렇게 사는 건 아니야."

보통 사람들이 느끼는 가족은 뭘까?

보통 사람들은 한집에서 여러 사건을 함께 겪고 함께 헤쳐 나가면서 서로에게 힘도 되고, 용기도 불어넣어 주면서, 때론 싸우기도 하고, 상처도 받고, 화해도 하는 과정을 거치며 진정한 가족이 되어 간다. 하지만 어머니와 다영 자신과는 그런 과정이 없었다. 그런 과정 없이, 아니 지금까지 남남처럼 산 사람들이 가족으로 한집에 살기란 쉬운 일이 아니었다. 가족이 되기 위해 서로 양보하고 참아내야 하는데, 어머니도, 다영 자신도 그럴 수 있는 사람들이 아니었다. 그러니 나희가 말하는 가족은 애초에 불가능하다고 볼 수 있었다.

"산 사람은 어떻게든 산다. 이 말 믿어보려고요."

"다영아, 하지만 가족……."

이렇게까지 매몰차게 거절할 거라고는 생각 못 했는지, 차가운 다영의 태도에 나희는 할 말을 잃은 듯한 표정이었다.

"일단은 생각해 볼게요. 그러니 돌아가 주세요. 부탁입니다."

나희와 가족에 대해 승강이하고 싶지 않았다. 핏줄로 이어진 화목한 가족의 울타리 안에서 생활한 나희가 다영을 이해할 수는 없을 테니까. 나희는 여기서 더 설득할 수 없다는 걸 깨달았는지, 슬퍼하는 듯한 눈으로 다영을 잠깐 보다가 자리에서 일어났다. 그리고 혼자 산다고 끼니 거르지 말고 건강 조심하라는 말을 남기고 다영의 공간에서 사라졌다.

"가족? 그게 뭐? 그냥 한집에서 함께 사는 사람이잖아. 그게 뭐라고 나에게 그걸 강요하는데?"

정말 모르겠다는 듯 짜증 섞인 말을 툭 내뱉은 다영은 근처에 있는 서랍을 열고 두통약을 꺼내, 던지듯 입안으로 털어 넣었다.

"머리야."

아까보다 두통이 더 심해진다. 다영은 눈을 감고 테이블에 엎드렸다. 그리고 그 상태로 한참 동안 있었다.

"엄마인데, 어쩜 그렇게 매정한지. 다영이 걔는 어렸을 땐 안 그러더니 이상하게 컸어."

"그건 우리 생각이고, 다영이는 갑자기 엄마랑 살라고 하면 뜨악하죠. 사실 정혜 이모가 환영받을 만한 성격은 아니잖아요."

처음에는 분명히 다영에게 다녀와서 속상해하는 나희를 위로해 주는 역할이었다. 하지만 결국에는 다영의 변호사로 변하고 말았다. 다영이 정혜와 사는 걸 어째서 망설이는지 잘 알고, 또 이해하고 있기 때문이었다.

"그래도 엄마잖아."

"정혜 이모가 지난 세월 동안 다영이를 없는 자식 취급한 것도 사실이잖아요. 다영이 입장에서 보면, 엄마니까 네가 책임지라는 우리 요구가 억지일 수 있어요."

나희도 그걸 모르지 않았다. 하지만 정혜 입장에서 보면, 두고 온 자식이 다영이었다. 자신이 끼고 애지중지 키운 딸 다영이. 이혼하던 그때, 다영은 당연히 따라올 거라 믿었기에, 정혜로서도 다영이가 남편 옆에 남겠다고 한 것이 엄청난 충격이었었다. 그래서 더 아이를 보지 않았다고 했었다. 남편 옆에서 남편 손을 잡고 있는 다영이를 보는 게 싫었기 때문에 더 보지 않았었다고. 그래서 나희는 지금 상황이 더 안타깝고, 정혜를 외면하는 다영이가 야속하기까지 했다.

"내가 딸이라면 엄마가 안쓰러워서라도 마음이 쓰일 거야."

"다영이도 마음은 쓰이겠죠. 하지만 자신 없는 마음이 더 클 겁니다."

상우는 다영이가 이해되었다. 그가 기억하는 다영은 늘 엄마 손을 꼭 잡고 있던 아이였다. 상우가 다가가 놀자고 손을 내밀면, 엄마 손을 더 꼭 잡으며 엄마 뒤에 숨는 그런 아이였다. 어린 다영에게 정혜는 절대적이었을 것이다. 그런 정혜가 자신을 외면하는 거라 느꼈다면, 다영의 심장에는 모르긴 해도 커다란 상처가 남았을 테고, 그 상처는 치유되지 않은 채 지금까지 곪아갔을 것이다. 그리고 자기 심장에 생긴 것이 상처인지 아니면 그냥 원래 그런 건지도 모를 정도로 무뎌진 지금, 정혜와 다시 한집에 가족으로 살라고 하니, 당황스럽고, 불안하고, 어쩜 더 나아가 두려울 수도 있겠다는 생각이 들었다.

"도대체 어떤 일을 겪었기에 성격이 180도로 변한 걸까요? 저는 슬프더라고요. 저에게 '오빠' 이 한마디 하고 금세 얼굴이 새빨갛게 변해서, 정혜 이모 뒤에 숨던 녀석이었는데."

"정혜도 불안하고, 가족이라고는 엄마랑 둘밖에 안 남았는데, 마음 꼭꼭 닫고 있는 다영이도 불쌍하고. 내 마음이 왜 이렇게 무거운지 모르겠어."

"제가 다영이 자주 찾아가 볼게요. 이럴 줄 알았으면 아영이 살아 있을 때 함께 만날 걸 그랬어요. 다영이가 저 기억 못 하는 것 같다고 해서, 만나는 것 좀 미룬 것이 후회돼요."

"그래 줄래? 네가 자주 만나서 다영이 마음 좀 돌려봐. 부탁해, 아들."

"네. 걱정 마세요, 다영이 그렇게 모진 녀석 아니니까, 곧 마음 돌릴 겁니다."

상우는 빙긋 미소를 지어 보이며 나희를 안심시켰다.

방에 들어온 상우는 책상에 앉아 서랍에서 사진 한 장을 꺼냈다. 어렸을 적 자신과 아영 그리고 다영이 함께 찍은 사진이었다.

벤치에 앉아서 찍은 사진인데, 상우와 아영은 딱 붙어 서로에게 기대 손으로 브이를 만들었고, 다영은 아영과 조금 떨어진 곳에 앉아서 손을 무릎에 다소곳하게 올려놓고 찍은 사진이었다.

"만약 다영이가 이모를 따라왔으면 어떻게 되었을까? 어쩜 이모도 너도 다영이도, 모두 행복하지 않았을까? 다영이를 위해서라는 아영이 네 짧은 생각이 모두를 힘들게 만든 건 아닐까?"

상우는 활짝 웃는 어린 아영을 보며 나지막하게 한숨을 내쉬었다.

"내가 보기엔 디자이너 그거 너랑 안 어울리는 것 같은데, 진짜

할 수 있겠어?"

"응. 할 수 있어. 노력하면 되겠지."

정혜 이모의 꿈은 진즉에 알고 있었다. 딸이 자기처럼 패션 디자이너가 돼서 회사를 물려받아 뒤를 잇는 것. 하지만 노력보다는 재능이 좀 더 필요한 분야임에도 불구하고 아영은 노력으로 재능을 뛰어넘는 걸 보여주겠다고 장담했다.

"다영이가 엄마를 따라왔어야 했어. 다영이가…… 엄마 옆에 있었어야 했어."

아영이 다영과 만나고 돌아온 어느 날, 눈물을 뚝뚝 떨어뜨리며 이렇게 말했었다.

"왜 그래?"

"다영이 가구 디자이너가 되어 있었어."

"그래서 후회했구나? 너?"

"난 재능도 없고 관심도 없는 디자인 공부 하느라 하루하루가 죽을 맛인데, 다영이는 아니잖아. 엄마 생각이 맞았던 거야. 난 아빠, 다영이는 엄마. 그게 맞는 답이었어. 바보처럼, 나 진짜 뭐한 거야?"

그때 상우는 울고 있는 아영을 안고 등을 두드려 주는 것밖에 할 것이 없었다. 다른 위로는 할 수 없었다.

"설득하는 게 맞을까? 정혜 이모가 변하지 않는 한, 다영이와 이모, 절대로 가까워질 수 없을 것 같은데."

뭐가 옳은 답인지는 알 수 없다. 하지만 죽은 아영이가 하려던 것처럼, 다영이에게 정혜를 부탁할 수밖에 없음을 상우는 알고 있었다.

나희가 다녀간 뒤 며칠이라는 시간이 흘렀을 때였다.

"난 이 서랍장 손잡이에 포인트를 줬으면 해. 서랍장이 전체적으로 깔끔하게 깨끗한 편이니까, 많이 튀지 않으면서 독특한 디자인을……."

현주와 작업하고 있는 가구에 관해 이야기 나누고 있을 때, 이번에는 언니의 약혼자인 한상우가 공방으로 들어왔다.

"점심시간인데, 여기는 일 하시네요?"

"어쩐 일이시죠?"

반갑지 않은 손님이 자꾸 찾아온다. 다영의 얼굴에는 그 생각을 그대로 반영하듯 짜증이 떠올랐다.

"점심시간이고, 나도 점심은 먹어야겠고, 그래서 초밥 사왔어요. 다영 씨와 친구분이 함께 일하신다고 해서 3인분 사왔는데, 양이 적을까요?"

분명히 못마땅해하는 걸 알면서도 상우는 생글생글 잘도 웃었다. 마치 속이 없는 사람처럼.

다영은 작업 앞치마를 벗어서 근처에 던져 놓고는 상우를 지나 공방을 나갔다.

"오늘은 함께 먹을 분위기가 아니네. 그럼 이 초밥은 근처에 둘 테니, 두 분이서 맛있게 드세요."

상우는 들고 있던 초밥을 근처 책상에 올려두고는 다영을 따라 밖으로 나갔다.

"왜 이래요?"

다영은 자신을 따라오는 상우를 노려보다 사납게 물었다.

"뭐가요?"

"며칠 전에는 그쪽 어머니, 오늘은 그쪽, 다음에는 누가 올 거죠? 그쪽 아버지?"

"그래도 나에게 다른 형제가 없는 건 알고 있네?"

상우는 씩 웃으며 주위를 둘러보았다.

"나 여기 기억해. 마당 저쪽에 나무로 된 흔들 그네 의자가 있었잖아. 아! 또 기억나는 것 있다! 담 밑으로 꽃들이 많이 피어 있었어. 다영이 넌 항상 그 꽃 앞에 쪼그리고 앉아 있었는데, 그 땐 네가 꽃인지, 꽃이 너인지 구별이 안 됐었지."

상우는 싱글싱글 웃으며 쓸데없는 농담을 지껄였다. 하지만 다영은 그 농담이 하나도 웃기지 않았다. 그저 자기 앞에 서 있는 이 남자를 어떻게 해야 할지만 고민하고 있을 뿐이었다.

"왜 왔어요?"

"네가 생각하는 그것?"

"그럼 내 대답도 알겠네요?"

"대충."

"그럼 가요. 들을 말도 알고, 할 말도 알고 있으니, 더 있을 이유 없잖아요."

"내일 또 올게. 뭐 사서 올까?"

공방으로 들어가려던 다영은 상우가 한 말에 기막히다는 얼굴로 그를 보았다.

"그쪽 백수예요?"

"나에게 관심 있나 봐? 내 직업이 궁금한 것 보면?"

"됐어요. 하나도 안 궁금하니까, 말 안 해도 돼요."

다영은 뭐 이런 이상한 놈이 다 있냐는 생각에 다시 들어가려고 했다. 하지만 갑자기 화가 욱하고 치밀었다. 어째서 반말인 건지. 자기가 나보다 나이가 많으면 얼마나 많다고 허락도 없이 말을 잘라먹은 건지. 열 받고 짜증도 났다.

"그런데 말은 왜 잘라요? 그쪽하고 나 친근하게 말 자를 사이는 아닌데?"

"아영이나 다영이 너, 나에게 동생이니까."

"난 그쪽 같은 오빠 둔 적 없어요."

"기억해 봐. 둔 적 있을 거야. 너 나 많이 좋아했어."

"그런 적 없어요. 내 머릿속에 없으면 없는 거예요. 그쪽이 우긴다고 없는 사실이 다시 생기는 건 아니죠."

"네 머리가 나쁜 게 아니고? 내 머릿속에는 분명히 있는데. 너 나에게 '오빠 사랑해요!' 하고 고백도 했어."

"미쳤어요? 내가 언제 그런 고백을……."

순간 욱하는 마음에 발끈하던 다영은 상우가 씩 웃자 걸려들었다는 걸 깨달았다.

"너 나 기억하는구나?"

"누, 누가 기억한대요? 난 그쪽 몰라요!"

"꼬마 아가씨, 거짓말하면 엉덩이에 뿔 난다?"

상우가 얄밉게 씩 웃자, 다영은 인상을 쓰며 그런 그의 시선을 피했다.

"초밥 맛있게 먹어라? 내일은 맛난 피자 사서 올 테니까."

상우는 손을 올려 다영의 머리를 쓸어내렸다. 그리고 그녀의 볼을 살짝 잡은 후에 마당에서 사라졌다.

"아이 씨."

상우가 사라진 후, 다영은 그가 쓸어내린 머리를 이리저리 헝클면서 밀려오는 짜증을 온몸으로 표현했다.

"피자 배달 왔습니다."

다음 날, 상우는 피자랑 콜라를 책상에 놓으면서 화사하게 웃었다.

"따라와요."

다영은 상우를 마당으로 나왔다. 그리고 뒤따라 나오는 상우를 매섭게 노려보았다.

"왜 이래요? 이런다고 내가 어머니 집으로 들어가지는 않아요. 어머니와 나는 함께할 수 없는 사이예요, 모르겠어요?"

"알아."

"아는데 이래요? 그쪽은 좋은 마음이겠죠. 하지만 당하는 내가 얼마나 힘들지는 생각 안 해요? 그쪽 이러는 것, 나 괴롭히는 거예요. 알기는 해요?"

"그것도 알아."

대답은 참 시원하게 한다. 다영은 기가 막혀, 말하듯 '하, 하, 하' 어이없는 웃음만 흘렸다.

"네가 싫어도 난 여기에 올 거야. 아영이 생각날 때마다."

상우의 입에서 아영의 이름이 흘러나오자 다영은 움찔했다. 이 남자는 언니의 약혼자다. 연극이라 말했지만, 그건 아무도 모르는 거다. 진짜인지 아니면 가짜인지는 아영과 이 남자 둘만 알 테니까.

"그럼 아영이가 있는 곳으로 가요. 쌍둥이인 건 사실이지만, 난 아영이와 전혀 안 닮았으니까."

"어째서 안 물어봐? 아영이가 진짜로 사랑했다던 남자가 누구인지, 왜 안 물어보는데?"

"그건 아영이 사생활이니까. 난 아영이 사생활을 캐고 싶진 않아요. 그리고 그쪽도 아영이 사생활 중 한 부분이니까, 깊게 알고 싶은 마음도 없고요. 그러니까 제발 오지 마세요."

"그렇게 외면하면 모든 게 잊혀?"

안으로 들어가려던 다영은 상우의 말에 우뚝 멈췄다.

"외면한다고 지워지는 건 없어. 당연히 잊을 수도 없고. 네 쌍둥이 언니가 죽었다는 것과 너에게 할 말이 있었다는 것 그리고 그 말은 네가 그렇게나 부정하는 네 어머니, 바로 네 엄마를 부탁하는 말이었다는 것. 그게 바로 네가 잊으려 하고 외면하는 네 현실이야."

"진짜 그렇다 해도, 내가 왜 그걸 들어줘야 하죠?"

상우를 올려다보는 다영의 눈에 눈물이 그렁그렁 맺혔다. 그런 다영의 모습에 상우는 조금 당황했다. 다시 만난 다영은 늘 강했다. 놀라서 정신이 없었던 그 순간에도 다영은 강했다. 장례식 내내 정혜의 원망을 들으면서도 자리를 지켰고, 꼼꼼하게 하나하나 확인해 가면서 뒷정리를 했다. 그리고 그 뒤로 몇 번 마주쳤을 때도 다영은 흐트러짐 없이 당당하고 강했다. 그런 그녀가 눈물을 보였으니, 상우가 당황하는 건 어쩌면 당연했다.

"내가 왜? 언니가 죽어서? 언니가 지금까지 나 대신 희생하며 산 것 같아서? 그래요. 그건 그렇다고 칠게요. 생각하는 건 그쪽 마음이니까. 그래서 난 여기서 그저 행복하게만 산 거로 보이세요? 난 아무런 근심 없이 그냥 행복하게만 살아서, 빚 받으러 온 빚쟁이처럼, 어머니를 나에게 맡겼다고요? 아영이에게 살아 돌아와서, 자기가 희생한 걸 말하기 전에, 내가 살아온 삶도 한 번 들여다보고 그런 말 하라고 하세요. 다 각자의 입장이 있어요. 그리고 내 입장에선, 내가 어머니를 맡을 이유 따윈 없어요. 당당하게 나에게 뭘 요구할 자격…… 아영이는 없습니다. 아시겠어요?"

"너 왜 이렇게 꼬였어? 내가 아는 꼬마 아가씨는……."

"꼬마 아가씨라고 부르지 마!"

다영은 상우의 말을 자르고 주위가 울릴 정도로 소리를 질렀다.

"날 놀려대던 그 별명…… 부르지 마."

"난 놀리려고 그렇게 부른 게 아닌데."

"아니. 난 똑똑히 기억해. 당신은 언제나 늘 나만 보면, 그렇게 부르며 놀려댔잖아. 아영이는 '예쁜 아영아', 나는 '꼬마 아가씨'라고. 사람들은 아영이는 이름을 부르면서, 난 아영이 쌍둥이 동생이라고 불렀어. 아영이 쌍둥이 동생. 그게 내 이름이었거든. 당신도 내 이름 같은 것 알 필요도 없으니까, 그저 대충 '꼬마 아가씨'라고 부른 거잖아."

상우는 아무 말이 없었다. 그저 알 수 없는 눈빛으로 가만히 다영을 내려다볼 뿐이었다.

"가세요. 그리고 다시는 오지 마세요. 그쪽 사람들은 더는 보고 싶지 않으니까."

다영은 매몰찰 정도로 차갑게 툭 말을 내뱉고 공방 안으로 들어갔다. 그런 다영을 잠시 지켜보던 상우는 그녀가 완전히 사라진 다음에 픽 웃음을 내뱉었다.

"그게…… 그렇게 비칠 수도 있었던 거구나. 몰랐네."

별과 달까지 잠든 캄캄한 밤.

다영은 쉽게 잠들지 못하고 창가에 있는 흔들의자에 앉아 창밖만 하염없이 보고 있었다. 고민할 것도 없는데, 자꾸 고민이 된다. 그냥 지금처럼 살기만 하면 되는 건데, 잊고 있던 엄마라는 존재 때문에 골치가 아팠다.

"엄마한테 가. 미안하다. 좀 더 일찍 보냈어야 했는데……."

아버지의 마지막 유언이었다. 그때 생각했었다.

아버지는 어째서 내가 어머니 옆으로 가면 모든 게 다 예전처럼 돌아간다고 여겼던 걸까? 지난 시간을 돌이킬 수 없는데. 어째서 아버지는 시간을 되돌릴 수 있다고 생각했던 걸까?

"다영아, 차라리 미워해. 원망하고 화내."

누굴 미워하고, 누굴 원망하라는 걸까? 그리고 누구에게 화내라는 소리지?

돌아가시는 순간, 아버지가 마지막 유언으로 하신 말씀인데도 다영은 전혀 이해가 되지 않았다.

"미안해. 아빠가 미안해, 다영아."

계속 미안하다 말하는데도 다영은 아무 말도 하지 않았다. 아니 무슨 말을 해야 할지 몰랐다.

미안하다고 하니 용서해 준다고 해야 옳았나? 아니면 그런 말 하지 마시라고 해야 했나?

그때는 딱 한 가지 생각밖에 안 했던 것 같다. 골치 아픈데 그만했으면 좋겠다. 아버지가 미안하다는 말을 할 때마다 다영은 계속 이 생각뿐이었다.

"도대체 나보고 어쩌라는 거야?"

가야 할 길이 보이지 않는다. 앞뒤 꽉꽉 막힌 기분. 다영은 지금 딱 그런 기분이었다.

"휴."

답답한 마음에 다영의 입에서는 길고 긴 한숨이 흘러나왔다.

"한번 일찍 왔네?"

확인해야 할 사건이 있어 아침도 거르고 출근한 건데, 친구 겸 H&L 로펌의 공동 대표인 이동현 변호사가 한 손에 커피잔을 들고 사무실에서 튀어나오자, 상우는 놀란 마음에 순간 움찔했다.

"뭐냐? 네가 이 시간에 왜 거기서 튀어나와? 설마 검토해야 할 사건 때문에 새벽에 출근한 거야? 네가?"

"당연히 아니지."

사건 파일 들고 집으로 가는 한이 있더라도 새벽에 튀어나오는 짓은 절대 못 하는 녀석이 동현이었다. 그러니 이 시간에 동현이 사무실에 있다는 자체만으로도 큰 사건이라는 뜻이었다.

"뭔데? 무슨 일이기에 네가 이 시간에 사무실에 있어? 빨리 말해. 나 불안해해야 하는 거냐?"

"그것도 아니야. 다만, 내 집에 마주치면 안 될 분이 계셔서 피한 거지."

"누구? 네…… 할머니?"

"응."

동현이 힘없이 고개를 끄덕끄덕하자, 상우는 풋 웃음을 터뜨렸다.

"또 선볼 여자 사진 잔뜩 들고 오셨어?"

"응."

"이번에는 어느 집안 여자들인데?"

"집안은 모르겠고, 모두 세 명인데, 한 명은 고등학교 교사, 한 명은 소아과 의사, 나머지 한 명은 레스토랑 경영한대. 요리사인가 봐."

"네 할머니 아직도 너 포기 안 하셨어?"

"응."

동현은 크게 고개를 끄덕거리고는 깊은 한숨을 내쉬며 고개를 푹 숙였다.

"결혼이 없는 세상에서 살고 싶어라."

상우는 킥킥킥 웃음을 흘리며 자기 사무실로 들어가 들고 있던 가방을 책상 위에 올려놓았다.

"한변, 네가 대신 나가라."

동현은 상우를 졸졸졸 따라오면서 말도 안 되는 말을 했다.

"할머니께서 너랑 붙이려 데리고 온 여자를 내가 왜 책임져야 하는데?"

"내가 왜 관심도 없는 여자랑 선을 봐야 하는 거냐고!"

"난 관심 있고? 부탁인데, 우리 각자 일은 각자 알아서 하자?"

"아니 진짜! 얼마나 능력이 없으면 맞선 시장에 나온 거냐고!"

"그쪽도 비슷한 말을 너에게 했을 수도 있다는 생각은 안 하지?"

상우는 의자를 빼 앉고는 긴 다리를 우아하게 꼬았다.

"우리나라는 이게 문제야. 결혼 같은 중요한 일을 왜 집안 어른들이 나서냐고! 그 여자랑 함께 살 사람은 난데!"

"옛날부터 내려온 잘못된 악습 아니냐."

"약혼식 준비가 착착 진행될 때, 넌 어떤 느낌이었냐? 이러다 진짜 약혼하는 거 아닌가 하는 불안감은 없었어?"

사건 파일을 펼치던 상우는 동현의 질문에 픽 웃음을 흘렸다.

"사실 좀 이해가 안 됐어. 너희들 진짜로 약혼하게 되면 어쩌려고 저러나 그랬거든."

"만약 계획이 다 어그러져서 그렇게 됐더라면, 내가 죽일 놈 되고 끝내려 했어. 다른 사랑하는 여자가 있어서 이 약혼 못 하겠습니다. 이렇게 선언하면 다들 어쩌겠어? 우리 부모님은 내가 못 하겠다는데 억지로 약혼시킬 분이 아니니까 넘어가고, 정혜 이모도 아영이가 공식적으로 파혼당하면, 어쩔 수 없이 태인이 받아들여 주실 거로 생각했고. 어쩌면 그렇게 되길 바란 건지도 모르겠어. 커다란 흠이 하나씩 생기겠지만, 그게 아영이에게는 아주 좋은 기회가 될지도 모른다고 생각했으니까."

"하긴, 믿었던 네가 파혼하면 민정혜 사장님도 충격이 크실 테니까. 그 방법이 오히려 더 좋았을지도. 그런데 난 좀 다르게 생각했었어. 이 녀석이 아영이에게 조금이라도 감정이 있었던 거 아닌가 하는 생각. 계속 동생이라고 여기던 애에게 딴 남자가 생기니까, 뒤늦게 각성한 거 아닐까 하고 의심했었거든."

상우는 대답 없이 픽 웃었다. 대답 회피인지, 아니면 대답할 가치가 없다고 생각해서 인지. 그 머릿속을 알 수 없지만 이것 아니면 저것, 이쪽 아니면 저쪽. 늘 언제나 선이 확실했던 친구이기에, 지금 상우의 태도가 동현의 눈에는 상당히 미심쩍게 보였다.

"이 찝찝함은 뭘까? 한변, 지금 우리 한변 몸에서 엄청나게 미스터리한 냄새가 폴폴 풍기는 건 알지? 설마 진짜였어? 아영이, 그 마마걸이 동생이 아니라 여자였어?"

"일해. 일 안 해?"

"오호! 살다 살다, 우리 한상우 님께서 말 돌리는 날도 보네? 뭐야? 사건의 진실이 뭐냐니까?"

동현은 흥미로움에 눈까지 반짝이며 책상에 걸터앉았다.

"한변, 우리 힘들게 붇지 말고 가볍게 붇자. 나 궁금한 것 못

참는 것 알잖아."

"힘들게 불 것도 없고, 가볍게 불 것도 없어."

"여자였어? 마마걸이?"

"여자라……."

상우는 잠시 생각하는 듯하더니 또다시 픽 웃었다.

"여자였던 거겠지? 그게 아니면 설명이 안 되니까."

"진짜였어? 그 답답한 마마걸을? 와! 대박!"

꿈에도 생각 못 했는지, 동현이 호들갑을 떨었지만, 상우는 이미 딴생각에 빠진 듯 친구의 호들갑은 눈에 보이지도, 귀에 들리지도 않는 듯했다.

"그 녀석을 만나러 가는 길이 설렜지. 그 녀석에게 줄 선물을 품에 꼭 안고 가는 날은 더더욱 그랬어."

"뭐야? 너 아영이에게 이것저것 사준 게 그런 의미였어? 설레고 좋아서?"

"딱 한 번만이라도 날 똑바로 봐줬으면 좋았을 텐데. 그 녀석의 시선은 늘 아래, 아니면 정혜 이모였거든."

"우리 한변, 아영이가 딴 놈 좋아해서 상처 받았구나?"

동현은 위로해 주려는 듯 상우의 어깨를 토닥였다.

"그런데 말이야. 이젠 그 녀석이 날 똑바로 보는데, 정작 날 설레게 하는 녀석은 없네. 그래서일까? 계속 씁쓸해."

동현은 뭐가 이상하다 느꼈는지 고개를 갸웃했다.

"대화는 하고 있으나, 대화가 아닌 듯한 이 애매한 느낌은 뭐지?"

동현이 살짝 미간을 찌푸리자, 상우는 그런 친구를 보며 빙긋 웃었다.

"이상, 한상우 님의 첫사랑에 대한 변론이었습니다."

어린 시절 잠깐 스친 풋사랑 같은 거다. 그때를 생각하며 픽픽 웃음을 흘리는 그런 감정. 그런 순수했던 감정이 제대로 전달되지 않았다는 걸 지금에서야 알게 되다니. 픽 웃는 상우의 미소에 씁쓸함이 묻어났다.

"아……."

동현은 그제야 무슨 말인지 알았다는 표정으로 빙긋 미소를 머금었다.

"예전에, 아영이가 너 좋다고 했을 때, 집 나와서 내 오피스텔에서 잠깐 있었잖아. 아영이랑 마주치는 거 불편하다고 하면서."

"응. 그랬지."

"태인이랑 셋이서 술 마셨던 적이 있었는데, 네가 딱 한 번 술에 취했었거든."

"그랬나? 모르겠는데?"

상우는 동현이 어째서 이런 말을 꺼냈는지 알 수가 없어 고개를 갸웃했다.

"그날 태인이랑 난 네 첫사랑이 누군지 다 들었지."

"내가 술주정을 했다고?"

"네 입으로 고백한 애가 다영이었으면 좋았을 텐데, 하고 말했어. 그때 상우 네가 여자 문제에서만큼은 왜 그렇게 까다롭게 굴었는지 알게 됐지."

"다영이만 생각한 건 아니야. 알면서. 그냥 풋사랑이었던 거지."

"문제될 거 뭐 있나?"

늘 장난스러웠던 친구가 갑자기 진지해지자 상우의 얼굴에는 당황한 표정이 떠올랐다.

"아영이와 태인이 그만큼 도와줬으면 됐어. 이제는 네 갈 길 가. 하다영 만나고 싶으면 만나. 너 누구 눈치 볼 필요 없어."

"왜 갑자기 그런 말을 해? 뜬금없이?"

"너 하다영에게 미련 있는 거잖아. 아니야?"

상우는 가타부타 대답 없이 크게 하하 웃음을 터뜨렸다.

"내가 한상우 성격을 좀 알지. 우리 상우는 끝내지 못한 일은 절대로 잊지 않아. 하다영은 시작도 못 한 사랑이니 가슴속에 아직 남아 있을 거 잖아. 그러니까 누구 눈치도 보지 말고 끝을 보라고. 그래야 결실을 보든 지우든 하지."

동현의 말에 상우의 표정이 딱딱하게 굳었다. 그리고 그 표정은 한참 동안 펴지지 않았다.

제 2 장

"네가 이렇게 아침 일찍 웬일이냐?"

다영은 정혜가 출근하기 전인 이른 아침에 그 집으로 찾아갔
다.

"제 사생활에 간섭하지 마세요."

다영은 소파에 앉자마자 툭툭 차갑게 말을 내뱉었다.

"그게 무슨 말이야? 갑자기 찾아와서 이상한 말을 하고 있
어?"

"아영이는 어머니께 모두 맞췄는지 모르겠지만, 난 아닙니다.
제 사생활에 조금이라도 간섭을 하시면 바로 나갑니다. 또 약혼
같은 미친 짓도 사양합니다. 쌍둥이라 해도 아영이 것을 물려받
을 생각은 조금도 없으니까, 아영이 약혼자와 엮으려는 느낌이
조금만 들어도 나갈 겁니다. 그리고 다시는 어머니 보지 않아요."

"너 지금 그 말이……."

다영이 무슨 말을 하려는지 알아챘는지, 정혜의 음성이 조금 떨렸다.

"들어오겠습니다. 어머니 친구분과 아영이 약혼자라는 그 남자가 찾아오는 것 그만하게 하고 싶으니까, 일단 들어올세요. 하지만 딱 거기까지입니다. 그냥 한집에 사는 것까지만 할 거예요. 어머니께서 그 선을 넘으시면 바로 튀어 나갑니다. 그리고 다시는 어머니 보지 않아요. 영원히."

자기 할 말을 끝낸 다영은 곧장 일어나 현관을 향해 걸어갔다.

"어째서 나한테 이렇게 차갑니? 네가 어떻게 나한테 이렇게 차가워? 우리가 왜 이렇게 됐는데? 내가, 아영이가 왜 이렇게 됐는데? 다 너 때문이잖아! 너 때문에 이렇게 됐잖아! 그런데 어째서 넌 조금도 나랑 아영이 생각은 안 해?"

"언제까지 내가 아영이를 죽었다 생각하실 건데요? 아영이를 죽인 건 어머니라는 생각 안 드세요? 아영이 개성을 모두 죽이고, 인형으로 키우신 건 어머니잖아요! 아영이가 자기 마음조차 말하지 못하게 만든 건 어머니면서 왜 내 탓을 하는데요?"

일 년이 지나도 변하지 않은 정혜의 생각에 순간 욱한 다영은 뒤돌아서 마음속에 꼭꼭 숨겨두었던 말을 토해냈다.

"아영이는 행복했어! 난 아영이게 모두 다 해줬어!"

"행복했다고 착각하신 거겠죠! 아영이 꿈이 뭔지 아세요? 뭐가 되고 싶어 했었는지 아시냐고요! 아영이는 형사가 되고 싶어 했어요! 아버지처럼 형사가 되고 싶어 했다고요! 그런 아영이가 뭐가 됐죠? 디자이너요? 아영이는 디자인 같은 건 관심 없었던 애라고요! 그리고 아영이 옛날 모습은 어땠나요? 활달하고 자신감이 넘치던 애였어요. 온 동네를 헤집고 다니면서 이리저리 까이고 다치는 게 일이었던 애였다고요! 그 애가 어떻게 변했나요? 유리 공주님으로 변했죠. 조금이라도 충격 받으면 깨져 버릴 것 같은 유리 공주님으로! 애를 그렇게 만드셨으면서 뭐가 그렇게 당당하십니까? 자기 자식을 자기 뜻대로 이리저리 움직이는 인형으로 만드셨으면서, 그것 때문에 아영이가 어머니에게 싫다는 말 한마디조차 못 하게 만들었으면서, 그래서 그 자식을 죽게 했으면서, 누굴 탓하시는 거냐고요!"

다영은 씩씩 거친 숨을 몰아쉬며 정혜를 노려보았다.

"어머니가 걱정돼서 들어오는 게 아니에요. 어머니 친구분이, 아영이 약혼자가 찾아오는 게 귀찮아서예요. 부딪치면서 살아봐요. 한 달도 안 돼서 어머니와 저, 다시 못 볼 철천지원수가 돼서 갈라서게 될 테니까."

정혜는 아무 말도 하지 않았다. 그저 멍하니 허공만 볼 뿐이었다.

"저녁에 올게요. 아침, 점심, 저녁, 그런 것 신경 쓰지 마세요. 집에서 밥 같은 것 먹지 않을 생각이니까."

다영은 당황해 얼어버린 정혜를 그대로 두고 그렇게 집을 빠져나왔다.

지옥 속으로 걸어 들어가는 기분이 이런 기분일까?

하지 말아야 할 선택을 한 것 같다. 지금 한 이 선택 때문에 지금까지 지켜온 평화가 깨져 버리면 어떡하지?

기껏해야 한 달이다. 넉넉하게 한 달 뒤에는 힘겹게 지켜온 내 평화로운 세계로 돌아갈 수 있을 것이다.

"예상대로 됐으면 좋으련만."

커다란 집을 올려다보며 다영은 깊고 긴 한숨을 내쉬었다.

"어때? 저녁에 들어온다고 해서 온종일 얼마나 바빴는데."

다영은 얼굴을 반쯤 구겨서 자기가 머물게 될 방을 살폈다.

도대체 이건 누구의 취향일까? 어머니? 아니면, 어머니 친구
인 나희?

"어머니, 이건…… 100% 아영이 취향 아닌가요?"

다영의 입주 소식에 일찍 퇴근해 정혜의 집으로 온 상우는 다
영의 방이라고 꾸며진 방을 보며 소리 없이 하하 웃음을 터뜨렸
다.

"우린 좀 다르게 한다고 한 건데, 많이 그런가?"

나희의 말에 다영의 입에서는 차가운 미소가 떠올랐다.

"다시 말해 어머니 취향이라는 뜻이겠네요."

다영은 무뚝뚝하게 말하고는 들고 있던 캐리어를 바닥에 툭
내려놓았다.

"너 옛날에 이런 스타일 좋아했었어. 옷을 입어도 레이스 많이
달린 그런 것……."

"어머니 스타일이죠."

다영은 짜증 섞인 한숨을 토해내며 정혜 말을 싹둑 잘랐다.

"자다 경기하겠네. 유치원생 꼬마 방 꾸미는 것도 아닌데, 이
건 또 뭐야?"

다영은 방 안을 한 번 더 쭉 살피고는 나풀거리는 침대 캐노피

를 신경질적으로 툭 쳤다.

"킥킥."

100% 같은 마음이었던 상우의 입에서도 풋 웃음이 터졌다.

"게스트 룸 있죠? 어디예요?"

"이 방이 네 방이야. 오늘 나와 나희가 여기저기 발품 팔……."

"싫어요."

다영은 이번에도 정혜의 말을 중간에 싹둑 잘랐다.

"이런 스타일 딱 질색이에요. 게스트 룸도 이 모양이면, 내일 가구 들고 다시 오죠."

"이쪽, 이쪽이야."

다영이 캐리어를 들려고 하자, 상우가 그 캐리어를 빼앗아 들며 구석에 있는 다른 방을 가리켰다.

"여기는 대충 네 스타일에 맞을 것 같아."

상우가 먼저 앞장서서 그 방으로 가자, 다영은 다르면 얼마나 다르겠느냐는 생각으로 그를 따랐다. 그리고 상우가 열어준 방을 살피며 체념한 듯한 얼굴로 긴 한숨을 내쉬었다.

오래 있어봐야 한 달 아니면 두 달 정도일 것이다. 딱 그때까지만 꾹 참자.

다영은 상우가 들고 있는 캐리어를 빼앗듯 들고는 방으로 들어갔다.

"이 방으로 할게요. 저는 좀 쉬어야겠어요. 안녕히 가세요."

다영은 나희와 상우에게 미리 인사를 하고는 캐리어를 바닥에 놓았다.

"우리 저녁 먹어야지. 환영 파티……."

"환영 안 해주셔도 됩니다. 어머니께 말씀드렸다시피 저는 이 집에서 밥 먹을 생각 없어요."

나희의 해맑은 음성도 싹둑 자른 다영은 꾸벅 인사를 했다. 이만 나가 달라는 뜻이다. 이곳에 있는 이들과 가까워질 생각이 없다는 뜻이 강하게 담긴 행동이었다. 상우는 나희와 정혜에게 오늘은 피곤할 테니 이만 쉬게 두자고 하며 두 분을 모시고 아래층으로 내려왔다. 그리고 가사도우미 아주머니가 차를 내올 때까지 소파에 앉아서 조용히 두 사람의 안색만 살폈다.

"아빠랑 살더니 애가 이상해졌어. 그 인간은 도대체 애 교육을 어떻게 한 건지."

다영의 태도에 실망한 정혜는 모든 원망을 죽은 전남편, 다영의 아버지에게 돌렸다.

"다영이 태도가 정상적인 걸 수도 있어. 사실 원해서 들어온 것도 아니잖아. 나랑 상우가 강요해서 들어온 거지."

다행히 나희는 이해한 것 같았다. 상우는 빙긋 웃으며 박 씨 아주머니가 가져다준 커피 향기를 맡았다.

"나랑 있을 때는 완벽한 애였다고!"

"세월이 얼마인데, 변해도 많이 변했지."

"쟤를 어디서부터 어떻게 손대야 할지 엄두가 안 나."

"굳이 바꿀 필요 있어? 난 지금 성격도 좋은데. 사실 아영이는 너무 인형 같은 면이 있었잖아. 지금에서야 말하지만, 난 아영이가 가끔 답답했었거든. 이렇게 말해도 '네', 저렇게 말해도 '네'. 이건 좀 그랬지."

나희의 말에 정혜의 눈빛이 사납게 일그러졌다. 자신이 공들여 만든 작품을 어째서 네가 깎아내릴 수 있느냐는 눈빛이었다.

"이모, 바꿀 생각하지 마세요. 다영이는 이미 저렇게 자랐는데, 이모가 강제로 아영이처럼 바꾸려고 하면 반발심만 생길 겁니다. 집이 없는 것도 아니고, 자기 일이 없는 것도 아닌 애가 할 선택은 하나잖아요. 다영이 성격으로 봐서는 지금까지처럼 이모 안 보고 살아도 된다고 생각할 겁니다."

"하지만 저래서는 너랑 맞지가 않잖니?"

"그것도 아니죠. 저랑 다영이가 자연스럽게 가까워진다면 모를까, 다영이 입장에서 보면, 언니 약혼자랑 결혼하라는 건 말도 안 될 일이죠. 물론 약혼식은 안 올렸지만, 약혼할 뻔한 건 사실이잖아요. 그것만 보면 저 흠이 엄청 많은 남자예요. 그렇게 환영할 만한 조건 아니에요."

"그건……."

상우는 정혜를 향해 부드러운 미소를 머금었다.

"저희 일은 저희에게 맡겨두세요. 제가 알아서 하겠습니다."

"너 다영이가 마음에 안 드니? 그래서 그래?"

정혜의 물음에 상우는 하하 웃음을 흘렸다.

"다영이와 저, 많이 어색한 사이라는 뜻이에요. 약혼, 결혼, 그런 걸 입에 올릴 만큼 친숙한 사이가 아니죠. 아영이와는 다르잖아요. 쟤가 알아서 할게요. 사실 저 애가 옛날 그 꼬맹이인지도 잘 모르겠어요. 낯설어요."

"그래! 애들 일은 애들이 알아서 하라고 해. 괜히 어른이 나섰다가는 될 일도 안 돼! 다영이는 아영이랑 많이 다르잖아. 오늘도 봐. 자기가 하고 싶은 말은 꼭 하고 보잖아. 너도 네 딸하고 친해질 시간이 필요해. 가족이잖아. 시간이 지나면 멀어진 거리만큼 가까워질 수 있을 거야."

나희까지 나서자, 정혜는 '그런가?' 하는 눈빛으로 긴 한숨을 내쉬었다.

"이영이기 그리워. 다영이가 저렇게 행동할 때는 더욱더."

"이모."

상우는 정혜를 부드러운 목소리로 불렀다.

"왜?"

"다영인 아영이가 아니에요. 그리고 옛날 이모가 알던 다영이도 아니고요. 지금의 다영이를 인정하고 받아들여야 해요. 그래야 다영이와 가까워질 수 있어요. 제 말뜻 아시겠어요?"

상우의 말에 정혜는 대답 대신 무거운 한숨만 내쉬었다.

"잘될까? 오늘 다영이가 하는 행동을 보니, 아무래도 불안해."

정혜의 집 대문을 나오면서, 나희는 걱정스럽게 커다란 집을 올려다보았다.

"긴 시간 떨어져 있었는데, 가족이 되려면 시간이 필요하죠."

"정혜는 변할 애가 아닌데, 다영이 상태가 끝까지 저러면 어쩌니?"

"저는 다영이가 정혜 이모를 좀 꺾었으면 해요. 정혜 이모가 안 꺾이면, 지금 다영이 성격으로 봐서는 진짜 의절한다고 할지도 몰라요. 게다가 어머니도 저도, 아영이가 많이 힘들어했었다는 거 알고 있잖아요."

"데려다 놔도 걱정이야. 상우 네가 다영이 자주 만나서 상담도 해주고 그래. 알았지?"

"걱정 마세요."

상우는 바로 정혜의 집 바로 옆에 있는 자기 집 대문을 열었다.

"그런데 상우 너, 다영이 어때? 영 마음이 없어?"

"어머니 제발……."

상우는 대문을 연 후, 어머니의 양어깨를 움켜잡았다.

"너 어렸을 땐 아영이보다 다영이를 더 좋아했어. 너 인형도 다영이 줄 인형만 사고 그랬는데, 기억 안 나?"

"알아요. 그때 제 나이가 몇인데, 그걸 기억 못 해요?"

상우는 어머니를 살살 밀면서 안으로 들어갔다.

"아영이 동생이라 영 안 내켜?"

죽은 약혼자의 동생. 상식적으로 말이 안 되는 건 사실이었다. 하지만 나희가 이렇게라도 다영과 연결시키려는 건 다 이유가 있어서였다. 사실 상우는 예전부터 이상할 정도로 여자에게 관심이 없었다. 사춘기, 이성에 대한 관심이 높아지는 그 무렵, 상우는 동성 친구들과 노는 걸 더 좋아했었다. 특히 무리에 여자가 끼는 걸 극도로 싫어해서, 그렇게나 귀여워했던 아영이도 친구들과 어울릴 때는 안 데리고 갈 정도였었다.

"너 왜 아영이랑 약혼한다고 했어?"

약혼을 준비할 때, 너무나도 무덤덤한 아들을 보며 나희가 이런 질문을 했었다.

"그냥요. 약혼해도 상관없을 것 같아서요."

아영이 좋아해요. 아영이 좋은 애잖아요.

사랑한다는 말은 안 나와도 이 둘 중 하나는 나올 줄 알았었는데, 상우는 정말 아무 감정이 없어 보였다. 나희는 그때 많이 놀랐었다. 아들이 여자에게 아무 관심이 없는데 어른들 눈을 속이기 위해 거짓으로 약혼식을 올리는 건 아닌가 하는 의심까지 들었었다.

"만난 지 얼마나 됐다고 그런 생각을 합니까? 얼굴 익히는 것도 난관의 연속일 텐데. 다영이 저 안 좋아해요."

그런데 아영의 장례식장에서 다영을 보는 상우의 눈빛이 좀 달랐다. 어디가 어떻게 다른지는 잘 모르겠지만, 그건 분명히 여자를 응시하는 남자의 눈빛이었다.

"왜? 잘난 우리 아들이 왜 싫대?"

꼭 다영이와 이어지길 바라는 건 아니었다. 정혜처럼 아이들을 꼭 결혼시켜야지 하는 생각도 없었다. 그냥 이번 기회에 상우도 남의 집 자식들처럼 사랑하기도 하고 받기도 하는 그런 사람이 되길 바라는 것뿐이었다.

"저에 대한 기억이 별로 안 좋더라고요."

"왜? 우리 아들이 다영이에게만큼은 얼마나 다정했는지 내가다 기억하는데. 오히려 막 대한 건 아영이었지. 진짜 동생처럼 대했잖아?"

"자기를 놀렸다고 생각해요."

"네가 언제? 언제 놀렸어?"

"그때, 다영이가 아영이에게 콤플렉스 같은 게 있었던 것 같아요. 저는 그 콤플렉스를 건드린 것 같고."

"그래서 우리 잘난 아들이 싫대?"

"오해였단 걸 풀 때까지는 시간이 필요하다는 뜻이에요."

"뭐가 이렇게 복잡해?"

나희는 애교 섞인 목소리로 우는 소리를 냈다.

"귀여운 우리 조 여사님! 조 여사님께서 1순위로 사랑하는 남편이자, 제 아버지이신 한진혁 부장검사님께서 들어오실 시간입니다. 그럼 같이 예쁜 저녁상 차려서 기다려야죠?"

"휴! 오늘 다영이 소개해 주려고 했는데. 네 아버지가 아영이도 얼마나 예뻐했니? 꼭 딸 같다며, 엄청 귀여워했었잖아."

"시간은 많아요. 꼭 오늘이 아니더라도 언제든지 가능하잖아요. 예쁜 사모님, 들어가실까요?"

"어머, 아들! 꼭 제비 같아!"

"이렇게 완벽하게 잘생긴 제비는 이 세상에 없습니다."

아들 품에 안겨 집으로 들어가는 나희의 입에서 기분 좋은 웃음소리가 터져 나왔다.

잠이 오지 않는다.

모든 것이 낯선 이곳에서의 첫날. 쉽게 잠들 수 없는 건 어쩌면 당연했다.

불편해 이리저리 뒤척거리던 다영은 결국 이불을 걷고 일어섰다. 그리고 침대에 걸터앉아 휴대폰을 찾아 들었다.

[왜? 잠이 안 와?]

밤늦게 전화를 건 친구가 싫을 만도 한데, 현주는 오히려 걱정스럽다는 목소리다. 익숙한 목소리를 들으니 조금은 편해지는 듯해, 다영은 내렸던 발을 다시 올려 침대 헤드에 몸을 기댔다.

"응."

[방 분위기가 영 아닌가 봐?]

"꿈에까지 나올까 봐, 게스트 룸으로 방을 옮겼어."

[러블리 공주풍?]

"어떻게 알았어?"

[네 쌍둥이 언니 보면 딱 나오잖아.]

"잠도 안 오고, 맥주 한 잔 마시면 딱 좋겠는데."

[주방에 가면 뭐라도 안 나올까?]

"풀밖에 없을 거야. 식단에 아주 민감하시거든. 그런 분이 맥주를 채워두실 리가 없지."

[오늘 같은 날은 맥주 한 잔 딱 걸쳐줘야 하는데?]

"나가서 사올까? 오다 보니까 편의점이 있던데."

[거기 부촌이라면서? 드라마에서 보면, 전화 받으며 동네 말하는 그런 부촌. 그런 곳에 편의점이 있어?]

"차 타고 넉넉하게 십 분 정도 가면 있는 것 같아."

[네가 술이 절실하긴 하구나? 귀차니즘 환자가 그 번거로움을 감수하면서까지 술을 사러 간다는 것 보면?]

현주는 크게 하하 웃음을 터뜨렸다.

"웃지 마. 나 절박해."

[갔다 와. 술 한 잔 먹고 자는 것도 좋지. 내일 제대로 출근만

해준다면, 술독에 빠진다고 해도 상관 안 해.]

"술독에 빠졌는데, 제대로 출근하겠냐?"

[어떻게든 제시간에 출근하라고.]

친구와 통화를 끝낸 다영은 몇 초 망설이다가 결국, 휴대폰을 들고 침대에서 내려와 가방에서 지갑과 차 열쇠를 꺼내 들었다. 그리고 조심조심 방을 나와 일 층 거실을 지나 현관문을 열었다.

"어디…… 가세요?"

갑자기 들리는 목소리에 흠칫 놀란 다영은 뒤돌아 상대를 확인했다. 집안일을 해주신다는 박 씨 아주머니다. 다영은 어색하게 웃으며 손가락으로 밖을 가리켰다.

"잠이 안 와서 맥주 좀 사올까 해서요."

"술이 필요하시면 와인이 있는데요."

"아니에요. 맥주가 고프네요. 아까 대문하고 현관 번호 다 알아뒀으니까, 걱정 말고 주무세요."

"잠깐만요."

다영이 나가려 하자, 박 씨는 그런 그녀를 불러 세웠다.

"그러지 말고 한 변호사에게 가져다 달라고 해도 되는데요."

"네? 누구요?"

"아! 상우요. 한상우."

"아!"

그제야 상우가 변호사라는 걸 알게 된 다영은 별 뜻 없이 고개를 끄덕끄덕하고는 다시 어색하게 히죽 웃었다.

"그냥 사오면 돼요. 신세 지는 것도 그렇고."

"사장님, 이 밤에 따님 운전하고 다니는 것 안 좋아해요."

"저는 야밤에 잘 돌아다녀요. 아영이와 다른 종자거든요. 주무세요."

다영은 몸을 돌려 나가려다 다시 박 씨에게로 시선을 돌렸다.

"그냥 말씀 편하게 하세요. 다영이라 부르시면 돼요."

"어떻게……."

"아영이 동생이잖아요. 듣는 제가 불편해서 그러는 거니까, 말씀 편하게 부탁해요? 갔다가 제가 알아서 들어올 테니까, 그냥 주무세요?"

"저기……."

다영은 박 씨가 막기 전에, 서둘러 마당을 가로질러 가서, 대문을 열고 나왔다. 그리고 차 앞에 서서 문을 열려고 하는 그때, 휴대폰이 울려서 서둘러 받았다.

[어디야?]

"누구세요?"

[한상우. 어디냐고? 아직 출발한 것 아니지?]

"아줌마께서 전화하셨어요?"

[응. 그러니까 기다려. 나 지금 나가니까.]

"됐어요. 애도 아니고. 그쪽은 자요. 나 상관 말고. 끊습니다."

먼저 통화를 끝낸 그녀가 차에 막 올랐을 때, 바로 옆집에서 대문이 열렸다. 그리고 편한 차림의 상우가 나와 차를 막았다.

"참, 말 안 듣네."

상우는 운전석 차 문을 열었다.

"내려."

"길 알아요. 그러니까 이런 관심 사양합니다."

"내려. 이 길은 너보다 내가 더 잘 아니까."

다영은 나 좀 가만 내버려 두면 안 되겠냐는 말을 하려다가 그만 입을 다물었다. 통할 것 같지 않다. 말해봤자 입만 아플 테니 그냥 원하는 대로 해주자는 생각으로, 다영은 차에서 내렸다. 상우가 운전해 갈 거로 생각했던 다영은, 그가 그녀의 손에서 차 키를 빼앗아 문을 잠그자 살짝 눈살을 찌푸렸다.

"뭐예요? 설마 그쪽 집에 있는 맥주 주겠다고 나 차에서 내리라고 한 거예요?"

"가. 아영이랑 자주 가는 포장마차가 있어."

"이 동네에 포장마차가 있어요?"

"가자."

상우가 먼저 앞장서자, 다영은 몇 초 망설이다가 그를 따랐다.

"왜 이런 곳에……."

으리으리한 주택가 한가운데에 어울리지 않게 떡하니 서 있는 허름한 목축 건물. 상우를 따라 그 건물 안에 들어선 다영은, 진짜 포장마차에서 볼 수 있는 동그랗고 파란 테이블과 의자 그리고 벽에 여기저기 낙서까지 되어 있는 진짜 변두리 허름한 술집 같은 모습에 어이없는 웃음만 흘렸다.

"여기 뭐예요?

"실내 포장마차라고 하지?"

상우는 키득키득 웃으며 자리를 잡고 앉았다.

"빨리 줘!"

"기다려!"

늘 먹던 게 있는 듯, 상우는 주문도 하지 않고 주방을 향해 소리쳤다. 그러자 주방 쪽에서 똑같이 큰 소리가 들렸다.

"여기 사장과 친한가 봐요?"

"친구야. 다른 것도 아닌 포장마차에 꽂혀서, 이 비싼 동네에 이걸 차린 아주 특이하고 머리가 텅텅 빈 부잣집 아들. 대신 재료는 최상이야. 그러니까 안심하고 먹어도 돼."

"그런데 왜……."

다영이 이해를 못 하겠다는 얼굴로 실내를 둘러보자, 상우는 무슨 생각을 하는지 알겠다는 얼굴로 픽 웃었다.

"포장마차는 이렇게 허름해야 맛이라나? 돈 들여서 일부러 이렇게 만들었지. 이것 때문에 내가 저 녀석을 특이하고 머리가 텅텅 비었다고 하는 거야."

"그냥 좋게 순수하다고 해줄래?"

허름한 공간과는 어울리지 않게 눈처럼 깨끗한 흰색 와이셔츠에 무릎 밑까지 길게 늘어뜨린 까만 앞치마를 입은 남자가 상큼하게 웃으며 주방에서 커다란 쟁반을 들고 나왔다. 남자는 테이블에 닭발과 오도독뼈 그리고 국수와 소주를 내려놓았다.

"안녕하세요, 저는 상우 친구 이태인입니다."

남자는 빙긋 웃으며 상우의 옆에 앉았다.

"네. 안녕하세요? 하다영입니다."

"이제야 아영이 동생을 자세히 보네요. 예상했던 대로 아영이와 많이 다르네요. 이미지가 정반대인 것 같아요."

태인은 다영을 보며 빙그레 미소를 머금었다. 그런데 그 미소가 좀 이상했다. 그리운 듯, 아픈 듯, 복잡하게 여러 감정이 얽힌 그런 미소였다.

"제가 좀 거칠게 자랐거든요."

아영과 친한 사람이라 언니를 생각하는 거겠지. 다영은 이렇게 생각하며 소주를 집으러 손을 뻗었다.

"내가 따라줄게요."

태인은 앞에 있는 소주를 집었다. 그리고 뚜껑을 따 그녀에게 내밀었다.

"한 잔 받아요. 아영이는 나에게도 중요한 녀석입니다. 아영이 쌍둥이 동생에게 술 한 잔 따라줄 자격은 돼요."

"뭐…… 그러죠. 한 잔 주세요. 받을게요."

태인이 내민 소주병을 몇 초 가만히 보던 다영은 곧 빙긋 미소를 머금으며 술잔을 내밀었다.

"하아영, 그 공주님이 동생 이야기를 제일 많이 한 곳이 이곳입니다. 이 자리에 앉아서 동생이 부럽다는 말을 자주 했죠."

태인이 다영에게 술을 따라주자, 상우가 그 술병을 가져가 태인과 자기 술잔을 채웠다.

"아영이가 다영 씨 이야기할 때마다 생각했습니다. 한날한시에 같이 태어난 쌍둥이면서, 왜, 어째서, 아영이는 동생처럼 자라지 못했을까? 어째서 유리성 안에 갇힌 불쌍한 공주님으로 자라게 된 걸까?"

"아영이랑 어떤 관계였어요?"

강한 안타까움. 그리고 강한 아픔. 이 남자, 그저 그런 가벼운 친구 사이만은 아니다.

"사랑하는 사이입니다. 아영이와 난, 사랑하는 연인입니다."

태인의 고백에 다영은 그렇게 놀라지는 않았다. 그저 '아! 그랬구나. 이 남자였구나.' 이 정도였다.

"어머님께서는, 그러니까, 다영 씨 어머님께서는 아영이에게 세뇌하듯 상우 이외에 다른 남자는 눈길도 주지 말라고 했어요. 아영이는 그렇게 어머님께서 정한 인생을 살았죠. 지난 이 년간, 사귀는 내내 수없이 많이 싸웠습니다. 난 딱 한 번만 용기 내자. 아영이는 이대로 둘이 떠나자. 그때 아영이를 꺾었어야 했는데, 꺾어서 어머님을 찾아뵙고, 상우가 아닌 나라고, 내가 아영를 사랑한다고 말했어야 했는데. 후회하고 또 후회했습니다."

어머니의 꼭두각시 인형이 된 그 순간부터 언니는 생각하는 법을 잊었을 테니, 아마 아영은 그럴 용기 같은 건 내지 못했을 것이다. 이 엄마가 다 알아서 해줄게. 넌 아무 걱정하지 말고 내가 하라는 대로만 해. 엄마는 내 딸을 위해서라면 뭐든 할 수 있어. 다영의 기억 속 어머니는 이 말을 입버릇처럼 했었다. 그리고 그때의 다영도 생각 같은 건 하지 않았다. 곤란한 일이 있을 땐, 어머니의 얼굴만 보면 모두 해결되었으니까.

"다영 씨에게 도와달라고 해보자. 이런 말도 했습니다. 다영 씨라면, 동생이라면 도와주지 않겠냐고."

"어머니 딸은 감히 어머니에게 맞설 생각 같은 건 못 했을 거예요. 내가 아영이 자리에서 있었어도, 아영이와 똑같이 생각하고 행동했을 테니까."

정혜 이모가 강한 상대이긴 한 모양이다. 하다영 입에서 자신도 똑같았을 거란 말이 나오는 것 보면. 상우는 빙긋 웃으며 술잔을 비웠다.

"그런데 왜 약혼까지 생각한 거예요? 떠날 생각이었다면 그냥 떠나도 됐을 텐데?"

"정혜 이모 성격 너도 대충 알잖아. 사실 몇 년 전부터 끊임없이 약혼을 입에 올리셨는데, 내가 절대로 그런 사이 아니라고 선을 그었어. 그랬더니 갑자기 이상한 놈 사진을 들이밀더라고. 친구와 동생을 도와야 했고, 정혜 이모도 막아야 했고, 두 녀석이 떠나든지 아니면 남든지, 결론을 내릴 때까지는 시간을 벌어야 해서 약혼하겠다고 선언해 버린 거야. 그런데 추진력 강한 이모께서 약혼 날짜를 잡더니 준비를 척척 하시더라고. 그래서 약혼 날짜로 디데이를 잡은 거지. 어른들이 약혼식에 모두 정신이 가 있는 그때, 허술해진 이모의 경계망을 뚫고 도망치기로."

"저는 어머님 눈 밖에 아주 많이 난 상태라, 우리 부모님께서 전 재산을 내놓으면서 부탁해도 안 될 일이었으니까요. 그분, 자식 일에는 조금의 타협도 없는 분이니까."

만약 아영이 태인을 만난다는 사실을 어머니께서 알았더라면 어떻게 됐을까?

머리 박박 깎여서 방 안에 가둘지언정 절대로 태인을 허락하실 분이 아니었다.

자식 이기는 부모 없다?

아니다. 정혜는 충분히 자식을 이기고도 남을 사람이었다. 아영은 그런 어머니를 이길 수가 없었다. 어머니에게 100% 순종. 그게 어머니 딸의 숙명이니까.

대충 어떤 상황인지 알겠다는 듯 다영은 고개를 끄덕였다.

"아영이 그렇게 가고, 상우 녀석에게 다영 씨 좀 데리고 오라고 매일 졸랐습니다. 다영 씨는 이 세상에서 아영이 흔적을 찾을 수 있는 유일한 사람이잖아요."

"죄송하지만, 전 옛날부터 아영이와 정반대의 쌍둥이예요. 여러 면에서."

다영이 술잔을 비우자, 태인은 다시 그녀의 술잔에 술을 채웠다.

"그리고 서로를 가장 잘 이해하는 쌍둥이이기도 하고."

태인의 말에 그녀는 아무 말 없이 픽 웃음을 흘렸다.

"브라보, 브라보⋯⋯."

기분 좋게 취한 다영은 집으로 가는 길에 흥얼흥얼 노래를 불렀다.

이 노래는, 예전 아빠가 술만 드시면 부르시던 노래였고, 아버지께서 돌아가신 후에는 다영이 흥얼거리는 노래였다.

"쌍둥이라서 그런가? 취하면 부르는 노래도 똑같네."

"아영이가 이 노래를 불렀어요?"

"응."

다영은 주머니에 손을 찔러 넣으면서 긴 한숨을 토해냈다.

"한숨이 무겁다?"

"아빠 노래예요. 아빠가 술만 드시면 이 노래를 불렀거든요."

"그런 사연이 있는 노래인 줄은 몰랐네. 옛날 노래인데, 아영이가 왜 그 노래를 부르나 했어."

아버지가 그리워서 이 노래를 불렀겠지. 아버지와 아영이는 서로 그리워할 만큼 사이가 좋았으니까. 다영은 쓰게 픽 웃음을 흘렸다.

"아버지 장례식 때 왜 연락 안 했어? 아영이 나중에 아버지 돌아가신 것 알고 많이 울었는데."

"원망하던가요?"

"그건 아니지만, 아영이도 아버지 돌아가신 건 알 자격 있잖아. 마지막 인사 정도는 하게 했어야지. 아버지인데, 마지막 가신 길도 못 봤으니 그 속이 어땠겠어?"

"아영이 마음 생각 안 했어요. 그때는 그런 생각 할 여력이 없었거든요."

이기적이라 해도 상관없다. 냉정하고 잔인한 인간이라 욕해도 괜찮았다. 아버지로 인해 끊어졌던 인연을 다시 잇고 싶지 않았고, 그렇게 이어진 인연이 겨우겨우 안정을 되찾은 다영 자신의 인생을 이리저리 흔드는 게 싫었다. 지금이라면 잠깐 자신이 자리를 비키고, 그 빈자리를 아영과 정혜가 지키게 할 수도 있었겠지만, 그때는 겨우 스무 살이었으니, 생각도 마음도 많이 어릴 때였다. 그래서 아버지 친구들에게 어머니 쪽은 나중에 발인 끝난 다음에 봉안당 위치만 알려드리라 했다.

"그렇겠네. 정신없었겠어. 혼자서 얼마나 정신없었겠어? 그때 많이 힘들었었지?"

"별로, 그다지 힘든 것 없었어요."

다영이 가볍게 씩 웃자, 그 모습을 보던 상우의 입가에도 미소가 번졌다.

"씩씩해서 좋네. 아영이는 아버지 봉안당에 가서 많이 울었는데. 계속 울더라고. 그래서 하다영 이 녀석은 장례식 내내 얼마나 울었을까 걱정했거든."

빈말이다. 이 남자가 자신을 걱정할 리가 없다는 걸 아주 잘 알지만, 그래도 오래간만에 누군가 그녀를 걱정했다고 말한 거라, 다영은 상우의 말이 듣기 좋았다.

"이런 생각을 했어요. 내가 엄마를 따라가고, 아영이가 아빠 옆에 남았으면 어떻게 되었을까? 그래도 결과는 비슷했을까?"

"그건 알 수 없지. 하지만 한 가지 가능성은 확실히 높았을 거야."

"그게 뭔데요?"

"만약 하아영이 아니라 하다영이었다면, 거짓 약혼이 아니라 진짜 약혼을 했을지도."

이 남자 지금 뭐라는 거지?

다영은 우뚝 멈추고 당황해 굳은 얼굴로 상우를 보았다.

"왜, 어째서, 다영이가 아니라 아영이가 따라왔지? 내 꼬마 아가씨가 아니라 하아영이 온 거냐고."

다영과 나란히 걷던 상우도 역시 그 자리에 멈추고 그녀와 시선을 맞췄다.

"난 분명히 이 생각을 했어. 아영이가 이모 따라 우리 옆집으로 이사 왔을 때."

농담이다. 절대로 진심일 리가 없다. 이렇게 생각하면서도 아주 잠깐 심장이 쿵 내려앉은 자신이, 다영은 정말 싫었다.

바보 같았던 어린 시절, 좋아하는 마음을 품고 멀리서 바라만 봤었던 상대다. 그렇다고 해도 상우는 언니의 약혼자였다. 진짜

든 가짜든 약혼자라는 건 변함이 없었다. 그런 상대가 장난스럽게 툭 던진 말에 잠깐이라도 동요한 것이 창피하고 짜증도 치밀었다.

"그 장난 재미있네요."

"장난도 아니고 농담은 더더욱 아닌데. 진심인 데다 진지하게 한 말이 재미있게 느껴진다면, 그건 문제가 좀 있지. 안 그래?"

"진심이요?"

"그래, 진심."

가볍게 받자. 심각하게 받지 말자. 이 남자와 엮이는 건 어머니 손에 내 나머지 삶을 가져다 바치는 것과 같으니까. 다영은 픽 웃고는 다시 집을 향해 걷기 시작했다.

"왜 웃어? 웃긴 이야기 아닌 것 같은데?"

"갑자기 미안해져서요."

"왜?"

"옛날 같으면 그쪽 말에 얼굴 붉혔을 거잖아요. 지금은 그런 반응 해줄 만큼 연기도 안 되고, 자연스럽게 그런 반응이 나올 만큼 순진하지도 않아서."

잠깐 뒤에 처져 있던 상우가 빠른 걸음으로 다가와 그녀 옆에서 나란히 걸었다.

"그럼 내가 어떤 말을 해야 그때처럼 반응해 줄 건데?"

"글쎄요. 수위를 좀 높여봐요. 그럼 얼굴 붉힐지 누가 알아요?"

"나랑 연애할래?"

킥킥. 상우의 말이 끝나기가 무섭게 다영의 입에서 짧은 웃음이 새어 나왔다.

"나랑 잘래?"

이 말은 귀에 거슬려 그녀는 미간을 약간 일그러뜨리며 그를 올려다보았다.

"부모님도 우리가 잘됐으면 하는 눈치시고, 난 우리가 잠자리만 잘 맞으면 상관없을 것 같아서."

"내가 그쪽 자존심을 건드린 거죠?"

상우는 대답 대신 씩 웃으며 어깨를 으쓱 올렸다.

"그렇다 해도 그런 농담은 하지 마세요. 성격이 별로 안 좋아서, 그런 농담에 잘 발끈하거든요. 그리고 변호사니까 잘 알 것 아니에요? 그거 성추행이에요."

다영은 아무렇지도 않게 슬쩍 넘겼다. 반쪽인 아영이가 믿고 의지한 사람인데, 이 사람을 상대로, 정혜의 집에 들어온 첫날부터 으르렁거리고 싶지 않았다.

"자라면서 계속 내 꼬마 아가씨는 지금 어떤 모습일까 하고 궁금했었어. 생각했던 모습은 아니지만, 이 모습도 괜찮다는 생각이 들어. 그러니까 우리 연애해 보자. 진지하게."

정혜의 집으로 들어온 첫날, 앞으로 어머니와 살아야 한다는 그 끔찍함을 날려준 사건이 터졌다. 그리고 그 사건의 주인공은 바로 언니의 약혼자였다.

다음 날 아침. 출근 준비를 끝낸 다영이 일 층으로 내려왔다.

"다녀오겠습니다."

정혜가 주방에 있다는 걸 알면서도 다영은 대충 큰 소리로 인사만 하고 출근하려 했다.

"들어와서 밥 먹고 가."

어머니라면 이 집에서 밥 같은 건 안 먹는다 말하며 버럭 했을 텐데, 상우가 주방에서 나오자 다영의 말문은 그대로 막혔다.

저 인간이 이 아침에 여긴 왜 온 거지?

짜증도 치밀고, 화도 끓고, 하여튼 여러 안 좋은 감정들이 한꺼번에 확 올랐지만, 다영은 일단 꾹 눌러 참고 그를 물끄러미 보기만 했다.

"와, 밥 먹으면 내가 데려다줄게."

"필요 없어요. 내 차 가지고 갈 거니까."

"그냥 내 뜻대로 따라주면 어때?"

상우는 얄밉게 빙글빙글 웃으며 가까이 다가왔다.

"왜 그래야 하죠?"

"너 간 다음에 내가 이모에게 무슨 말 할지 안 무서워?"

"내가 왜 무서워해야 하는데요?"

"피부로 못 느끼는 것 같아서 말로 해주는데, 내가 너랑 결혼하겠다고 하면, 게임은 끝이야. 정혜 이모는 널 잡아끌어서라도 결혼식장에 데려다 놓을 텐데, 안 무서워?"

"순순히 결혼할 내가 아닌데요?"

"대신 정혜 이모에게 엄청 시달리겠지. 고문에 가까운 감시와 참견 그리고 관심. 그거 지금의 하다영이라면 참기 힘들 텐데?"

이 남자 야비하다. 그것도 엄청나게. 다영은 끓어오르는 속을 어찌지 못해 길게 한숨을 토해냈다.

"좋아요, 먹죠. 하지만 당신, 나에게 오늘 일만큼 찍혔다는 것만 알아둬."

그녀는 가방을 소파에 던졌다. 그리고 주방으로 들어갔다.

"이······."

주방에 들어서자마자 다영은 할 말을 잃었다. 순간 머리가 쭈뼛 서는 느낌에, 그녀는 상우를 매섭게 노려보았다.

"당신 뭐야?"

식탁에 차려져 있는 아침은 상우와 자신, 이렇게 두 사람뿐이었다.

"인간은 아침밥을 잘 먹어야지. 바쁘니까 대충 때우는 건, 몸 망치는 지름길이야."

상우는 히죽 웃으며 자리에 앉았다. 그리고 아줌마가 애써 차려주신 거니까 조금이라도 먹고 가라며 자기 앞자리를 가리켰다.

"정혜 이모가 불편해서 안 먹는다는 거잖아. 정혜 이모 안 계시니까 먹고 가라고."

"나 열 받게 하는 게 취미예요?"

"착하게 말하면 귀 닫을 거잖아. 그러니까 열이라도 받게 해야 듣는 척이라도 하지. 안 그래?"

다영은 짜증 섞인 한숨을 내쉬면서 상우 앞자리에 앉았다.

"밤길 갈 땐 조심해요. 내가 뒤에서 주먹 날릴지도 모르니까."

"걱정 마. 난 예민한 사람이거든. 누가 뒤에서 날 해치려는데 모를 만큼 무디지 않아."

콘셉트를 얄미운 거로 잡았나 보다. 저 입에서 나오는 말이 모두 매를 부른다. 다영은 상우를 노려보며 숟가락을 밥에 수직으로 꽂았다.

"악!"

"포기해. 변호사라며? 그 복잡 미묘한 사람을 단순한 네가 어떻게 상대하겠어?"

현주는 공방에 도착하자마자 머리를 쥐어뜯으며 발악하는 다영을 한심스럽다는 눈빛으로 한참을 보다가 결국 혀까지 쯧쯧 찼다.

"나랑 원수가 되기로 마음을 굳힌 것 같아."

"아니면 진짜 너랑 잘해보려는 건지도 모르고."

"미쳤어? 상대는 언니의 약혼자야. 내가, 언니 약혼자랑 말이 돼?"

"정확하게 말해. 약혼할 뻔했던 사람이지. 그것도 100% 연극이었고. 진짜 약혼식을 올릴 생각은 전혀 없는 그냥 연극."

"과정이 뭐든, 약혼 말이 오간 건 사실이야."

"그건 다시 말해, 네가 유리 공주님 자리에 있었다면, 그 남자는 지금쯤 네 약혼자였을 거잖아. 지금 생각해 보면, 그 남자도 인생이 좀 복잡하다? 여동생의 사랑을 위해서 거짓으로 약혼하는 척해서 도망칠 수 있게 도와줬더니, 노력한 공도 없이 여동생의 죽음으로 허무하게 끝났어. 그 남자에게 남은 것은 죽은 하아영의 약혼자라는 이름뿐이고. 여동생도 못 지키고, 자기는 커다란 흠이 생겨 버린 거지. 그런데 갑자기 뚝 하고 또 한 명의 약혼녀가 떨어졌어. 이번에는 죽은 여동생의 쌍둥이. 그런데 원래 운명대로 갔더라면, 네가 진짜 약혼녀인 거잖아. 너 저번에 술 취했을 때 나한테 분명히 이랬어. 아영이는 아빠였고, 너는 엄마였다고. 그 짧은 정보로 미루어 생각해 봤는데, 너희 어머니가 한상우 짝으로 점찍었던 아이는 유리 공주님이 아니라 너였을 가능성이 크지. 진짜 이게 사실이라면, 내가 한상우 입장이라 해도 머리 무지 복잡하겠네."

현주는 몸을 부르르 떨면서 머리를 절레절레 흔들었다.

"소설 쓰지 마. 할 일 그렇게 없어? 어디서 말도 안 되는 소설을 쓰고 있어?"

"진짜 소설일까? 그래, 진짜 소설이라고 치고, 그 소설대로라면 너희 쌍둥이 때문에 그 남자 인생이 꼬인 거야. 지난밤 했던 행동을 바탕으로 또 소설을 써보자면, 한상우 씨에게 쌍둥이 중 한 명은 동생이었고, 또 한 명은 여자였던 거야. 그럼 동생이 어느 쪽인지는 대충 나오지?"

"말도 안 돼."

"여자로 생각하던 애가 와야 하는데, 동생이 왔다. 그런데 그 동생을 위해 기꺼이 약혼자의 허물까지 썼다. 그 정도면 성격도 좋다는 뜻이지. 요즘 세상에 누가 그렇게까지 해줘? 난 무조건 한상우 씨 편. 난 착하면서 섹시한 남자가 좋아."

어째서 착하면서 섹시한 남자에 한상우가 들어가는지는 모르겠다. 다영은 아주 가끔 현주의 정신 상태가 궁금했다. 저 머릿속에 뭐가 들었는지. 하긴 온전한 것이 들었을 리가 없다. 온전한 정신 상태면 자신과 친하게 지내는 미친 짓은 안 했을 테니까.

다영은 소리 없이 극 웃음을 흘리면서 입을 열었다.

"진심으로 동생이라 생각하고 자랐으면 가능할 수도 있지. 아니면 아영이를 진짜 사랑했든지."

"연애하자 했다면서? 쌍둥이라 해도 전혀 반대인데, 하아영을 사랑하면서 너에게 그럴 수 있겠어? 그건 아니겠지."

그건 모르는 거다. 친구고 동생이라 해도 거짓 약혼까지 하려고 한 건 보통 상식으로 불가능한 일이었다. 그러니 혹여 사랑하는 마음이 있어서가 아닐까 하는 생각이 드는 건 누가 봐도 당연했다.

"쌍둥이잖아. 그것만 생각하면 가능하지 않을까? 어머니도 아영이가 죽었으니 나한테 대신 결혼하라고 할 정도인데. 그 사람도 아영이 대신이라, 쌍둥이 반쪽이라도 괜찮다고 생각할 수도 있고."

"하긴 그럴 가능성이 없는 것도 아니네."

"하루라도 빨리 어머니랑 대판하고 그 집에서 튀어나오고 싶어. 여러 면에서 복잡하고 짜증 나."

"너도 참 힘들게 산다. 어머니와 싸우기 위해 집에 들어간다는 게 말이 돼?"

"그러게. 오랫동안 소식 없이 지내다가 어머니에 대한 기억도 가물가물해진 지금, 어찌어찌해서 만났는데, 그런 어머니와 대판 싸워야 할 팔자라니. 내 인생도 알고 보면 참 기구한 것 같아."

다영은 길고 긴 한숨을 토해내며 앞치마를 집어 들었다.

"그나저나 난 한상우 씨 마음에 들어. 남자로 진짜 매력 있는 것 같아. 비주얼도 그렇고, 몸매도 그렇고, 성격도 그렇고, 요리조리 다 뜯어봐도 하아영 예비 약혼자였다는 것 외에 흠이 없잖아."

갑작스러운 현주의 고백에 다영은 험악하게 인상을 구기며 친구를 노려보았다.

"남현주 씨, 오늘부로 나랑 원수로 갈라설까? 너랑 그 남자가 세트로 엮이면 난 계속 그 얼굴 봐야 하거든! 나에게 그런 지옥을 선물할 생각이면, 오늘부로 원수로 갈라서는 게 옳은 방법이야. 알겠냐?"

"나랑 세트로 엮일 일은 없겠지만, 너랑 세트로 엮이면 꽤 괜찮은 그림이 나올 것 같단 생각이 들어. 그 사람과 함께라면, 하다영이 지금처럼 재미없게 살지는 않을 것 같단 말이야."

"난 아주 재미있어. 여기서 얼마나 더 재미있어야 하는데?"

"글쎄다. 그건 재미라고 하는 거 아니야. 세상에 섞여 함께 어울려 살아야 재미있는 거지, 세상일에 관심 딱 끊고 혼자서 그렇게 사는 건 외롭다고 하는 거지."

"외로운 게 아니라 평화로운 거지. 평화와 외로움은 엄연히 다른 말이다?"

"한상우 씨는 그 평화를 가장한 외로움에 작은 돌멩이를 던지잖아. 난 그 부분이 아주 마음에 들어. 앞으로 재미있는 일이 많이 일어날 것 같은 예감이야."

예감이 아니라 바람이겠지. 딱 한 명 있는 친구가 또 쓸데없는 일에 머리를 굴리고 있다. 저럴 시간에 하던 일에 더 열정을 쏟으면 좋으련만. 다영은 한심스럽다는 얼굴로 친구를 보며 고개를 절레절레 흔들었다.

작업하다가 간단하게 저녁을 먹은 후에 퇴근한 다영은 집 안으로 들어서다가 한 남자를 발견하고 움찔했다.

이 집이 이상한 걸까, 저 인간이 이상한 걸까?

하루가 저 남자로 시작해 저 남자로 끝난다. 늘 혼자였던 다영이기에, 사람들하고 이런 식의 부딪침은 어색하고 싫었다.

"늦었네?"

"왜 그쪽이 여기 있죠?"

곧장 이리로 퇴근했는지, 슈트 차림의 상우를 보며 다영은 미간을 찌푸렸다.

"저녁 먹으려고."

"그쪽 집은 밥 없어요?"

"부모님께서 오늘 저녁 모임이 있으셔서."

"아, 네."

그럴 생각이 없었는데, 다영의 입에서는 비아냥거리는 말투가 흘러나왔다.

"저녁 먹어야지?"

"먹었어요. 맛있게 드세요."

아무래도 피곤한데 상우와 입씨름하느라 조금 남아 있는 힘까지 빼고 싶지 않았던 다영은 곧장 이 층으로 올라가려 했다.

"너무한 것 아니야? 너 기다리느라 배고파도 참았는데."

"난 분명히 이 집에서 밥 같은 것 안 먹는다고 말했어요. 어머니가 말 안 해요?"

"이모가 말은 했지만, 그래도 사람 사는 정이 안 그래. 게다가여기 아주머니는 우리 집 아줌마보다 손이 몇 배는 더 큰 것 같아. 늘 음식이 남거든. 그러니까 네가 안 먹으면 그게 다 쓰레기가 된다는 뜻이야."

"내가 왜 쓰레기 걱정까지 해야 하죠?"

"우리나라에서 한 해 배출되는 음식물 쓰레기를 돈으로 환산하면……."

"알았어요. 먹죠. 그러니까 제발 입 좀 다물죠?"

막지 않으면 이 남자 입에서 신문 기사에나 나올 이야기들이 줄줄줄 나올 게 뻔하다. 내 옆집에서 일어나는 일도 관심 없는데, 사회문제까지 신경 쓰고 싶지 않다는 생각에 다영은 상우의 입을 막고는 주방으로 향했다.

"역시 내 꼬마 아가씨는 말을 잘 들어. 기특해."

다영은 욱한 마음에 한마디 하려다가 꾹 눌러 참았다. 터뜨리지 말자. 괜히 터뜨렸다가 이 남자에게 휘말리면 안 되니까, 그냥 개가 옆에서 짖는구나 하고 생각하자. 그녀는 마음속으로 이렇게 중얼거리면서 식탁 의자에 앉았다.

"그런데 하나 물어도 돼?"

"안 된다면 안 물을 거예요?"

"당연히 물을 거라는 걸 알잖아."

다영은 비웃듯 코웃음을 치고는 '그게 어떻게 당연해' 하며 중얼거렸다.

"왜 내가 꼬마 아가씨라고 부르는 게 싫었어?"

"이유 설명한 것 같은데."

다영은 무뚝뚝하게 말하고는 밥을 한 숟가락 떠서 입에 넣어 쏙쏙 씹었다.

"다른 대답 없어? 그 이유는 동의 못 하겠어. 내가 이해할 수 있게, 다른 이유를 말해."

"그때 내 이름 알기는 했어요?"

국물을 뜨다 말고 그대로 숟가락을 놓은 다영은 상우를 응시했다.

"당연히 알고 있었어."

"알고 있었으면서도 이름 부를 필요도 없을 만큼, 그쪽에게 난 그렇게 아무것도 아닌 존재였어요, 그렇죠? 나는 이름 없는 아이로 살았던 그 시절이 싫어요. 하아영의 쌍둥이 동생으로 살았던 그 바보 같은 시절에 불렸던 별명이 뭐가 좋겠어요? 콤플렉스라고 해도 상관없어요. 끔찍하게 싫은 건 싫은 거니까. 더 설명해야 하나요?"

사납게 상우를 보던 다영은 그가 아무 말 없이 가만히 있자 다시 숟가락을 집어 들었다.

"하다영."

다영이 국물을 떠 입에 넣은 그때, 상우가 그녀의 이름을 부드럽게 불렀다.

"다영아."

그녀는 다시 숟가락을 놓고 상우를 응시했다.

"동생 같잖아. 이렇게 부르면."

"네?"

이 인간 또 무슨 말을 하려고 이러는 거지?

한상우, 직업은 변호사. 오래 보지는 않았지만, 지금까지 겪어본 바로는 말로 요리조리 빠져나가는 건 수준급이다. 그러니 무슨 말을 해도 믿지 말아야 한다. 그래야 이 남자가 파놓은 함정에 빠져서 허우적거리는 우스운 꼴은 안 당한다. 다영은 잔뜩 경계하면서 살짝 미간을 찌푸렸다.

"아영이와 너, 둘 다 내 동생으로 두고 싶진 않았어. 둘 중 딱 한 명. 하아영이 내 동생이었으면 했거든."

남현주, 돗자리 깔아야 하는 거 아니야?

소설이라고 비웃었던 말이 상우의 입에서 그대로 흘러나오자 다영은 순간 움찔했다. 하지만 그걸 겉으로 드러낼 정도의 순수함은 그녀에겐 없었다. 그리고 상우의 입에서 나오는 말들을 다 믿을 만큼 순진하지도 않았다.

"알아요. 그쪽이 아영이 좋아한 것."

"말뜻을 이해 못 하네?"

"말뜻을 이해했으니까, 그만하죠?"

"아니, 넌 이해 못 했어. 그래서 지금과 같은 반응인 거고."

"언제까지 내 말꼬리 잡을 거예요? 이런 식의 대화, 그쪽 방식 인가 봐요?"

밀려오는 짜증에 다영은 자리에서 벌떡 일어났다.

"난 다 먹었어요. 저녁 맛있게 드시고 가세요."

"그때 내 몇 달 용돈 다 털었었어. 너 주려고 산 그 곰 인형."

서둘러 주방에서 벗어나려고 했던 다영은 상우의 말에 우뚝 멈췄다.

"곰…… 인형?"

"내가 사다 줬잖아. 그때 네가 입었던 것과 비슷한 공주풍 옷 입고 있는 곰 인형. 그 곰 인형, 그 당시 내가 사기엔 상당히 비싼 녀석이었어. 주문 제작한 녀석이었거든."

"그게…… 뭐요?"

"동생은 한 명이면 됐었어. 나머지 한 명은 이성이었거든. 남들이 말하는 첫사랑."

상우는 픽 웃으며 물컵을 들어 물을 몇 모금 마셨다.

"내 나름대로 구별법이었어. 동생과 이성을 구별하는 방식. 그런데 그 상대는 날 다르게 기억하네? 나름 순수했던 시절인데, 안타까워."

다영은 잠시 상우를 물끄러미 보다가 나지막하게 한숨을 내쉬며 입을 열었다.

"정말 안타깝네요. 지금 그 말 꽤 진심 같았거든요. 내가 조금만 더 해맑았으면 좋았을 텐데. 그랬더라면 그쪽 꽤 재미있었을 텐데, 엄청 아쉽겠어요?"

다영은 하하하 웃음을 흘리며 주방을 빠져나갔다.

"정말 조금만 더 해맑지 그랬냐? 내 진심을 진심으로 받아들일 만큼만 맑았으면 좋았을 텐데."

별일도 아닌데 이상하게 심장이 찌릿하다. 순수했던 감정이었는데, 지금은 절대로 되돌릴 수 없는 그때의 그 맑았던 감정이 거부당한 것 같아, 믿을 수 없지만, 마음이 아주 조금 아픈 것 같았다.

"못된 하다영. 그때는 그렇게 귀엽더니, 너무 못되게 변해 버렸어."

상우는 웅얼거리듯 말하고는 나지막하게 한숨을 토해냈다.

곰 인형, 곰 인형, 곰 인형.
상우가 곰 인형을 사줬었든가?

방으로 돌아온 다영은 지워졌던 옛 기억을 떠올리려 애썼다.

"꼬마 아가씨, 이거."

생각났다. 하얀색 원피스를 입은 곰 인형을 주며 웃던 어린 상우의 얼굴이……

"귀엽지? 내가 너 주려고 샀어. 그러니까 이젠 이거 안고 있는 거다?"
"오빠, 나는?"

그리고 다른 것도 생각났다. 옆에서 아영이가 부럽다는 듯 입을 삐죽거렸다는 것도.

"미안. 아영이 넌 나중에 사줄게. 합체 로봇 어때?"
"너무해. 나도 곰돌이 사줘!"
"넌 귀여운 인형은 안 어울려. 합체 로봇이 딱 너랑 어울려."

상우는 장난치며 아영이 목에 가볍게 헤드록을 걸었었다. 하지만 눈은 다영을 보며 싱긋 웃었었다.
그때 고맙다는 말을 했나?
아니다. 그때 곰 인형을 받자마자 어머니인 징혜 뒤에 숨있있다. 수줍고 부끄러워서 상우와 눈을 맞출 수가 없었기 때문이었다.

그런데 그 인형을 어떻게 했지?

부모님이 함께 살 땐 분명히 늘 인형을 품에 안고 있었다.

도대체 언제부터 사라진 걸까?

부모님 이혼 후, 검도 도장에 다닌 후부터 자연스럽게 그녀의 손에서 곰 인형은 사라졌다. 레이스 달린 옷과 예쁜 구두도 사라졌고, 긴 머리도 싹둑 잘렸다. 그렇게 다영은 아영이가 됐다. 엄마에게 버림받은 그때부터 여리고 여렸던 하다영은 아빠가 사랑하던 하아영의 모습으로 살기 위해 피나는 노력을 해야 했다. 아빠에게까지 버림받고 싶지 않아서. 맞다. 그때 버렸었다. 누군가 가지고 가 예쁘게 보살펴 주길 바라면서 놀이터에 두고 왔다.

다영은 자기도 모르게 흐르는 눈물을 서둘러 훔치며 침대에 걸터앉았다.

"제길, 왜 울고 지랄이야. 지금까지 기억도 못 했으면서."

이곳에 들어오는 게 아니다. 꼭꼭 숨겨서 다시는 찾을 수 없을 거라 여겼던 옛날 하다영의 기억의 봉인이 조금씩 풀리고 있었다. 이건 좋은 징조가 아니다. 나쁜 징조다. 다영은 양손으로 볼을 찰싹찰싹 때렸다.

정신 차려! 그 바보 같던 때로 돌아가지 마. 절대로…….

"뭐해? 아영이 동생?"

"자겠지."

상우는 잔에 담긴 소주를 입안에 모두 털어 넣었다.

"어떻게 될 것 같아?"

"몰라."

태인은 소주잔을 잠깐 물끄러미 내려 보다가 상우와 똑같이 잔을 깨끗하게 비웠다.

"좀 더 빨리 만났으면 좋았을걸. 아영이가 살아 있었을 때."

태인은 쓰게 웃으며 상우와 자기 술잔에 술을 채웠다.

"그러게. 말이 잘 통했을 것 같은데. 아영이 대신 정혜 이모와 맞서주기도 했을 것 같고."

"아영이가 취하면 나한테 하던 말이 있는데, 너 한 번도 못 들어봤지?"

"생각해 보니까 아영이와 취할 때까지 마셔본 적이 없네?"

"동생이 부러웠어. 그리고 미웠어. 그래서 그랬어."

"뭐? 그게 무슨 말이야? 부러운 건 뭐고 미운 건 뭐야?"

"동생이 사는 모습 보고 그런 말 했겠지. 자기는 못 하는 것들이잖아. 동생 보면 부럽기도 하고 밉기도 하고 그랬을 거야."

"그게 이태인이 다영이를 원망한 이유이기도 한 건가?"

상우는 태인이 채운 술잔을 비우고 다시 술잔을 채웠다.

"내가 사랑하지 않았더라면 어떻게 됐을까? 만약 그랬더라면 지금 이 자리에 함께 있었을까?"

"그만해. 이제 너도 받아들여. 자꾸 생각해 봤자 마음만 아프잖아."

"아영이 어머니는 어떻게 하고 계셔? 딸이 있어서 좀 괜찮아지셨어? 술은? 아직도 그렇게 드시고?"

"모르겠네. 좋아지신 것 같기도 하고. 술 드시는 긴 좀 줄이들었어. 그것만으로도 감사한 거지."

태인은 힘없이 피식 웃으며 술잔을 들었다.

"곧 아주 좋아질 거야. 예전보다 더 활기가 넘치실걸?"

"왜 그렇게 생각하는데?"

"알잖아. 내가 왜 그렇게 생각하는지."

비웃듯 픽 웃는 태인은 술을 입안에 털어 넣고는 입에 머금고 있다가 꿀꺽 삼켰다.

"짝퉁이 사라지고 진품이 왔으니 얼마나 좋겠어? 그건 너도 마찬가지잖아. 안 그래?"

한마디 할 만도 한데, 상우는 아무 말도 없었다. 그냥 미간을 일그러뜨리며, 술잔을 비우고 채우기를 반복하는 친구를 한참 동안 보고 있을 뿐이었다.

다음 날 아침.

상우 때문에 잠까지 설친 다영은 출근 준비를 한 뒤 피곤한 몸을 이끌고 일 층으로 내려왔다.

"출근하네? 밥 먹고 가야지."

생글생글 웃는 상우의 얼굴을 보자, 다영은 순간 욱하고 치미는 걸 꾹 눌러야만 했다. 이 인간, 사람 괴롭히려고 작정한 것이 분명했다. 그게 아니면 이럴 수는 없었다. 충격과 고민거리를 던져 주고, 다음 날 저 자신은 아무 일 없다는 듯 나타나는 게 반복되는 걸 봐서는 분명히 지능적으로 사람을 괴롭히고 있는 게 틀림없었다.

"밥 같은 건 안 먹어요."

다영은 이를 바드득 갈면서 상우를 노려보았다.

"거 봐. 다영이 쟤는 안 먹는다고 했잖아. 상우 너 출근해야지. 아침 먹자."

정혜가 퉁명스럽게 말하고 주방으로 들어가자, 상우는 화사하게 웃으며 다영에게로 다가와 허리를 굽혀 시선을 맞췄다.

"사실은 내 첫사랑이 다영이었어요."

상우의 말이 못마땅한 다영은 얼굴을 일그러뜨렸다.

"이렇게 말하려고, 오늘."

"도대체 나한테 왜 이래요? 내가 그쪽에게 무슨 잘못을 했다고 이러는 거예요?"

"당연히 지금까지는 잘못이 없었지. 지금까지는 애틋한 추억이었으니까. 그런데 얼마 전부터 생겼어, 잘못."

"부탁인데, 쉽게 말해줄래요? 아무래도 내 머리가 나쁜 것 같으니까."

"순수한 사내의 순정을 잔인하게 짓밟았잖아, 하다영이."

"그래서요? 지금 나에게 복수라도 하겠다는 거예요? 기억도 잘 안 나는 그때 일로?"

"내가 복수한다고 당할 하다영이 아니잖아. 옛날 내 꼬마 아가씨라면 모를까. 아니지. 내 옛날 꼬마 아가씨라면 지금 느끼는 이 억울함 같은 건 없었을 거야. 그렇지?"

"하, 젠장. 마음대로 하세요. 겁 안 나니까. 잘됐네요. 난 내일이라도 짐 싸들고 나가면 되니, 오히려 잘된 것 같아요. 그쪽 마음대로 하세요. 말릴 생각 없으니까."

더 상대했다가는 버럭 소리를 지르게 될 것 같아, 다영은 그만 이 상황에서 벗어나려 했다. 하지만 상우는 그녀의 의도대로 순순히 놓아줄 생각이 없었다.

"내가 너랑 결혼하겠다고 공표해 버리면, 집 나가는 거로 간단하게 끝나지 않을 것 같은데, 그래도 해? 난 네가 하라면 하고."

정말 아침부터 주먹 올라가게 하는 인간이다. 다영은 주먹을 움켜쥐고 이걸 올릴까 말까 하는 갈등에 시달려야만 했다.

"너도 나도 편안한 생활을 원하잖아. 어려울 것 없어. 작은 일 하나만 하면 돼. 특별한 일이 없을 때는 함께 밥 먹기. 쉽잖아. 안 그래?"

안 그래, 이 자식아!

이 말이 목까지 차올랐지만, 다영은 아무 말도 하지 않았다.

그래, 내가 밥 먹는다!

다영은 들고 있던 가방은 소파에 던졌다.

"그쪽, 아영이에게도 이렇게 못되게 굴었어요?"

"세상에 둘도 없이 좋은 오빠였지. 아영이 친구들 다 찾아서 물어봐도 좋아. 그것만큼은 자신 있어."

"그런데 나한테는 왜 이렇게 못되게 굴어요?"

"처음부터 나에게 넌 동생이 아니었니까. 처음부터 이성이었는데, 지금에 와서 동생이 될 수는 없어. 하다영은 끝까지 내 꼬마 아가씨야. 아니지. 이젠 아가씨인가? 예쁘게 자란 내 아가씨?"

"웃으라고 한 말이죠? 웃기네요. 아주 많이."

다영은 말하듯 하하하 웃고는 주방으로 향했다.

"곰 인형 다시 사줘야겠네. 저번에 봤을 때 앞치마 한 모습이 예쁘던데. 앞치마 입은 곰 인형. 귀엽겠지?"

"곰 인형 안고 자는 취미 없어진 지 오랩니다. 그래서 사양합니다."

"에이, 그러지 말고, 어느 정도 크기를 원해? 네 키만큼 큰 곰 인형 어때?"

상우는 그녀를 감싸 안듯 어깨에 손을 턱하고 올렸다.

"어딜……."

"어머! 그새 둘이 친해진 모양이네. 그래. 옛날에 친하게 지냈으니 당연히 친해져야지."

발끈해서 그의 손을 쳐내려던 그 순간, 식탁에 앉아 있던 나희가 애교 섞인 목소리로 기분 좋은 듯 말했다.

"네. 옛날로 돌아가 보려고요. 쭉 얼굴 보고 살 사이인데, 사이좋게 지내야죠."

상우는 의자를 빼 앉으며, 다영을 향해 얄밉게 미소를 날렸다.

"둘이 올해가 가기 전에 약혼식 먼저 해두는……."

"그럴 일 없어요."

정혜는 때는 이때라는 생각으로 말을 꺼냈다. 하지만 다영은 그런 정혜의 말을 중간에 싹둑 잘랐다. 조금이라도 틈을 보이면 약혼식장으로 자신을 끌고 들어갈 것을 알기 때문이었다.

"약혼의 '약' 자도 꺼내지 마세요. 바로 튀어 올라가 짐 싸서 나갈 수도 있습니다."

"네 주제에 상우 같은 조건을 어떻게……."

"그래서 안 만난다고요. 나랑 절대로 어울리는 사람이 아니라서, 만나지 않겠단 말입니다. 그러니까 다시는 꺼내지 마세요. 제가 말했죠. 저는 어머니가 만들어놓은 예쁜 인형, 하아영이 아니라고. 저는 어머니 안 보고도 잘 삽니다. 물론 어머니 재산 따위도 필요 없죠. 저에게 자식의 도리를 하라고 말할 자격, 어머니 없습니다. 그러니 어머니도 저에게 부모 노릇 할 생각 하지 마세요. 이 룰을 어기시면 저는 당장 나갑니다."

다영은 굳어 있는 정혜를 향해 차갑게 픽 웃음을 흘리고는 숟가락을 집어 들었다. 그리고 국에다 밥을 말아서 꾸역꾸역 먹기 시작했다.

큭큭.

순식간에 밥과 국을 모두 비운 다영이 출근한다며 바로 나가버리자 상우는 웃음을 터뜨렸다.

"그 인간은 도대체 애 교육을 어떻게 했기에……."

정혜가 다영의 행동을 탓하며 어쩔 줄 몰라 하자, 상우는 마시던 물컵을 내려놓고는 아니라고 말하며 고개를 저었다.

"밥은 절대로 안 먹겠다고 하더니, 다 먹고 갔잖아요."

"그게 너 때문이지 먹고 싶어 먹은 게 아니잖니? 게다가 너랑 나희도 옆에 있는데 두 눈 부릅뜨고…… 기가 막혀서……."

"이모, 제가 알아서 할게요. 그러니까 저희 일은 저희에게 맡겨주세요."

"그래. 상우가 다영이를 요리조리 잘 요리하잖아. 밥 안 먹겠다고 하던 애가 밥 먹겠다고 주방으로 들어온 게 어디야? 난 한집에 살면서 따로 사는 것만 못하면 어쩌나 하고 걱정했었단 말이야. 상우를 믿어. 상우가 언제 우리 실망시킨 적 있어?"

나희까지 나서자 정혜는 그제야 좀 안심이 되는지 상우를 보며 빙긋 미소를 머금었다.

"난 너만 믿어."

"네. 어서 아침 드세요. 저 출근해야 해요."

상우는 정혜와 나희가 숟가락을 드는 것을 확인하고 자신도 숟가락을 들어 식사를 시작했다. 그렇게 굴곡 많았던 아침 식사가 끝나고 출근을 위해 정혜의 집을 나선 상우는 자신을 따라 나오는 나희를 보며 부드럽게 웃었다.

"어쩌니? 너 다영이에게 미운털이 단단히 박힌 것 같은데?"

나희는 아들의 어깨를 토닥이며 걱정스럽게 말했다.

"어쩔 수 없죠. 나 미운털 박히고 그 수만큼 다영이가 이 집에 적응하면 좋은 거다, 이렇게 생각하고 있어요."

"너랑 잘되는 건 영 아닌 거지?"

이 질문에 상우는 아무 말 없이 빙긋 웃기만 했다.

"알아. 알고 있어. 그것도 그냥 지켜보라는 거지? 어떻게 되든?"

"지금은 그냥 다영이가 정혜 이모랑 자꾸 부딪치게 하는 것만 생각하려고요."

"그래. 그래야지. 나도 알아."

"그리고 금방 그렇게 안 돼요. 아시잖아요. 약혼했든 안 했든, 제가 하아영 약혼자였던 건 사실이니까."

"난 네가 아영이 죽음에 죄책감 같은 걸 느끼고 있는 게 아닌가 하고."

"물론 책임감 같은 건 느껴요. 그런데 죄책감은 아니에요. 걱정하지 마세요."

"그래. 난 우리 아들이 말하는 건 다 믿지. 알았어."

상우에 대한 평들은 열이면 열, 다 하나였다. 숨 막힐 정도로 완벽하다. 한 치의 흐트러짐 없는 건 아마 나희보다는 아버지인 진혁을 닮아서라고 하는 편이 옳았다.

부드럽고 다정한 성격, 하지만 딱 거기까지. 그냥 모든 사람에게 평등하다고 말하는 게 더 정확한 표현이었다. 더 많이 챙기는 사람도 없고, 덜 챙기는 사람도 없다.

일에도 비슷했다. 꼼꼼하고 철두철미하기로 소문났다. 그리고 변호사로서 능력이 출중한 사람이었다.

부모에게도 완벽한 아들이었다. 자라면서 속 한 번 썩인 적이 없고, 단 한 번도 1등을 놓친 적도 없었다. 엄친아가 잘 빠지는 함정, 오만과 건방짐은 애초에 저 멀리 던졌다. 그래서 상우 주위에는 늘 친구들이 많았다. 하지만 딱 거기까지. 마음을 더 주지도 않고 더 받지도 않았다.

친구들은 상우를 보며 적당한 모자람이 인간을 인간으로 만든다는 것을 느낀다고 말했다. 상우를 모르는 사람도 상우를 몇 번 만나다 보면 똑같은 말을 했다. 모자람은 갈증이 되고, 그 갈증은 인간을 성장하게 하지만, 상우는 전혀 그럴 필요가 없는, 인간이 아닌 어떤 존재로 보인다고. 그 탓일까. '한상우 믿음교'라는 말이 있을 정도로 상우 주위 사람들은 상우의 말이면 불가능한 일이라도 가능하다고 믿어버렸다.

"오늘도 고생해, 아들."

"오늘도 재미있게 지내세요, 어머니."

나희가 집으로 들어가는 것을 본 상우는 차에 올랐다. 그리고 시동을 걸었다.

"어쩜 내가 널 살릴 수도 있었지 않을까?"

상우는 예전에 나희가 차에 달아놓은 아영의 사진에 말을 걸었다.

태인이 했던 말이 맞았다. 태인이 말을 꺼냈을 때 찔려서 움찔했을 정도로, 정확하게 방패 노릇만 했을 뿐 아영의 인생이기에 모든 선택을 그녀가 하게 뒀다. 그저 좋은 오빠 역할만 했던 거다. 아영을 위한다면, 정혜가 아영을 다영이처럼 만들었을 때 그걸 막아줬어야 했다. 정말 아영을 위했다면, 도망가려는 아영에게 자신이 뒤에서 받쳐 줄 테니 싸워보라고 했을 것이다. 정말 아영을 생각했다면, 아영이가 다영을 찾기 전에 자신이 먼저 다영을 찾아서 도움을 청했을 것이다. 하지만 상우는 그 어떤 것도 하지 않았다. 그저 좋은 오빠만 했다. 그러면 되는 줄 알았다.

"그런데 아영아, 난 지금 내가 잘하고 있는 짓인지 모르겠어. 내가 다영이의 인생에 너무 많은 부분을 바꾸고 있는 것 같아."

무거운 마음을 조금이라도 덜어내 볼 생각에, 상우는 웃고 있는 아영을 보며 깊고 긴 한숨을 토해냈다.

공방에 도착하자마자 소화제를 찾아 먹은 다영은 물컵을 내려놓으면서 씩씩 거친 숨을 몰아쉬었다.

"그래서 아침부터 KO패 당했단 말이야?"

열 받아서 미칠 것 같은데 현주 이 인간은 뭐가 재미있는지 아까부터 킥킥킥 신경 서슬리게 웃는다. 그녀는 친구를 노려보다 사납게 인상을 일그러뜨렸다.

"열 받아서 미치기 직전인데, 너 자꾸 웃을래?"

"그 남자 너 그 집에서 적응하게 하려고 작정했네."

"적응하기 전에 화병으로 죽게 생겼어!"

"즐겨. 즐길 수 없으면 무시하든가. 손바닥이 혼자서 어떻게 소리를 내? 마주쳐야 소리가 나지. 네가 자꾸 빌미를 제공해 주니까 그러는 거야."

"첫사랑? 하! 미친. 첫사랑을 작정하고 괴롭히는 정신 나간 인간이 어디 있어? 이 인간, 나랑 싸울 거리 만드느라 첫사랑 핑계 대는 거야. 야비한 인간."

"그 핑계 덕에 하다영이 맞장구 쳐주잖아. 진실이든 거짓이든 선택은 탁월했네."

"빨리 한바탕하고 나오든지 해야지. 아! 진짜 열 받아!"

다영은 밀려오는 짜증에 머리를 한 움큼 쥐어뜯었다.

"그런데 그 사람 알고 있는 것 아니야?"

"뭘?"

현주는 기분 나쁠 정도로 화사하게 웃으며 들고 있던 커피를 한 모금 마셨다.

"뭐?"

"하다영의 첫사랑이 자신이라는 것."

"말도 안 돼!"

순간 발끈해 버럭 화를 낸 다영은 곧 아차 했다. 지금 자신이 한 이 행동으로 현주는 확신했을 것이다.

"맞네. 그리고 그 남자도 알고 있고. 우리 단순한 하다영 씨, 애초에 그 남자를 상대하기엔 무리가 있다. 너 그 사람 못 이겨. 너 같은 단순이가 머리 굴리는 그 남자를 어떻게 이기냐?"

"그래서 뭐? 매일 이렇게 당하고 살라고? 그 집에서 튀어나올 때까지?"

"적당히 적응하는 척해. 내 생각에는 네 엄마와 한 판 뜨는 게, 그 사람 상대하는 것보다 더 쉬울 것 같아."

"그건…… 그런 것 같아."

다영은 자기가 생각해도 그런 것 같아서 고개를 여러 번 끄덕거렸다.

"그 남자를 네 편으로 만들어서 부모님 사이에 맺은 언약을 깨야 해. 그거 못 깨면 네 엄마랑 너 계속 부딪칠 거야. 넌 호락호락한 성격이 아니고, 네 엄마는 한상우라는 대어를 딴 여자에게 빼앗기는 게 싫을 것 아니야. 내 생각에는 네가 그 집에서 나온다고 해결될 문제가 아니지 싶다."

"아! 하아영, 이 골치 아픈 일을 죄다 나에게 떠넘기고 아빠 옆으로 가면 장땡이냐고!"

다영은 밀려오는 괴로움에 또다시 머리를 한 움큼 쥐어뜯었다.

제3장

퇴근하는 길.

집 앞에 차를 세운 다영은 지금 집에 들어가면 분명히 또 상우
가 있다는 걸 알기에 터덜터덜 걸어서 태인의 포장마차에 갔다.

"어서 오세요. 다영 씨."

태인이 미소로 반기자 다영의 입가에도 미소가 번졌다.

"여기 포장마차 설마 예약제는 아니죠?"

"그럴 리가요. 앉으세요. 뭐 드릴까요?"

"여기 오면 아영이가 주로 먹었던 것."

"그러죠. 잠깐 기다리세요."

급하게 주방으로 간 태인은 얼마 후, 그녀 앞에 계란말이와 제
육볶음을 내놓았다.

"아영이는 주로 맥주를 마셨는데, 다영 씨도 그거로 줄까요?"

"소주 주세요. 포장마차는 소주죠."

"역시 잘 아시네."

태인은 싱긋 웃고는 소주를 가지고 그녀 앞에 앉았다.

"술친구 해드려요?"

"그러면 고맙죠."

"힘든 모양이네?"

소주를 따 다영의 잔에 술을 채운 태인은 자연스럽게 자기 잔에도 술을 채웠다.

"그쪽 친구가 달달 볶고 있거든요."

"그 인간이 어렸을 적부터 사람 괴롭히는 일에 탁월한 재능을 보였지요. 지금 어떤 상황인지 대충 알겠네."

태인은 킥킥 웃으며 술잔을 반쯤 비우고 내려놓았다.

"어렸을 적부터 성격 이상했구나? 그랬을 줄 알았어."

다영은 술을 한입에 털어 넣고는 소주병을 들어 자기 잔을 가득 채웠다.

"그 머릿속에 뭐가 들어 있는 건지, 근 이십 년을 함께 한 친구지만, 도통 알 수가 없어요. 한마디로 재수 없죠."

"역시 나랑 태인 씨는 뭔가 통하는 구석이 있다니까! 정말 재수 없죠? 난 며칠 안 봤는데도 이렇게 속이 터지는데, 태인 씨는 이십 년을 그걸 봤으니, 정말 힘들었겠어요."

마음과 마음이 통할 땐 그만한 이유가 있다. 비슷한 아픔, 공통된 관심사 그리고 미워하고 분노하는 상대가 같은 사람일 때.

지금 다영과 태인은 마음이 통했다. 한상우라는 재수 없는 한 인간 덕분에.

"그런데 이런 거 물어도 되나? 궁금해서 일단 던지긴 하는데, 말하기 싫으면 안 하셔도 돼요. 아영이랑은 어떻게 만났어요?"

태인은 아주 잠깐 얼굴에 놀란 빛이 스쳤다. 하지만 곧 빙긋 미소를 머금었다.

"역시 많이 다르구나."

"네?"

"아영이는 하고 싶은 말을 바로 못 꺼냈어요. 그냥 몇 번 망설이다가, 계속 생각해도 궁금하면 그때 물어봤죠. 그런데 다영 씨는 아니잖아요."

"그랬을 거예요. 어머니의 딸은 그런 모습이 맞으니까. 전에도 말했지만, 내가 어머니 옆에서 자랐더라면, 나 역시 그랬을 거예요. 어머니께서 원하는 모습으로 커야 했을 테니까."

"적어도 다영 씨라면 조금 더 쉽지 않았을까요? 아영이만큼 힘들지는 않았을 거예요."

"뭐…… 난 그렇게 자라왔으니까, 그게 힘든 건지 몰랐을 수도 있죠."

"아니 그런 게 아니라, 아영이처럼 혼자 감당하고 견디지는 않았을 거란 뜻입니다."

"그게 무슨……."

태인은 몇 초 물끄러미 다영을 보았다. 하지만 다영을 보는 게 아니었다. 그녀를 보면서 생각에 잠긴 듯한 표정이었다. 태인이 무슨 생각을 하는지는 꼭 머릿속을 보지 않아도 알 수 있었다. 할 말이 있으면서도 답답하게 망설이기만 했던 아영이를 떠올리고 있을 것이다. 사귀는 내내 그런 아영의 모습에 화를 냈을 테고, 그런 것들이 지금 태인을 아프게 찌르고 있는 게 분명했다.

"고3 때 상우 녀석 집에 놀러 갔다가 아영이를 보게 됐어요. 동생이라고 하는데, 딱 교복 입혀놓은 인형 같았거든요. 그때부터 뻔질나게 상우 집에 드나들었죠. 우연이라도 아영이를 한 번 더 볼 수 있을까 싶어서."

"그럼 친한 오빠가 애인이 된 거네요? 이 년밖에 안 됐다면, 그전에는 그냥 오빠 동생 사이였나 봐요?"

"아영이는 다른 사람을 보고 있었어요. 그 사람은 아마 아영이가 자신을 보고 있었다는 걸 모를 겁니다. 그 남자는 아영이가 자기 때문에 가슴앓이하고 있다는 걸 알아차리지 못했어요. 다른 사람 감정 같은 건 관심 없는 그런 사람이거든요."

"그렇구나."

다영은 고개를 끄덕거리며 소주잔을 비웠다.

"그게 누군지 안 물어요? 궁금할 것 같은데."

"한상우 씨잖아요. 아영이가 한상우 씨를 좋아했던 건 예전부터 그랬으니까 대충 짐작할 수 있고, 그런데 한상우 씨는 좀 뜻밖인데요? 그 사람 아영이랑 사이 엄청 좋았어요. 아영이 많이 귀여워했었거든요. 내 기억이 맞다면 말이죠. 워낙 오래돼서 정확한 건 아니지만."

태인은 이번에도 아무 말 없이 몇 초 다영을 물끄러미 보았다. 태인의 이런 시선이 좀 불편했지만, 다영은 참아냈다. 태인이 다영 자신을 보는 게 아니라 저를 통해 아영의 흔적을 찾고 있다는 걸 아주 잘 알고 있었기 때문이었다.

"어째서죠?"

"네? 뭐가요?"

"어째서 아영이가 따라온 거죠? 원래는 다영 씨가 왔어야 하는 거 아닌가요?"

"글쎄요. 그건 부모님 선택이라 저는 잘 모르겠는데요."

"아이가 바뀌었는데, 아영이 어머님은 아이가 바뀌었다는 걸 생각 안 하신 것 같았어요. 딱 한 번만이라도 옆에 있는 아이가 아영이라는 걸 아셨더라면 좋았을걸. 그래도 아영이가 하나는 뿌듯했겠어요. 자기가 이곳으로 온 덕분에 동생이 이렇게 잘 컸잖아요."

"그러네요."

낮은 한숨 속에 지나가듯 흐릿하게 말을 흘린 다영은 빙긋 웃으며 소주잔을 비웠다.

"브라보, 브라보……."

딱 기분 좋을 정도로 취한 다영은 주머니에 손을 찔러 넣고 나지막하게 노래를 흥얼거리며 집을 향했다.

"미안해."

"뭐요?"

"다. 다 미안해."

아버지께서 돌아가신 건 고등학교를 졸업하던 그해, 대학 입학을 며칠 앞둔 날이었다. 며칠 포근했던 날씨가 갑자기 추워졌는데, 아버지의 동료 경찰이 전화로 사고 소식을 전해 왔다.

"아빠가 미안해, 다영아."

곧장 병원으로 달려간 다영은 그때 아버지에게서 처음이자 마지막으로 사과의 말을 들었다.

"한 사람은 빚을 졌다 하고, 또 한 사람은 언니 덕분에 내가 아주 잘 컸다 하고."

나지막하게 중얼거리던 다영은 픽 웃음을 터뜨렸다.

'하아영, 도대체 내가 어느 부분에서 너에게 고맙다고 해야 하는 거냐?'

이곳 사람들에게 아영은 세상에서 가장 불행한 아이였다. 반대로 다영 자신은 세상에서 가장 행복한 아이, 내지는 엄청난 행운아쯤으로 여겨지는 듯했다.

"결과만 보면 그래야 하는 것 같기도 하고."

다영은 집 앞에 우뚝 멈춰 섰다.

'그런데 아영아, 결과가 그렇다고 그게 진실은 아니잖아?'

정혜의 집을 올려다보던 다영은 무거운 한숨을 깊게 토해냈다.

"늦었네?"

이 남자 아영이가 살아 있을 때도 이렇게 뻔질나게 드나들었던 걸까?

모르긴 해도 이렇게 매일 아침저녁으로 나타나진 않을 것이다. 기껏해야 며칠에 한 번 정도. 바쁠 때는 몇 주 동안이나 얼굴을 비추지 않아서 어른들이 얼굴 까먹겠다고 타박했을 가능성도 있다. 그런 사람이 아침저녁으로 뻔질나게 드나드니, 속 모르는 정혜가 혹시 두 아이가 잘되는 건 아닌가 하는 생각을 품는 게 당연했다.

"넌 여자애가 이렇게 늦은 시간까지 뭐하고 돌아다니는 거야?"

정혜는 막 들어오는 다영을 보자마자 못마땅하다는 듯 언성을 높였다.

"어우 냄새! 너 술도 마셨니? 아니 도대체……."

"계속하실 거예요? 설마 가만히 듣고 있을 것으로 생각하고 말씀하는 건 아니죠?"

또 시작이다. 정혜가 이런 식으로 입을 열 때마다 머리가 지끈거리고 아파서 미간이 저절로 일그러졌다. 더 듣고 있다가는 진짜 미쳐 버릴 것 같아, 다영은 이번에도 정혜의 말을 잘라 버리고는 짜증 섞인 목소리로 쏘아댔다.

"네 행실을……."

"이모."

정혜의 음성이 날카롭게 올라가자 상우는 다영과 정혜 사이를 가로막으며 특유의 부드러운 미소를 지어 보였다.

"다영이 피곤해요. 힘들게 일하다 보면 한두 잔쯤 할 수 있는 거고, 요즘 사람들 그런 거 자연스러운 거예요."

"하지만……."

"이모께서 무슨 걱정 하시는지 아주 잘 알아요. 조심해서 나쁠 것 없죠. 제가 잘 알아듣게 타이를게요. 그러니까 이만 들어가서 주무세요. 피부엔 잠이 보약이래요."

"그래, 네가 알아듣게 잘 타일러. 술 취해 들어오다니. 아영이는 꿈도 못 꿀 일인데, 쟤를 어디서부터 고쳐야 할지."

정혜는 낮은 한숨을 내쉬며 방으로 들어가 버렸다. 그렇게 아슬아슬했던 순간이 지나가고, 다영은 속이 이글이글 타는 것 같아 깊고 무거운 한숨을 토해냈다.

"이제 알겠네. 이 집에서 그쪽 역할."

"내 역할?"

"중재자였죠? 아영이와 어머니 중간에서 적당히 가려주고 막아주는 그런 사람. 그쪽, 아영이에게 참 좋은 오빠였을 것 같아요."

"그렇게 생각해 주면 고맙고."

"그런데 난 그쪽 같은 중재자 필요 없어요. 그러니까 다음부터는 나와 어머니 사이에 끼지 마요."

"터지면 그 즉시 뒤도 돌아보지 않고 나간다? 그러니 더더욱 안 되지. 아직은 터지면 안 되잖아. 안 그래?"

기분 나쁠 정도로 모든 걸 꽤 뚫고 있다. 이 남자, 사람 열 받게 하는 방법이 참 다양했다. 오늘은 이 방법, 내일은 저 방법, 매일 어떻게 사람 속을 긁어야 신날지 연구하는 것처럼, 여러 가지 방법으로 다영을 툭툭 자극하며 그걸 즐기고 있는 것처럼 보였다.

"그쪽이 아무리 노력해도 어머니와 난 결국 갈라서게 될 거예요. 한지붕 아래 살 수 있는 사람들이 아니죠. 부모와 자식 사이라 해도 살았던 세계가 다르면 맞춰지지 않아요. 그럴 땐 따로 살아야죠. 그게 맞는 그림이에요."

"살았던 세계가 달랐다 해도 부모와 자식 간이잖아. 노력은 해야 하지 않을까? 노력 한 번 안 하고 미리 결론 내리는 건 성급한 거잖아. 안 그래?"

"아영이에게도 이렇게 모든 걸 간섭하며 잔소리했어요?"

갑자기 아영의 이름이 튀어나오자, 미소를 머금고 있던 상우의 얼굴에 잠깐 당혹스러움이 스쳐 지나갔다.

"아영이한텐 이런 잔소리가 통했을지 몰라도 나에겐 아니에요. 나에 대해 아무것도 모르면서, 겨우 며칠 본 게 다면서, 다 아는 것처럼 판단하지 마요."

"그러니까 더 보여 달라는 거잖아. 널 알 수 있게, 가까워지려고 노력하는 거잖아."

"그것도 하지 마요. 난 여기 사람 누구와도 가까워질 생각 없으니까. 내 세계로 돌아가면 다시는 안 만날 사람들이니까."

더 입씨름하면 안 되겠단 판단이 섰는지, 상우는 싱긋 웃음을 흘리고는 벗어놓았던 슈트 상의를 집어 들었다.

"오늘은 그만하고 내일 보자?"

"내일부터 안 와도 돼요. 아침밥 먹을게요. 하지만 저녁은 장담 못 해요. 저녁은 거의 공방에서 먹으니까."

"내가 불편한가 봐?"

"네."

너무 당당하게 대답했던 걸까?

상우의 얼굴에 아주 잠깐 놀란 빛이 스치더니 이내 빙긋 미소를 머금었다.

"내가 왜 불편할까? 우리 친하게 지내도 되는 사이야."

"아영이와는 친하게 지내도 되는 사이일지 모르겠지만, 나하고는 아니잖아요. 예전에도 나랑 그쪽 안 친했어요. 기억하죠?

머리 좋잖아요.”

“친했다고 생각했는데, 우리.”

“그런 기억 없어요. 나랑 그쪽.”

“뭐…… 그렇다면 친해져 보자고. 우리 친해질 수 있을 것 같은데?”

“그럴 생각 전혀 없어요. 그쪽하고 나, 여러 면에서 친해지면 안 될 사이잖아요.”

다다다 말을 쏟아낼 거로 생각했었지만, 상우는 아무 말 없이 몇 초 동안 그냥 물끄러미 다영의 얼굴만 보았다.

이 남자는 지금 누굴 보고 있는 걸까? 나일까, 아니면 죽은 아영이일까?

태인은 단번에 알아차릴 수 있었는데, 이상하게 상우는 알 수 없었다. 생각해 보니 상우는 처음부터 그랬다. 늘 미소를 머금고 있지만, 그 미소 속에 다른 무언가가 들어 있는 듯한 느낌. 다영의 눈에 상우는 늘 자신을 반쯤 가리고 보여주지 않는 것처럼 보였다.

“올라가. 피곤하겠네.”

다영은 목만 까딱 인사하고는 자기 방으로 올라가려고 이 층 계단으로 향했다.

“다영아?”

계단 하나를 막 올라갔을 때 상우는 그녀를 불러 세웠다.

“너무 늦게는 다니지 마. 위험하니까. 늦을 것 같으면 전화하고. 내가 데리러 갈게.”

“새벽에도 잘 돌아다녀요. 그런 걱정 안 해도 돼요.”

다영은 퉁명스럽게 말하고는 턱턱턱 소리를 내며 이 층으로 올라갔다.

늦은 밤.

모두가 잠이 든 그 시간에 다영이 문을 열고 들어간 방은 죽기 전까지 아영이가 생활했던 아영의 방이었다.

연한 핑크빛이 감도는 방을 쭉 둘러본 다영은 못마땅하다는 얼굴로 미간을 찌푸렸다. 이건 정혜가 꾸민 방이다. 가구며 작은 소품들까지 아영이가 직접 꾸몄다고 해도, 정혜의 생각이 100% 담긴 것이 틀림없었다.

"하아영을 데리고 인형 놀이를 제대로 하셨네. 이게 바비 인형 방이지, 어떻게 사람 방이야?"

다영은 절레절레 고개를 흔들며 책상 의자를 빼서 앉았다. 그리고 책꽂이에 꽂힌 디자인 북 중 하나를 꺼내 한 장씩 넘겼다.

"아이고, 개성이라고는 손톱에 낀 때만큼도 찾아볼 수 없네. 얘는 이런 감각으로 어머니 회사에서 어떻게 살아남은 걸까?"

날고 기는 디자이너들 사이에서 스트레스가 얼마나 심했을까?

꼭 보지 않아도 아영이가 회사에서 얼마나 위축되어 있었을지 짐작하고도 남았다.

"직업이 적성에 맞지 않았으니 노력이라도 해야 했겠지. 하아영, 이 인간 진짜 더럽게 힘들었겠다."

다영은 혀를 쯧쯧 차며 디자인 북을 다시 제자리에 꽂았다.

"어릴 적 경찰을 꿈꾸던 애가 자기 개성 다 죽이면서까지 디자이너가 된 거네?"

책상 위에 있는 아영의 사진을 집어 든 다영은 나지막하게 한숨을 토해냈다.

"왜, 어째서, 대체 무엇 때문에 이렇게까지 한 거야? 내가 아는 하아영이라면 어머니에게 이렇게까지 맞추지 않았을 텐데. 너 도대체 무슨 생각으로 내가 된 거니? 너도 어머니에게 버림받을까 봐 무서웠던 거야? 아버지에게 버림받을까 봐 아영이 네가 된 그때의 나처럼? 그래도 아영아, 이렇게까지 너 자신을 죽인 건 도무지 이해가 안 돼."

몇 가지 질문이 머릿속에서 뱅뱅 돈다. 다영이 이 집으로 들어온 결정적인 이유, 질문의 해답을 찾기 위해서였다. 하지만 아영의 생활을 더 깊게 알면 알수록 더 모르겠다는 생각만 들었다.

"그래도 네 삶이 그렇게 힘든 것만은 아니었던 것 같단 생각이 들어. 옆집에 어머니 친구분도 널 많이 아낀 것 같고, 네 약혼자인 한상우 씨와 네 애인이라는 그 이태인 씨도 널 많이 사랑한 것 같아. 두 사람의 사랑이 같은 것인지 다른 것인지는 확실하지 않지만, 그래도 널 많이 사랑한 건 사실이니까. 넌 이곳에서 많이 행복했겠어. 그래서 다행이라고 생각해."

다영은 아영의 사진을 내려놓으면서 빙긋 미소를 머금었다.

다음 날 아침.

출근 준비를 마치고 일 층으로 내려온 다영은 가방을 소파에 던지듯 놓고는 주방으로 들어갔다. 마침 아침을 먹기 위해 준비 중이던 정혜는 다영이 스스로 주방으로 들어오자 조금 놀란 듯한 표정으로 그녀를 응시했다.

"아침마다 한상우 씨와 부딪치는 거 싫어서요. 그 얼굴 안 보려면 아침 먹어야 하잖아요."

다영이 의자를 빼고 앉자, 가사도우미인 박 씨가 그녀 앞에 아침밥을 차려주었다.

"상우는 바쁜 애야. 그 바쁜 애가 널 위해서……."

"그러니까 그 바쁜 사람 아침마다 안 오게 해준 거잖아요."

다영은 이번에도 정혜의 말을 중간에 자르고는 퉁명스럽게 말을 툭 내뱉었다.

"아침마다 그 사람과 입씨름하는 거 짜증 나고 싫어요. 게다가 혼자 생활한 시간이 길어서 그런 종류의 부딪침이 익숙지 않기도 하고. 누가 나에게 이런저런 간섭하는 거 못 견뎌요."

정혜와 시선을 안 마주치기 위해 다영은 시선을 아래로 깔고 밥을 한 숟가락 떠서 먹었다.

"아빠가 그렇게 죽은 뒤로 계속 혼자 살았겠구나?"

"뭐, 아버지가 돌아가시기 전에도 혼자 살았던 거나 마찬가지였는데요. 크게 바뀐 것도 없었어요."

다영은 덤덤하게 말하고는 정혜가 식사를 하는지 안 하는지 볼 생각도 하지 않은 채 앞에 놓은 밥을 부지런히 비웠다. 그리고 마지막 숟가락을 입안에 넣자마자 곧장 자리에서 일어섰다.

"출근합니다."

지나가듯 말을 흘리고는 주방에서 나왔다.

"그게 무슨 말이야?"

가방을 들고 현관에서 신발을 신고 있을 때, 주방에서 정혜가 나와 다소 격양된 목소리로 물었다.

"뭐가요?"

"그게 무슨 말이냐고?"

정혜는 버럭 소리를 지르며 다가와 가방을 들고 있는 다영의 손목을 움켜잡았다.

"혼자 살았던 거나 마찬가지였다니? 그게 무슨 말이냐고?"

다시 정혜가 소리를 질렀을 때, 문이 열리고 상우와 그의 어머니인 나희가 집 안으로 들어왔다.

"정혜야, 왜? 무슨 일이야?"

나희는 무슨 일이 터졌나 싶어, 서둘러 집 안으로 들어와 걱정이 가득한 얼굴로 두 사람을 보았다.

"네 아빠는? 네 아빠는 뭐하고 네 입에서 혼자 살았던 거나 마찬가지란 말이 나와?"

"아버지 바쁜 것 누구보다 잘 아셨잖아요. 모르셨던 것도 아니면서 새삼스럽게 왜 이러세요?"

"너 혼자 있는데, 그 인간 계속 그 짓을 똑같이 했다는 거야?"

"그러든지 말든지 상관하실 일 아니죠. 꼬투리 하나 잡아서 이것저것 간섭할 생각이시라면, 꿈도 꾸지 마세요. 혼자 알아서 잘 살아서, 누구 간섭받는 것 소름 끼치니까. 가족, 혈연, 이런 거나 몰라요. 그냥 함께 생활하는 사람, 그 이상은 싫습니다."

다영은 차갑게 말하고는 상우를 지나 그대로 집을 나서 대문 밖, 자신의 차가 세워져 있는 곳까지 빠르게 걸어왔다.

'제길, 몰랐던 거 아니잖아. 다 알면서 아버지 옆에 버려둔 서잖아. 그래놓고 놀란 그 얼굴은 뭐냐고.'

차에 올라탄 다영은 끓어오르는 화를 식히기 위해 눈을 감고 등받이에 몸을 기댄 채, 그렇게 잠깐 시간을 보냈다.

똑똑똑.

그렇게 몇 분이 흘렀을까. 창문을 두드리는 소리가 들려 다영은 어쩔 수 없이 눈을 떠야만 했다.

"뭐예요?"

다영은 창문을 내려 허리를 굽혀 자신을 보고 있는 상우와 눈을 맞추었다.

"자."

상우는 주먹을 꼭 쥔 손을 차 안으로 쑥 집어넣었다.

"뭔데요?"

반사적으로 손을 내민 다영은 자기 손에 커피 사탕이 뚝 떨어지자 풋 웃음을 터뜨리고 말았다. 이 남자 뜬금없는 데서 웃기는 재주가 있는 모양이었다.

"이모는 내가 알아서 잘 달랠 테니까, 마음 편하게 출근해. 사고 내지 말고, 안전 운전하고, 위험한 작업할 때는 머릿속 싹 비우고 집중하고."

상우는 그녀의 차를 툭툭 치며 '출발!' 하고 외치고는 바로 정혜의 집으로 들어갔다.

"그래도 다행이네. 저 남자가 있어서."

다영의 입에서 이 말이 흘러나온 건 상우가 대문 안으로 사라진 다음이었다.

잠깐 다영을 본 후에 집으로 들어온 상우는 정혜의 진정을 돕기 위해 엄청난 노력을 퍼붓고 있었다.

"그 인간이 아이를 방치한 거야. 그 인간이 날 미워해서 그 예뻤던 아이를 방치하는 것으로 학대한 거야!"

충격 때문인지 당혹스러움 때문인지, 어떤 감정인지는 알 수 없지만, 정혜는 격해진 감정을 주체 못해 얼굴까지 벌겋게 달아올랐다.

"이모, 무슨 사정이 있었을 거예요. 제가 한번 알아볼게요. 그러니까 그만 진정 좀 하세요. 계속 이렇게 열 내시면 혈압으로 쓰러지실지도 몰라요."

겉으로 드러내지는 않았지만, 사실 정혜만큼이나 상우도 상당히 당황했다. 정혜가 좀 확대해서 듣는 겨냥이 있지만, 없는 사실을 만들어내지는 않기에 정혜의 말이 어느 정도는 진실을 바탕으로 깔고 있을 것이기 때문이었다. 하지만 지금 자신이 느끼는 감정까지 쏟아냈다가는, 불난 집에 기름을 들이붓는 것과 같은 결과가 나올 걸 알기에, 최대한 이성적으로 냉철하게 판단하려고 애썼다.

"그래, 그래. 상우가 알아보면 확실해지겠지. 그러니까 그만 화내. 너 진짜 쓰러지면 어떻게 해?"

"아이를 데리고 갔으면 제대로 키웠어야지! 키울 자신이 없으면, 데려다 놓든가! 그 인간은 늘 그랬어! 무책임하고, 이기적이고, 자식이 죽든 말든 자신만 편하고 좋으면 그만이었다고! 그런 인간 옆에 아이를 두는 게 아니었어. 그 인간은 아이를 그냥 방치했던 거야! 방치하는 걸로 학대했던 거야! 그러니까 예뻤던 내 다영이가 저렇게 형편없이 비틀려 버린 거라고!"

한참 후에야, 좀처럼 진정되지 않는 정혜를 간신히 진정시킨 상우는 겨우 집을 나설 수가 있었다.

"난 내가 왜 그렇게까지 희생해야 하는지 모르겠어요. 어째서 내가 아영이에게 미안해해야 하는데요? 도대체 어떤 부분 때문에 아영이가 날 위해서 희생했다고 말하는 건데요? 어머니와 함께 살았다는 것만으로 아영이는 불행했고, 난 아영이의 불행을 바탕으로 행복해졌다는 결론은 누가 낸 건데요? 이봐요, 한상우씨! 아무것도 모르면서 아는 척하지 마. 당신 그거 주제넘어."

그때 다영은 분명히 이런 말을 했다.

그때는 그냥 화나서 하는 말이라 여겼는데, 혹시 이 말을 하게 된 배경에 다른 이유가 있었던 걸까?

머릿속이 이리저리 엉켜서 복잡하다. 운전석에 올라탄 상우는 의자 등받이에 몸을 기대며 깊게 한숨을 토해냈다.

"몰랐다는 그 표정은 뭐냐고? 어떻게 모를 수가 있어? 어떻게!"

공방에 도착한 다영은 찬물 한 컵을 모두 들이켠 다음에서야 속에 쌓였던 말을 밖으로 토해냈다.

"정말 모르셨던 거 아니야?"

"아니, 알고 싶지 않았던 거야! 하아영이라는 예쁜 인형이 품에 있는데, 어딘가 모자라 보이는 옛날 인형은 필요 없었던 거지. 그래놓고서 이제 와 태연하게 난 몰랐다? 내가 속이 빤히 보이는 그 거짓말을 믿을 것 같아?"

부모님이 다른 친구들의 부모님처럼 행복하진 않다는 걸 알고는 있었다. 하지만 이혼이라는 건 생각도 해보지 않았던 다영이로서는 그때 자신이 무슨 말을 듣고 있는 건지 모를 정도로 현실감각이 없었다.

"엄마 아빠는 이혼하기로 했어. 그래서 이제는 따로 살 거야."
"그럼 난 누구랑 살아?"

아영이가 이렇게 물어봤던 것 같았다.
'그냥 같이 살면 안 돼? 가족은 헤어지면 안 되는 거잖아. 그러니까 우리 여기서 함께 살면 안 돼?'
이 말이 입안에서 맴돌았다. 하지만 밖으로 내뱉을 수 없었다. 다영은 이 말을 할 용기가 없었다.
'아빠가 엄마에게 함께 살자고 말하면 안 돼?'
다영은 눈물이 그렁그렁한 눈으로 아버지를 올려다보았다. 아버지가 제발 엄마 마음 좀 돌려줬으면 하는 마음으로 간절하게 아버지를 응시했었다.

"다영이는 아빠랑 살 거고, 아영이는 엄마랑 살 거야."

아버지가 이렇게 말씀하셨다.
부모님의 이혼만으로도 하늘이 무너지는데, 엄마가 아영이만 데리고 가고 자신을 여기에 그냥 둔다는 말에 다영은 그대로 굳어버렸다.
'왜…… 어째서? 엄마, 왜…… 아영이야?'

이 말이 목까지 차올랐다. 하지만 다영은 이 말도 하지 못했다. 분명히 눈에서 눈물이 뚝 떨어졌을 텐데, 정혜는 그런 다영을 보지 않았다. 그리고 아영의 손을 잡았다.

"엄마 집에 자주 놀러 가면 돼. 우리 다영이 씩씩하게 잘 지낼 수 있지?"

아버지께서 이렇게 말씀하시는 게 귀에 들렸다.

다영은 고개를 아래로 떨어뜨리며 아버지의 손을 잡았다.

"그때 분명히 어머니는 날 외면했어. 네 하고 대답하는 것조차도 어머니 얼굴 보고, 허락이 떨어지면 그제야 대답하던 내가, 아버지 옆에 혼자 남겨지면 어떻게 될지 예상할 수 있었을 거잖아. 그랬으면서 아무것도 몰랐다는 게 말이 돼? 고장 난 장난감 폐기 처분하듯 그렇게 버려놓고서, 지금 그 표정은 뭐야?"

꽉 쥔 다영의 두 손이 부들부들 떨었다.

"다영아……."

현주 눈에 지금의 다영의 모습은 무척이나 낯설었다. 늘 적당히 웃고 가볍게 넘기는 게 지금까지 보아온 다영이었다. 다영은 울거나 화내야 할 때도 적당히 웃음으로 지나쳐 버리곤 했다.

"뭐, 상관없어. 어머니 얼굴 볼 날도 몇 개월이 다일 테니. 일이나 하자! 오늘 뭐하기로 했지?"

다영은 다시 평소 모습으로 돌아왔다. 마치 아무 일도 없었던 사람처럼…….

일이 손에 안 잡힌다. 출근한 상우는 마치 혼은 다른 곳에 가 있는 사람처럼 멍하니 딴생각에 빠져 있었다.

"어이, 한변 뭐 해?"

"아! 동혁아."

겨우 정신 차린 상우는 언제 들어와 있었는지는 모르겠지만, 주인 허락 없이 들어와 떡하니 소파에 앉아 있는 동혁을 보게 되었다.

"뭐야? 혼은 어디다 빼놓고 껍데기만 출근한 거야?"

"아니야. 왜? 무슨 일인데?"

"뭐, 안 풀리는 사건 맡았어? 아니, 그렇다고 우리 한상우 변호사님께서 이렇게 혼까지 내보낼 리가 없는데?"

"무슨 일이냐고?"

호기심이 발동한 동혁은 눈을 게슴츠레 뜨며, 정말 이상하다는 뜻을 가득 담은 눈빛으로 상우를 보았다.

"뭐냐고? 할 말 없으면 나가. 나 할 일 많아."

"나 태인이 만났어. 그런데 그 녀석 이상한 말을 하더라?"

"다영이 봤다고?"

동혁이 무슨 말을 할지는 이미 알고 있었다.

"하아영의 정반대. 부연 설명이 필요 없다고 하던데, 맞아?"

"응."

"첫사랑이 가까이 왔는데, 우리 한상우 님 상태가 영 아닌 것 같아. 무슨 일 있냐?"

"실이 이리저리 엉킨 기분이야."

"뭐가 잘 안 풀려? 설마 그 첫사랑이 태인이한테 꽂혔어? 와!

그러면 진짜 막장인데?"

아주 눈이 반짝반짝 빛난다. 상우는 짜증 나는 마음에 들고 있던 볼펜을 동혁을 향해 집어 던졌다.

"그럼 왜 넋이 나간 거야?"

한두 번 해본 솜씨가 아닌지, 익숙하게 볼펜을 받은 동혁은 좋아하는 장난감을 얻어낸 아이처럼 행복하다는 얼굴로 활짝 미소를 머금었다.

"뭔가 콱 막힌 기분이야."

"왜?"

"나 말이야, 정혜 이모와 우리 어머니처럼 아영이만 보고, 아영이만 생각했었던 건 아닌가 하고."

"그게 무슨 말이야?"

"난 계속 아영이가 희생했다고 여겼어."

"표면상으로는 그게 맞잖아. 민정혜 사장님, 그 엄청난 카리스마에 하아영이 콱 눌려 산 건 사실이니까."

"성격이 저렇게 변할 정도면 많이 힘들었겠다고 생각은 했지만, 그래도 행복했다고 여겼나 봐."

"아니야?"

"몰라. 그런데 남겨진 다영이가 어떻게 살았는지는 한 번도 알아보려 하지 않고, 아영이 편에서 결론을 내린 것 같아. 다영이가 분명히 그랬거든. 정혜 이모와 함께 살았다는 것만으로 아영이는 불행했고, 자신은 아영이의 불행을 바탕으로 행복해졌다는 결론은 누가 낸 거냐고. 아무것도 모르면서 아는 척하지 말라고."

"하다영은 그런 말 할 수 있겠지. 누구나 자기 불행이 제일 큰

법이니까."

"그게 아니라, 다영이 아버지 말이야, 형사였어. 뼛속까지 형사에다, 형사 일을 최우선으로 생각하는 분이라 내 기억으로는 가정을 잘 돌보는 편이 아니었다고."

"바뀌었겠지. 딸 혼자 집에 있으면 걱정이 돼서라도 그 딸을 우선으로 생각했겠지."

"오늘 다영이가 그랬어. 혼자 알아서 잘 살아서, 누구 간섭받는 것 소름 끼친다고. 가족, 혈연, 이런 거 모른다며 함께 생활하는 사람, 그 이상은 싫다고."

"그래서 너 지금 무슨 생각하는 거야?"

"그게……."

상우는 뭐라 말하려다 아니라는 듯 고개를 저었다.

"아니다. 그럴 리가 없지."

"왜? 뭐? 한번, 빨리 안 불어? 내가 차근차근 불게 해줘?"

동혁의 재촉에 상우는 잠깐 생각에 잠겼다가 입을 열었다.

"만약 이모 말대로 다영이가 쭉 혼자 방치되었던 거라면 어떻게 되는 거냐?"

"어……."

생각 못 했던 건지, 아니면 생각하고 싶지 않았던 건지, 동혁의 얼굴에 미소가 사라지더니 이내 일그러졌다.

"만약 그렇게 된 거라면, 제일 큰 피해자는 마마걸 하아영이 아니라……."

"다영이겠지?"

동혁은 상우의 말이 맞는다는 듯 고개를 끄덕였다.

"아닐 거야. 아니야. 그렇게 자란 애가 저렇게 씩씩할 리가 없잖아. 그럴 거야. 아니 그래."

상우는 마치 주문을 거는 것처럼 이렇게 중얼거리며 무거운 한숨을 토해냈다.

퇴근길. 다영은 또 태인의 가게에 들렀다.

"여기가 다영 씨 참새 방앗간이 된 거죠?"

태인은 사람을 편안하게 해주는 것 같단 생각이 들었다. 아영이도 이런 느낌 때문에 이 남자를 좋아했던 것 같다. 힘들고 지칠 때, 이 사람 특유의 편안함으로 아영을 위로해 줬을 테니까. 다영은 아영이 이 사람을 왜 사랑했는지 알 것 같았다.

"그런가 봐요. 소주랑 안주 부탁해요."

"넵."

다영은 자리를 잡고 앉아서 태인이 안주와 술을 가지고 나올 때까지 기다렸다.

"저녁은 먹었어요?"

"아니요. 오늘은 술이 저녁이에요."

술과 간단한 기본 안주를 내려놓던 태인은 그녀의 말에 바로 소주를 집어 들었다.

"안 돼요. 빈속에 술은 쥐약이에요. 잠깐만요. 밥 줄게요. 조금만 기다려요."

태인은 소주를 들고 급하게 주방으로 들어갔다. 그렇게 십 분정도 시간이 흘렀을 때, 태인은 보글보글 끓는 된장찌개와 밥을 들고 나와 테이블에 내려놓았다.

"와."

"가끔 아영이가 먹고 싶다고 할 때 끓여주던 거니까, 먹을 만은 할 거예요."

"대단하네."

다영은 숟가락을 들고 된장찌개를 조금 떠먹고는 엄지를 들어 보였다.

"맛이 없어도, 맛있게 드세요."

"진짜 맛있어요. 잘 먹을게요."

태인은 빙긋 웃으며 주방으로 들어갔다.

'하아영, 이런 거 끓여 주는 사람도 있고. 사는 내내 좋았겠다.'

죽은 아영의 삶이 점점 부러워졌다. 자신의 삶에는 불 꺼진 집이 다였는데, 아영은 숨 막힐 정도로 자식만 보는 어머니가 계셨고, 어머니 앞을 가로막으며 잠깐이라도 숨을 돌리게 하는 든든한 오빠가 있었으며, 지친 봄을 이끌고 오면 이렇게 따뜻한 된장찌개를 끓여 주는 애인이 있었으니, 아영이의 삶이야말로 행복이라 생각했다면 진짜 행복했을 그런 삶이었다.

'이렇게 다 가진 네가 어째서 불행한 사람으로 인식되어 버린 걸까? 내 눈에 넌 진짜 행복한 사람인데.'

살아 있을 때 알았더라면, 다영은 분명히 호강에 겨워 별 이상한 소리 다 한다고 화냈을지도 모를 일이었다.

"어쩌면 몇 개는 내 것이었을 수도 있었는데……."

다영은 쓰게 픽 웃으며 웅얼거렸다.

가야금 가락이 은은하게 울려 퍼지는 고급 한정식 룸.

얼굴에 자리 잡은 주름까지 근사한 중년의 신사 두 명이 마주 보고 앉았다.

"그래서 다영이 얼굴은 봤냐?"

"아니, 아직 못 봤어. 상우 엄마는 자꾸 다영이 불러다 밥 먹자고 하는데, 내가 급하지 않으니까 가만두라 하며 시간을 벌고 있어."

진혁은 나지막하게 한숨을 토해내며 물컵을 들어 한 모금 마신 후 내려놓았다.

"무슨 생각을 하는지 도통 알 수가 없네. 상우하고 아내가 문턱이 닳도록 들락거려도 끄떡도 안 할 녀석인데, 어째서 들어온 걸까? 민석이 넌 뭐 좀 짐작 가는 거 없어?"

"다영이 진료했던 그때, 내가 얻은 자료라고는 딱 하나야. 다영이는 두꺼운 가면 속에 자신을 감추고, 남에게는 절대로 그 속을 보여주지 않는다는 거야. 게다가 인간에 대한 믿음 자체가 없지. 그 인간 속에는 가족도 포함되어 있어."

"처음부터 다영이를 정혜 씨 품으로 데리고 왔었어야 했어. 정혜 씨 때문에 숨도 제대로 못 쉬고 사는 아영이만 생각했지, 동운이 그 자식 옆에 있을 다영이를 생각 못 했어. 내 잘못이야. 진작 다영이를 생각해야 했는데."

"동운이 그 자식 말을 액면 그대로 믿어버린 내 잘못이기도 하지. 밝고 씩씩하게 그리고 강하게 잘 자라고 있다는 그 말을 믿다니. 동운이 그 자식 옆에 남겨진 애가 아영이가 아니라 다영이라는 사실을 깜빡했다. 내가 정신과 의사면서 그걸 놓치다니."

민석은 머리가 지근거리는 듯 미간을 일그러뜨렸다.

"어째서 그 일을 아빠와 상의하지 않았니? 아빠께 상의했으면 빨리 해결됐을 텐데? 가족이잖아. 그리고 네 보호자고. 아빠는 너에게 일어난 일들을 모두 알 필요가 있어."

"가족? 그게 뭐요? 한집에 사는 사람, 그 이상도 이하도 아닌데. 저 제 일을 남에게 떠들어 댈 만큼 한가하지 않아요."

"다영아 그건 가족이 아니야. 가족이라는 건……."

"저에게 가족은 그거예요. 그리고 아버지도 제겐 남이거든요. 한집에 사는 남."

분노하거나 원망하는 빛을 보였다면 좋았으련만, 다영은 웃고 있었다. 억지로 웃는 연기를 하는 게 아니라, 진짜로 웃고 있었다. 그때 그는 왠지 모를 서늘함을 느꼈다. 뭔가 잘못되었다는 느낌과 동시에 많이 늦어버렸다는 것을 깨달았다.

"형사라는 인간이 애가 이상하다는 걸 스무 살이 될 때까지 몰랐다는 게 말이 돼?"

과거를 회상하다 보니, 민석의 입에서 무의식중에 원망의 말이 튀어나왔다. 동운에게서 다영의 고등학교 졸업식에 간다는 말을 들은 그다음 날, 동운은 싫다는 다영을 끌고 민석의 병원에 왔었다.

"민석아…… 다영이 좀…… 봐줘."

그때 동운은 떨고 있었다. 민석은 친구의 얼굴에서 공포를 읽었다. 그리고 깊은 죄책감과 함께 좌절도 보았다.

아빠 친구라고 소개한 자신에게 다영은 밝게 인사했다. 그런 후 다영은 아무 말도 하지 않았다. 그리고 모든 질문에 '뭐……'라는 싱거운 대꾸만 하며 제대로 된 답을 해주지 않았었다. 그렇게 며칠 기 싸움 아닌 기 싸움을 벌여야만 했다. 며칠 뒤 동운이 사고로 죽고, 다영은 그렇게 아버지 친구들 시야에서 사라졌다.

"상우가 다영이를 봉고 있는 것 같긴 한데, 진짜 봉이는 건지, 아니면 그런 척 해주는 건지 잘 모르겠어. 워낙 속을 알 수 없는 애라."

"일단 상우에게 맡겨보자. 만약 다영이가 좀 이상하다면, 상우가 금방 알아챌 거야. 상우 그 녀석 눈썰미가 보통이 넘으니까. 그때까지 지켜보자고."

다영이가 위험하다거나 그런 건 아니다. 다만 가족이라는 단어에 어떤 반응도 보이지 않았던 다영이, 가족이라는 울타리 안에 스스로 들어갔다는 사실이 좀 불안해서였다.

상황이 어떻게 돌아가는지 짐작할 수 없기 때문일까. 진혁과 민석은 답답한 마음에 깊게 한숨을 토해냈다.

"내가 하면 안 될 짓을 했나 봐? 태인이 녀석 포장마차에 매일 들러서 한잔하고 들어오는 게 일과가 된 것 같다?"

집에 들어가는 길. 대문에서 상우와 딱 마주친 다영은 이상하게 우습다는 생각이 들어 픽 하고 웃음을 흘렸다.

"너랑 한잔할까 생각했는데, 안 되겠네. 이미 한 것 같으니까."

"한잔이 아니라 대화가 하고 싶은 거겠죠."

"술이 들어가면 대화가 쉬우니까."

"물어봐요. 대답해 줄게요."

"정면 돌파? 그런데 어쩌냐? 멍석 깔아주니 입이 안 떨어지네?"

상우가 장난스럽게 픽 웃자 그걸 본 다영도 따라 웃었다.

원래 이 남자의 특기인지 아니면 특정한 몇 명 앞에서만 이러는지는 잘 모르겠지만, 어색한 분위기를 자연스럽게 바꾸는 재주가 있는 사람이다. 미소, 가벼운 장난, 아니면 어울리지 않는 묘한 진지함. 뭐가 됐든, 이 남자의 사소한 행동 하나가 분위기 바꾸는 데 결정적인 역할을 한다. 그리고 이 남자의 이 특기는 아영이에겐 엄마에게서 도망쳐 편히 쉴 수 있는 마지막 안식처였을 것이다.

'당신이 아영이를 사랑했으면 상황은 많이 달랐겠지?'

다영은 돌연 아영이의 일기가 떠올랐다.

—상우 오빠는 다정한 사람이다. 미소, 친절한 말투, 다정한 성격까지. 사람들 말처럼 상우 오빠는 이상적인 남자다. 그런데 오빠는 딱 거기까지다. 한 치의 흐트러짐 없이, 신이 저 오빠만 잘못 만든 건 아닌가 하는 생각이 들 정도로 완벽한 사람. 나는 오빠가 나에게만큼은 빈틈을 보였으면 한다. 하지만 오빠는 나에게조차도 다른 이들과 똑같다.

그건 오빠가 날 여전히 여동생으로만 생각한다는 소리겠지?

내가 오빠에게 여자가 되는 날은 정말 없는 걸까?

자신이…… 없다.

"그럼 내가 물어보죠. 아영이를 여자로 생각했던 적 단 한 번도 없어요? 아니면 아영이가 못 알아챌 정도로 연기를 잘했나?"

"내가 연기에 소질 있으면 배우 했겠지. 골치 아프게 법 공부했겠어?"

"하긴. 그 얼굴이면 카메라 앞에서 사진 몇 방만 찍어도 먹고는 살았겠네. 그래도 아영이를 여자로 한 번은 봐주지 그랬어요? 아영이는 꽤 오랫동안 그쪽만 봐온 것 같은데."

"척해서 길은 열어줄 수는 있지만, 진짜는 할 수 없어."

"네?"

다영은 상우가 한 말이 무슨 뜻인지 잘 파악이 안 돼 고개를 갸웃했다.

"그때 아영이의 계획이 어그러질 가능성도 있겠다고 여겼어. 그래서 또 하나의 계획을 세워두었거든. 만약 진짜 약혼식을 해야 할 경우, 사람들이 모두 모인 그곳에서 내가 내 입으로 직접 파혼할 생각이었어. 그렇게 되면 두 집안의 관계는 당연히 어그러질 테고, 아영이에게는 약혼식 당일에 파혼당했다는 주홍글씨가 새겨질 테니까."

"그런 다음에는 어떻게 할 생각이었는데요?"

"이쪽은 소문이 빨라. 그리고 소문이 잘 지워지지도 않아. 파혼이란 엄청난 일을 겪으면 그게 평생 따라다니지. 아니 소문이 소문을 낳기 때문에, 어떤 식으로 말이 부풀려질지는 아무도 몰라. 아영이 삶에 낙인 하나가 찍히는 거야. 그때 태인이의 노력만 조금 더해진다면, 이모가 태인이를 받아들일 가능성이 커지지. 물론 우리 어머니께서는 절친한 친구를 잃게 되겠지만, 태인이랑 아영이가 결혼만 하면 그리고 중간에서 역할만 잘해주면 차츰차츰 풀리겠지. 어쩌면 이걸 더 바랐는지도 몰라. 그게 아영이가 떠나지 않을 유일한 방법이라 여겼으니까. 그때는 그게 최선의 선택이라 생각했었으니까."

그래서 약혼식이 필요했던 거구나. 아영이의 이미지를 바닥으로 떨어뜨리는 데는 파혼이 가장 좋은 방법일 테니까.

다영은 대충 이해한 듯 고개를 끄덕였다.

"그런 이유에서 약혼하는 척은 할 수 있어. 하지만 약혼은 안 돼. 약혼, 결혼, 이런 건 내가 진짜로 사랑하는 여자와 해야 하는 거잖아. 난 마음은 머리가 움직일 수 있는 영역이 아니라고 믿어. 그런데 왜 그런 걸 물어? 아니, 너 설마 내가 아영이를 여자로 볼 가능성이 있다고 여겼던 거야?"

"그냥 언니가 그쪽 좋아했던 흔적들이 많이 보여서요. 언니하고 그쪽이 진짜로 이어졌으면 상황은 달라지지 않았을까 하고, 아주 잠깐 생각했었거든요. 물론 그쪽을 질책하는 건 아니에요. 그쪽이 지금 한 말처럼 마음은 머리가 움직일 수 있는 영역이 아니니까."

아영이 상우를 좋아하는 것쯤은 아주 오래전부터 알고 있었다.

"다영아, 나 오빠 좋아해. 처음부터 오빠가 좋았어. 나 오빠 여자친구가 되고 싶어. 도와줄 거지? 넌 내 동생이니까."

기억난다. 아영이는 상우를 만난 날이면 다영에게 이렇게 말했었다. 그때는 그냥 단순하게 들었지만, 지금 다시 생각해 보니 아영이는 저에게 경고를 했던 것 같다. 절대 오빠를 넘보지 말라는 뜻을 담은 경고 말이다.

"응. 오빠도 너 좋아하니까 넌 꼭 그렇게 될 수 있을 거야."

맞다. 그때는 '나도 오빠 좋아해'라는 말을 감히 입에 담을 수가 없었다. 아영이가 마음먹으면 그걸로 게임은 끝나는 거라 여겼다. 그리고 그때 다영은 아영이와 사소한 말다툼조차도 못 할 때였다. 어머니가 안 계실 땐, 언니의 말을 무조건 따르고 복종하는 아주 착한, 다시 말해 바보에다 멍청이 같은 동생이었으니까.

"한 번은 물어보고 싶었어. 딱 한 번은."

"뭘 말이에요?"

"너 왜 이모 안 따라왔어? 원래라면 네가 따라왔어야 하잖아. 어째서 아영이가 따라오게 그냥 뒀던 거야?"

"그게 무슨 말이에요?"

"네가 아빠 옆에 남겠다고 했잖아. 어째서 그런 거야? 난 그게 이해가 안 됐어. 아마 이모도 그게 이해가 안 됐을 거야."

물어보고 싶었던 말이고 대답해 주길 원했지만, 다영은 아무 말 없이 그냥 상우를 물끄러미 보기만 했다. 대답이 없자 상우는 다영의 표정이라도 읽어보려 애썼다. 하지만 다영의 표정엔 어떤 것도 보이지 않았다. 아무런 생각도 담고 있지 않은 눈동자가 덤덤하게 상우를 볼 뿐이었다.

"대답 안 할 생각이구나?"

"지난 일이니까. 대답한다고 해서 달라질 건 없잖아요. 그때 내 마음이 어땠는지, 내가 무슨 생각을 했고, 왜 그랬는지는 중요하지 않아요. 그리고 그리 대단한 이유도 아니고. 초등학교 5학년짜리가 뭐 그리 대단한 이유가 있었겠어요. 어리고 어린, 초등학교 5학년 꼬마 여자애인데."

가볍게 으쓱거리는 어깨, 자연스럽게 흔들거리는 팔 그리고 장난처럼 웃는 저 얼굴. 상대에게 이런저런 질문을 해대고 답을 듣지만, 정작 자기 이야기는 하지 않고, 대답이 필요한 질문엔 입을 닫아버린다. 그렇게 상대가 더는 물어보지 못하게 입을 막아버린 후엔, 장난스럽게 웃으며 대충 넘어간다. 불리해진 분위기를 이런 식으로 가볍게 다른 쪽을 돌리는 건, 우연히 벌어진 일이 아니라 계산된 행동이었다. 대놓고 화제를 돌리지도 않았는데, 말문이 막혔다는 걸 알게 된 상우는 자기 모르게 픽 웃음을 흘리고야 말았다.

"그러네."

상우는 고개를 끄덕였다. 하지만 직감은 대충 넘기지 말라고 말하고 있었다. 생각하는 차원이 다른 녀석이다. 아마 행동하는 패턴도 다를 게 뻔했다. 분명히 뭔가 있었다. 물어보고 싶은 말 수십 개가 머릿속에 맴돌았지만, 상우는 입도 뻥긋하지 않았다. 지금 다영에게 질문을 던진다 한들 대답을 들을 가능성이 없다는 걸 잘 알기 때문이었다. 그 답은 직접 찾는다. 그리고 그 답은 지금까지 살아온 삶, 바로 하다영의 지난 과거에 있었다.

"늘어가. 피곤하셨다."

"진짜 물어볼 말은 하나도 안 물어본 것 같은데. 안 물어봐요?"

"대충 알아냈어."

"뭘요? 난 대답한 거 없는데?"

"대답을 꼭 입으로 들어야 하는 건 아니야. 눈빛, 여러 작은 행동들에 답이 보이기도 하거든. 그러니까 이젠 들어가도 돼."

"그러죠. 알았어요."

다영은 상우에게 자신의 눈빛, 행동, 그런 걸 분석해서 뭘 알아냈냐고 묻고 싶었지만, 묻는다 해서 제대로 된 답을 들을 것 같지 않아서 포기해 버렸다. 이래서 머리 굴리는 녀석들하고는 친하게 지내면 안 된다. 특히 사람들 관찰하는 게 주특기인 인간은 더욱 가까이해서는 안 된다. 다영은 상우를 보며 이 생각을 확실히 굳혔다.

"하다영!"

다영이 대문을 열고 들어가려는 그때 상우가 그녀를 불러 세웠다.

"왜요?"

"잘했어. 기특해."

"뭐가요?"

"다. 다 잘했고, 다 기특해."

뜻을 알 수 없는 상우의 말에 갸웃한 다영은 고개를 절레절레 저으며 대문을 열고 안으로 들어왔다.

"이상해. 진짜 이상해."

이렇게 중얼거리며 마당을 가로질러 가던 다영은 현관문을 열고 들어서다가 우뚝 멈춰 섰다.

"저 인간…… 도대체 뭐야?"

다영의 얼굴에서 미소가 사라진 건 바로 이때였다.

다영이 들어간 다음, 집으로 들어온 상우는 아버지가 계신 서재로 향했다.

"무슨 일 있는 거냐? 나가는 것 같더니."

서류를 보고 있던 진혁은 상우가 서재로 들어오는 것을 보고는 빙긋 미소를 머금었다.

"문 앞에서 다영이 잠깐 보고 왔어요."

"다영이는 적응 잘하는 것 같아?"

"글쎄요. 잘 모르겠어요. 속을 알 수 없는 애라."

"그 녀석이 그렇지. 민석이도 두 손 두 발 다 든 녀석이니까."

이민석은 정신의학과 박사이자, 지금 함께 일하는 친구 이동현 변호사의 아버지였다. 그분이 두 손 두 발 다 들었다는 건 그만큼 하다영이 강적이라는 소리였다.

"아버지는 다영이와 왕래하고 있었던 거예요?"

"아니야. 어렸을 적에 만난 것 빼고는 동운이 장례식장에서 본 게 다지. 하긴 그 무렵 다영이를 생각하면 지금도 심장이 뛸 정도니, 강한 인상을 남긴 건 확실해."

"심장이 뛰다니요?"

사내가 여자를 보고 심장이 뛴다는 건 모두가 다 아는 그런 감정 때문일 거다. 하지만 아버지는 딸처럼 여기는 여자를 보고 심장이 뛴다고 했다. 게다가 아들인 자신에게 아주 당당하게 이 말을 했다. 이는 나른 의미였다. 공포, 경악, 놀람 기타 등등. 뭐 그런 종류라는 뜻이다. 대검찰청 부장검사. 흉악한 사건들은 가장 많이 다룬 검사이기도 한 아버지가 심장이 뛸 정도로 놀랐다는 건, 그 무렵 다영에게 인생을 뒤바꿀 정도로 엄청난 일이 벌어졌을 가능성이 컸다.

"팔 년 정도 됐나? 대학 입학하기 얼마 전이니까. 그때 모두 그 녀석 때문에 충격이 컸다."

"무슨 일이 있었는데요?"

"그건 나도 몰라. 다만 작고 여린 아이가 가슴에 커다란 대못을 몇 개 박고 그 긴 시간 아파하는데, 어른들이 단 한 명도 그걸 몰랐다는 건 알지. 상처가 큰 아이야. 깊고 큰 상처가 그 아이를 갈기갈기 찢어버렸다고 해도 과언이 아니다."

"상처라니요?"

"다영이는 세 번이나 버림을 받았다. 엄마인 정혜 씨, 아빠인 동운이 그리고 누구보다 가까웠던 쌍둥이 언니인 아영이."

"그, 그게 무슨……."

"난 아무것도 말해줄 수 없다. 다만 지금 내가 해줄 수 있는 말은, 동운이와 정혜 씨가 이혼한 그때부터 현재까지 가족을 먼저 생각하고 희생한 사람은 부모도 아니고 아영이도 아니야. 오직 한 사람, 바로 다영이뿐이었어."

"하지만……."

부모님이 이혼하던 그때 아영이가 어머니를 따라온 덕분에 다영이가 아버지 그늘에서 편히 살게 되었다. 또한 아영이가 지금까지 하다영의 옷을 입고 하다영으로 산 덕분에, 다영이가 지금처럼 밝게 활기찬 모습으로 살 수 있었던 거다. 이게 상우가 알고 있는 진실이었다.

그럼 그게 진실이 아니라는 건가? 숨겨진 다른 것들이 있었던 건가?

상우는 뒤죽박죽 엉켜서 뭐가 뭔지 명확하게 판단할 수 없는 머릿속을 정리할 요량으로 머리를 몇 번 이리저리 흔들었다.

"어린 다영이는 가족에게 받은 상처를 끌어안고 혼자 외롭게 견딘 거야. 아픔이 원망이 되고 원망이 체념이 되고, 체념이 무감각으로 변하는 동안 다영이는 조금씩 마음의 담을 쌓고 세상과 단절했지. 혼자 외딴섬이 되어버렸어. 철저하게 혼자가 된 거야. 아버지인 동운이조차도 남으로 인식하고 있을 정도로 자신이 아닌 모든 사람을 타인으로 단정하고 잘라냈지."

"말도 안 돼."

"동운이가 그렇게 죽고, 다영이는 우리 앞에서 흔적도 없이 사라졌어. 집도 그대로, 살던 흔적도 그대로인데 아이만 사라졌지. 그건 너도 알고 있을 거야."

맞다. 그건 아주 잘 알고 있었다. 뒤늦게 전남편이 죽은 걸 알게 된 정혜가 다영을 찾아갔었고, 다영이 사라진 걸 알게 되었다. 그때 정혜는 두 집을 발칵 뒤집었었다. 아이가 사라졌으니 빨리 찾아 눈앞에 데려다 놓으라면서, 아버지를 달달달 볶았었기 때문에 아주 잘 기억하고 있었다.

"얼마 뒤에 민석이와 내게 편지 한 통이 날아왔어. 찾지 말아 달라고. 그런데 몇 년 전에 갑자기 나타난 거야. 비어 있었던 집을 깔끔하게 청소하고, 거기다가 공방을 차렸더라고. 그리고 아영이에게 연락한 서지. 사라졌다가 나타났는데, 딴 인물이 되어 있었어."

"도대체 다영이에게 무슨 일이 있었던 거예요? 제가 아는 다영이는 여리고 수줍음 많은 그런 애인데, 무슨 일이 있었기에 그렇게 변해 버린 거예요?"

"나도 자세한 건 몰라. 민석이도 잘 모르는 눈치야. 동운이가 죽기 전에 말해준 게 다일 테니, 당연히 모르겠지. 다영이 입으로 들은 건 없어서 그 아이 마음에 뭐가 들어 있는지도 알 수 없어."

"추측이라는 건 할 수 있잖아요. 아저씨는 뭐래요? 다영이 상담했던 거예요?"

"한 가지만 말하고 더는 말 안 했다더구나. 가족이라는 건 함께 사는 사람일 뿐 그 이상도 이하도 아니라고, 아버지도 남이라고, 자기는 남에게 자기 이야기를 떠들어댈 만큼 한가하지 않다고."

가만 이런 말 언제 들은 적이 있다.

어디서 들었지? 어디서 들었더라?

잠깐 생각에 잠겼던 다영은 아침에 다영이 정혜와 다투면서 한 말을 기억해 냈다.

"꼬투리 하나 잡아서 이것저것 간섭할 생각이시라면, 꿈도 꾸지 마세요. 혼자 알아서 잘 살아서, 누구 간섭받는 것 소름 끼치니까. 가족, 혈연, 이런 거 나 몰라요. 그냥 함께 생활하는 사람, 그 이상은 싫습니다."

정혜에게 원망하듯 말한 게 아니다. 그건 다영이 평소 품고 있던 생각이었다.

"오빠 해봐, 오빠."

어린 시절, 아래로 향해 있는 다영의 시선이 딱 한 번이라도 자신을 향했으면 했다. 그래서 아기에게 말을 가르치듯 허리를 굽혀 다영과 시선을 맞추고 천천히 오빠라 해보라고 말했었다.

"……네?"

다영의 눈이 동그래졌었다. 그리고 정혜 이모에게 더욱 바짝 붙어 숨었다.

"오빠. 상우 오빠. 자, 해봐?"

뒤에서 나희가 한 번만 오빠라 불러주라며 웃으셨고, 상우 자신도 '그래, 한 번만 오빠, 해봐라. 너에게 오빠라는 말 들어보려다가 숨넘어가겠다'라고 말했었다.

그 무렵 다영은 정혜 이모가 가까이 있으면 대답하는 것도 어머니에게 허락받았었던 것으로 기억한다. 어떻게 하느냐는 눈빛으로 올려다보며 물으면 정혜 이모는 고개를 끄덕였고, 다영은 그제야 큰 결심을 한 듯한 표정으로 상우를 보았다.

"오…… 빠?"
"거 봐. 쉽지?"

상우가 다영의 머리를 이리저리 헝클었던 그 순간, 거짓말처럼 다영의 얼굴에 미소가 번졌다. 그 모습이 맑았고, 밝았으며, 예뻤다. 지금도 선명하게 기억할 만큼 그때의 다영은 화사하게 빛이 났었다.

'도대체 너에게 무슨 일이 있었던 거야? 무슨 일이 있었기에 그런 아픈 모습으로 변해 버린 거냐?'

찌릿한 아픔이 밀려왔다. 어른들의 이야기와는 상관없이 자신만이라도 다영을 챙겼어야 했던 건 아닐까 하는 늦은 후회가 밀려왔다.

늦은 밤.

굳게 닫혔던 방문이 열리고, 다영이 조심스럽게 방 안으로 들어왔다.

"하아영, 오늘은 좀 더 과거로 가보자."

다영은 옷장을 열어 작은 박스 하나를 꺼냈다. 아영의 일기들이 보관된 박스였다. 그녀는 박스에 담긴 일기들을 이리저리 뒤져 제일 오래된 일기장을 꺼냈다.

"이해는 못 해도 받아들일 수 있게 되길 빌어볼게."

다영은 책상으로 자리를 옮겨 의자를 빼고 앉았다. 일기장을 가볍게 훑으며 한 장씩 넘기다 어느 한 부분에서 딱 멈췄다.

–부모님께서 이혼할 것 같다. 그럼 다영이는 엄마, 나는 아빠 옆에 남겠지. 엄마는 다영이만 있으면 되니까. 그럼 다영이가 상우 오빠 옆으로 가게 될 텐데, 상우 오빠가 지금보다 더 다영이를 좋아하는 건 싫다.

어째서 다영이는 내가 가지고 싶은 걸 다 가지는 걸까?

난 갖고 싶어서 기 쓰고 노력하는데, 어째서 다영이는 노력도 안 하는데 다 가질 수 있는 거지?

사람들은 다영이만 보면 웃는다. 친절하게 말하고 언제나 웃어준다. 엄마는 다영이만 본다. 다영이가 얼굴을 조금만 찡그려도 어디 아픈 건 아니냐며 걱정하면서 내가 다치거나 아프면 빨리 병원에 가라고 말하고는 잊어버린다.

다 괜찮다. 상관없다. 원래 그랬으니까. 다영이는 늘 약했으니까 더 신경 쓰는 건 이해할 수 있다. 하지만 상우 오빠까지 다영이를 보는 건 싫다. 상우 오빠만은 날 먼저 봐줬으면 좋겠다.

몰랐다. 늘 자신감 넘치던 아영이 사실은 사랑이 그리웠던 아이에 불과했다는 건 진짜 몰랐었다.

"하아영, 우린 진짜 서로를 몰랐구나?"

다영은 픽 웃으며 일기장을 몇 장 더 넘겼다.

–오늘 엄마한테 다영이가 아빠 옆에 남고 싶어 한다고 말했다. 아빠랑 헤어지게 싫다며 매일 운다고 말했다. 안다. 다영이는 부모님이 이혼하는 걸 전혀 모른다는 걸. 그래도 이번만큼은 양보하고 싶지 않다. 나도 엄마와 함께 있고 싶다. 엄마가 나만 봐줬으면 좋겠고, 상우 오빠가 나를 좋아했으면 좋겠다.

나쁜 마음인 건 아는데…… 그래도 이번만큼은 다영이가 아니라 나였으면 좋겠다.

피식. 웃음이 나왔다. 아, 이래서였구나. 이래서 어머니가 아영이 손을 잡았던 거구나. 의문점이 하나 풀렸다. 어머니가 아영을 선택했을 때부터 다영은 계속 궁금했다.

어째서 어머니는 아영이를 선택했을까? 늘 언제나 함께 있었던 건 자신이었는데, 어째서 아영이였던 거지?

어쩌면 어머닌 두 아이 중 아영이를 더 믿었을 수도 있겠다는 생각이 들었다. 늘 옆에 끼고 있었지만, 정작 저는 어떤 표현도 없었으니까. 좋다, 싫다, 마음에 안 든다, 기분 나쁘다, 기쁘다, 슬프다, 아프다 등등 다영은 가장 기본이 되는 감정 표현을 잘하질 않았다. 늘 '네'라는 대답만 달고 살아서 어머니는 이 아이가 무슨 생각을 하고 있는지 생각하고 의심했을 테고, 반대로 자기 생각을 정확하게 표현하는 아영이를 더 믿었을 수도 있다.

그래도 물어봐 줬으면 좋았을걸. 물어봤으면 어머니와 함께 살길 원한다고 말했을 텐데.

"이런 거짓말로 나와 네 자리를 바꿀 정도로 한상우가 그렇게 좋았던 거야? 어이가 없네. 난 또 무슨 거창한 이유라도 있는 줄 알았잖아. 그런데 고작 한상우 때문이었단 말이지? 그럼 그때 나에게 그렇게 한 것도 한상우 때문이겠네? 고작 남자 한 명 때문에 쌍둥이인 날 그렇게 차갑고 잔인하게 버렸던 거네?"

미소가 사라진 얼굴로, 다영은 서늘함이 감도는 눈빛으로 차갑게 아영의 사진을 응시했다.

"아영아. 내가 이걸 어떻게 받아들여야 하는 거니?"

제 4 장

톡, 톡, 톡.

규칙적으로 들리는 소리에 현주는 사기 머리카락을 움켜잡고는 고통에 몸부림쳤다. 정신을 빼놓기 직전처럼 보이는 친구 때문에 살짝 무서움을 느낀 다영은 여차하면 도망갈 요량으로 의자를 뒤로 조금 뺐다.

"야! 할 일이 태산인데 너 자꾸 정신줄 딴 세상에 빼놓고 있을래?"

"일해. 한다고. 왜 화내고 그러냐?"

"일 안 할 생각이면 방해나 말든가! 일도 안 하고, 일하고 있는 사람 방해까지 하는데, 화 안 나게 생겼이?"

"커피나 한잔 마시자."

머리가 복잡하니 당연히 일이 될 리가 없다. 다영은 머릿속을 좀 정리할 생각으로 의자에서 일어나 커피포트가 있는 쪽으로 향했다.

"유리 공주님이 그때 왜 그랬는지 알아냈지?"

물을 끓이고 믹스커피를 타기 위해 준비하던 다영은 친구의 말에 움찔하며 손에 든 커피를 내려놓았다.

"응."

다영은 한숨을 나지막하게 내쉬며 뒤돌아 현주를 응시했다.

"그래서 이해는 돼?"

"애초에 이해할 수 있을 거라 생각 안 했어. 다만 이유가 분명하고 납득할 수 있으면, 그때 그 선택을 한 아영이를 받아들일 수는 있겠지 하고 생각했었던 거지."

"그런데 받아들일 수 없다는 표정이네. 맞아?"

"언니도 결국에는 관심과 사랑이 필요했던 아이였구나 하는 생각은 드는데, 그게 동생을 그렇게 떨어뜨릴 만큼 대단한 건지는 잘 모르겠어."

"유리 공주님도 일이 그렇게 될 거라고는 생각 못 했던 건 아닐까? 넌 아빠 곁에서 아주 잘 살 거라 여겼던 건지도 모르잖아."

"내가 고작 어머니가 나 대신 선택했다는 이유로 아영이와 연락을 끊었다고 생각해?"

현주는 빙긋 웃으며 고개를 저었다. 당연히 아니다. 현주가 아는 친구 하다영은 그렇게 속 좁은 사람이 아니었다. 말도 없고, 표정은 더더욱 없지만, 가끔 툭툭 던지듯 하는 말을 들어보면 생각이 깊다는 걸 알 수 있었다.

"안녕? 난 남현주야. 너 하다영이지?"

가구 디자인 학교에서 처음 봤던 그때부터 현주는 다영을 유심히 관찰했었다. 늘 혼자였고, 누구와도 친해지려 하지 않았으며, 사교성까지 최악이었다. 말을 걸면 대답은커녕 무시하기 일쑤여서 꼭 혼자서 전체를 왕따시키는 것 같은 느낌까지 들었을 정도였다. 그런 다영이 다르게 보이기 시작한 건 길고양이에게 먹이를 주던 모습 때문이었다. 어느 날 현주는 다영이 소시지를 잘라서 길고양이에게 던져 주며 빙긋 웃는 모습을 보았다.

저렇게 예쁘게 웃는 애인데 왜 안 웃지?

다영은 동급생들이 아무리 웃긴 이야기를 해도 그게 어째서 웃기냐는 눈빛으로 빤히 쳐다보기 일쑤라, 현주는 다영이 웃지 못하는 친구 내지는, 웃으면 안 되는 병이 있는 친구라 생각했다. 그런데 바로 그때 그녀는 사실은 다영이 아주 예쁘게 웃는 친구라는 걸 알았다.

"부모님보다 네 언니를 더 원망했다는 건 짐작하고 있었어."

"부모님께서 이혼하기 전까지는 난 늘 예쁘게 차려입은 인형 같은 아이였어."

다영은 언제나 자기 이야기에선 입을 꾹 다물어 버렸다. 아픈 사연 같은 게 있는 건 알겠는데, 도통 말을 하지 않으니 마음 깊은 곳에 뭐가 숨어 있는지, 그게 얼마나 큰 상처인지 짐작도 할 수 없었다. 그래서 그저 옆에 있기만 했다. 모두를 배척하고 사는 다영이에게 유일하게 다가갈 방법은 그냥 옆에 있는 것 하나뿐이었다.

"생각 같은 건 할 필요도 없었어. 어머니는 모든 걸 다 해줬거든. 내가 생각하고 행동할 필요가 없을 만큼 알아서 해주셨지."

"대충 짐작이 가네."

현주는 아영을 처음 만났을 때를 떠올리며 다영이 어렸을 때 어땠을지 짐작했다.

"그런데 어머니가 아영이를 데리고 간 거야. 난 아버지 곁에 남겨지고. 그때부터 모든 게 달라졌지. 길었던 머리는 싹둑 잘렸고, 레이스 달린 예쁜 옷은 활동하기 편한 운동복으로 바꿨고, 어머니 그늘에서 지나치게 활달한 아이들 속으로 혼자 떨어진 거야. 무서웠어. 그때 느꼈던 그 공포…… 아직도 잊을 수가 없을 정도로."

"아버지는?"

"처음에는 신경 써주시는 듯했지. 내가 적응력이 빠른 편이었나 봐. 아버지가 뭘 좋아하시는지 곧 알아챘거든. 아영이가 되려고 노력했어. 다 좋다. 다 괜찮다. 신난다. 재미있다. 친구들하고 잘 지내고 있다, 잘하고 있으니 걱정하지 마라. 담임 선생님도 비슷한 이야기를 하셨어. 물론 겉으로는 그렇게 지냈지. 다 좋은 것처럼, 다 괜찮은 것처럼, 다 신나는 것처럼, 친구들과 잘 지내는 것처럼, 그냥 걱정 없는 해맑은 아이처럼. 사실은 하루하루가 공포였을 정도로 너무 무서웠는데, 집에 오면 아무도 없다는 게 너무 싫었는데, 나에게 달려오는 친구들이 너무 부담스러웠는데, 혼자 있는 게 너무 외로웠는데, 아영인 척하는 게 너무 힘들었는데, 그 말을 하면 아버지가 실망할까 봐, 그러면 어머니처럼 아버지가 나를 버릴까 봐, 말을 할 수가 없었어."

눈물이 그렁그렁 맺힐 만도 한데, 다영은 재미있는 옛이야기를 말해주는 것처럼, 미소를 머금은 얼굴로 천천히 이야기를 풀어 냈다.

"그러다 점점 아버지의 관심이 줄어들었지. 아버지는 다영이는 이제 걱정 없다고 생각하셨을 거야. 다 잘됐다고, 다 괜찮다고 여기셨겠지. 그때부터 혼자 지내는 법을 배운 것 같아. 혼자 살아야 하니 뭐든 혼자 해결해야 했고, 서툴고 부족했던 것들이 익숙해졌지. 그리고 또 안심한 아버지는 멀어졌고. 그쯤 어쩌면 아버지는 아영이가 힘들어한다는 걸 들었을 수도 있어. 친구들이 다 어머니 근처에 살았으니까. 아영이가 걱정됐을 테고, 또 그만큼 난 멀어졌어. 그렇게 난 어머니에게도 아버지에게도 지워져 버린 사람이 된 거야."

"계속 하아영과는 연락하고 있었지?"

다영은 고개를 끄덕거리고는 픽 웃음을 흘렸다.

"어느 날, 그때가…… 봄방학 때였나? 중학교 2학년이 되기 전 짧은 방학 때였던 것으로 기억해. 너무 아팠어. 그때 독감에 걸렸었던 것 같아. 머리끝부터 발끝까지 안 아픈 곳이 없었을 정도로 너무 아팠어. 열도 펄펄 끓었고. 아버지는 계속 전화를 안 받았고, 혼자 견딜 수 없는 상태가 되어버린 거지. 그래서 아영이에게 연락해서 많이 아프다고 말했어."

"그런데?"

"우리 지금 바쁜데, 아빠한테 연락해. 미안해, 다영아. 나 지금 급해. 빨리 아빠한테 연락해서 병원에 가고, 나중에 내가 연락할게."

픽 또다시 웃음이 새어 나온다. 현주는 다영의 저 웃음이 꼭 우는 것처럼 보였다.

"아빠한테 연락이 안 돼. 이 말을 했는데, 이미 통화가 끊어졌더라고. 그래서 무슨 생각이었는지는 모르겠지만 직접 찾아갔어. 가서 내가 아프다는 걸 보여주면, 엄마도 아영이도 많이 놀랄 거라고 그리고 왜 지금에서야 왔냐며 따뜻하게 반겨줄 거라 생각했어. 그런데 아니었어. 내가 불청객이었던 거지."

"무슨 일이 있었는데?"

"택시를 타고 어머니 집 근처에서 내렸는데, 아영이가 보였어. 여행 가방을 차에 싣고 있더라고. 다른 가족이 있었는데, 그건 아마 한상우 씨 가족이었던 것 같아. 분명히 아영이와 눈이 마주쳤어. 날 보며 당황하던 아영이 눈빛이 지금도 생생하게 기억나. 그런데 날 못 본 척하더라고. 분명히 눈이 마주쳤는데, 나를 보고 놀랐었는데, 시선을 피해 버렸어. 그리고 차에 올라타더니 가버리더라고. 그때 알았지. 아, 나는 내 언니에게도 지워진 존재구나."

"그 뒤…… 어떻게 됐어?"

현주는 목소리가 잠긴 걸 들키지 않기 위해, 말하는 중간에 크게 헛기침했다.

"병원에 갔고, 열이 39도가 넘어서 주사를 맞았고, 집에 와서 잤지."

"아버지는?"

"그날 저녁에 전화가 왔어. 왜 전화했었냐고. 내가 전화한 건 아침 일곱 시였는데, 저녁 여덟 시에 전화가 왔었지. 그래서 그랬지. 아니에요. 그냥 전화했었던 거예요. 오늘은 들어오시나 해서. 그랬더니 아버지께서 이러시더라고. 그래? 오늘도 못 들어가니까 혼자 잘 수 있지?"

웃긴 이야기도 아닌데, 다영은 킥킥킥 소리까지 내며 웃음을 터뜨렸다.

"재미있지 않아? 아이가 아침 일곱 시에 여섯 번이나 전화했어. 그러면 무슨 일이 있나 싶어 달려와야 하는 게 정상이잖아. 그런데 아무 일도 아니라는 말을 그냥 믿고 넘어가는 거야. 그때 깨달았지. 아! 가족은 그냥 한집에 사는 사람이구나. 특별히 다른 사람과 더 가까운 것도 아니고, 더 애틋한 것도 아니구나. 가족 간의 사랑? 그딴 건 처음부터 존재하지 않는구나."

다영의 얼굴에서 모든 표정이 사라지더니 곧 서늘할 정도로 차가워졌다.

"얼마 뒤에 아영이에게서 전화가 왔었지만 받지 않았어. 학교로도 찾아왔더라고. 아영이가 할 말은 대충 알고 있었지. 미안해. 그때는 어쩔 수 없었어. 이해해 줄 거지? 그 입에서 이 말이 나오는 게 싫었던 것 같아. 미안하다는 말을 들으면 용서해 줘야 할 것 같았거든. 그래서 아영이의 제일 아픈 걸 건드렸어. 다시는 찾아오지 못하게."

"무슨 말을 했는데?"

"내가 부러우면 부럽다고 말하지 그랬어? 나처럼 모습을 바꾸고, 나인 척하면, 진짜 네가 히다영이 될 거로 생각한 거야? 넌 그냥 가짜야. 지금이라도 내가 엄마 곁으로 가면 당장 버려질 가짜. 너 자꾸 내 앞에 알짱거리면, 열 받아서 내가 내 자리 찾아간다고 나설지도 몰라. 너도 무섭잖아. 기 쓰며 여기까지 왔는데, 진짜인 내가 나타나면 두려울 것 아니야. 그러니까 다시는 찾아오지 마. 길 가다 부딪쳐도 아는 척하지 마. 그게 하아영이 하다영의 모습으로 끝까지 살아남는 길이니까."

아영이의 제일 아픈 곳을 찔렀다는 건 알고 있었다. 다영 자신이 아영의 모습으로 살기 위해 쏟는 노력만큼, 아영도 다영의 모습으로 살기 위해 애쓰고 있을 테니까. 하지만 한 가지 다른 건 다영은 적응을 못 했고, 아영은 그 생활에 완벽하게 적응했다는 것이다. 그래서 아영을 만나면 행복해 보여서 부러웠다. 아주 많이…….

"그렇게 아영이까지 완벽하게 잘라내고 나니 아주 편해졌어. 혼자 사는데, 나만 생각하면 되는데, 불편할 게 뭐 있었겠어? 그냥 그렇게 혼자 감당하고 살면 되는걸."

아무런 감정도 담고 있지 않은 무표정한 얼굴. 현주는 다영의 이 얼굴에 흠칫 놀라고 말았다.

"누구? 죽은 하동운 형사님?"

상우는 수소문 끝에 다영의 아버지인 하동운 형사의 옛 파트너를 찾아왔다.

"네. 어떤 분이셨습니까?"

"훌륭한 형사였지. 해결한 사건, 잡은 범인 수, 대단하다는 말이 저절로 나올 정도로 최고의 형사였어."

"그럼 그 형사님께서 딸에 대해서는 뭐라고 했는지는 기억하십니까?"

"딸? 아영이?"

당연히 다영이의 이름이 먼저 나올 거라 생각했었는데, 아영이의 이름이 먼저 흘러나온다. 이건 자연스럽지 않았다. 그것도 아주 많이.

"아영이에 대해서 뭐라고 하셨습니까?"

"걱정 많이 했지. 아영이를 전처가 데리고 갔잖아. 전처가 애를 학대 아닌 학대를 하고 있다며 많이 속상해하셨어."

"다영이는요? 뭐라고 말 안 하시던가요?"

"다영이는 잘 지내잖아. 걱정할 게 뭐가 있어? 씩씩하게 학교 다니고, 학원도 다니고. 걱정은 아영이가 걱정이었지. 하 형사님 아영이 걱정을 엄청 많이 하셨어."

함께 살면서 늘 혼자 있던 딸을 걱정하는 게 아니라 함께 살지는 않았지만, 늘 어머니와 함께 있는 아영이를 더 걱정했단다. 어이없을 정도로 부자연스러운 상황에 상우는 기가 막혔다.

"팔 년 전에, 하동운 형사님 돌아가신 날 기억하십니까?"

"아! 당연히 기억하지. 그 일이 있기 며칠 전부터 이상했지. 정확하게는 다영이 졸업식 다음 날부터였어. 마치 넋이 나간 사람처럼 정신이 없더라고. 그래서 아영이에게 무슨 일 있는 건가 하고 물었는데, 아니라고 하더라고. 하긴 갑자기 다영이 졸업식에 간다고 나설 때부터 좀 이상하긴 했어."

"갑자기 말입니까? 그럼 졸업식에 갈 예정이 아니었던 겁니까?"

"바쁘기도 했고, 다영이도 올 필요 없다고도 했고. 걔는 워낙 혼자 알아서 잘하잖아. 그런데 갑자기 초등학교, 중학교 다 안 갔었다면서, 고등학교는 한번 가봐야겠다고 나서더라고."

"그리고 그다음부터 이상했다고요?"

"응. 그래서 그때 아영이도 졸업을 비슷하게 했을 테니까, 아영이에게 무슨 일 있나 했지. 다영이 걔는 씩씩한 거로 둘째라면 서러워할 녀석이니까, 무슨 일이 일을 턱이 없고 해서."

다영이 졸업식 다음부터 이상했는데, 아영이에게 문제가 있다고 여겼다?

이것으로 다영이가 어떤 이미지였는지 확신할 수 있었다. 아버지 옆에 남겨진 아이는 아버지가 원하는 이미지대로 모습을 바꿨다. 아버지는 활발해지고 밝아진 아이를 보면서 좋아했을 테고, 아내가 아이를 잘못 키워서 말도 제대로 못 하는 숙맥이 되었던 거라고, 이젠 다 좋아졌다고 안심했을 것이다. 사실이 그게 아니었을 텐데. 아버지 사랑을 받기 위해 아이가 피나는 노력을 했던 건데, 아버지는 아이의 그런 절실함을 알아차리지 못했다.

그때 만약 동운이 조금만 관심을 더 기울였다면, 아니 아영이에게 쏟았던 관심의 반만이라도 다영이에게 보였다면, 아마 다영이가 이상했다는 것은 알 수 있었을 것이다. 형사이니 분명히 뭔가 눈치챘을 테고, 그때부터라도 다영이에게 애정을 보였다면 어쩜 상황은 많이 달라졌을지도 모른다. 아버지 말씀대로 아픔이 원망이 되고 원망이 체념이 되고, 체념이 무감각으로 변하는 동안, 동운은 믿음이라는 변명으로 아이를 방치했던 거다.

찌릿한 아픔에 숨이 턱 막히는 것 같아, 상우는 깊게 한숨을 토해냈다.

"그럼 돌아가신 그날이요, 무슨 일이 있었습니까?"

"그날은 아이들 앵벌이 시키고 뒤에서 착취하는 일당들 소탕하던 날이었거든. 막 현장으로 들이닥쳤는데, 우는 아이들을 보더니 갑자기 넋을 놔버리시더라고. 그때 칼에 찔렸지. 우리가 어떻게 도와줄 겨를도 없이 벌어진 일이어서."

"그때 다른 건 기억나는 거 없습니까?"

형사는 잠깐 기억에 잠기더니 '아!' 하며 잊고 있던 기억을 떠올렸다.

"다영이가 좀 이상했어. 안 울더라고. 이해는 돼. 사람이 너무 놀라고 무서우면 눈물도 안 흘리잖아. 다영이가 그랬지. 하긴 저도 정신이 없었겠지. 갑자기 아빠가 돌아가신 것도 충격인데, 장례식이라는 그 엄청난 일을 혼자 다 했으니, 눈물 흘릴 틈이 있었나. 마지막 화장할 때야 비로소 고개 푹 숙이고 눈물을 뚝뚝 흘리더군. 불쌍한 것."

"그랬…… 군요. 그랬어요. 다영이가 그랬어."

아영이에게 관심이 쏠린 동안, 다영이는 모두의 관심에서 점점 멀어져 갔다. 아영이는 감정 표현이 확실한 아이니 눈이 더 갔을 테고, 감정 표현이 없었던 다영은 조금씩 어른들 눈에서 사라졌을 것이다. 지워진 아이는 표현하는 법을 배우기도 전에 가리는 것을 먼저 배웠고, 그렇게 혼자가 되어갔다.

'내가 빚이라 했을 때 차라리 화를 내지 그랬어? 한바탕 원망이라도 쏟아내지. 그 많은 말들을, 그 엄청난 감정을 어떻게 참고 있었던 거야?'

형사와 헤어지고 경찰서를 나온 상우는 얼마 못 가 길가에 차를 세웠다.

"아영아, 도대체 무슨 짓을 한 거니? 응?"

상우는 웃고 있는 아영의 사진을 보며 이렇게 질문했다. 하지만 이건 아영이에게 하는 질문이 아니었다. 경솔했던 상우 자신에게 하는 질문이었다.

"계십니까?"

작업에 열을 올리던 다영은 양손에 먹을 것을 들고 방긋 웃으며 들어오는 상우를 한심스럽다는 눈빛으로 보았다.

"뭐지? 이 기분 나쁜 눈빛은?"

상우는 들고 있는 것들을 근처 적당한 곳에 올려놓고는 다영을 장난이 툭툭 떨어지는 표정으로 노려보았다.

"그쪽, 일 없어요? 난 왜 매일 노는 것 같지?"

"내가 걱정되는구나? 역시 날 걱정해 주는 사람은 내 꼬마 아가씨뿐이야."

상우가 능글맞게 웃으며 다가오자, 다영은 잔뜩 경계하며 뒤로 두어 걸음 물러났다.

"왜 왔어요? 그쪽은 일 없어도, 난 일 많아요. 그러니까 이렇게 불쑥불쑥 찾아오는 거 안 하면 안 돼요?"

"간식 먹고 해라. 내가 종류별로 다 사왔어. 족발, 보쌈, 치킨, 피자."

"도대체 저걸 누가 다……."

"어머! 맛있겠네. 안 그래도 진짜 출출하던 참이었는데. 잘됐다."

다영이 버럭거릴 걸 알아차린 건지, 현주는 과하게 좋아하며 상우가 가져온 간식 봉지들을 집어 들었다. 그리고 이 층으로 올라가며, 상우에게 가지 말고 꼭 함께 먹자는 말도 잊지 않았다. 그렇게 현주가 사라지고 둘만 남게 된 다영은 잠깐 상우를 쳐다보다가 이내 피식 웃음을 터뜨렸다. 이 상황에 웃음이 터지면 안 되는 줄 알면서도 터져 나오는 웃음을 막지는 않았다.

"다행이네."

많은 뜻이 숨어 있는 말이다. 지금 웃어서 다행이라는 뜻도 있지만, 이렇게 웃을 수 있을 정도로 잘 자라줘서 다행이라는 뜻도 있었다.

"올라가요. 잔뜩 사왔으니 처리는 해야죠."

다영은 근처에 앞치마를 벗어놓고 계단을 향해 걸어갔다.

"한번 안아보자."

하지만 다영은 몇 걸음 못 가 상우의 이 말에 우뚝 멈췄다.

"한 번만 안아보자. 응?"

"어떤 의미가 담긴 포옹인지 말해주면 생각해 보고."

"여자를 안고 싶어 하는 남자의 마음?"

"그건 안 되고."

"첫사랑을 안고 싶어 하는 사내의 순정?"

"그것도 안 되고. 장난치지 말고 제대로 말해요. 그런 장난으로 내 마음이 움직이겠어요?"

"왜 장난이라 생각해? 좋아하는 여자를 품고 싶은 건 남자의 가장 원초적인 본능인데?"

"그것도 아니지. 나랑 그쪽 사이에 좋아하는 마음이란 말이 들어갈 리가 없죠."

"왜 그렇게 생각해? 나한테 너 여자라는 말, 진짜 장난으로 들은 거야?"

"그걸 진심으로 듣는 게 더 이상한 거 아닌가요?"

"나 진심인데. 지금 간절한데. 그래도 안 돼?"

다영은 상우가 진심이라는 걸 알고 있었다. 장난처럼 웃고 있지만, 평소보다 분위기가 많이 가라앉아 있어서, 마음은 웃을 상황이 아니라는 걸 느꼈기 때문이었다. 하지만 이 남자 마음에 뭐가 들어 있는지는 알고 싶지 않았다. 이 남자의 마음에 자신의 어두운 과거의 조각이 들어 있다는 걸, 느끼고 있기 때문이었다.

"그쪽 너무 갔어. 나 그런 거 싫어해요."

"미안해. 진짜 미안해."

"뭐가요?"

"다. 다 미안해."

"그쪽한테 그런 말 들을 이유 없는데."

"그래도 미안해. 미안해, 다영아."

다영은 빠르게 눈을 깜박이며 크게 숨을 들이마셨다가 내쉬었다. 그렇게 차오르던 눈물도 끓어오르려고 했던 마음도 가라앉은 다음에서야, 빙긋 미소를 머금을 수 있었다.

"좋아요. 옛날 꼬마 아가씨를 귀여워해 주던 오빠로 한번 안아 봐요. 그 정도는 자격이 되는 것 같으니까."

상우는 다가와 다영을 품속에 넣고 꼭 끌어안았다. 그리고 등을 토닥토닥 부드럽게 두드려 주었다.

"잘했어. 다 잘했어. 내 꼬마 아가씨."

다영은 귓가에 나지막하게 들리는 상우의 음성을 들으며 눈을 꼭 감았다.

"왔어? 늦었네?"

퇴근해 집에 막 들어선 다영은 거실에서 차를 마시고 있는 정혜와 딱 마주쳤다.

"다녀왔습니다. 올라갈게요."

"국화차 향기가 좋아. 앉아라. 마시고 올라가."

싫다고 말하려던 다영은 차 한 잔 정도인데 어떠랴 하는 생각으로 소파에 앉았다. 그러자 박 씨 아주머니가 국화차를 가지고 와 그녀 앞에 놓아두고 주방으로 사라졌다.

"일은?"

"뭐, 잘하고 있어요."

"작은 공방인 것 같던데, 운영은 잘되고?"

"꽤 돼요. 까먹지는 않으니까."

"그래. 다행이네."

짧은 대화 뒤에 어색한 침묵이 흐른다. 정혜와 둘만 있었던 적이 별로 없어서 다영은 이 침묵이 불편했다. 늘 끼어 있던 상우는 어째서 없는 건지. 다영은 처음으로 상우의 필요성을 느꼈다.

"상우 말이다. 아무리 생각해도……."

"싫어요."

대충 무슨 말이 나올지 알기에 다영은 정혜의 말을 중간에 싹둑 잘라서 단칼에 거절했다.

"계속 싫다고만 하지 말고……."

"절대 싫어요. 이만 올라갑니다."

어머니와 얼굴 보고 차를 마실 수 있을 거라 생각했다니. 다영은 그런 안일한 생각을 한 자기 자신이 한심스러웠다.

"원래 네 짝이었어!"

일어서려 하던 다영은 정혜가 이렇게 소리치자 기가 막힌다는 얼굴로 그녀의 얼굴을 보았다.

"이젠 하다 하다 별짓을 다 하시네요? 언니 약혼자라 하더니 이제는 제 짝이었다고요? 그럼 제가 '아! 그래요? 네, 알았어요. 결혼할게요' 이럴 거라 생각하셨어요?"

"상우는 원래는 네 짝으로 찍어놓은 아이였어! 네가 내 옆에 있었다면 아영이가 아니라 너랑 약혼했을 아이야!"

"정신 차리세요. 어머니 옆엔 아영이가 있었어요. 그리고 한상우 씨는 아영이와 약혼하려 했죠. 원래 제 짝이었다고요? 그럼 저를 찾아와서 물었어야지요. 어머니는 어머니의 딸과 한상우 씨를 엮고 싶었잖아요. 그리고 어머니 딸은 하아영이었고요. 상황이 바뀌었다고 결과를 바꾸는 건 안 되죠. 상황이 바뀌어도 결과는 하나예요. 한상우는 하아영 약혼자라는 것."

"네가 안 따라왔잖아. 네가 남겠다고 했잖아!"

정혜의 말에 다영은 어떤 말도 하지 않았다. 그저 어머니 얼굴을 물끄러미 쳐다볼 뿐이었다.

"네가 원래대로 나를 따라왔으면, 상우는 네 약혼자였을 거야!"

더는 대화를 이어갈 이유가 없다. 다영은 자리에서 일어났다. 그리고 이 층으로 향했다.

"네가 남겠다고 했잖아!"

뒤에서 들리는 정혜의 고함에 다영은 우뚝 멈췄다. 그리고 상체만 돌려 그녀를 보았다.

"네가 아빠 옆에 남았잖아. 그래서 아영이가 너 대신 이 자리에 있었던 거잖아!"

"확실해요?"

다영은 차갑게 말을 툭 던졌다.

"뭐?"

"확실하냐고요. 내가 남겠다고 한 것."

"네가 확실하게 아빠랑 남겠다고 했잖아!"

"그러니까 그 말 확실하냐고요."

당황한 듯 정혜의 눈가가 미세하게 떨리자, 다영은 차갑게 픽 웃음을 흘렸다.

"난 어머니께 어떤 질문도 받은 적 없는데, 진짜 내가 남겠다고 한 것 확실해요?"

"그, 그게……."

딱딱하게 굳어버린 정혜를 혼자 두고 다영은 하하하 웃음을 터뜨리며 계단을 올랐다.

"정혜야, 왜 그래?"

갑자기 나희의 집 안으로 들이닥친 정혜는 반쯤 정신이 나간 듯 거실을 서성거렸다. 나희는 그런 정혜가 걱정스럽다는 듯 보고 있고, 상우는 이번 일에 다영이 연관되어 있음을 짐작했다.

"이모, 다영이에게 무슨 일 있어요?"

"물어보지 않았어."

"네?"

"물어보지 않았어. 맞아. 물어보지 않았어."

"이모, 무슨 일인지 차근차근 말해주셔야지요."

"그래. 정혜야, 무슨 일이야?"

정혜는 갑자기 털썩 그 자리에 주저앉았다.

"다영이에게 진짜로 아빠 옆에 남을 거냐는 질문을 하지 않았어."

"그게 무슨 말이야?"

"아영이가 한 말을 그대로 믿었어. 맞아. 그랬어. 다영이에게 물어보지 않았어."

"다영이가 원래 가타부타 말하는 애가 아니었잖아. 그래도 다영이가 유일하게 이것저것 얘기하던 애가 아영이어서, 아영이가 대신 다영이 말을 많이 전했지. 그거 기억 안 나?"

"만약 다영이 생각이 아니었다면?"

"……뭐?"

나희도 생각 못 했던 일인지 무척이나 당황했다.

"만약 다영이가 남겠다고 한 게 아니라면?"

"그럼…… 말했겠지. 나도 데리고 가라고."

"아니에요. 다영이는 그 말 못 했을 거예요."

상우의 말에 나희는 서 있던 그 자리에 그대로 굳었다.

"제가 기억하는 다영이는 허락받은 말만 했어요. 이모가 허락하지 않는 말은 하지 않았어요. 이모가 아영이를 데리고 가겠다고 하면, 다영이는 '네' 이 말 이외에는 다른 말을 하지 않았을 겁니다. 그게 그때 다영이였어요."

"뭐, 뭐야? 그럼 아영이가 일부러?"

나희의 말이 맞다. 아영이가 일부러 자리를 바꿨다. 그리고 자기가 하다영의 모습으로 살았던 거다.

'하아영, 너 도대체 무슨 짓을 했던 거야?'

물론 아영이를 이해 못 하는 건 아니다. 자기도 엄마를 따라오고 싶었을 테니까. 그랬으면 다영이와 함께 자기도 데리고 가달라고 해야 옳았다. 그랬으면 이모도 아영이와 다영이를 둘 다 데리고 왔을 테니까.

그런데 어째서 다영이와 자신의 자리를 바꿔 버린 걸까? 어째서 혼자 와야 했던 걸까?

어렸을 때라지만, 상우는 아영의 생각이 이해되지 않았다.

정혜는 거칠게 고개를 저으며 자리에서 벌떡 일어났다.

"아영이가 죽고 없다고, 다영이 걔가 아영이를 모함하는 거야. 아니야. 그럴 리가 없어. 그럴 리가 없어!"

"알아볼 방법이 하나 있죠. 아영이 일기장. 아영이는 자기 일기장 안 버렸어요. 다 모아놓았거든요. 방 어딘가에 일기장이 있을 거예요. 찾아보면 돼요. 제가 찾아볼게요."

상우가 현관 쪽으로 발을 옮기자, 정혜는 그런 그의 팔을 잡아 세웠다. 그리고 굳은 얼굴로 고개를 저었다.

"이모."

"그냥…… 묻어."

"이모?"

"이제 와서 그걸 안다고 뭐가 달라지는데? 이미 아영이는 죽었고, 다영이는 여기 있잖아."

"하지만 이모……."

"제자리에 돌리면 돼. 그러면 상관없잖아?"

딸의 숨겨진 모습을 눈으로 직접 확인하는 게 무서운 거다. 상우는 아영이의 일기장을 보겠다는 생각을 접어야만 했다. 여기서 더 충격을 줬다가는 진짜 정혜가 어떻게 될 것만 같아서…….

'아영아, 너 왜 그렇게까지 했냐?'

이런저런 생각에 밤늦게까지 잠들지 못한 상우는 마당에 나와 하늘을 보며 서성거렸다.

"난 언니니까, 다영이보다는 내가 더 강하니까, 내가 엄마 따라 오면 다영이는 아빠랑 행복하게 살 거잖아. 그래서 내가 따라왔 어."

다영이가 따라올 줄 알았다는 상우의 말끝에 아영이 한 말이 이거였다. 그때는 어린 아영이가 동생을 그렇게 사랑하고 걱정해 주는 게 대견했다. 그래서 아영이가 바뀐 환경에 잘 적응할 수 있도록 도와주겠노라 다짐했었다.

"다영이가 바쁜가 봐. 운동에 피아노에 공부까지, 욕심이 많더 라고. 다영이 엄청 활달해졌어. 나도 엄청 놀랐다니까."

다영의 안부를 묻는 상우에게 아영은 늘 잘 있다며 걱정하지 말란 말만 했었다. 그리고 언제 같이 다영이를 만나러 가자는 말에는 바빠서 만날 시간도 없는 것 같다며, 자신도 못 만나고 있다는 말로 둘러댔었다.

그 말이 다 거짓이었던 걸까?

한 번 의심하기 시작하니, 아영의 모든 행동이 의심스러웠다.

"도대체 내가 뭘 놓친 거냐?"

밀려오는 짜증에 머리를 헝클던 상우의 눈에 옆집 이 층 불이 켜진 것이 보였다. 아영의 방이었다.

"쟤가 왜 아영이 방에……."

다영은 창문을 열고 하늘을 올려다보며 어깨가 들썩일 정도로 깊게 한숨을 내쉬었다. 그리고는 창틀에 어깨를 기대고 책 같은 것을 폈다.

"설마 너 그거였어?"

다영이가 어째서 아영이 방에 있는지 이유를 생각하던 상우는 아까 정혜에게 자신이 했던 말을 기억해 내고 움찔했다.

"너 아영이가 알고 싶었던 거야?"

상우는 다영이가 책장을 넘기는 걸 보고는 자기 생각이 옳다는 걸 느꼈다.

이른 새벽, 정혜와 마주치기 싫었던 다영은 조금 일찍 일어나 집을 나섰다.

"지금 출근해?"

그리고 늘 그렇듯 이 남자가 앞을 가로막았다.

"할 일이 많아요. 그러는 그쪽은 무슨 일이에요? 차림을 보니 출근은 아닌 것 같은데."

밝게 싱긋 웃는 다영과 반대로 상우의 표정은 어둡고 아파 보였다.

"너 왜 왔어?"

"무슨 소리예요?"

예상 못 한 질문에 당황한 듯, 다영의 목소리는 평소보다 조금 커졌다.

"집에 왜 들어왔는데?"

분위기가 무겁다. 표정은 심각하게 굳어 있고, 목소리까지 심하게 가라앉아 있다. 지금까지 상우에게서 단 한 번도 보지 못했던 표정이기에 다영은 지금 이 순간이 상당히 불편했다.

"그쪽이 들어오라고 했잖아요. 그래놓고서 그 질문은 좀 아니지 않아요? 아니면 그사이에 까먹었나?"

다영은 장난치듯 빈정거렸다. 분위기를 바꿔보려는 의도였지만, 보기 좋게 빗나갔다. 상우의 표정은 바뀌지 않았고, 두 사람 사이에 흐르는 공기는 찬물을 끼얹은 듯 서늘해졌다.

"왜…… 들어왔냐? 다영아, 너 왜 들어왔어?"

"관계 정리하려고요."

다영은 주머니에 손을 넣으면서 싱긋 웃었다. 하지만 그 웃음엔 감정이 들어 있지 않았다. 생각해 보니 다영은 늘 저렇게 웃었던 것 같다. 진심이 아닌, 웃어야 하니까, 웃는 게 사람들 상대하는 게 더 편하니까, 그냥 웃고 있었던 것뿐인데, 한심스럽게도 그걸 진짜 웃는 거로 믿어버렸다.

'이렇게 잘 보이는데, 이렇게 똑똑히 보이는데…… 도대체 난 뭘 보고 있었던 걸까?'

바보처럼, 편견에 갇혀서 가짜 미소와 진짜 미소를 구분하지 못했다.

"무슨 관계?"

"그쪽이 말하는 부모 자식 관계. 그리고 자매 관계도. 어머니와는 정리하지 않으면 계속 엮이게 될 거고, 그럼 내가 피곤해지니까. 이번 기회에 정리하고 평생 남으로 사는 거죠. 평온하게."

"그럼 자매 관계 정리는?"

"알고 싶었어요. 아영이가 그렇게밖에 할 수 없었던 이유. 믿지 못하겠지만, 이해는 못 해도 받아들이고는 싶었거든요. 죽었으니까, 그 정도의 감정 낭비는 해도 되겠다고 여겼어요."

"그런데?"

"이유는 알았는데, 받아들여지지는 않아요. 그래도 이유는 알았으니까 그것만으로도 된 거다. 이렇게 생각하기로 했어요. 아까도 말했듯이 죽었으니까. 평생 다시는 볼 일 없으니까."

상우는 다영이 말하는 동안 표정이 어떻게 바뀌는지 자세하게 관찰했다. 눈이라도 한 번 깜박였다가, 혹시 중요한 표정을 놓칠까 싶어서 눈도 깜박하지 않았다.

"너…… 얼마나 아팠던 거니? 뭘, 얼마나, 어떻게…… 다친 거야?"

"다영이는 세 번이나 버림을 받았다. 엄마인 정혜 씨, 아빠인 동운이 그리고 누구보다 가까웠던 쌍둥이 언니인 아영이."

다영이 아닌 아영이를 택했을 때, 그때 다영은 엄마에게서 버려졌다고 생각할 수 있다 여겼다. 하지만 아빠와 아영에게까지 버림을 받았다는 아버지의 말을 그때는 이해할 수가 없었다. 그런데 진짜였다. 아버지인 하동운 형사한테도, 믿고 의지하던 쌍둥이인 아영이에게도 버림을 받았던 거다. 아영이 때문에 관심을 덜 받았던 게 아니었다. 다영은 그냥 그렇게 버려진 거다. 가족 모두로부터 외면당했다. 그게 진실이었다.

웃고 있는 다영과 반대로 상우의 얼굴에는 슬픔이 떠올랐다.

"이상하죠? 그쪽하고 대화하다 보면 내가 이해력이 부족하다는 생각이 들게 돼요. 학창 시절에 국어는 꽤 잘한 것 같은데, 결론은 이해력이 없었던 것 같아요. 지금 그쪽이 무슨 말을 하는지 하나도 못 알아듣겠어요. 서로 하는 말을 이해 못 하니 당연히 대화는 안 되고, 더 있을 필요 없겠네요."

도망이라 생각해도 상관없다. 상우와 이 이상 더 대화했다가는 위험 수위에 다다를 것만 같았다. 어쩌면 가슴속 깊은 곳, 이제는 흔적도 없이 사라졌다고 생각했던 감정들이 조금씩 살아날지도 모른다는 불안감이 다영을 도망치게 했다.

"얼마나 다친 거냐고!"

하지만 이번에도 그녀를 순순히 놓아줄 생각이 없었던 상우는 도망치는 다영의 팔을 움켜잡았다.

"그게 왜 궁금한데?"

다영은 차갑게 말하며 그의 팔을 뿌리쳤다.

"내 사생활 캘 권리 없잖아. 내가 어떻게 살았든, 나에게 무슨 일이 있었든, 내가 어디를 얼마나 다쳤든, 누구도 내 사생활을 캐서 하나하나 까발릴 권리 같은 건 없다고. 그냥 하던 대로 살자고요. 지금까지 지우고 잘 살았으면서, 왜 갑자기 관심 있는 척, 생각해 주는 척, 걱정해 주는 척하는 거냐고. 난 그냥 살던 대로 살길 원해요. 어려울 것도 없어요. 지금까지처럼 없는 사람으로, 그렇게 지워 버리면 되는 거잖아."

"얼마나 오랫동안 아픈 채로 살았던 거야?"

대화는 아니나, 대화이기도 하다. 상우는 다영이 하는 말 중에서 자신이 원하는 답을 다 찾아내는 것처럼 보였다. 다영은 이런 상우가 상당히 불편했다. 마치 보여주면 안 되는 부분까지 다 까뒤집어서 보이는 기분. 아무것도 걸치지 않은 나신 상태로 길 한복판에 서 있는 것처럼 수치스러웠다.

생각해 보면 처음부터 이 남자가 무서웠던 것 같다. 힘겹게 유지해 온 평온이 산산이 부서질 것 같은 불안감 때문에……

"그런 거 없습니다. 상상은 자유지만, 그걸 진실로 믿으며 나 괴롭힐 생각이면 꿈도 꾸지 마세요. 그런 거 받아줄 만큼 그렇게 한가한 사람 아니니까."

휙 돌아가서 가는 다영을 상우는 잡지 않았다. 그저 다영의 뒷모습을 가만히 지켜보고 있을 뿐이었다.

도망치듯 집에서 나와 차에 올라탄 다영은 한참을 달리다가 근처 길가에 차를 세웠다. 그리고 힘겹게 꽉 잡고 있던 핸들을 놓아버렸다.

"네가 하아영 코스프레 한다고 진짜 아영이가 되는 건 아니야.

넌 그냥 아영이 짝퉁이지!"

중학교를 졸업하고 고등학교에 올라갔을 때였다. 다영은 그곳에서 옛날 아영의 친구를 만났다. 그때 그 친구는 이런저런 가정 사정으로 안 좋은 친구들과 어울리고 있었고, 비슷한 환경이면서 선생님들의 신뢰를 바탕으로 친구들과 잘 지내고 있는 다영이 눈엣가시였다.

"입 닥쳐! 그 입으로 지껄인다고 다 말이 되는 건 아니야."

다영이도 부모님과 아영이에 대한 반감이 극에 달했을 때였다. 감정을 다스리고 정리하기엔 마음과 생각이 아직 다 자라지 못했었다. 그 사건을 계기로 그 친구는 매일 다영을 걸고넘어졌다. 처음에는 그 친구 한 명, 조금 지나서는 그 친구의 친구, 다음에는 그들이 어울리는 무리까지.

학교 폭력과 왕따 그리고 소외. 매일매일 다영은 혼자서 그들과 싸웠고, 그녀와 어울리던 친구들은 하나둘씩 떨어져 나갔다. 선생님들은 친구들 사이의 가벼운 다툼 정도로 생각했다. 아니 눈을 감았다. 그렇게 다영은 고등학교 삼 년 동안 혼자 외롭고 힘겨운 싸움을 해야 했다.

"너 왜 아빠한테 말 안 해? 너희 아빠 형사잖아."

언젠가 또 몸싸움이 있었던 날, 보다 못한 반 친구가 그녀에게 다가와 말했다.

"이 정도는 나 혼자 해결할 수 있어."

그때는 이미 삐뚤어질 대로 비뚤어져 있었다.

"요즘 학교생활 어떠니? 친구들과는 잘 지내고?"

몸 바쳐, 밤낮으로 나쁜 놈 잡느라 가끔 집에 들어오는 아버지.

그런 아버지가 집에 들어올 땐 빼놓지 않고 이런 질문을 했다.

"못 지낼 게 뭐 있겠어요? 잘 지내요."

이미 마음의 문을 닫아버린 다영은 아버지에게 어떤 말도 하지 않았다. 자신이 지금 무슨 짓을 당하는지, 얼마나 힘든지.

아버지는 말을 액면 그대로 믿었다. 겉으로 보기에 다영은 활기찼었다. 그리고 주변 어른들에게도 늘 밝은 모습만 보였다. 인사성도 좋았으며, 농담도 곧잘 하는 아이였고, 호신술로 꾸준히 검도를 해서 자기 몸은 충분히 지킬 수 있었기 때문에 아버지는 다영에 대해서는 안심했을 것이다. 아니 어쩌면, 어머니 옆에서 힘들어하는 아영이가 불쌍해서, 자기 옆에서 혼자 있는 딸은 깊게 생각할 여력이 없었을지도. 어떤 게 정답이든 다영은 상관없었다. 가족, 아버지, 어머니, 언니, 이런 단어는 지운 지 오래니까.

"너…… 어째서……."

그런데 졸업식 날 오지 못한다던 아버지가 갑자기 왔다. 그것도 졸업식이 끝난 이후에. 다영은 자신을 괴롭히던 무리와 또다시 싸움을 했고, 그날 아버지는 다영의 친구들에게 지난 삼 년간 처절했던 그녀의 고등학교 생활을 듣게 됐다.

"왜 나에게 말 안 했던 거야?"

"제가 왜 해야 하는데요? 나와 아버지가 무슨 상관이라고?"

"난 네 아빠야!"

"한집에 같이 사는 사람일 뿐, 내가 아닌 이상 모두 남이죠. 내 일은 내가 알아서 해요. 지금까지처럼 쭉 그렇게 모른 척하세요. 괜히 어울리지도 않게 신경 쓰는 척하지 말고."

"너 도대체 지금까지 무슨 일이 있었던 거야? 아빠한테 말해.

아빠잖아. 아빠인데 말 못 할 게 뭐야?"

정말 이해가 안 됐다. 각자 알아서 자기 일을 처리하며 살면 되는 건데 그리고 지금까지 그렇게 잘 살아왔는데, 왜 갑자기 가족 연기를 하자는 것인지 정말 이해할 수 없었다. 어이없고 황당하고, 짜증 나고 골치가 아파 다영은 나지막하게 한숨을 내쉬었다.

"아버지가 나는 아니죠. 내가 아닌 이상 모두 남인데, 왜 내가 내 이야기를 남에게 해야 하는지, 이해를 못 하겠는데요?"

그때 아버지 표정은 절망과 좌절을 넘어 공포에 가까웠다. 그리고 다음 날, 아버지는 싫다는 다영을 끌고 친구의 병원으로 향했다. 그리고 얼마 뒤에 아버지가 돌아가셨다. 다영은 아직도 이해할 수 없었다.

어째서 범인 체포 중에 갑자기 정신을 놓아버린 걸까?

아이의 울음소리가 그렇게 충격이었나? 아니면 그 아이가 나 같았나? 혼자 웅크리고 불안에 떨며 울었을 어린 시절의 내 모습으로 보였나?

이 질문 속에 답이 있을 것이다. 하지만 그렇다 해도 이해가 안 되는 건 안 되는 거다. 그게 다영이 내린 답이었다.

다영은 아버지의 장례식 이후 철저하게 혼자가 됐다. 아버지와 어머니 그리고 아영과 연결된 모든 걸 끊어냈고, 결국에는 평화로워졌다. 그리고 지금까지 다영은 평화로웠다. 아영이 죽기 전까지……

현주는 평화를 가장한 외로움이라지만, 그게 뭐든 상관없었다. 평화든 외로움이든 지금 이 상태만 계속되어 준다면 더는 바랄 것 없었다.

"난 평온한 내 삶을 원해. 내가 이 삶을 위해 얼마나 노력했는데, 얼마나 힘들었는데……."

한상우, 그 남자로 인해 이 평화가 깨지게 그냥 두지 않을 거다.

다영은 이렇게 다짐하며 다시 핸들을 잡았다.

와이셔츠를 팔꿈치까지 걷어 올리고, 한 손에 커피잔을 든 상우는, 창틀에 기대 창밖을 응시한 채 생각에 잠겼다.

다영이 짐 싸서 나간다 해도 잡을 명분이 없을 정도로, 옳다고 생각했던 모든 것들이 뒤집힌 지금, 앞으로 어떻게 해야 할지 아니, 당장 다영을 어떻게 봐야 할지도 판단이 안 섰다.

"계속 찝찝하더라니."

상우는 커피잔을 책상에 내려놓고는 다시 창밖을 보며 나지막하게 한숨을 토해냈다.

어디서부터 어떻게 바로잡아야 하는 걸까? 아니, 바로잡을 수 있기는 한 걸까?

한 치 앞도 보이지 않는 안개 속을 더듬거리며 걸어가는 막막한 기분이었다.

무엇을, 어디서부터, 어떻게 하는 것이 다영이를 위하는 일일까? 정말 소원대로 지금까지처럼 혼자 그렇게 살게 돼야 하는 걸까?

이 생각을 하자 날카로운 것으로 심장을 콕콕 찌르는 것 같은 아픔이 느껴졌다.

"싫다는 널 억지로라도 잡겠다고 하면, 나 정말 이기적인 걸까?"

다영이 장례식장으로 들어오던 그때, 기억 속 그 하다영이라는 걸 단번에 알아봤다. 풋사랑이었고, 귀여워했던 어린 꼬마 아가씨였다. 그 순간 아영을 떠나보낸 아픔보다, 다영을 다시 만났다는 설렘이 더 크게 자리 잡았다. 어쩌면 그때 이미 마음이 갔었던 건지도.

"아영아, 처음으로 네가…… 밉다."

"아, 진짜 짜증 나."

온종일 생각했다.

일단 피하고 볼까?

하지만 피한다고 될 일은 아니라는 건 이미 알고 있었다. 그리고 한상우 그 남자는 피한다고 피하게 둘 그런 인물도 아니니까. 깊은 한숨으로 마음을 가다듬고 대문을 열려고 손을 뻗던 다영은 다시 거둬들였다.

그래도 일단 피해볼까? 피곤한 건 딱 질색인데.

이러지도 못하고 저러지도 못하고 괴로움에 머리를 쥐어뜯고 있던 그때 다영은 뒤에서 들리는 목소리에 화들짝 놀라고 말았다.

"뭐해? 넌 그런 식으로 혼자 놀아?"

눈이 휘둥그레져서 뒤돌아본 다영은 막 퇴근했는지 깔끔한 슈트 차림의 상우와 눈이 딱 마주치고 말았다.

"언제 왔어요?"

"조금 전에. 네가 대문 앞에서 처음 괴로워하던 그때부터."

"차 소리 못 들었는데……."

"친구 놈 차 타고 왔지. 저 아래서부터 걸어왔어. 그런데 넌 아까부터 뭐 해? 들어가든가 아니면 놀러 가든가 둘 중 하나 택해야지, 뭐 이렇게 고민이 많아?"

'너 때문이잖아!'라고 말할 수는 없으니 일단 입을 다물자.

다영은 아무 말 없이 뚱한 얼굴로 상우를 응시했다.

"들어갈래? 아니면 놀러 갈래?"

"뭐요? 또 이태인 씨 포장마차에 가자고요?"

"아니. 거기 내가 안 데리고 가도 너 매일 가잖아."

"그런데요?"

"따라와."

상우는 싱긋 웃으며 앞장섰다. 잠깐 생각에 잠겼던 다영은 '에라 모르겠다. 될 대로 돼라!'라는 생각으로 그의 뒤를 따랐다. 그렇게 한 십 분에서 십오 분 정도 걸었을까. 상우는 한적한 공원으로 그녀를 데리고 갔다.

"어? 여기에 이런 곳도 있네?"

"잘 찾아보면, 이 동네에 재미있는 곳 많아."

상우는 공원 벤치에 앉아 들고 있던 가방에서 맥주 캔 세 개를 꺼내 옆에다 놓았다.

"뭐예요? 술을 가방에 넣고 다녀요?"

"오다 샀지. 집에 있는 건 다 마셨거든. 맥주는 내가 직접 사서 채워 넣어야 하는데, 요즘 바빠서 마트 갈 시간이 없네. 앉아."

다영은 피식 웃으며 맥주를 사이에 두고 상우와 조금 떨어져서 앉았다. 상우는 다영이 앉는 걸 확인한 후 맥주 하나를 따서 옆에 두고는, 자신도 하나 따서 한 모금 마셨다.

"여기도 아영이랑 자주 오는 곳이에요?"

"아니. 나 혼자 오는 곳. 답답해서 머릿속을 비워야 할 때, 밤에 와서 이렇게 앉아 있어. 그러면 정리가 좀 되는 것도 같고."

"그런 장소에 나를 데리고 왔다는 건 지금 내 머릿속 정리가 시급하다고 판단한 건가요?"

"뭘 그렇게 복잡하게 생각해? 난 그저 여기에 이런 곳도 있다는 걸 알려주고 싶은 거지. 답답할 때마다 태인이 포장마차에 가는 거 싫어서."

"왜요? 가라고 알려준 곳 아니에요?"

"가끔 가라고 알려준 곳이지 매일 가라고 알려준 곳은 아니지. 어떻게 나보다 태인이 녀석을 더 자주 만나?"

"말 안 되는 소리라는 건 알죠? 그쪽 거의 매일 만나고 있거든요. 어머니 집 어딘가에 그쪽 방 있다 해도 하나도 안 이상해요. 아니 어떨 때는 어머니보다 그쪽을 더 많이 보는 것 같아."

자기가 생각해도 그런지 상우는 키득 웃음을 터뜨렸다. 그리고는 맥주를 마시며 긴 다리를 근사하게 꼬았다.

맥주 캔을 잡는 척하면서 힐끔. 다영은 그렇게 스쳐 지나가듯 상우를 보았다. 잘생긴 것은 누가 봐도 인정할 테고, 변호사니 머리는 당연히 좋을 것이며, 성격도 저 정도면 모난 곳 없이 아주 좋은 편이고. 정말 기가 막히게 잘 컸다. 어릴 때 예쁘면 크면서 망가지기도 한다던데, 이 남자는 예전에도 그리고 지금도, 입 벌리고 보고 있기 딱 좋은 그런 사람이었다. 그러니까 결론은, 그 때나 지금이나 가까이하기엔 참 먼 사람이라는 뜻이다. 손에 닿을 수 없는. 아니 손대면 안 될 것 같은, 그래서 멀리서 그냥 바라만 봐야 하는 그런 존재 말이다.

"그리고 난 이태인 씨 괜찮아요. 말도 잘 통하고, 거기 가면 밥도 주고 술도 주고, 얼마나 좋아요?"

"슬쩍 떠볼 생각이라면 하지 마. 나 질투심 강해."

"무슨 질투? 이 상황에 질투라는 단어가 왜 나와요?"

"자기가 좋아하는 여자가 딴 놈과 친하게 지내면, 어떤 남자라도 빡 돌지. 게다가 나처럼 질투심 강한 남자는 무슨 사고를 어떻게 칠지 몰라."

이 남자 농담을 진담처럼 하는 묘한 재주가 있다. 다영은 가볍게 웃고는 맥주를 몇 모금 마셨다.

"사실 네 아버지 그렇게 돌아가시고 너 데리러 갔었어. 혼자 있는 네가 걱정된다고 이모가 너 데리고 오자 해서, 내가 이모 모시고 너희 집으로 갔었지. 그런데 집에 아무도 없더라고."

아빠 장례식 치르고 가방 하나만 들고 무작정 여행을 떠났었다. 기차역에서 제일 처음으로 떠나는 기차를 타고 끝까지 갔었는데, 그곳이 부산이었다. 그러니까 상우가 집에 와 있던 그때 다영은 한창 부산 관광 중이었을 확률이 높았다.

"애가 사라졌다며 실종됐다, 납치됐다, 혹 큰일 당한 것 아니냐, 그때 우리 아버지 이모한테 엄청 시달렸지. 그리고 편지가 왔다고 하더라. 찾지 말아 달라며, 때가 되면 연락할 테니 그때까지 그냥 내버려 두라는 내용의 편지였다고."

"다 귀찮았어요. 나에게 쏟아지는 관심도 귀찮고, 머리도 좀 비우고 싶고, 마음 정리도 해야 했고. 법적인 정리는 아버지 친구분인 검사 아저씨가 해주실 테니까 홀가분하게 떠난 거죠."

"간도 크지. 지금 같으면 못 가게 하든가 내가 따라가든가 둘 중 하나를 했을 텐데. 그때 내가 옆에 없어서 갈 수 있었던 거지, 내가 있었으면 꿈도 못 꿀 일이지."

"그쪽이 있든 없든 난 가고 싶으면 가요. 아니, 어쩜 그때 그쪽을 알았다면 이렇게 상대해 주지도 않았을걸요. 그때 내가 한창 반항할 때여서."

스무 살, 그때의 다영이라면 상우를 상대로 화내는 것을 넘어 욕설을 내뱉을 확률이 90% 이상이었다. 잘하면 서로 치고받고 싸우는 것도 가능했을지도 모른다. 만약 그랬다면 정말 재미있었을 텐데, 다른 건 몰라도 그 재미를 놓친 게 조금 아쉽기는 했다.

"서로 탐색전은 이 정도 했으니 본론으로 들어가서, 이제 물어보자. 아영이가 왜 그랬는지 알아냈어?"

"뭘요?"

알면서 모르는 척. 이렇게 한다고 해도 상우가 그냥 넘어갈 거라고는 생각 안 하지만, 다영은 일단 곤란한 대답은 피하려 했다.

"말 돌리지 말고. 그래서 알아냈어? 아영이가 왜 그랬는지?"

역시나 상우는 그냥 넘길 생각이 없는 듯했다. 하긴 이 질문을 하려고 멍석까지 다 깔았는데, 그냥 넘길 리가 없었다. 만약 다영 자신이 상우였다 해도 마찬가지로 물어봤을 테니까.

"언니도 사랑이 필요했더라고요. 어머니의 사랑, 한상우라는 남자의 사랑. 참 이상하죠? 그때 어머니의 사랑이 나였다면, 아버지의 사랑은 언니였는데, 한상우 씨는 나보다 언니랑 더 친했고. 어째서 그게 그렇게 절실했는지는 잘……."

아무리 생각해도 이해가 안 되는 부분이라 다영은 한숨을 내쉬며 고개를 저었다.

"난 처음부터 아영이 마음을 받아줄 생각이 없었으니까. 나에게 하아영은 여동생 이상도 이하도 아니야. 아영이도 그걸 알고 있었고."

"왜 그렇게 확신해요? 사람 마음은 모르는 거잖아요."

"내 마음은 알지. 태인이가 아니었다면 여동생과 오빠, 그 선에서 넘어설 생각 조금도 없었어. 아영이가 태인이에게 진심이 아니었다면, 처음부터 둘 사이에 낄 생각 따위는 안 했을 거야. 처음은 분명히 태인이가 먼저 아영이를 좋아했고, 나중에는 아영이도 진심이었어. 그래서 내가 어른들 눈이라도 가려주자 한 거야. 만약 아영이가 나에 대한 마음이 남아 있었다면, 난 절대로 그런 짓 안 했어."

"아영이 그쪽 좋아하는 내내 많이 아팠겠네."

이 사람이 언니에게 어떻게 대했을지 대충 짐작이 갔다. 너는 동생, 난 오빠. 그 선에서 조금만 벗어나도 잔인할 정도로 차가워졌을 테고. 아영의 마음은 상우로 인해 깊은 상처가 생겼을 것이다. 그래서 태인의 마음을 받아들이기 전까지 아영의 일기는 많이 어두웠다. 접어야 할 마음이라는 걸 알면서도 접지 못하는 괴로움이 그대로 일기에 드러나 있었다.

"하나 물어봅시다. 언니한테 왜 그렇게 잔인했어요? 언니가 고백하면서 밸런타인데이 때 초콜릿 줬다면서요? 받지도 않고 내치면서 화냈다고, 집에 오지도 말고, 오빠라 부르지도 말고, 길에서 만나도 아는 척도 하지 말라고 길길이 뛰는데, 정말 무서웠다고 쓰여 있더라고요. 그리고 몇 개월 동안 독립해 있던 친구랑 함께 살았다고 하던데, 뭐 그렇게까지 해요?"

"상처 안 받게 하려고 배려했더라면 아영이가 과연 마음을 접을 수 있었을까? 우리 부모님은 내가 아니라고 하면 억지로 결혼 같은 건 안 시킬 분들이셔. 정혜 이모가 아무리 우리 어머니를 달달 볶으셔도 내가 안 된다고 하면 안 되거든. 내가 그렇게 선을 긋지 않으면 나중에 어머니와 정혜 이모 사이도 나빠졌겠지. 아영이는 좋다고 하는데, 내가 싫다고 하면 정혜 이모는 못 견뎠을 테니까. 나와 아영이가 똑같이 아니라고 해야 두 집안이 평화롭게 지내지."

하긴 정혜의 성격으로 봐선 자기 딸이 좋다는데 상우가 싫다고 했으면 거품을 물어도 골백번은 더 물었을 게 뻔했다. 친구고 뭐고 원수로 갈라섰을 확률은 거의 100%라고 해도 과언이 아니었을 텐데, 두 집안의 평화를 위해서라도 정리가 필요했을 것 같다.

"그 뒤로도 아영이 그쪽 좋아했어요."

하지만 보고 싶지 않아도 꼭 봐야만 하는 경우, 바로 아영과 상우의 관계라면 정리가 쉽지 않았을 텐데, 이 남자 아영이에게 만큼 일말의 여지도 주지 않았던 모양이었다. 그러는 사이 아영이는 여러 번 상처 받은 듯 보였다.

"알아. 알아도 그건 아영이 마음이거든. 정리하는 데 시간이 걸린다 해도 정리하는 게 맞고."

아영이 일기장에서 보면 오빠로서는 아주 좋은 사람임에 틀림이 없었다. 하지만 아영이의 마음을 철저하게 외면했던 거로 봐선 남자로서는 지독하게 나쁜 사람이었다.

"왠지 억울해요."

"왜?"

"그렇게 날 떨어뜨렸으면 행복해야 했잖아요. 남들 다 알 정도로 행복하게 살아야 하잖아요. 이게 뭐야? 날 그렇게 아프게 했으면서 결국 자기도 행복하지 못했고."

"상처를 준 사람은 상처를 받은 사람보다 더 오래 기억하는 법이야. 특히 상처를 준 상대가 사랑하는 상대라면 더욱더. 너랑 아영이 사이에 무슨 일이 있었는지는 잘 모르겠지만, 아영이도 아파했어. 그건 확실해."

상우는 누구보다도 아영이를 잘 알고 있었다. 어쩌면 태인보다도 더 아영이를 잘 알고 있을지도 모른다는 생각이 들었다. 여자로 사랑했던 건 아닐 수도 있지만, 여동생을 아끼는 오빠의 마음 같은, 그런 사랑을 했던 게 분명했다.

"아영이는 좋았겠어요. 가진 게 많았잖아요. 생각하다 보니 엄청 부럽네."

"부러우면 나 남자로 만나봐."

이 인간은 대화 잘하다가 말이 왜 이쪽으로 튀어?

다영은 미간을 찌푸리며 고개를 돌려 상우를 보았다.

"도대체 그쪽 대화법은 뜬금없는 게 특기예요?"

"나랑 사귈래? 내가 좀 못 미덥게 보여도, 사귀는 동안에는 그 여자만 바라보는 순정파거든. 이 말이 하고 싶었어. 내내."

다영은 어이가 없어 하하 웃음을 터뜨렸다.

"이상한 약 먹는 거 있어요? 아무래도 제정신은 아닌 듯 보이는데."

상우는 뭐가 재미있는지 크게 웃고는 맥주를 몇 모금 마셨다.

"아영이는 도대체 이런 이상한 남자를 왜 좋아한 거야?"

"내가 하다영 외에 모든 사람 앞에서는 완벽하거든. 빈틈없이 완벽하게 멋있지."

"내 앞에서만큼은 이상하다는 걸 인정한다는 뜻이죠?"

"하다영은 내 매력에 안 넘어갈 거잖아. 재수 없다고 할 테니까?"

"자기가 재수 없는 건 알긴 아는구나?"

다영은 비웃듯 말하고는 맥주를 꿀꺽꿀꺽 마셨다.

"언제쯤 찾아가야 하나 망설이고 있었어. 궁금했었거든. 아영이가 내 말을 했을까? 많이 변했나? 얼마나 예쁘게 자랐을까?"

"설마, 그 상대가 혹시 나?"

"그럼 누구겠어?"

"설마 내내 쭉 좋아했다는 말 하려는 거 아니죠? 그건 누가 들어도 거짓말이거든요."

"당연히 내내 쭉 좋아하지는 않았지. 내가 어디 모자란 놈도 아니고, 이 세상에 여자가 얼마나 많은데 하다영 하나만 생각하면서 순결을 지켰을까 봐?"

"당연히 그러셨겠죠."

비꼴 생각은 전혀 없었다. 속으로는 저 남자 입에서 나온 농담 중 가장 진심 같다는 생각도 했다. 다만 말투가 살짝 비꼬는 것처럼 들리게 나왔을 뿐이었다.

"다만……."

다영은 상우가 말을 살짝 비틀자, 밀려오는 불안감에 눈살을 찌푸렸다.

"문득 옛날이 떠오를 때면 생각했지. 내가 준 곰 인형을 기억하기는 할까? 만에 하나 아직도 가지고 있길 바라는 건 헛된 꿈인 걸까? 아니, 알고 싶은 건 딱 하나지. 과연 내 꼬마 아가씨는 날 기억할까?"

다영은 피식 웃고는 얼마 남지 않은 맥주를 모조리 다 마신 후에 벤치에 툭 내려놓았다.

"다 대답할 수 있어요. 보다시피 이렇게 자랐고, 곰 인형은 기억 못 했고, 당연히 내 손에 없어요. 그리고 과거는 내 기억에 없어요. 과거에 만난 사람도 마찬가지고."

"과거의 어느 부분이 그렇게 싫은 건데? 어렸을 때? 아버지와 둘이 살던 그때?"

날카로운 질문이 심장에 팍 꽂힌다.

어디라고 말해야 옳을까? 과거 전체? 그저 하아영 동생으로만 불렸던 그 시절? 아니면 스무 살, 온전히 나 혼자가 된 그날 이전의 모든 기억?

"자꾸 과거를 추억한다는 건 현재 내 삶이 만족스럽지 못하기 때문이라 생각해요. 난 지금 내 삶이 좋으니까, 과거를 추억할 필요가 없죠."

"피하네. 대답 말이야."

"대답했는데?"

"그래. 그건 그렇다고 치고."

무슨 말을 해도 믿지 않겠지. 한상우, 이 남자의 생각은 온통 불쌍한 하다영일 테니까. 이 남자가 무엇을 알고 있는지는 알고 싶지 않았다. 그리고 알고 있는 것들을 바탕으로 이 남자가 상상해 낼 여러 이야기도 관심 밖이었다. 다만 이 남자가 자신이 상상하는 그 안 좋은 것들을 진실이라 믿고는 과도한 관심을 보이는 게 싫을 뿐이었다.

"가야겠다. 피곤한데 그만 가자고요."

상우와 더 있다가는 자기 입으로 과거 한 자락을 술술 털어놓을 수도 있겠다는 생각에 다영은 자리에서 일어섰다.

"대답 안 했는데."

"무슨 대답이요?"

상우는 천천히 일어났다. 그리고 다영을 가만히 응시하며 빙긋 미소를 머금었다.

"무슨 대답을 하라는 건데요?"

"나랑 만나자. 잘해줄게. 너 언니한테 다 빼앗겼잖아. 부럽다며? 그럼 아영이가 가지려고 했던 것 중 하나 정도는 네 몫이어야 하잖아. 그래야 덜 억울하지. 그거 내가 해줄게. 언니가 가지지 못했던 딱 하나, 그거 가져 봐. 내가 도와줄 테니까."

"그쪽 말인즉, 내가 불쌍해서 본인을 내놓겠다는 거잖아요. 내가 바르게 이해한 거죠? 내 입으로 이런 말 하는 건 좀 그렇지만, 내가 이해력이 부족하다는 걸 요즘 절실하게 느끼거든요. 그러니까 머리 좋은 사람이 정확하게 말해요. 지금 그거죠?"

"그렇게 들었으면 그게 맞아."

"그렇게 안 들을 수도 있는 거예요?"

"고백하는 거잖아. 내가 하다영을 동생이 아닌 여자로 보고 있다고 말하는 건데, 너무 돌렸나? 말뜻을 파악 못 하네?"

기가 막히는 것을 넘어서니 헛웃음이 흘러나온다. 다영은 소리까지 내며 크게 하하하 웃음을 터뜨렸다. 하지만 곧 다영의 얼굴은 심각하게 변했다. 상우가 진심이라는 걸 알고 있기 때문이었다.

어떻게 정리해야 하는 걸까? 아니 어떤 말을 해야 이 사람이 마음을 접을 수 있을까?

아무리 생각해도 답을 찾을 수 없어, 다영은 그냥 가만히 그의 얼굴만 올려다보았다.

"가자. 피곤한데 가서 쉬어야지."

다영의 마음을 알았던 걸까?

상우는 빙긋 웃어주고는 앞장서서 걷기 시작했다. 집으로 가는 길. 두 사람은 한마디의 대화도 없었다. 그냥 조용히 걷기만 할 뿐이었다.

밤에 자려고 누웠던 다영은 끝내 잠들지 못하고, 이불을 걷어낸 후 일어나 앉고야 말았다.

"고백하는 거잖아. 내가 하다영을 동생이 아닌 여자로 보고 있다고 말하는 건데, 너무 돌렸나? 말뜻을 파악 못 하네?"

다영은 신경질적으로 머리를 헝클고는 밀려오는 괴로움에 몸부림을 쳤다.

"내가 왜 언니 약혼자랑 엮여서 이런 말도 안 되는 고민을 해야 하는 거냐고!"

오늘도 자긴 글렀다. 다영은 잠드는 건 포기하고 침대에서 내려왔다. 맨 정신으로 자는 것은 포기하고, 죄송하지만 주무시려고 방에 들어간 박 씨 아주머니께 와인이 어디 있는지 알려달라고 해서 술이나 한잔하자는 생각으로 조심스럽게 아래층으로 내려온 다영은, 주방에 불이 켜져 있는 걸 발견했다.

"안 자고 왜 내려왔어?"

"그럼 어머닌 안 주무시고 여기서 뭐 하시는데요?"

식탁에 앉아서 술잔을 기울이고 계시는 정혜를 보자 다영은 왜인지 모르게 마음이 묵직해졌다. 늘 오만해 보일 정도로 당당했던 어머니. 그런 그녀가 오늘은 쓸쓸하고 힘들어 보였기 때문이었다.

"넌 왜 내려왔는데?"

"술 있으면 한잔하려고요. 언제부터 마시고 계셨던 거예요?"

다영은 정혜 앞에 놓인 양주병을 집어 들었다. 반쯤 줄어든 양주병은 이미 꽤 마셨다는 걸 알게 해주었다.

"설마 이거 지금 딴 거예요? 이걸 다 마셨어요?"

"들어가."

정혜가 술병을 빼앗으려고 하자 다영은 그 술병을 조금 멀리 떨어뜨려서 내려놓고는 의자를 빼서 앉았다.

"언제부터 이런 거예요? 아영이 죽은 다음부터? 내내 이렇게 밤에 술 드신 거예요?"

"네가 언제 나에게 관심 있었어? 관심도 없던 애가 내가 뭘 얼마나 먹든 그게 무슨 상관이야? 들어가서 자. 나도 이제 잘 거야."

다영은 정혜가 술잔을 입으로 가지고 가자 그걸 빼앗아 자신이 마셨다.

"그만하시고, 들어가 주무세요."

"난 그렇게 사랑하면 되는 줄 알았어."

정혜는 다영이 아닌 허공 어디쯤을 응시하며 입을 열었다.

"예쁘게 꾸며주고, 아이가 원하는 건 다 해주고, 아니 원하기 전에 다 해주고, 아이를 위해서 나쁜 것, 더러운 것, 기분 나쁜 것들을 미리 다 치워주고, 그렇게 사랑하면 아영이도 행복할 거라 생각했어."

"언니의 모습이 나 같던데, 어째서 그렇게 만드셨어요?"

"그렇게 입은 건 아영이 스스로 선택한 거였어. 예쁘게 보이고 싶을 나이니까, 여성스럽게 예쁘게 입히고 꾸며주는 건 당연하잖아. 너희 아빠는 여자애도 씩씩하게 자라야 한다는 주의였지만, 난 여자애는 여성스럽게 자라야 한다고 생각했으니까. 하지만 아영이가 싫다고 했으면 안 그랬어. 그런데 아영이는 예쁜 걸 좋아했고 그래서 아영이도 그게 맞다 여긴 거야. 두 아이의 성향이 비슷할 수 있는 거잖아. 너희 둘은 쌍둥이니까."

"언니한테 한상우 씨 외에 다른 사람이 있을 거라는 생각은 안 했어요? 어째서 어머니는 꼭 한상우 씨였어야 했는데요?"

"그 이상의 남편감은 없으니까. 상우는 가까이서 크는 걸 지켜본 아이야. 그 아이가 어떤 환경에서 자라고, 어떤 성품인지 아주 잘 알아. 아영이도 좋아했고. 아니 아영이도 좋아해. 그건 내가 알아."

"좋아한 건 맞아요. 하지만 사랑은 아닐 수도 있어요. 쭉 좋아했지만, 마지막 사랑은 다를 수 있는 거잖아요. 그런데도 한상우씨였어야 했어요? 한 번만이라도 물어봤어야죠. 다른 남자를 사랑하는 건 아니냐고 물어봤어야죠."

"아영이가 상우 외에 다른 사람을 사랑한다고? 아영이는 상우외에 다른 사람은 몰라. 만나지 않았다고! 그건 내가 잘 알아!"

믿을 수 없는지, 아니 믿고 싶지 않았는지 정혜의 입에서는 날카로운 고함이 터져 나왔다.

"잘 안다고 생각했겠죠. 그런데 어머니는 잘 알 리가 없어요. 왜인 줄 아세요? 어머니 딸은 감정 표현이 서툴러요. 어머니는 어머니의 생각을 딸에게 주입하죠. 그리고 그게 딸의 생각인 것처럼 착각하죠. 처음부터 어머니의 생각대로 딸을 조종하는 것뿐인데, 어머니는 그걸 딸을 위해 모든 걸 다 해주는 어머니의 사랑으로 포장하죠. 어머니의 딸은 다른 마음이 있어도 말을 못 해요. 아니까. 자기가 무슨 말을 해도 어머니의 생각을 바꿀 수 없다는 걸 알고 있으니까."

정혜의 손이 파르르 떨리는 걸 본 다영은 술병과 술잔을 더 멀리 치웠다. 정혜가 손을 뻗어 술병을 잡으려 할 걸 알고 있었기 때문이었다.

"더는 안 마실 테니까, 딱 한 잔만 마시자."

"이미 많이 마셨어요."

다영은 냉장고에서 물을 꺼내 한 잔 따라서 정혜 앞에 놓았다. 그리고 앉았던 자리로 다시 가서 앉았다.

"난 아영이가 대통령 아들을 데리고 왔어도 인정 못 했을 거야. 대 재벌이라고 해도 싫었을 거야. 난 내 눈으로 보고 내`머리로 판단한 것들만 믿어. 상우는 오랜 시간 보아온 애야. 그 아이 외에 다른 사람은 누가 와도 인정 못 해. 그건 지금도 마찬가지야."

"이러시니까 아영이가 어머니를 설득할 생각조차 못 했던 거잖아요. 어머니를 설득할 수 있었다면, 아영이는 절 찾아올 필요가 없었을 거예요. 아영이는 제가 어머니를 설득할 수 있을 거라 여겼을 거예요. 그리고 그 부탁을 하러 그날 저한테 오려 한 거고요."

"자기 입으로 직접 싫다고 했어야지. 그래도 내가 엄마인데, 아영이가 끝까지 싫다고 했으면 끝까지 밀어붙이진 않았을 텐데."

"아니요. 어머니는 끝까지 밀어붙이셨을 거예요. 어머니 입으로 말씀하셨잖아요. 어떤 대단한 사람이 와도 안 되는 건 안 되는 거라고. 그래서 내가 필요했겠죠. 어머니 관심을 돌려줄 딱 한 사람. 어머니의 진짜 살아 있는 인형, 하다영이."

정혜의 눈이 놀라서 휘둥그레졌지만, 다영은 이 상황이 재미있다는 듯 하하 웃음을 흘렸다.

"필요할 때는 애지중지하다가 필요 없으면 버리는 것. 그거 이 집에 사는 사람들 스타일이죠? 어머니와 하아영, 아주 많이 닮았어. 그래서 두 사람이 가족으로 묶인 거겠지만."

다영은 픽 비웃음을 흘리고는 자리에서 일어났다.

"그만 마시고 들어가세요. 어머니, 제 앞에서 술 취해 비틀거릴 자격 없으세요. 괴로워하는 것도, 힘들어 투정 부리는 것도, 아파하는 것도 그리고 그런 모습을 보이는 것도, 자격이 있어야 하는 겁니다. 어머니는 그 어떤 것도 제 앞에서 하실 자격 없으세요."

다영은 술병과 술잔을 들고 주방에서 나왔다. 그리고 자기 방으로 올라가, 근처 장식장에 술병과 술잔을 올려놓고 침대에 털썩 걸터앉았다.

"내 머리만으로는 절대로 풀리지 않았던 것들이 다 풀렸는데, 뒤끝이 쓰네. 거창한 이유가 있었더라면 좋았을걸. 날 아프게 했던 것들이 어이없게도 너무 사소한 거라서, 화도 나고, 짜증도 치밀고, 슬프기도……."

가슴에서 울컥 무언가 치미는 듯한 느낌에 다영은 말을 끝까지 못하고 입을 다물었다. 그리고 시선을 아래로 떨어뜨리며 긴 한숨을 가늘게 떨리는 마음과 함께 토해냈다.

"차라리 몰랐으면 좋았을걸……."

다영의 눈에서 눈물이 떨어졌다.

제 5 장

모든 의문은 풀렸고, 이곳에 더 머물 이유도 없다. 이제 본래의 자리로 돌아가서, 다시 평화로운 삶을 살아가면 된다.

"마음이 왜 이러냐?"

모든 걸 알게 되면 마음이 홀가분해질 거라 여겼는데, 더 무거워진 느낌이다.

차라리 모른 채 살았더라면 더 좋았을 텐데. 정말 그랬더라면 많은 의문을 품은 채 살아가겠지만, 아영이에게 또는 어머니에게 이렇게 큰 실망은 하지 않았을 텐데.

이로써 돌이킬 수 없는 강을 건넌 느낌이다. 처음 생각했던 대로, 모든 인연이 끊어진 것 같단 생각이 들었다.

"안녕하세요?"

이른 아침. 답답한 마음을 조금 털어낼 요량으로 동네 산책에 나선 다영은 편한 운동복 차림으로 가볍게 뛰고 있던 태인과 마주쳤다.

"운동 중이에요?"

"네. 그럼 다영 씨도?"

"저는 그냥 동네 탐색이라고 해두죠. 제가 살던 곳으로 돌아가면 다시는 안 올 곳이니까, 한번 봐두려고요. TV에서나 나오는 이런 부촌은 흔하게 볼 수 있는 곳이 아니잖아요."

"다시는 안 올 곳이라……. 이곳과 아니, 이곳 사람들과는 마지막이라는 뜻 맞죠?"

"네."

"결국 그렇게 되는구나. 저는 좀 더 오래 있길 바랐는데요."

"나랑 너무 다른 곳이라 불편해요."

태인은 그 마음 이해할 수 있다는 듯 고개를 끄덕였다.

"그럼 제가 동네 안내해 줄까요?"

"아니에요. 운동하는 중이잖아요."

"운동이야 나중에 하면 되고. 저녁까지 할 일 없이 빈둥거리고 노느니, 아영이 동생을 위해서 이 정도는 할 수 있어요."

"그럼 그럴까요?"

이렇게 해서 태인과 다영은 함께 동네 탐험에 나섰다. 태인은 다영과 맞춰 걸으며 여기저기를 설명해 줬고, 그녀는 그런 태인의 말에 귀를 기울이며 간혹 키득키득 웃기까지 했다. 그렇게 얼마나 갔을까, 다영은 공원 입구에 다다르자 우뚝 멈췄다.

"여기 이 공원은……."

"여기가 완벽하게 재수 없는 한상우께서 유일하게 타락하는 곳이죠."

태인이 킥킥 웃음을 터뜨렸다.

"타락이요?"

"상우가 여기서 술하고 담배를 배웠거든요. 무슨 내기인지는 기억이 없는데, 친구끼리 다 짜고 상우를 완벽하게 속였죠. 그래서 그때 상우가 처음이자 마지막으로 졌어요."

"처음이자 마지막이라면……."

"그 인간이 지는 걸 끔찍하게 싫어해요. 머리를 쓰는 게임이든 몸을 쓰는 게임이든 이상할 정도로 그 녀석은 항상 다 이겼어요. 게다가 검사님이신 상우 아버님께서는 세상이 험하다는 걸 아주 잘 아는 분이라, 상우 어렸을 때부터 운동을 시켰어요. 우리가 그래서 그 녀석을 재수 없다고 하는 거예요. 머리도 좋은데, 자식이 기분 나쁠 정도로 운동도 잘하거든요."

"말로만 듣는데 나도 숨이 탁 막히네요. 진짜 재수 없다."

어렸을 때부터 재수가 뚝뚝 떨어지는 타입이었구나. 다영은 생각만 해도 끔찍해 몸을 부르르 떨었다.

"그때 벌칙이었어요. 술하고 담배가."

"벌칙이 술하고 담배면…… 학생? 맞죠?"

태인은 하하 웃으며 고개를 끄덕였다.

"한상우 씨가 그런 쪽은 엄청 까다로웠나 봐요? 웬만하면 다 하지 않나? 학생도?"

"그 녀석이 이상한 게 그런 쪽으로는 영 관심이 없었어요. 술, 담배, 여자. 다른 건 다 열정적이면서 그쪽은 별로더라고요. 그때는 좋았는데. 재미있었고."

"왜 그때가 재미있었어요?"

"그냥 친구였으니까요. 깔끔하게 친구."

"그 뒤로 달라졌어요? 음, 그러니까 언니?"

태인은 가슴 깊숙하게 숨을 들이마셨다.

"상우는 아무렇지도 않은데, 내내 나만 불편했죠. 그 녀석 무서울 정도로 냉정한 구석이 있는 놈이라."

"언니 많이 사랑했었나 봐요?"

"네."

간단하고 간결하게, 하지만 부연 설명이 필요 없을 만큼 확실한 마음이 담긴 대답이었다. 다영은 더는 묻지 않고 그냥 아무 말 없이 태인보다 조금 앞장서서 공원을 걷기 시작했다.

"다영 씨가 돌아왔다며 방방 뛰면서 기뻐한 곳이 바로 여기였어요."

다영은 우뚝 멈춰서 주위를 둘러보았다.

"오빠, 다영이가 돌아왔어. 돌아와서 나한테 전화를 걸었어. 나 만나러 지금 온대."

태인은 그리운 듯한 얼굴로 근처에 있는 나무를 쓰다듬었다.

"그러다 갑자기 이 나무에 기대서 엉엉 울더라고요. 왜 우냐고 물었더니, 기뻐 우는 거라고, 기쁜데 왜 눈물이 흐르는지는 자기도 잘 모르겠다고 그랬죠."

다영은 아무 말 없이 고개만 끄덕였다.

"자격도 안 되는 나 같은 놈 때문에 죽은 그 순간까지 너무 힘들기만 한 것 같아서……."

지저귀는 새소리, 바람에 흔들리는 나뭇잎 소리. 기타 여러 자연의 소리가 들린다. 다영은 태인을 보며 빙긋 미소를 머금었다.

"행복했어요."

"네?"

다영이 갑자기 이상한 말을 하자 태인은 조금 놀란 듯한 얼굴이었다.

"언니는 태인 씨 사랑해서 행복했다고요."

"그걸 어떻게 알아요? 나 때문에 인생이 복잡해졌을 수도 있는데? 나만 아니었으면 아영이는 도망칠 생각을 하지 않았을 테고, 그랬으면 그날 다영 씨를 만나러 가지 않았을 텐데요."

"아영이는 자신이 불행하다는 생각은 하지 않았던 것 같아요. 가끔 언니랑 만나면 주로 언니가 말하고 난 듣는 쪽이었거든요. 그때 말하는 언니를 보며, 행복해하는 것 같다는 생각이 들었죠."

"그걸 어떻게 알죠? 사람의 마음은 모르는 거 아닌가?"

"언니랑 쌍둥이잖아요, 나. 말 안 해도 상대가 행복한지 불행한지 정도는 알아요. 자라는 동안은 어땠는지 잘 모르겠지만, 적어도 이태인 씨 만나고 난 후부터는 행복했어요. 내가 딱 그 시기에 언니랑 다시 만났잖아요."

맞다. 쌍둥이라서 안다. 언니는 죽기 직전까지 행복했었다.

그럼 언니는 내 얼굴에서 뭘 본 거지? 언니도 분명히 뭔가를 봤을 텐데, 도대체 뭘 본 거지?

"다영 씨?"

빙긋 웃던 다영의 얼굴이 무슨 생각에 잠겼는지 갑자기 굳어지자, 태인은 걱정스럽다는 듯 그녀를 불렀다.

"무슨 일 있어요? 제가 실수라도 했나요?"

"아니에요. 저는 이만 가야겠어요. 태인 씨는 운동하셔야죠? 제가 시간 너무 빼앗았네요."

다영은 다시 빙긋 웃었다.

"집 앞까지 모셔다드릴게요. 원래 예쁜 여자는 혼자 다니는 거 아니래요."

원래는 거절할 생각이었다. 하지만 다영은 태인이 하는 대로 그냥 두기로 했다. 지금 태인은 자신을 통해 아영을 추억하고 있을지도 모르니까.

집으로 오는 길. 다영은 태인과 크게 의미는 없는, 그냥 일상적인 대화를 했다. 그리고 말하는 중간 농담을 던지는 태인 덕에 키득키득 웃음을 터뜨리기도 했다.

"둘이 왜 같이 오는데?"

집 근처에 다다를 때쯤 운동하러 나온 상우와 마주쳤다. 상우는 다영과 태인을 번갈아 보며 뭐가 못마땅한지 살짝 미간을 찌푸렸다.

"아침 운동 중에 다영 씨를 만났어. 그래서 동네 구경 좀 시켜줬지."

"그래? 좀 더 신경 썼어야 했는데, 내가 왜 그 생각을 못 했을까? 하여튼 고마워. 내가 해야 할 일을 대신 해줘서."

"누가 한들 그게 무슨 상관이야? 다영 씨가 남도 아니고."

"상관있지. 다영이가 이곳에 있는 한, 다영이에 대한 모든 책임은 나에게 있거든."

내가 어째서 그쪽 책임이냐고 한 소리 하려던 다영은 상우와 태인, 두 사람 사이에 흐르는 이상한 공기에 움찔했다. 전에 포장마차에서 볼 때는 친한 친구 사이 이상도 이하도 아닌 것처럼 보였는데, 오늘은 이상하게 공기가 싸늘했다.

"집에 들어가 있어. 이따가 나도 따라 들어갈 테니까."

기분 참 묘하다. 꼭 애인 몰래 바람피우다가 들킨 느낌에 살짝 짜증도 치밀었다. 욱한 마음에 상우를 노려보던 다영은, 빙긋 웃고는 있지만 어디가 모르게 차가워진 상우의 표정에 또다시 움찔했다.

"어서."

어쩔 수 없이 태인에게 인사를 한 다영은 고개를 갸웃하며 집으로 향했다.

"재미있네. 우리 한상우 님께서 질투하는 모습도 다 보고, 오래 살고 볼 일이다?"

다영이 사라지자 태인은 비웃듯 픽 웃음을 흘렸다.

"너 무슨 상상하는 거야? 설마 내가 하다영을 어떻게 할지도 모른다는 그런 상상하는 거야?"

"아니길 바라야지. 난 적어도 우리가 친구이길 바라니까."

"한상우, 노선 정했네? 하다영이 너에게는 여잔가 봐?"

"그래서 어쩌려는 건데? 뭘 어쩌려고 자꾸 다영이 근처에 있는 건데?"

"말은 제대로 해. 하다영이 날 찾아오는 거지, 내가 하다영 근처에 있는 게 아니야."

"다영이는 아영이가 아니야. 너 아영이 대신 다영이를 이용할 생각이면, 내가 가만 안 둬."

"웃기지? 한상우가 이렇게 적극적으로 나서는 것 처음 있는 일 같은데, 내 말이 맞지?"

태인은 다시 픽 비웃음을 흘리고는 그냥 휙 돌아서 걸어갔다.

"난 적어도 너하고 친구로 남길 원해. 그러니까 이상한 생각 하고 있다면 접어."

상우의 말에 몇 걸음 가던 태인은 우뚝 멈추고는 뒤돌았다.

"겨우 이 정도로? 난 늘 그랬어. 아영이 옆에서 늘 그렇게 불안 했다고. 넌 그것도 네 책임이 아니라고 말할 거야. 그렇지? 하지 만 난, 네 그런 무신경함 때문에 비참했어. 알아?"

"이태인!"

"나, 이제는 내 생각만 할 거야. 하다영이 날 좋게 생각하는 것 같으니까, 계속 만날 거야. 그러니까 너도 느껴봐. 네 뒤에 숨 어 있어야만 했던 내 비참함을."

태인은 휙 돌아서 사라졌지만, 상우는 한동안 움직이지 않았 다. 순간 많은 생각이 머릿속에 스쳤다. 친구는 아직도 원망할 대상을 찾고 있다. 그 원망이 자신이 되는 건 받아줄 수 있었다. 하지만 다영까지 엮인다면 그건 받아들 수 없었다.

"하아영 때문에 인생이 제일 많이 꼬인 건 다영이야."

상우는 나지막하게 중얼거리고는 깊은 한숨을 토해냈다.

정혜의 집에 들어온 상우는 곧장 이 층으로 올라갔다. 어린 시 절, 상우의 기억 속 다영은 무슨 일만 있으면 늘 방에 틀어박혀 있는 아이였다. 그러니 이번에도 방에 있을 거라 100% 확신한

상우는 노크한 뒤에 대답할 시간도 주지 않고 벌컥 방문을 열었다.

언제나 늘 이럴 때는 타이밍이 좋지 않다. 딱 때마침 옷을 갈아입기 위해 상의를 벗고 있던 다영은 너무 놀라 속옷 차림 상태로 굳어버렸다.

"미안."

당황해 황급히 사과하고 문을 닫은 상우는 밀려드는 괴로움에 머리를 헝클었다. 아영이에겐 이런 실수를 단 한 번도 한 적이 없었는데. 자신의 이런 행동이 다영으로 하여금 또 한 걸음 멀어지게 한 것 같다는 생각에 자괴감마저 들었다.

"들어와요."

들어오라는 허락이 떨어지고, 상우는 낮은 한숨을 푹 내쉰 후에 문을 열었다. 그리고 다영의 방으로 들어갔다.

"무슨 일인데요?"

"미안해. 화내도 할 말 없어."

"괜찮아요. 내 실수도 있으니까. 혼자 살아서 문을 잠가야 한다는 생각 못 했어요. 신경 쓰지 마세요."

너무 덤덤하다. 이런 경우는 분명히 화를 내야 정상인데, 다영은 지나치게 침착했다.

"내가 너무 아무것도 아니네. 잘못은 내가 했으면서, 이런 말 하는 거 좀 그런데, 당황하는 척이라도 해야 하는 거 아닌가? 내가 동성도 아니고."

"아침부터 싸우지 말자고요. 그쪽하고 으르렁거리고 출근하면 온종일 뒤끝이 안 좋아요. 무슨 일인지 말해요. 들을게요."

"너무 시원해서 화낼 기분도 안 나네."

상우는 기운이 빠져 말하듯 하하 웃음을 흘렸다.

"이태인 씨와는 어쩌다 마주친 거예요. 동네 구경시켜 준다고 해서 거절하지 않았고요. 이태인 씨, 나를 통해 언니를 보는 것 같아서 그냥 잠깐 그렇게 있어준 거예요."

다영은 자신이 왜 화났는지 알고 있었다. 눈썰미가 좋은 건지, 아니면 얼굴에 다 쓰여 있는 건지 상우는 갑자기 자기가 지금 어떤 상태인지 궁금해졌다.

"내가 표정이 잘 읽히는 타입인가 보다?"

"그쪽 나에게 숨길 생각 없는 것 같은데요? 물론 아까는 좀 화가 났어요. 꼭 바람피우다 들킨 여자친구가 된 기분이었거든요."

"맞아. 나도 그 순간 네가 나 몰래 바람피우는 걸 본 것 같았거든. 순간 화가 치밀었던 것 같아. 친구 녀석이 그것 가지고 작정하고 놀리는 것 보면, 표정 관리 못 했던 모양이야."

"만약 아영이라면……."

"아영이 이름은 빼지? 우리 둘 이야기에 아영이는 필요 없잖아."

아영이로 지금 이 난처한 상황에서 슬쩍 빠져나가려던 다영은 상우가 중간에 잘라 버리자 말문이 막혔다.

"난 우리 두 사람 이야기하는 거야. 죽은 아영이는 그만 괴롭혀."

그렇게 얼마큼의 흐른 건지도 모르겠다. 두 사람은 서로를 응시한 채 아무 말 없이 가만히 보기만 했다. 많은 말을 담고 있는 상우의 눈빛도, 딱히 할 말이 없었던 다영도, 그냥 가만히 서로를 보고 있을 뿐이었다.

긴장감 때문일 거다. 거듭되는 시선에 심장이 두근거리자 다영은 스스로 이렇게 생각했다. 그렇게 또 얼마큼의 시간이 흐르고 어쩌면 아닐지도 모른다는 생각이 들었다. 처음부터 이 남자는 남자로 다가왔었다. 그리고 상우는 그런 자기 마음을 숨길 생각도 하지 않았다. 그래서 이 남자가 불편했다. 다른 사람처럼 하아영의 동생을 보는 게 아니라 하다영을 보고 있어서.

어색하고 긴장된 시간이 지나고, 두 사람 중 먼저 눈길을 돌린 건 다영이었다.

"바람피우다 들킨 기분이었다는 건, 너도 내가 신경 쓰인다는 뜻 맞지?"

당황해서 시선을 돌리는 저 표정. 분명히 어렸을 때 본 적 있던 표정이었다.

상우가 다가가면 다영은 늘 저런 표정이었다. 어떻게 반응해야 할지 모르겠다는 얼굴. 머릿속에 떠오르는 많은 말 중 무엇을 먼저 해야 할지 결정 못 한 얼굴. 이상하게 상우는 다영의 그 얼굴이 좋았다. 꼭 좋아한다고 말하는 듯해서 괜히 히죽 웃음이 흘렀었다.

저 표정을 이제야 보게 되다니.

철없던 시절, 두근거림이 무엇때문인지도 모르던 그때, 그 풋사랑에 가슴 설레던 기억이 떠올랐다.

두근두근, 또다시 심장이 뛴다. 그리고 지금 이 두근거림은 세월이 흐른 만큼 더 커지고 성숙해져 있었다.

"그쪽 분위기가 그랬다는 거죠. 내가 그랬다는 건 아니고."

"어쨌든, 그 순간 그런 생각이 들었다면, 내 기분에 민감하게 반응한다는 뜻이잖아."

"그렇다고 칠게요. 그런데 그게 뭐요?"

"그럼 우리 둘 발전 가능성이 있는 거지. 안 그래?"

"난 그쪽이 나에게 왜 이러는지 이해 못 하겠는데요?"

"고백이 너무 서툴러? 뭘 얼마나 더 직설적으로 말해야 이해할 건데?"

"그쪽이 아영이……."

다영은 아영의 이름을 올리다 아주 잠깐 머뭇거렸다. 아영을 이용해 이 순간을 회피할 생각은 아니었는데, 또다시 그렇게 되어가고 있는 것 같아 순간 망설여졌기 때문이었다.

"아영이 약혼자인 건 변하지 않으니까."

"그러네. 우리 둘, 결국 거기서 걸리네. 내가 아무리 결백해도, 넌 계속 그렇게 그 핑계를 대며 외면하겠지. 내가 널 어떤 마음으로 보고 있는지는 중요치 않으니까."

"한상우 씨……."

"오늘부터는 문 꼭 잠가. 잘 때도 문 꼭 잠그고. 난 이 집, 자유자재로 드나들 수 있는 사람이잖아. 내가 나쁜 마음 먹으면 새벽에 몰래 들어올 수도 있거든. 우리 서로 최악의 상황은 만들지 말아야지."

"지금 자신이 무슨 말을 하는지 알고 있는 거죠?"

자기가 하고 싶은 말만 하고 뒤돌아 방에서 나가던 상우는 다영의 날카로운 목소리에 우뚝 멈췄다. 그리고 다시 돌아 그녀를 보았다.

"남자가 사랑하는 여자를 앞에 두고 드는 생각이 무엇일 것 같아? 더군다나 그 여자가 손 뻗으면 닿을 거리에 있으면 어떨 것 같은데? 처음부터 말했던 것 같은데. 나 너랑 자고 싶다고."

"그건……."

"장난 아니야. 그런 장난할 만큼 가볍지도 않고. 네가 언제까지 여기 있을지는 모르겠는데, 있는 동안에는 네 몸 네가 지켜. 내가 언제 빡 돌지 모르니까."

상우는 무서울 정도로 차갑게 말하고는 그대로 다영의 방에서 나왔다. 그리고 거친 숨을 몰아쉬며 일 층으로 내려오다가 우뚝 멈췄다.

"미친놈."

상우가 나가고, 잠깐 멍하니 혼이 나가 있던 다영은 곧 정신을 차렸다.

일단 도망가자. 이 집에서 나가서 생각이라는 걸 좀 해보자.

다영은 서둘러 출근 준비를 해서 아래층으로 내려왔다. 주방에서 정혜의 웃음소리가 들렸다. 그리고 상우의 목소리도. 그냥 인사만 하고 나갈까 하는 생각을 잠깐 했지만, 다영은 던지듯 가방을 소파에 내려놓았다. 이렇게 피하는 건 자존심이 상했다. 고백으로 포장한 그의 협박에 흔들리고 있다는 걸 보여주고 싶진 않았다.

다영은 당당히 주방으로 들어갔다. 정혜는 웃음을 멈췄고, 상우는 도망갈 거로 생각했던 다영이 들어오자 조금 놀란 것 같았다. 하지만 곧 언제 그랬냐는 듯 빙긋 웃으며 자기 앞에 있는 의자를 가리키며 앉으라고, 아주 친절한 목소리로 말했다.

박 씨 아주머니께서 앞에 밥과 국을 가져다주자, 다영은 고맙다고 말하고는 숟가락을 들어 밥을 먹기 시작했다.

"상우 넌 내일 뭐 해? 주말에도 일하는 거야?"

정혜는 늘 그랬던 것처럼 상우를 보며 다정하게 물었다.

"답답하기도 하고, 드라이브나 하려고요. 다영이 넌 내일 뭐 할 거야?"

연기가 안 돼서 법 공부했다고?

아니다. 저 인간은 연기에 천부적인 소질이 있는 게 분명하다. 무슨 말이든 입 밖으로 튀어나올 땐 짜증 섞인 말로 변할 것 같아서, 다영은 밥을 푹 떠 입안으로 욱여넣었다.

"일해? 주문이 밀려 있으면 주말에도 일하지?"

"……네."

입에 있는 밥을 다 처리한 다영은 어쩔 수 없이 대답하고는 다시 밥을 푹 떴다.

"그럼 내가 간식 같은 것 사다 줄까?"

"많아요. 신경 안 써도 돼요."

커다란 밥덩이를 한입에 욱여넣는 것을 본 상우는 빙긋 웃으며 물을 그녀 앞에 놓아주었다.

"급해도 천천히 먹어. 그러다 탈 나."

국물 몇 숟가락으로 입에 있던 밥을 꿀꺽 삼킨 다영은 억지로 미소를 지었다.

"걱정 마세요. 소화기관 튼튼하니까."

다영은 숟가락을 그릇에 푹 꽂으며 다시 커다랗게 밥을 떴다.

후다닥 아침을 해치운 다영은 서둘러 밖으로 나왔다. 그리고 곧장 차 문을 열려고 했다. 하지만 문을 여는 그 순간에 맞춰 뒤따라온 상우가 뒤에서 그 문을 닫아버렸다. 뜻하지 않게 차와 상우 사이에 갇히게 된 다영은 바짝 긴장하며 뒤돌아 그를 보았다.

"뭐예요? 밥 먹었잖아요. 뭐 또 할 말 있어요?"

상우를 만난 이후 제일 가까운 거리였다. 그녀가 긴장해 있다는 것도, 그의 숨결이 평소보다 조금 거칠다는 것도 다 느껴질 만큼 두 사람은 아주 가까웠다.

"내일 영화 보러 가자."

"싫어요."

"그럼 드라이브?"

"그것도 싫어요."

"정말 일할 생각이야? 그럼 간식 사다 주고."

"싫어요. 안 먹어."

"이것도 저것도 싫으면, 호텔 어때? 난 이게 제일 마음에 드는데."

"이봐요, 한상우 씨!"

순간 발끈해서 목소리를 높였다. 그리고 곧 아차 하며, 깊게 생각 못 한 자기 자신을 책망했다. 다영이 평정심을 잃은 그 순간 상우의 입가에는 짙은 미소가 번졌기 때문이었다.

"역시."

상우는 빙긋 웃으며 더욱 바짝 다가왔다. 그를 피해 뒤로 물러서려던 다영은 차에 막히자 오른쪽과 왼쪽으로 벗어나려 했다. 하지만 그럴 때마다 팔에 가로막혀 꼼짝없이 상우의 품에 안겨 있는 꼴이 되어버렸다.

"처음부터 이럴 걸 그랬어. 당황하고 놀라서 어쩔 줄 몰라 하는 이 표정 정말 오래간만이야. 나 때문에 긴장한 이 모습 꽤 좋은 것 같아."

"왜 이래요?"

"작전을 바꿨어. 억지로라도 내 옆에 묶어두기로."

"난 그쪽 옆에 묶여 있을 생각 없는데요?"

말이 끝나기가 무섭게 상우의 얼굴이 아래로 내려왔다. 서로의 숨결이 고스란히 느껴질 정도로 가까운 곳에 입술과 입술이 멈춰 있었다. 누구 한 명이라도 먼저 움직인다면, 곧바로 닿을 수 있을 정도로 다영의 입술과 상우의 입술은 아주 가까웠다.

"이대로 키스하면 어떻게 될까?"

"고소할 거야. 성희롱으로."

"날 상대로 이길 자신 있어? 우리 둘이 결혼할 사이라는 거 증언해 줄 사람 여기 많은데."

"당신하고 내가 아무 사이 아니라는 거 증언해 줄 사람 내 쪽에도 많아."

"법은 너보다 내가 더 잘 알아. 그리고 그 법을 이용하는 방법도 너보다 내가 더 잘 알고. 그래도 나와 싸울 거야?"

상우가 움직이자, 놀란 다영은 잔뜩 움츠렸다. 눈은 너무 당황해 휘둥그레졌고, 힘이 들어간 몸은 미세하게 떨렸으며, 소용없다는 걸 알면서도 더욱 바짝 차에 붙었다.

"내일 아침 여덟 시. 조조 영화를 볼지, 드라이브를 할지는 내일 결정하기로 하고, 맛있는 음식도 먹을 거니까 예쁘게 입고 나와?"

"누구 마음⋯⋯."

발끈하던 다영은 상우가 더욱 바짝 몸을 밀착하자 말을 끝까지 못하고 그대로 삼켰다.

"알았어요. 이 말 외에 다른 건 안 돼."

"협박인 건 알죠?"

"구애라고 해두자고. 대답 안 해?"

"⋯⋯알았어요. 알았다고요. 그러니까 제발 떨어져요. 숨 막히니까."

큭 웃음소리가 귓가에 들렸다. 그리고 상우는 다영이 원하는 대로 멀어졌다.

"한상우 당신, 가만 안 둬!"

"고소든 복수든 하고 싶은 대로 해. 그 어느 쪽도 통할 리가 없지만, 내 꼬마 아가씨니까 사랑하는 마음으로 가볍게 놀아줄 수는 있어."

지금 저 웃는 모습을 모르는 사람이 봤다면 웃는 것도 참 잘났다며 감탄했을지도 모른다. 어쩌면 자신도 구경꾼 입장이었다면 똑같이 생각했을 것 같았다. 하지만 당하는 사람으로 저 미소는 야비하고 얄미웠다. 여기가 길이 아니라 도장 같은 운동하는 공간이었다면, 대결을 핑계 삼아, 잡고 실컷 팼을 가능성 100%였다.

"그쪽 내가 일대일 대결 신청하면 튕기지 말고 꼭 받아요. 그때

마음잡고 실컷 패줄 생각이니까."

"원한다면 그렇게 해. 그런데 이건 알아둬. 너보다 내가 운동은 더 많이 했어. 배운 것도 더 많고. 나에게 대결 신청해서 만약에 네가 지게 되면, 그땐 정말 호텔로 끌고 갈지도 몰라. 그리고 하나 더. 난 내가 원하는 걸 위해서라면 여자라도 안 봐줘. 이건 꼭 기억하도록 해."

상우는 화사하게 씩 웃고는 마지막으로 '출근 잘해. 운전 조심하고'라는 말을 남기고 집으로 들어가 버렸다.

"씨, 뭐 저런 인간이 다 있어!"

제대로 당한 기분이다. 다영은 밀려오는 짜증을 막을 길이 없어, 차에 머리를 조금 세게 쿵 박아버렸다.

다영은 공방에 도착하자마자 곧장 작업에 들어갔다. 그리고 몇 시간 동안 작업실 안에는 사람 소리라고는 힘들어 가끔 내쉬는 신음 소리밖에 들리지 않았다.

"먼지 너무 마셨나 봐. 커피 한잔 하면서 좀 쉬자."

샌딩기로 샌딩(가구 제작의 마지막 단계로 표면을 매끄럽게 하고, 미세한 오차를 조정하는 역할을 한다) 작업을 하던 중 잠깐의 커피 타임.

"이젠 그 집에서 나와야 할 것 같아."

거짓 웃음을 싹 뺀 다영은 무덤덤한 얼굴로 현주를 응시했다.

"결국 어머니와 인연을 끊어내는 거로 답을 낸 거야?"

"가끔 보겠지. 아주 가끔 볼 수도 있을 거야. 하지만 거기까지. 어머니와 사람들이 말하는 가족으로 살 생각 없어. 그건 앞으로도 마찬가지야."

"한상우 씨는 그렇게 쉽게 포기할 사람이 아닌데?"

"그 사람도 이젠 나에게 강요할 수 없다는 걸 알아. 그래서 작전을 바꾼 거고."

"아! 너랑 자기가 연결되면, 어머니와도 자연스럽게 연결된다?"

"왜 그렇게까지 할까? 그 사람."

"어쩌면 진짜로 널 좋아할 수도 있어."

"그거 말 안 돼. 그 인간하고 나 진짜 매일 으르렁거리고 싸우기만 했단 말이야. 사람이 사람을 좋아할 때는 계기가 필요해. 그런데 나와 그 인간 사이에는 그런 계기가 없어."

상우의 마음에 동정이나 연민은 있어도 사랑은 없다. 이건 100% 확신할 수 있었다.

그럼 혹 동정이나 연민을 사랑으로 착각하고 있나?

그렇다면 그걸 알려줘야 하는 복잡한 절차가 남아 있다는 뜻이다. 하지만 다영이 지금 그런 복잡한 일을 처리할 만큼 여유롭지가 않다는 게 문제였다. 아니 더 정확하게 말해, 착각에 빠진 사람을 구하기 위해 시간을 허비하는 짓 따위는 하고 싶지 않았다.

"어쩌면 그 계기 있을 수도 있지. 오빠로서는 100점이었던 한상우 씨가 남자로서는 마이너스 100점일 정도로 냉정했잖아. 그렇다는 건 한상우 씨는 선이 확실한 캐릭터라는 뜻도 돼. 그런 사람이 너에게는 처음부터 남자로 다가왔어. 오빠 역할 할 생각 자체가 없었다는 거야. 그 계기는 처음일 수 있어. 성인인 너랑 처음 만난 그날, 그 순간, 바로 그 장례식장. 그날이라면 가능해. 너 그때 장례식 끝나고 집에 왔을 때, 나한테 그랬잖아. 장례식장에 있는 내내 누군가 네 곁을 지키는 느낌이었다고. 넌 할 일이 있으면 그것만 생각하고 주위는 둘러보지 않는 스타일이니까 모를 수도 있지만, 아마 누군가 네 곁을 맴돌았다면 그건 한상우 씨였을 거야."

"이태인 씨였을 수도 있지."

"그럴 수도 있고. 가능하겠네."

큭 웃으면서 지나가듯 대충하는 대답. 상우에 대해 말할 때와 전혀 다른 현주의 반응에 다영은 커피를 마시는 척하며 픽 웃음을 흘렸다.

"이태인 그 사람이 너한테 나쁘게 한 것 있냐? 왜 그렇게 그 사람을 싫어해? 한 번도 안 봤으면서?"

"난 그 사람 마음에 안 들어. 어떤 이유가 됐든, 뒤에 숨는 사람은 믿을 수 없거든. 그런 사람이랑은 엮이지 않는 게 좋아."

"오지랖 넓게 딴 사람 인생에 관여하는 인간도 싫어. 그거 피곤해."

"차라리 오지랖이 나아. 적어도 너에게 무슨 일이 있으면 발 벗고 나설 거잖아. 넌 누군가에게 기대는 법을 배워야 해. 독불장군처럼 혼자 모든 걸 해결할 수는 없어. 그래서 지금 너에게 필요한 사람은 한상우 씨야."

다영은 식어서 밍밍해진 커피를 한입에 털어 넣고 입에 잠시 머금고 있다가 꿀꺽 삼켰다.

"한 가지 잊고 있는 것 같은데, 네가 좋아하는 그 한상우 씨가 어머니랑 연결된 사람이야. 한상우 씨는 곧 어머니라고. 나는 어떤 식으로든 어머니와 연결되는 건 싫어. 기분 나빠."

"가족은 말이야, 끊을 수 없는 거야. 얼마나 끊기 어려웠으면 천륜이라고 하겠냐?"

"너까지 어머니를 이해해야 한다는 말은 하지 마. 넌 무조건 내 편이어야 해. 너까지 저쪽으로 가면 나 정말 사고 칠 수 있다?"

현주는 하하 웃으며 마시고 있던 커피를 테이블에 내려놓았다.

"너 그래도 네 언니보다 네 어머니가 편하지?"

"무슨 말이 그 모양이야?"

"처음에는 어땠는지 몰라도 나중에는 너, 네 언니한테는 화도 안 냈어. 화낼 가치가 없었던 거잖아. 그냥 가끔 가다 한 번씩 보고 살면 그만. 그러다가 안 보고 살아도 되는, 그저 그런 사람. 너에게 하아영은 그런 사람이었잖아. 그런데 어머니한테는 끝까지 연락 안 했지. 그건 네가 어머니께는 화를 내고 있었다는 뜻도 돼. 화를 낸다는 건, 그만큼 애정도가 높다는 뜻이고. 모르는 사람이 보면 그 반대가 아니냐고 하겠지만, 내가 우리 하다영 씨를 너무 잘 알고 있거든. 넌 화가 나면 안 봐. 널 버린 어머니를 그랬고, 하아영을 그랬으며, 한집에 살았지만 모든 걸 다 가리고 아무것도 보여주지 않은, 어떤 의미로는 안 보고 산 것과 마찬가지였던 아버지한테도 그랬어. 내가 아는 하다영은 복잡하면 피하거든. 골치 아프면 숨어버리고."

기분 나빴는지 살짝 미간을 찌푸리고 있던 다영은 얼마 뒤 픽 웃음을 흘렸다. 그리고 나지막하게 한숨을 토해냈다.

"그래도 어머니하고 함께 사는 건 싫어. 끔찍해. 그래서 한상우는 더더욱 싫어."

"첫 번째만 알고 두 번째는 모르는 것 같다?"

"뭔 소리야?"

현주는 빙긋 웃으며 다영에게 다가와 어깨에 턱하고 양손을 올렸다.

"네 앞에 서서 네 어머니를 가릴 수 있는 유일한 사람. 네 어머니라는 엄청난 문제 앞에, 한상우 말고는 더 좋은 답은 없을 텐데? 게다가 제일 중요한 것. 잘생겼잖아. 그것도 엄청!"

잠깐 잊고 있었다. 현주는 잘생긴 인간들에게는 엄청나게 약하다는 사실을.

"친구야, 내가 이런 말 했던가?"

다영은 다정하게 웃으며 자기 어깨에 있는 친구의 손을 툭 쳐냈다.

"너 아무래도 정상은 아닌 것 같아. 병원에 가봐. 그리고 꼭 정신과로 가라? 상관없는 과에 가서 좋은 일 많이 하는 의사 괴롭히지 말고."

다영은 고개를 절레절레 흔들며 잠시 멈췄던 작업을 하기 위해 손을 뻗었다.

"요즘 우리 상우 님 표정이 말이 아니다? 샤방이던 상우 님이 자주 우중충해."

생각 좀 하려 했더니, 저 인간은 어째서 꼭 이럴 때만 나타나는 걸까?

225

상우는 해맑게 웃으며 사무실에 들어서는 동현을 보며 못마땅함에 미간을 찌푸렸다.

"나 좀 그냥 두면 안 되냐?"

"그냥 두고 싶은데, 내가 오가며 너무 많은 것을 주워듣는다."

동현은 커피 두 잔을 들고 들어와 소파에 앉으며 상우에게 앞에 앉으라며 손짓했다. 어쩔 수 없이 동현이 가리킨 자리에 앉은 상우는 친구가 들고 온 커피를 받았다.

"태인이냐?"

"뭐, 그러겠지?"

"들은 대로야. 한 여자를 사이에 두고 두 남자가 신경전 벌이는 그 짓, 아영이 때도 안 했던 그 짓을 지금 하고 있어. 내가 태인이랑 다영이를 사이에 두고."

"태인이는 상당히 재미있어 하는 것 같던데? 아영이 죽은 후로 딱히 살 의지가 없어 보였는데, 요즘 그나마 좋아 보여."

"그놈은 좋지만, 난 짜증 나거든. 아이씨, 진짜 내가 뭐하는 짓인지 모르겠다."

"태인이 녀석이 그렇게 투정 부리며 어떻게든 살아보려 하는 건 좋은데, 그 투정이 너와 하다영에게로 향하는 건 마음에 안 들어."

"누군 마음에 들어서 이러고 있어? 그 녀석을 팰 수도 없고…… 진짜……."

일그러지는 얼굴. 머리끝까지 치민 화를 어쩌지 못하는 상우의 마음이 그대로 얼굴에 드러나 있었다. 동현은 이런 상우의 모습이 상당히 흥미로웠다. 태인이 어째서 자꾸 다영을 끼워 넣는지 알 것도 같고, 고민하는 상우를 보는 게 재미도 있었다.

어떤 일이든 그 끝을 다 예측하는 듯한 느낌이 드는 친구. 모든 일을 자기중심으로 만드는 묘한 재주가 있는 친구가 한상우인데, 그런 상우가 끌려다니는 듯한 모습은 동현에게는 상당히 새롭게 보였다.

"그건 그렇고, 하다영은 어떤 것 같아? 내 생각에는 민정혜 사장님과 살기 힘들 것 같은데."

"내 생각도 그래. 아무래도 곧 짐 싸고 나갈 것 같아."

"그럼 우리하고도 인연이 끝나는 건가?"

"그렇게 안 되게 해야지. 일단 이모와 갈라선다고 해도, 연결된 선 하나는 남겨야 하고."

"연결된 그 선, 그게 바로 너냐?"

상우는 빙긋 웃으며 커피를 한 모금 마셨다.

"그렇게 억지로 붙드는 거 현명한 방법은 아닌 것 같아."

"나도 현명한 것 같지는 않아."

"그런데 왜 그러는 건데?"

"그렇게라도 안 하면, 진짜 인연이 끊길 것 같아서. 오해라고, 네가 오해한 거라고 말하고 싶은데 파면 팔수록……."

말을 끝까지 하지 못하고 상우는 고개를 저었다. 듣지는 않았지만, 상우가 무슨 말을 할지 잘 알고 있었던 동현은 이해하겠다는 듯 고개를 끄덕이며 낮게 한숨을 내뱉었다.

"도대체 어디까지가 유리 공주님의 진짜 모습이었을까? 우리가 아는 아영이는 동생에게 그럴 리가 없는데."

"그때 데리고 왔어야 했는데. 그게 마지막 기회였었는데, 놓친 게 아쉬워."

"하 형사님 장례식 이후에?"

"아니, 한참 전에. 이혼하시고 한 일 년 정도 지났을 때, 이모가 다영이를 데리고 와야겠다고 했었어. 하 형사님이 다영이는 잘 있다고 사진 같은 걸 몇 번 보내주긴 했었는데, 이모는 직접 본 게 아니면 안 믿는 분이셔. 그래서 그럴 리가 없다고 하셨지. 다영이에 대해 아주 잘 알고 계셨으니까. 하 형사님이 거짓말을 하고 있다고 여기셨거든. 그래서 이모가 다영이를 데리러 갔었지."

"그런데 왜 안 데리고 온 거야?"

"근처에 갔는데, 집으로 검도복 같은 것을 입은 애들이 들어가더래. 그리고 곧 다영이가 나왔는데, 이모가 알던 다영이가 아니었다는 거야."

동현은 무슨 뜻인지 모르겠다는 듯 고개를 갸웃했다.

"친구들과 자연스럽게 어울리며 장난치던 다영이를 보게 된 거지."

"아! 민정혜 사장님 충격이 컸겠네? 숫기도 없고, 소심하고, 내성적인, 그래서 사람들 얼굴도 제대로 못 쳐다봤던 하다영이 일 년 사이에 그렇게 확 바뀌었다면, 엄마의 잘못으로 아이가 그렇게 됐었다는 결론밖에 안 났던 거잖아?"

"그래서 데려오지 못하고 그냥 왔대. 두 눈으로 직접 보고, 아빠 옆에 있는 게 다영이 앞날에 더 좋다고 여기신 거지."

대충 어떤 상황이었을지 짐작이 가는 듯 동현은 고개를 끄덕였다.

"그리고 중2였나 중3이었나, 그때 다시 갔었대. 이번에는 꼭 데리고 오겠다 마음먹고."

"그런데?"

"역시 못 데리고 왔대."

"왜? 그때도 다영이가 너무 밝아서 못 데리고 온 거래?"

상우는 고개를 저었다. 그리고는 작게 흘리듯 한숨을 내쉬면서 입을 열었다.

"누구냐고 묻는 친구들 질문에 다영이가 그랬다는 거야. 몰라. 모르는 사람이야. 엄마를 진짜로 모르는 듯한 느낌이었다고. 차라리 화를 내는 듯한 느낌이었다면, 아이가 화내고 있다 생각하고 풀어주려는 노력이라도 했을 텐데, 아주 덤덤하게 말하더래. 진짜 모르는 사람을 보듯, 그렇게 덤덤하게."

"아이고."

"지금 추측해 보면, 그때 이미 다영이는 문을 닫아걸었던 거야. 그게 마지막 기회였었는데, 그때 다영이를 데리고 와서 닫아건 마음을 풀어줬어야 했는데, 그 기회를 놓친 게 안타깝네."

"그 이야기를 하다영에게 하지 그랬어? 엄마가 널 잊었던 게 아니라는 걸 알면 하다영도 조금 풀릴 텐데."

"과정이 어떻게 됐든 어른들의 잘못이 맞아. 그리고 아영이도 어른들과 똑같이 잘못했고. 내가 다영이었어도 가족이라면 치가 떨렸을 것 같아. 세상 사람들이 다 외면해도 유일하게 자기편이어야 할 사람이 가족인데, 그 가족이 자신을 외면했다? 그 절망이 얼마나 컸겠어. 그래서 다영이는 혼자 살아갈 수밖에 없었던 거야. 그게 자신을 지키는 유일한 길이었을 테니까."

"그래서 아버지가 그런 말씀을 하셨구나. 하다영이 집에 들어간 날, 내가 아버지께 그 소식을 전했거든. 그때 아버지가 이상한 말씀을 하셔서 갸우뚱했었어. 하다영이 무슨 짓을 하든, 그게 잘한 일이든 잘못한 일이든, 누구도 하다영을 탓할 자격 없다고. 설마 하다영이 엄마를 잔인하게 내쳐도, 그건 모두 이쪽 사람들 잘못이니까, 그 아이를 탓하며 비난하지 말라고."

동현의 아버지인 민석은 짐작하고 있었던 모양이다. 다영이 정혜를 가족으로 받아들일 마음이 전혀 없다는 걸. 어쩌면 다영이는 죽은 아영이도 가족으로 인정하지 않았을지도 모른다. 그래도 알고 싶으니까, 얼마나 절박한 사정이 있기에 아영이가 그럴 수밖에 없었는지 알고 싶으니까, 그래서 그 이유라도 알자 생각하고 들어온 거다. 그리고 그 이유를 모두 안 지금 다영이 할 선택은 하나였다. 관계를 모두 끊어내는 것.

"다영이는 돌아갈 거야. 예전으로."

"그러겠지. 사는 게 그렇게 힘들었으면, 나라도 복잡하고 이기적인 이쪽하고는 엮이고 싶지 않을 테니까."

"그래도 놓고 싶지 않아."

상우의 입에서 예상 못 한 말이 튀어나오자, 실실 잘만 웃던 동현의 얼굴에서 미소가 사라졌다.

"혼자 그렇게 외롭게 사는 거 보기 싫어. 자기가 외롭다는 것도 모른 채 그렇게 사는 건 더더욱 싫어. 한 번만, 딱 한 번만 다시 예전처럼 수줍게 웃는 모습 보고 싶은데, 이런 생각하는 내가 너무 이기적인가?"

"우리 상우, 진짜 하다영을 좋아하는구나? 옛날 꼬맹이가 아니라, 다 큰 하다영을 좋아하고 있었어."

"그럼 뭐하냐? 지금 다영이게는 내가 제일 큰 원수일 텐데. 자꾸 신경을 박박 긁잖아."

"그건 모르는 거야."

동현은 이렇게 말하고는 자기가 마시던 커피를 들고 일어섰다.

"남녀 사이엔 언제 어디서 어떤 순간에 스파크가 튈지 모르는 거거든."

"나보다 태인이랑 더 잘 지내거든. 그 스파크, 태인이 쪽이 더 가능성이 크지 않을까? 그것도 남자는 딱 두 명뿐이라는 조건이 붙어야겠지만."

"글쎄요."

동현은 기분 나쁘게 킥킥 웃어댔다.

"뭐 알고 있으면 제발 풀지? 난 다 풀었는데."

"내가 해줄 수 있는 말은 없어. 딱 하나밖에."

"그 딱 하나를 말하라고."

동현은 짜증이 치밀 정도로 천천히 걸어와, 소파 손잡이에 걸터앉으며 상우에게 몸을 바짝 붙였다.

"하나는 남자고, 하나는 형부지 않을까?"

"무슨 소리야?"

"둘 다 형부일 순 없으니까, 하나는 남자고, 다른 하나는 언니가 사랑하는 사람, 즉 형부 될 뻔한 사람이겠지?"

"그거 근거 있는 거냐?"

장난 가득한 얼굴로 싱긋 웃던 동현은 상우의 귓가에 머리를 대고 작게 속삭였다.

"글쎄요. 근거가 있을까요, 없을까요?"

이 녀석 말에 귀를 기울인 내가 미친놈이다.

낄낄낄 웃음을 터뜨리는 동현 때문에 한순간에 열이 확 올라, 상우는 주먹을 움켜쥐었다. 하지만 그 주먹으로 차마 친구를 때릴 수는 없었다. 그냥 부르르 떨며 울고 있는 주먹을 애써 달래며 내려놓는 게 최선이었다.

강제 데이트에 나선 다음 날.

"신경 엄청 쓴 것 같다?"

문제의 주말 아침 여덟 시. 어쩔 수 없이 집을 나서야 했던 다영은 평소대로 청바지에 티 그리고 야상 점퍼를 걸치고 집을 나섰다.

"원래 이런 스타일 좋아해요. 하늘거리는 여성스러운 스타일 별로거든요."

"그래서 평소 스타일 그대로 나왔다?"

상우는 다영을 위아래로 쭉 훑어보고는 고개를 절레절레 흔들었다.

"치마 같은 걸 원했다면 없어요. 이것 말고 다른 걸 원한다면 갈아입고 올게요. 장례식장에 갈 때 입으려고 사놓은 까만색 바지 정장 있어요."

장례식장에 갈 때 입으려고 사놓은 까만색 정장이란다. 장난치듯, 혹은 작정하고 약 올리듯 말했더라면 가볍게 웃고 넘겼을지도 모른다. 하지만 농담일 게 뻔하고, 아니 당연히 농담인 이말을 진지한 얼굴로, 표정 하나 변하지 않고 말하니 상우는 도대체 어느 부분에서 웃어줘야 하는지 아주 잠깐 심각하게 고민했다. 그리고 내린 결론. 그냥 웃지 말고 넘어가자. 이도 저도 안 하면 중간은 갈 테니까.

"됐어. 일단 타."

다영은 상우가 조수석 문을 열어주려고 하자 먼저 후다닥 뛰어가 문을 열었다. 그리고 얼른 올라타 문을 닫고는 안전벨트를 맸다. 다영이 하는 행동들을 가만히 지켜보던 상우는 역시 이해 안 된다는 얼굴로 고개를 절레절레 저었다. 그리고는 빙 돌아가 운전석에 올라탔다.

"내가 해주는 게 싫은 거야, 원래 콘셉트야?"

상우는 차를 출발하면서 물었다.

"그쪽이 해주는 게 싫은 것도 있고, 원래 이런 것도 맞아요."

결국 다영은 사람들이 예의로 내미는 일반적인 손길마저 거부한다는 뜻이다. 누구에게 특별한 어떤 존재가 되는 것도 싫고, 자신이 그런 존재를 만드는 것도 싫었을 것이다.

혼자 얼마나 힘들었을까? 모르긴 해도, 아득바득 혼자 모든 걸 감당하려 했을 텐데, 그 시간이 얼마나 고됐을까?

심장이 찌릿하게 아픈 것 같아, 상우는 헛기침을 하며 마음을 가다듬었다. 천천히 차를 몰아 큰길로 나가던 상우는 핸들을 한 손으로 잡고 오른손은 옆으로 뻗어 다영의 머리를 쓸어내렸다.

"뭐예요?"

갑작스러운 그의 손길에 화들짝 놀란 그녀는 몸을 차 문에 바짝 붙이며 살짝 노려보았다.

"설마 내가 이상한 짓이라도 할까 봐? 운전 중이잖아. 내가 미치지 않고서야 운전 중에 널 어쩌겠어?"

상우는 다시 핸들을 잡으며 서운하다는 듯 미간을 찌푸렸다.

"거야 모르죠. 워낙 이상한 인간이라서, 무슨 짓을 어떻게 할지."

"네 상태를 봐! 내가 살짝 미치지 않고서야 지금의 널 상대로 어쩌고 싶겠냐? 어제처럼 반 나신 상태라면 몰라."

"아이 진짜! 그 일은 왜 꺼내는 건데요?"

갑자기 어제 일이 떠오른 다영은 당황스러운 마음에 얼굴까지 붉혔다.

"오! 이렇게 불시에 공격해야 하는구나? 잠깐이라도 생각할 시간을 주면 안 되는 거였어."

상우는 기분 좋은지 하하하 웃음을 터뜨렸다. 하지만 그런 그의 웃음소리가 다영의 귀에 좋게 들릴 리가 없었다.

"영화 드라이브 다 건너뛰고 도장으로 가는 게 어때요? 합법적으로 한 판 붙으면 재미날 텐데."

진심이다. 100% 진심. 정말 간절하게 한 대 때려주고 싶었다. 어머니의 집에서 나가 이쪽과 인연을 끊기 전에 딱 한 번, 자신에게 마지막 복수할 기회는 주고 싶었다.

"그래. 그럼 계약서 쓰러 가자."

"한 판 붙는 데 계약서가 필요해요?"

"난 상금이 안 걸리면 어떤 게임이든 안 해. 나중에 무슨 말이 나오려고? 이건 합법적인 게임이다. 이런 내용의 계약서는 있어야 하지 않을까? 그리고 상금도 정해야 하고."

"돈 필요해요? 요즘 변호사 사무실도 파리 날린다고 하던데,

설마 그쪽 변호사 사무실이 그런 거예요?"

"기억력도 없고, 학습능력도 없고, 이 머리로 세상 살려면 참 갑갑했겠다."

상우는 기분 나쁘게 혀까지 쯧쯧 차며 작정하고 다영을 약 올렸다.

"매를 부르네."

다영은 이를 바드득 갈면서 얄미운 이미지로 쭉 밀고 나가는 상우는 매섭게 노려보았다.

"내가 분명히 어제 말한 것 같은데. 대결에서 내가 이기면 곧장 호텔로 데리고 간다고. 기억에 없는 거야, 기억하기 싫은 거야?"

"지금 나 호텔로 끌고 가는 것을 상으로 내걸겠다는 거잖아요. 뒤탈 없게 계약서까지 쓰면서. 내가 맞게 이해한 거죠?"

"대놓고 말했는데, 그걸 이해 못 하면 진짜 바보지."

"네. 내가 좀 그런가 보네요. 예전에는 몰랐는데, 요즘 누구 때문에 혹여 내가 그렇지 않을까 심각하게 고민 중이거든요. 다시 확인시켜 줘서 고맙습니다."

반은 포기 상태, 반은 비꼬는 느낌으로. 속으로는 내가 왜 이 남자랑 엮여서 이런 고생을 하는지 모르겠다고 생각하면서 깊은 한숨을 '아이고' 탄식과 함께 토해냈다.

"이 정도로 뭘."

킥 웃는 웃음소리. 다영은 욱한 마음에 오늘 죽어보자는 마음으로 싸우자 덤비려다가, 좁은 차 안에서 이러면 안 되지 하는 생각이 들자 끓는 속을 꾹꾹 눌러 참아냈다.

"어디 가는데요? 영화관?"

티격태격하는 사이 차는 큰길로 빠져나왔고, 상우는 어딘가로 차를 몰았다.

"영화관 좋지."

"영화관은 아니고."

성의 없이 고개를 끄덕끄덕. 상우의 이런 행동에 다영도 이젠 답을 찾아내고 있었다.

"그럼 드라이브?"

"지방으로 날아서 하룻밤 자고 올까?"

"그것도 아닌가 보네. 그럼 아침 먹으러 가요? 우리 아직 아침 안 먹었잖아요."

"비슷해."

"비슷하다? 맞으면 맞는 거지, 비슷한 건 뭐지? 힌트 없어요?"

"힌트라…… 계약서?"

"에이 씨, 장난치지 말고!"

다영이 진심으로 발끈하자 상우는 크게 하하 웃음을 터뜨렸다.

"사무실 근처에 도시락 가게 있어. 도시락 사서 내 사무실로 가자."

"그냥 문 열려 있는 음식점 아무 곳에나 가서 사 먹으면 될 걸 왜 그렇게까지 해야 해요?"

"하다영 집으로 가도 좋고. 하다영이 아침을 만들어주면 더 좋고. 우리 둘이 오붓하게 알콩달콩 신혼부부 놀이를 하는 거지."

"그냥 사무실로 가죠. 그게 좋겠네."

둘 중 하나만 선택 가능하다는 건데, 그럼 당연히 사무실 쪽이다. 단 일 초의 생각도 필요 없는 선택이었다.

"나한테 밥해 주는 게 그렇게 싫어? 아니지. 밥을 못 하나? 설마 그동안 삼시 세끼를 사 먹었어?"

옆집 개가 짖는다. 한 귀로 듣고 한 귀로 흘리자. 다영은 부글부글 끓는 마음을 강하게 다잡았다.

"그런 거네. 나도 간단한 몇 가지는 만들 줄 안다. 하다영, 너 먹는 것에 너무 무심한 거 아니야? 먹는 즐거움이 얼마나 큰데. 아이고, 우리 불쌍한 다영이. 아니다. 아니고, 우리 불쌍한 다영이 몸."

참자, 참아야 한다. 참아야지만 살인을 면한다. 터뜨리면 끝장이다. 다영은 속에서 천불이 나서 이를 바드득 갈면서도 입을 꼭 다물었다.

"어쩐지, 어제 보니 배짝 말랐더라. 많이 먹여서 살 좀 찌워야겠어. 난 글래머 스타일이 좋은데. 나올 데 확실하게 나오고, 들어갈 데는 확실하게 들어간 글래머. 그런데……."

상우는 운전 중에 살짝 고개를 돌려 그녀를 빠르게 훑어보고는 다시 앞을 보며 고개를 저었다.

"앞으로 식비 많이 들겠다."

"식비만? 운동비는 지원 안 해주고? 많이 먹어서 통으로 찌면 안 되잖아요. 글래머라며? 그쪽이 원하는 그런 몸매는 운동해야 만들어지지 않을까요?"

"그렇지. 맞아! 내가 가는 피트니스클럽이 있거든. 같이 가자. 트레이너는 내가 해줄게. 내 여자 몸을 이상한 놈이 더듬는 건 싫으니까."

이 농담을 어디까지 받고 어디까지 화를 내야 하는 걸까?

진짜 머리가 나쁜지 정말 아무것도 모르겠다. 다영은 혼잣말로 '이해가 안 되네, 도대체' 이렇게 중얼거리며 고개를 절레절레 흔들었다.

"뭐가 이해가 안 돼?"

혼잣말이라고 중얼거렸는데, 들렸나 보다. 다영은 오늘 새로운 걸 하나 배웠다. 상우와 함께 있을 때는 혼잣말은 속으로 하자.

"하아영이 그쪽을 그렇게 오랜 시간 좋아한 게 이해가 안 된다고요. 됐어요?"

"그 대답도 이미 했는데. 말했잖아. 내가 하다영을 뺀 모든 사람에게 완벽하다고."

"아, 네, 그랬죠? 제가 머리가 나빠서. 바보잖아요. 그쪽이 이해해요?"

이쯤 되면 자폭이다. 그런데 중요한 건 스스로 자폭하고 나니 마음이 편해졌다. 괜히 발끈했다가 대화가 길어지면, 당하는 쪽은 자신이라는 것을 인정하고 나니 오히려 시원한 것 같았다.

"자, 다 왔네."

상우에게 이리저리 휘둘리다 보니 문제의 도시락 가게에 도착해 있었다. 안전벨트를 푼 다영은 차에서 내리며 이리저리 두리번거렸다. 여기가 도시락 가게라는 건 이 근처에 상우의 사무실이 있다는 뜻도 된다.

"여기가 땅값 비싼 동네 중 하나인 거죠? 우리나라에서 상위 몇 프로 안에는 들어갈 텐데, 맞죠?"

차에서 내려 다영에게 오던 상우는 그녀의 뜬금없는 질문에 움찔했다.

"그건 왜?"

"아니, 그렇다고 들어서."

"그러면 뭐?"

상우는 싱긋 웃으며 리모컨으로 차 문을 잠갔다.

"변호사 사무실을 이 비싼 동네에 왜 낸 거예요?"

"이 비싼 동네에 건물이 있어서?"

"누구 건물?"

"네 앞에 있는 그 누구겠지?"

"어떻게?"

도시락 가게로 가기 위해 발을 떼던 상우는 진심으로 물어보는 다영 때문에 웃고 말았다.

"집안 대대로 법조계거든. 할아버지는 대법원장까지 하셨고, 아버지는 서울지검 부장검사, 난 변호사. 기본적으로 집안 자체에 재산이 좀 있었고, 할아버지와 아버지로 내려오면서 몇 배로 불어났어. 해서 난 태어난 그 순간부터 금수저였고. 됐냐?"

"아! 집안이 빵빵하다는 거네? 그래서 아영이가 좋아했나?"

"아니라는 건 이미 알지 않나? 아니면 하다영이 살짝 흔들리는 건가? 내가 금수저라서?"

"밥이나 사죠?"

대꾸할 가치가 없다. 아니 준비도 없이 섣불리 대꾸했다가는 진짜 금수저라서 흔들리는, 물욕 많은 여자가 될 것 같아서 차마 말할 수가 없었다.

"어째 말을 돌리는 듯한 느낌이지?"

하지만 이미 장난감을 손에 쥔 상우는 순순히 그녀를 놓아줄 생각이 없어 보였다.

"돈 많아 좋겠어요?"

"나쁘진 않지."

다영은 감정 없이 '아! 그렇구나'라고 말하고는 도시락 가게 안으로 들어섰다.

"어서 오세요! 어? 한 변호사님?"

엄청난 단골인지 가게 주인은 상우를 보자마자 무척 반가워했다.

"이른 아침부터 바쁘시네요?"

"주문받은 게 있어서요. 오늘 주말인데 어째서 나오셨어요? 특별한 일 아니면 주말엔 잘 안 나오시잖아요."

"그 특별한 일이 있거든요."

상우는 부드럽게 웃으며 다영의 어깨에 팔을 두르고 바짝 끌어당겨 감싸 안았다.

"어? 혹시……."

가게 주인이 눈까지 반짝이는 걸 봐서는 무슨 상상을 하는지 단번에 알 수 있다.

"아니……."

"맞아요."

아니라는 말을 해야 하는데, 상우의 입에서 맞다는 말이 먼저 나왔다. 다영은 눈이 휘둥그레져서 고개를 돌려 상우를 보았다.

이게 미쳤나?

말은 안 했지만, 머릿속으로는 분명히 이런 생각을 했다.

"어쩐지. 한 변호사님 같은 분이 애인이 없다는 게 말이 안 됐어요."

"얼굴 잘 기억해 주세요. 제 도시락 사러 여기 자주 올 테니까?"

내가 미쳤니? 네 도시락을 사러 여기 다시 오게?

분명히 이 말도 머릿속으로는 생각했었다. 하지만 입 밖으로 내뱉지는 않았다. 괜히 잘못 내뱉었다가는 나중에 죽이려 할지도 모를 일이라서 뒤가 조금 두려웠기 때문이었다.

"네, 그러죠. 절대로 잊지 않을게요."

인심 좋게 생긴 주인은 생긴 모습 그대로 푸근하게 하하 웃었다. 그리고 잠깐만 기다리라고 하면서 상우가 주문도 하지 않았는데, 주방에 도시락 주문을 넣었다.

"그런데 여기는 주문 안 해요? 메뉴판은 있는데, 주문 안 받고 그냥 막 주는 모양이에요?"

다영은 상우 귀에 작은 소리로 속삭였다.

"난 여기서 딱 하나만 주문하거든. 그래서 딱히 주문 안 해도 그냥 해줘."

상우는 다영과 똑같이 작은 소리로 속삭였다. 그런데 딱 거기서 문제가 발생했다. 상우가 입술을 귀에 너무 바짝 대고 말한 탓에, 입김이 귓속으로 들어가자 다영은 몸을 움찔하며 손으로 귀를 막았다.

"오, 우리 다영이 귀가 엄청 약하네?"

다영의 귀에만 들릴 정도로 아주 작게 말했지만, 기분 나쁠 정도로 음흉한 목소리다. 게다가 어깨에 있던 손이 등을 타고 아래로 내려가 허리에 멈췄다. 이건 대놓고 희롱하겠다는 수작이라는 것을 다영은 아주 잘 알고 있었다.

"손 치우죠? 진짜 성희롱으로 확 고소하기 전에?"

다영은 이를 악물고 작게 말하며, 손을 뒤로 빼 그의 옆구리를 검지와 중지 손가락으로 힘껏 찔렀다. 그녀의 공격에 손을 떼고 옆으로 밀려난 상우는, 한 대 패주고 싶을 만큼 아주 얄밉게, 아무 일도 없었다는 듯 여유롭게 웃어댔다.

"도시락 나왔습니다."

상우는 서둘러 계산을 마치고 다영을 데리고 밖으로 나왔다. 그리고 다영이 조수석에 타는 동안 도시락을 뒷좌석에 내려놓고는 운전석으로 와 앉았다.

"찌르기 공격은 너무 심했어."

"그쪽 성희롱은 더 심했거든요?"

"그래도 적당히 했어야지. 오늘 온종일 너랑 나랑 둘이만 있을 텐데, 안 무섭나 봐?"

"괜찮아요. 미친 인간 상대하는 거 아주 익숙하니까."

"오, 진짜? 뭘 얼마나 익숙한지 궁금해지는데?"

차에 시동을 걸고 출발한 상우는 사무실로 향하면서 가볍게 웃었다.

"누구 씨가 대련할 때 난 실전 있었거든요. 누구 씨가 아무리 많은 기술을 알고 있어도, 실전 기술을 터득한 날 이길 수는 없어요. 그리고 내 실전 기술은 미친 인간들이 그 중심이고."

"그래? 그렇구나. 그랬어."

"그래요. 그런 거예요. 그러니까 함부로 시비 걸지 마요. 알았어요?"

다영이는 장난처럼 한 말이었다. 하지만 다영의 이 말 때문에 상우의 얼굴에는 웃음이 사라지고 말았다. 그 순간 그녀는 이번에도 자신이 한 말 속에서 그가 무언가를 찾아냈다는 걸 깨달았다.

어째서 이 남자의 주특기가 말 속에 숨은 진실 찾기인 걸 깜빡한 걸까?

다영은 태연한 척하기 위해 헛기침하며 고개를 돌려 창밖을 봤다. 하지만 자신의 이 행동이 상우에게는 생각했던 걸 확신하는 계기가 됐다는 것을 불과 몇 초만에 깨달았다.

'하다영, 이 바보야! 한상우, 저 인간 앞에서는 말조심해야 한다는 걸 왜 자꾸 깜박하냐?'

상우의 사무실로 향하는 차 안.

상우는 입을 다물었고, 다영은 무슨 말로 이 상황을 벗어날지 고민에 빠졌다. 그 때문에 둘 사이에는 무겁고 어색한 침묵이 흘렀다.

제 6 장

"와! 여기가 변호사 사무실이구나?"

다영은 상우의 사무실을 둘러보며 흥미롭다는 듯 고개를 끄덕였다.

"뭐 줄까? 커피? 물?"

"물이요."

상우는 알았다고 말하며 사무실을 나갔다. 그리고 곧 500㎖ 물 두 개를 들고 다시 들어왔다.

"이리 와. 앉아."

다영은 상우가 가리킨 소파에 앉으며 그가 테이블 위에 올려둔 도시락을 꺼냈다. 그리고 젓가락으로 음식 하나를 집어 먹고는 고개를 끄덕였다.

"맛있네. 왜 단골이 됐는지 알겠어요."

"맛있게 먹어."

"넵."

상우와 다영은 마주 보고 앉아 도시락을 먹었다. 맛있다는 말 몇 번, 특별하지 않은 가벼운 대화 잠깐. 다영과 상우는 다시 만난 이후로 처음으로 편안한 아침을 먹고 있었다. 그렇게 도시락을 다 먹은 후, 상우는 뒷정리를 한 후 사무실을 나갔다. 그리고 잠시 후에 향긋한 원두커피 두 잔을 가지고 와 그녀에게 내밀었다.

"향기 좋네요?"

"엄청 좋은 원두니까. 비싼 것. 내 입이 고급이거든. 금수저라서."

진담인지 아니면 농담인지, 그 경계가 확실치 않은 농담. 다영은 상우의 그런 농담에 풋 웃음을 터뜨렸다.

"밥도 잘 먹었고, 비싼 커피도 주고, 이젠 물을 차례인가요?"

"물어? 뭘 물어? 너 나 물려고?"

"그런 농담 진짜 재미없어요. 물어요. 대답할게."

인심 썼다. 어차피 다 들킨 것, 속지 않을 걸 알면서 속이려 하는 그런 짓은 하지 말자. 다영은 이렇게 생각하며 마음을 비웠다.

"그럼 질문."

"네."

"너 나 좋아하지?"

이 질문이 아닌데. 예상하지 못했던 질문에 당황한 다영은 이 남자가 또 뭔 짓을 하려고 이러나 싶어, 살짝 긴장했다.

245

"싫은데요?"

"답이 그렇게 바로 나왔다는 건 좋아한다는 뜻인데?"

"답이 바로 나오는 건 진짜 싫다는 뜻이에요. 좋아하면 생각하겠지."

"마음을 들켰다는 생각에 당황해서 내뱉은 말이니까. 그럴 때는 말이 반대로 나가거든."

"그럼 내가 바로 좋아한다고 그랬으면? 그건 싫은 거예요?"

"그건 진짜 좋은 거지."

"뭐야? 결국에는 좋다고 할 거잖아요! 그런 게 어디 있어요?"

"날 싫어한다는 건 말이 안 되거든."

"왜요?"

"난 여자를 끌어당기는 치명적인 매력이 있어. 그런 날 하다영이 싫어할 리가 없으니까."

"진짜 사실대로 말해줘요. 이상한 약 먹는 거 맞죠? 아무래도 제정신은 아닌 것 같아."

상우는 크게 웃고는 커피를 한 모금 마셨다.

"묻고 싶은 거 묻고 치워요. 사람 고문하지 말고."

"그거 안 물을 거야."

"왜요? 알고 싶을 텐데? 원래 그런 스토리가 재미있는 거잖아요. 후대에 길이 남을 전설적인 일화도 많아요."

일부러 더 대수롭지 않게 그리고 일부러 더 장난스럽게. 이미 지난 일이기에 다영은 최대한 가볍게 말했다.

"그래서야."

"네?"

"네가 후대에 길이 남을 전설적인 일화를 만들 동안 난 뭐 했나 자책할 것 같거든. 그래서 내 무한한 상상력에 맡기려고."

"그쪽이 자책할 일 아닌데요?"

"내가 자책할 일이야. 내가 사랑하는, 내 여자의 일이니까. 내 여자를 내가 제대로 못 지켰는데, 그게 어떻게 내 탓이 아닐 수 있어? 그건 무조건 내 탓이야. 내가 무능해서 벌어진 내 탓."

가볍고 장난스럽게 한 대답. 하지만 이 대답이 불편한 이유는 장난 뒤에 숨어 있는 진심이었다.

"우리 다음 스케줄은 뭐예요?"

알고 싶지 않고, 알 필요도 없는 그 진심이 눈에 보이자 다영은 재빨리 대화를 다른 쪽으로 틀었다.

"놀러 가자. 한번 가보고 싶다고 생각했던 곳이 있거든."

상우는 다영의 뜻대로 순순히 화제를 돌려주었다. 사실 상우도 그 일에 대해선 깊게 알 생각이 없었다. 아니 솔직하게 말해, 그 일을 다영이 직접 입에 올리게 하고 싶지 않다는 이유가 더 컸다. 아버지의 말씀, 돌아가신 하동운 형사님의 마지막 행적 그리고 오늘 다영이 자기 입으로 잠깐 흘린 말, 이 모든 걸 종합해 얻은 결론. 그것만으로 충분했기 때문에 그 일은 이렇게 덮어두고 싶었다.

"어딘데요?"

"소무의도."

"소무의도? 거기가 어디예요?"

"몰라?"

"알면 물어보겠어요?"

"모르면 그냥 따라와."

"어째 불안한데?"

다영은 의심한다는 분위기를 팍팍 풍기면서, 먼저 일어나 문으로 향하는 상우의 뒤를 따랐다.

"안 팔아먹어."

"순순히 팔려가지도 않거든요! 그리고 그거야 모르죠. 눈 뒤집히면 뭔들 못 팔겠어요?"

"걱정 마세요. 만약 뭔가를 팔아야 할 순간이 오면, 내가 나를 팔 테니까. 너보다는 내가 값이 더 나가지 않겠냐?"

"그건 그러겠네. 그럼 안심하고 따라가 볼까?"

"값 더 나가서 좋다고 해야 할지, 믿고 따라나서서 감사하다고 해야 할지 모르겠네."

"둘 다이지 않을까요?"

"배 타고 들어가야 하는데, 열 받으면 배 시간 확 놓치고 섬에 고립될까? 모든 남녀의 역사는 고립에서 시작할 텐데?"

"그것도 좋은 방법이겠네. 이참에 확 고립 한번 돼볼까요?"

어떤 의미로 좋은 방법인 걸까?

상우는 다영의 입에서 예상했던 답이 아닌 다른 답이 튀어나오자, 눈을 게슴츠레 뜨며 조금 거리를 두고 떨어졌다.

"다영아, 나 불안해야 하는 거냐?"

"걱정 마요. 패 죽이기야 하겠어요? 죽기 직전까지만 팰게요."

분명히 농담일 텐데, 표정은 아주 진지하다. 표정만 보면 100% 진심이었다.

설마 진짜 패고 싶겠어? 말이 그렇다는 거겠지.

이렇게 생각하다가도 순간적으로 밀려드는 불안감.

정말 진심이면 어쩌지? 눈 딱 감고 맞아줘야 하는 건가?

쓸데없는 생각임을 알면서도, 상우는 아주 잠깐이지만, 심각하게 고민했다.

"그러니까 패겠다는 결심은 확고하구나?"

"내가 요즘 그쪽 패겠다는 신념 하나로 살고 있는데, 그 결심을 꺾으면 안 되지."

"그래. 신념은 꼭 지켜야지. 파이팅하길 바래?"

"걱정 마요. 안 그래도 파이팅하고 있어요."

사무실을 나와 주차장으로 향하면서 다영은 까르르 웃음을 터뜨렸다.

무의도로 가는 길.

차가 시원하게 공항 도로를 달리자, 다영은 창문을 반쯤 내려 거칠게 들어오는 바람을 기분 좋게 느꼈다.

"바람이 좋다."

"머리 날리는 거 싫어하는 사람도 있는데, 다영이 넌 아닌가 보네?"

"머리에 돈을 많이 들였으면, 당연히 싫겠죠."

"그러니까 머리에 돈을 안 들였다는 뜻이구나?"

"어차피 먼지 뒤집어쓸 것 머리에 돈 들여서 뭐하겠어요?"

"먼지투성이라도 넌 예뻐."

"아부해도 늦었어요. 난 오늘 꼭 한 대 때리고 말 거니까."

다영은 창문을 올리며 크게 콧방귀를 뀌었다.

"그래, 맞아줄게. 안 맞아주면 화병으로 쓰러질 것 같으니까, 내가 순순히 맞아주고 만다."

"나한테 못 이길 것 같으니까 연막 치는 거죠?"

"못 이기는 건 당연한 것 아니야? 남자가 여자를 어떻게 이겨? 남자는 신체 구조상 여자를 이길 수가 없어."

"반대 아닌가?"

"힘으로 밀어붙이면 당연히 이기겠지. 그런데 미치지 않고서야, 어떻게 여자를 힘으로 이겨? 그것도 내 여자를 힘으로 이겨서 뭐하게? 나 못났다고 세상에 광고할 일 있어?"

"내가 왜 그쪽 여자예요?"

이 남자의 대화법은 원래 이러나? 대화 잘하다가 왜 자꾸 말이 이상한 쪽으로 튀는 걸까?

다영은 상우의 입에서 나온 말이 영 마음에 안 들었다.

"그만 포기하지? 아무리 발버둥 쳐도 결과는 하나일 텐데?"

"세상에 남자가 그쪽 딱 한 사람만 남았다 해도 싫어요."

"왜 싫어? 얼굴 잘생겼지, 키 크지, 돈 잘 벌지, 성격 좋지. 어디 하나 빠지는 데가 없는데, 어째서 싫은데? 싫은 게 넌 이해가 가? 난 도통 이해가 안 되는데?"

"그 왕자병이 더 싫어!"

정신병에 가까운 왕자병이다. 다영은 기겁하면서 차 문에 몸을 바짝 기댔다.

"금수저잖아. 어찌 보면 왕자라고 해도 될 것 같은데? 현대판 왕자."

"답 나왔네. 정신병이었어. 치유 불가능 정신병. 이럴 줄 알았지. 처음부터 어째 온전한 정신은 아닌 것 같았어."

재미있으라고 한 말이 아닌데 재미있다는 듯 하하하 웃는다. 다영은 웃는 상우를 보며 차 문에 더욱 바짝 기댔다.

"그렇게 웃지 마! 진짜 정신병 있는 것 같아서 무섭잖아요."

다영의 말에 상우의 웃음소리는 더욱 커졌다.

잠진도 선착장.

그들은 매표소에서 표를 끊은 후 배에 차를 실었다. 그리고 배가 출발하고 도착했다는 말이 들리기까지 정말 잠깐이었다. 그렇게 도착한 무의도. 한 번 주위를 둘러본 다영은 상우가 어째서 여기에 오고 싶어 했는지 이해가 안 돼 고개를 갸웃했다.

"여기 뭐가 있어서 애타게 오고 싶어 했어요?"

"여기는 무의도야. 유명한 드라마나 영화를 촬영한 장소가 두어 군데 있어. 가봐도 좋고."

"소무의도라면서요?"

"소무의도는 조금 더 가서 있고."

"거기는 뭐가 달라요?"

"다리가 있고, 경치 좋은 바다가 있고?"

"바다 보러 여기까지 왔다고요? 따라나선 내가 잘못이지."

다영은 한심스럽다는 얼굴로 고개를 절레절레 흔들었다.

"날 믿고 따라와."

"그쪽이 나 같으면, 그쪽 믿을 수 있을 것 같아요?"

"내 얼굴에 '믿음과 신뢰' 이렇게 안 쓰여 있어? 나 말이야, 믿음과 신뢰를 바탕으로 사는 몇 안 되는 희귀남 중 하나인데?"

"믿음과 신뢰를 바닥에 버리고 사는 몇 안 되는 희귀 생명체 중 하나겠죠. 옵션으로 양심까지 버리고?"

"나에 대한 신용도가 너무 낮다는 생각 안 들어? 좀 높여도 되는데."

"이 정도도 엄청 높게 잡아준 거거든요! 뭘 얼마나 더 높게 잡아줘야 하는데요?"

'하다영 승!'

상우는 속으로 이렇게 외쳤다. 말로 지면 큰일이라도 나는지, 말꼬리를 꼬박꼬박 잘도 잡는다. 더 했다가는 본전도 못 찾겠다 싶은 마음에, 상우는 말장난은 그만둘 수밖에 없었다.

왼쪽으로 바다가 보이는 길을 달리다 섬에 있는 호텔도 지나고, 몇 채의 집도 지나자 눈앞에 바다가 펼쳐졌다. 그리고 곧 긴 다리가 보였다.

"저 다리가 섬과 섬을 이어주는 거네요?"

"무의도와 소무의도를 이어주는 다리야. 저 다리 위에서 보면 근사할 것 같지?"

"그건 저 다리 위에서 본 후에 말해줄게요."

상우가 주차장에 차를 세우자 바로 내린 다영은 상우보다 먼저 다리를 향해 걷기 시작했다. 멀리서 볼 때는 차도 함께 다닐 거로 생각했던 다리는 예상과 달리 인도교였다. 처음에는 왜 이렇게 만들었지 하고 생각했던 다영은 곧 주위 경치를 감상하며 한가롭게 걷는 것에 푹 빠져들었다.

"음, 좋다."

바람에 머리카락이 날린다. 얼마 만에 느껴보는 여유로움인지. 아니다. 생각해 보면 처음인 것 같다. 그녀의 여행은 감정을 다스리고 복잡한 현실을 지우기 위함이었다. 그래서 늘 즐거움보다는 답답함이, 설렘보다는 아픔을 동반하는 그런 여행이었다. 하지만 지금은 그저 한가로웠다. 물론 현실은 답답하고 복잡하지만, 지금은 그걸 지우기 위한 여행이 아니었다. 현실은 잠깐 두고, 그냥 떠난 여행. 지금 다영은 그런 여행을 하고 있었다.

"그쪽 말처럼 근사해요."

앞장서서 가던 다영은 휙 돌아 뒤에서 따라오는 상우를 보며 천천히 뒷걸음질 치며 걸었다.

"그런데 처음부터 여기 올 생각이었어요?"

"아니."

"그럼요?"

"우아하게 드라이브하고 근사한 레스토랑에서 칼질도 좀 하고, 시간 남으면 자동차 극장에 가서 둘이서만 오붓하게 영화도 좀 보려 했지."

"그런데 왜 여기로 왔어요?"

"누구 씨께서 거기보다는 이곳과 어울리는 복장으로 나왔더라고. 그래서 데이트 콘셉트를 좀 바꿨어."

상우는 말하는 중간중간 다영의 발을 살폈다. 그녀가 뒷걸음질을 치고 있어서 낮은 턱이라도 있으면 바로 넘어질 테니, 살피고 있다가 사전에 그걸 막기 위해서였다.

"내가 선택을 잘했네. 드라이브, 레스토랑, 극장. 그런 따분한 데이트 별로 안 좋아하거든요. 재미도 없고."

"지금 마음에 든다는 거지?"

"여기까지는 좋아요. 바다도 좋고, 바람도 좋고."

"앞에 있는 잘생긴 남자도 좋고. 사실 이게 제일 좋겠지. 경치, 바람, 이건 게 다 무슨 소용이겠어? 앞에 있는 꽃돌이 한상우보다는 못할 텐데."

상우가 뻔뻔하게 양손으로 꽃받침을 만들어 얼굴을 받치자, 다영의 입에서 푸하하 하고 웃음이 터져 나왔다.

"꽃돌이가 아니라 미친돌 아니에요? 아니면 정신 나간 돌? 줄여서 정나돌?"

다영은 이렇게 말한 뒤에 또다시 푸하하 웃어버렸다. 분명히 다르다. 웃는 모습이 미세하게 달랐다. 웃음소리가 좀 더 들떠 있었고, 좀 더 즐거워 보였다.

'몰랐던 거구나. 뭘 어떻게 해야 즐거운 건지 몰랐던 거야. 지금처럼 그렇게 사소한 것에 웃음이 터지는 것, 그거면 되는 건데, 다영이 넌 그걸 지금까지 배우지 못했던 거야. 그렇지?'

다영의 입에서 웃음이 터진 순간 상우의 눈동자가 아주 잠깐 흔들렸다. 스치듯 지나간 표정. 상우의 그 표정을 웃고 있었던 다영은 보지 못했다.

"OK. 입력 완료."

"뭘 입력했다는 거예요?"

"전국을 뒤져서라도 근사하고 재미있는 데이트 장소 찾아내겠다는 뜻이지. 다음 데이트를 위해서."

"누가 따라가 준대요?"

계속 뒷걸음질 치던 다영이 갑자기 휘청거리자 상우는 흠칫 놀라며 그녀의 팔을 잡고 끌어당겼다. 그리고 불과 몇 초 뒤, 정신을 차렸을 땐, 다영은 이미 상우의 품속이었다.

"그래서 내 마음대로 그냥 데리고 가려고."

당황해 눈이 휘둥그레진 다영은 품에서 빠져나올 생각도 못한 채 상우를 올려다보았다.

"하다영 진짜 많이 컸다? 꼬맹이 공주님이 언제 이렇게 컸냐?"

"세월이 얼만데요. 그쪽 클 동안 난 논 줄 알아요?"

자연스럽게 품에서 빠져나오려던 다영은 상우가 더 꽉 끌어안자, 의지와는 다르게 그의 품속으로 폭 들어가 안기게 되었다.

"뭐 하는 거예요?"

놀라 주위를 두리번거리던 다영은 관광객들이 킥킥 웃으며 지나가자 얼굴까지 새빨갛게 달아올랐다.

"한상우 씨, 왜 이래요?"

"미치겠다, 진짜."

밀어내려 애쓰는 그녀와 더욱 꽉 끌어안는 그의 힘이 정면으로 부딪쳤다. 하지만 지금의 상우는 다영의 힘으로 이기기엔 불가능했다.

"지금 안 놓으면 번쩍 들어다가 바다에 던져 버릴 거예요?"

확률 0%의 협박. 전혀 안 먹힐 것 같은 협박에 거짓말처럼 상우는 힘을 풀었다. 그리고 그녀를 놓아주었다.

"어디 아픈 거예요? 솔직히 말해요. 오늘 약 안 먹었죠?"

순진해서 이런 말을 하는 건 절대 아니다. 자신을 품에 안았던 그는 분명히 남자였고, 그 순간 원하든 원치 않았든 다영은 여자였다. 하지만 그걸 인정해 버리는 게 무서웠고, 돌진하듯 다가오는 그를 감당해 낼 자신도 그녀에게는 없었다.

"가자. 아직 반도 못 건넌 것 같아."

상우는 어색하게 웃고는 먼저 앞으로 걸어갔다. 그래도 다행이다. 적어도 몇 분은 복잡한 머릿속과 동요하는 심장을 정리할 수 있을 테니까.

소무의도로 들어가는 인도교. 섬과 섬을 잇고 있는 다리 위.

아름다운 주위 경치도, 시끄럽게 울어대는 갈매기도, 여기저기서 사진을 찍으며 추억 남기기에 한창인 다른 관광객들도, 지금 다영에게는 아무것도 안 들렸고 안 보였다. 그저 앞에서 묵묵히 걷기만 하는 상우의 등만 보였다.

소무의도는 '무의바다 누리길'이라는 이름이 붙여진 둘레길을 따라 걸으면, 바다와 작은 섬들이 그림 같은 경치를 선물하는 그런 작은 섬이었다.

"그냥 평평한 곳부터 시작해요. 앞으로 걷는 건 자신 있는데 위로 올라가는 건 영 안 내켜요."

인도교 끝 소무의도의 시작을 알리는 안내판이 있는 곳.

다영은 계단을 따라 시선을 아래서부터 위로 훑고는 고개를 절레절레 저었다.

"산이 낮잖아. 정상에 금방 오를 것 같은데?"

"싫어요. 뭐가 됐든 위로 올라가는 건 싫어."

"내가 업고 올라갈까? 정 안 내키면 업고 올라가고."

"업고 내려올 일 있어요? 미치지 않고서야 내가 그 짓을 왜 해?"

"걱정 말라는 거잖아. 정 힘들면 내가 업는다니까?"

상우는 다영의 손목을 덥석 움켜잡으며 위로 올라가기 위한 첫 발을 내디뎠다.

"힘들면 진짜 업힌다? 나 진심이에요?"

"진짜 업어줄게."

손목을 움켜잡았던 그의 손이 내려와 손을 잡았다. 하지만 그 녀는 산에 오른다는 부담감에 사로잡혀 그가 제 손을 잡았다는 것조차 인지하지 못하고, 한숨만 푹푹 내쉬었다.

"가자!"

상우는 다영을 잡아끌면서 계단을 오르기 시작했다.

처음엔 그냥 가볍게 탁탁탁. 그다지 힘들지 않기에 다영은 주 위를 둘러보며 낮은 탄성을 내뱉었다.

"와! 경치 좋네."

"사진 찍자."

상우는 바다를 배경으로 서서 다영의 어깨를 감싸 안고 휴대 폰으로 셀카를 찍었다. 그녀가 뭐라 하기도 전에 모든 행동이 끝 이 났을 정도로, 당연했고 자연스러웠다.

"오, 잘 나왔는데?"

그는 다시 그녀의 손을 덥석 잡았다. 그리고 또다시 열심히 계 단을 올랐다.

그렇게 얼마큼 올랐을까. 다영은 위로 올라가기는 걸 극도로 싫어한 그 이유를 온몸으로 드러내기 시작했다.

헉헉헉, 거친 숨을 내쉬며 그 자리에 털썩 주저앉았다.

"야! 이 정도로 헉헉거리면 어떻게 해?"

"그러니까 내가 그냥 걷기만 하자고 했잖아요."

"일어나."

상우는 잡은 손을 잡아끌며 다영을 일으켜 세웠다. 그러고는 손을 놓았다.

"업혀라. 안 되겠어."

자기가 내뱉은 말을 실천하려는 듯 상우는 등을 보이고 앉았다.

"됐어요. 얼마 안 남은 것 같으니까 가볼게요."

다영은 상우의 등을 약하게 탁 때리고는 그를 지나 다시 계단을 올랐다.

"평소 하는 행동 보면 이런 작은 산은 펄펄 날아다닐 것 같은데, 새로운 모습이다?"

상우는 다영에게 다가와 어깨에 손을 올렸다.

"말했잖아요. 그냥 걷는 걸 좋아한다고. 위로 가는 건 정말 싫어."

"그래도 이 정도는 가볍게 올라야지. 이건 산 축에도 안 드는데."

"평지도 아니거든요."

"평지는 이런 그림이 없잖아."

상우는 손가락으로 다영의 옆을 가리켰다. 그리고 팔로 목을 감싸며 바짝 끌어당겨 안았다. 머리와 머리가 맞닿았고, 그의 품에 안기게 되었지만 그녀는 눈앞에 펼쳐진 그림 같은 풍경에 그 모든 걸 인지하지 못했다.

"경치는 좋구나. 소나무, 잔잔한 바다, 작은 섬 그리고 햇살.

역시 서해는 이래서 좋아."

흡족해하며 빙긋 웃던 다영은 고개를 돌렸다. 그리고 더 흡족해하며 자신을 보고 있는 상우와 눈이 마주쳤다. 문제는 상우가 자신을 보고 있다는 게 아니었다. 아주 가까이 그의 얼굴이 보였다.

10㎝? 아니 그보다도 조금 더 가깝나?

하여튼 문제는 자신이 상우 품속에 있고, 작은 움직임에도 닿을 수 있을 정도의 거리에 그의 얼굴이 있다는 것이다.

"키스하면 죽이려나?"

"바다에 던질 거예요."

"난 수영을 잘하니까 바다에 던져도 괜찮은데, 바다에 던져질 거 각오하면 키스해도 돼?"

"그런 농담 별로 안 좋아해요."

"농담 아니라는 거 잘 알잖아."

"그냥 농담이라 말하고 넘어가……."

다영은 다음 말을 못했다. 부드러운 입술의 감촉에 몸이 굳고 눈이 휘둥그레졌다. 살짝 빠는 듯한 느낌이 들더니 그는 멀어졌다. 아주 짧은 입맞춤이었다. 불과 몇 초 정도. 하지만 정신을 빼놓을 정도의 충격을 주기에는 충분하고도 남았다.

"사랑해."

상우의 고백에 정신이 돌아온 다영은 서둘러 그의 품에서 빠져나가려 했다. 하지만 그가 뒤에서 끌어안으며 도망가려는 그녀를 막았다.

"이모 안 봐도 돼. 괜찮아."

"무, 무슨 말 하려는 건데요?"

"약혼, 결혼, 네가 하고 싶은 대로 해. 그것도 괜찮아."

"한상우 씨?"

"딱 한 가지만 하자. 딱 한 가지만. 나 좀 옆에 있게 해주라. 무슨 일이 있어도 절대로 널 먼저 떠나지 않아. 네가 찾으면 항상 보이는 곳에 있을 거야. 네가 부르면 언제 어디 있든 달려갈게. 네가 원하는 건 다 할 수 있어. 이모? 안 봐도 돼. 내가 가끔 네 소식 전해주면 되니까, 넌 안 내키면 이모 보지 않아도 돼. 괜찮아. 내가 다 막아줄 수 있어. 그러니까 딱 한 가지만 하자. 너 나 줘."

"한상우 씨, 난……."

상우는 다영을 더욱 꽉 끌어안으며 그녀의 어깨에 얼굴을 묻었다.

"미치겠어. 정말 미쳐 돌아버리겠어. 다시 네가 사라질까 봐, 네가 없어질까 봐, 불안해 미치겠어."

소나무, 바다, 섬 그리고 반짝이는 햇살. 하지만 그 아름다운 경치가 다영의 눈에는 들어오지 않았다. 자신을 품에 안고 있는 남자. 이 남자에 대한 고민으로 가득 차 있어, 두 눈으로 보고 있어도 아무것도 안 보였다.

상우의 고백 이후, 그들은 아무 말 없이 소무의도에서 가장 높은 산, 안산 정상 정자에 도착했다.

"사진 찍자."

바다를 배경으로 다영을 정자에 앉게 한 상우는 휴대폰을 꺼내 몇 장의 사진을 찍었다. 그리고 자신도 찍어달라는 듯 휴대폰을 내밀었다.

"알았어요. 근사하게 폼 잡아요."

그렇게 다영과 상우는 자리와 역할을 바꿨다.

"확인해 봐요."

사진을 다 찍은 다영이 상우에게 가서 휴대폰을 내밀자, 그는 그녀의 손목을 덥석 잡고는 옆에 앉혔다. 그리고 어깨에 손을 올리고 다시 몇 장의 셀카를 찍어댔다.

이 남자는 도대체 무슨 생각인 걸까?

분명히 어색할 만도 한데, 상우는 아까 무슨 일이 있었냐는 듯 웃으며 사진을 찍었다. 이 남자를 어떻게 이해해야 할지 몰라 가만히 보고 있으려니, 사진을 확인하던 상우가 고개를 돌려 그녀를 보며 빙긋 웃었다.

"사과 안 해."

"뭐가요?"

"안고 키스한 거, 사과 안 할 거라고."

"어째서요?"

"사과해도 안 받아줄 테니까."

"그건 맞아요. 하지만 내가 그런다 해도 그쪽은 해야 하는 것 아닌가? 내가 받든 안 받든, 그쪽이 실수했으니까, 사과는 해야 하는 거죠."

"실수가 아니니까. 그래서 사과 안 해. 만지고 싶고, 안고 싶고, 키스하고 싶고, 자고 싶은 마음은 진심이니까."

"성적 욕망을 채워줄 상대가 필요한 거예요?"

"고백, 그냥 위기 모면하기 위해 대충 둘러서 한 거로 생각해?"

다영은 아무 말 없이 웃고는 다리를 쭉 펴서 다리 끝, 발목만 꼬았다.

"거봐. 너 아니라는 거 알고 있잖아."

"솔직하게 말해서, 나는 그쪽하고 연결되는 거 싫어요."

"이모 때문에?"

"네."

이 남자는 어째서 모든 걸 다 알고 있는 걸까?

입에 담기 싫은 말들을 하지 않아도 되는 건 좋지만, 가끔 아니 자주, 이 남자가 너무 깊게 연결된 게 불안하고 못마땅했다.

"그래서 말했잖아. 이모 안 만나도 된다고. 전하는 건 내가 할 테니까, 넌 지금까지 네가 살던 대로 그렇게 살면 된다고."

"내가 그쪽하고 만나면 어머니는 옵션으로 따라오는 거잖아요. 그래서 싫어요. 그 복잡한 짓은 안 하고 싶어."

"내가 막을게. 막을 수 있어. 내가 할게."

"왜 그렇게까지 해서 날 만나려는 건데요?"

"고백이 모자랐나 봐? 아니면 진심이 모자랐어? 큰 이벤트라도 하면서 고백하면 믿어줄래?"

"그런 거 아니에요. 난 그저 그쪽하고 특별한 관계가 되는 게 부담스러워요. 누군가를 신경 쓰고 챙기는 건, 내 성격에 안 맞아."

"오늘처럼 네가 주저앉으면 업어주기도 하고 손잡아서 끌어주며 널 다시 일으켜 세우고, 네가 마음이 아프면 품에 안고 위로해

주고, 괴로운 일이 있으면 가만히 옆에 있으면서 곁을 지켜주는 사람. 네게 곤란한 일이 생기면 너 대신 나서서 해결도 해주고, 네가 잘못한 일이 있으면 너 대신 머리 숙여 사과도 하는 그런 사람. 난 너에게 그런 사람이 되고 싶어. 너 혼자 그렇게 기 쓰고 버티는 것, 이젠 보기 싫어. 너에게 무슨 일이 있을 때, 제일 먼저 알고 달려올 사람, 난 내가 너에게 그런 사람이었으면 좋겠어."

"하지만 난……."

"너에게 날 신경 쓰고 챙기라는 뜻이 아니야. 내가 널 그렇게 하고 싶다는 뜻이야. 그냥 넌 내가 옆에 있다는 것만 기억하면 돼. 다른 건 필요 없어. 그냥 네가 지금까지 너 혼자 감당했던 그 모든 것들을, 이젠 내가 같이하고 싶다는 뜻이야."

누군가에게 의지해 살아온 기억이 없다. 그저 혼자 버티면 됐으니까. 그 생활이 다영에게 평화를 가져다주었고, 그 삶이 그녀는 꽤 만족스러웠다. 그런데 현주는 그게 평화로움을 가장한 외로움이라고 했다. 그리고 이 남자는 기 쓰고 버티는 거란다.

정말 그런 걸까? 정말 외로웠던 거고, 기 쓰고 버티고 있었던 걸까?

"네가 싫든 좋든 난 이제 너 안 놔. 그러니까 너도 이젠 마음 좀 먹어주라. 정말 이젠…… 힘들어 죽겠다."

다영이 지금까지 믿고 있었던 모든 것들이 뒤죽박죽된 느낌이었다.

'나 정말 예전으로 돌아갈 수 있는 걸까?'

갑자기 모든 게 자신이 없어진다.

명사의 해변이라고 이름 붙여진 바닷가.

다영은 밀려오는 파도가 발끝에 닿을락 말락 한 거리에 서서 한참 동안 바다만 멀뚱히 보고 있었다.

고민이 많았다. 아니다. 고민은 딱 하나였다. 쉽게 생각하고 결정할 수 있을 정도의 크기면 좋으련만. 하지만 그 고민은 그녀가 감당하기에는 너무 어려운 문제라, 결정하는 게 이만저만 어려운 게 아니었다.

어떻게 해야 하는 걸까? 외면해야 할까? 아니면 그냥 상우 뜻대로 해?

예전 같으면 고민할 거리도 안 됐다.

'내 삶에 어떤 누구도 들어오지 마. 난 그냥 나 혼자 잘 살 생각이니까.'

늘 이렇게 생각하고, 또 그렇게 살아왔었기 때문에, 고민할 가치도 없었다.

그런데 왜 지금은 고민이 되는 걸까?

아영이가 유일하게 가지지 못한 사람이라, 죽은 언니에게 복수하는 마음으로 가지고 싶은 건가? 아니면 상우의 진심에 흔들리는 건가? 그것도 아니면 나 자신이 흔들리는 건가?

그게 뭐든, 쉽게 결정할 수 없을 정도로 엄청나게 복잡한 건 맞았다.

"다영아."

뒤에서 그가 부르자 다영은 인상을 썼다. 생각 좀 하게 두지. 이렇게 골치 아픈 게 다 자기 탓인데. 다영은 이렇게 생각하며 대꾸하지 않았다.

"신발 젖잖아!"

뒤에서 다영의 팔을 잡고 돌려세우며 끌어당긴 상우는 끌려오는 그녀를 품에 받아 안았다.

"신발 젖을 뻔했다고."

다영은 고개를 들어 놀란 눈으로 상우를 올려다보았다.

"뭐야, 그 놀란 토끼 눈은? 설마 너 내가 너 안고 싶어서 일부러 이랬다고 생각하는 거야? 오늘 두 번 안았으면 됐거든. 고백에 답도 안 하는 여자를 몇 번씩 안을 만큼 내가 그렇게 해맑지가 않아."

상우는 다영을 놓은 후에 그녀의 신발 상태를 확인했다. 그리고 신발이 젖지 않았다는 걸 확인한 다음에 몇 발 뒤로 물러났다.

"자. 다시 생각해. 여기는 파도 안 오겠네."

끊어진 생각을 다시 이어서 하란다. 기가 막혀 다영은 픽 웃고 말았다.

"왜 웃어? 나 웃긴 말 안 한 것 같은데?"

"가요. 갈 길이 멀어."

"거의 다 왔네요. 조금만 더 가면 돼."

상우는 싱긋 웃으며 앞장섰다. 명사의 해변을 나와 '명사의 해변길'이라고 이름 붙여진 길을 조용히 걸으며 주위 경치를 감상하던 다영은 갑자기 우뚝 멈춰 섰다.

"그런데 생각해 보니까 허락 없이 손도 잡았잖아."

"그걸 지금에야 알다니. 머리 나빠서 세상 살기 엄청 힘들었겠어."

장난스럽게 혀를 쯧쯧 찬 상우는 이번에는 다영의 손을 잡으며 깍지까지 꼈다.

"뭐 하는 거예요?"

"넌 생각해. 난 연애를 할 테니까."

"연애라는 건 쌍방이 합의해야 할 수 있는 거예요. 본인만 하겠다고 하면 돼요?"

"네 결정 기다리다가 내가 속 터져 죽을 것 같거든. 그래서 그냥 밀고 나갈 생각이야. 끌려오다 보면 언젠가는 허락하겠지."

"거절할지도 모른다는 생각은 안 해요?"

"그건 그때 가서 생각하려고. 이것저것 고민하다가는 백 년이 걸려도 안 될 것 같아. 그리고 안고 입술까지 맞췄는데, 손잡는 것쯤은 가벼운 접촉이지. 가자!"

상우는 다시 화사하게 웃으며 다영을 끌고 가기 시작했다.

"그런데 오늘 배 마지막 시간 언제라고 했어?"

"모르겠는데요. 그건 왜요? 끊겼을까 봐? 마지막 배는 늦은 저녁일 텐데?"

"무의도에 여기 말고 갈 곳이 또 있거든. 영화 실미도 알지? 그 영화 찍은 데."

"아까 보니까 있긴 하던데."

일방적으로 끌고 가던 상우가 다영의 옆으로 오더니 자연스럽게 나란히 걸었다.

"우리 거기 가서 저녁에 나올까?"

"저녁 되려면 멀었어요. 거기서 그 시간까지 뭐하려고요? 아니지, 아직 날도 밝은데 왜 거기 가서 저녁에 나와야 하는데요? 볼 것 많지 않을 것 같던데?"

"그래야 배 시간이 끊길 거고, 그러면 자연스럽게 이 섬에 고립 되는 거잖아."

상우는 음흉한 웃음을 흘리며 깍지를 끼고 있던 손을 놓고는, 다영의 어깨에 팔을 휘둘러 안았다.

"오다 보니까 호텔 있던데, 우리 거기서 오붓하게 하룻밤 자고 갈까?"

"그냥 오늘 내 손에 죽는 게 어때요?"

그녀는 팔꿈치로 그의 옆구리를 가볍게, 그러나 조금은 아프 게 툭 쳤다.

큭 하고 웃으며 살짝 옆으로 밀려난 상우는 손을 뻗어 다영의 손을 다시 잡았다. 그리고는 '출발!' 하고 외치더니 갑자기 뛰기 시작했다.

"잠깐!"

다영은 잡힌 손 때문에 어쩔 수 없이 같이 뛰어야만 했다.

"아! 진짜!"

그녀가 거칠게 잡힌 손을 뿌리치고 진심으로 화낸 건, 그들이 바닷가 작은 마을로 내려온 뒤였다.

"자, 이제 우리 솔직해지자고요. 그쪽 진짜 병 있죠?"

숨이 턱까지 차 말도 제대로 할 수 없을 지경까지 이른 다영 은, 하하 거칠게 숨을 몰아쉬며 그 자리에 쪼그리고 앉아버렸다.

"아버지 친구분 중에 정신과 선생님 있던데, 그쪽 그분 알죠?"

"당연하지. 그 아저씨 아들이 내 원수 같은 절친인데."

상우는 시선을 맞추려는 듯 다영 앞에 그녀와 똑같이 쪼그리고 앉았다.

"돈 있는 사람들 다 조울증 같은 병 있던데 그쪽도 있죠, 그 병?"

"이상하게 요즘 기분이 극과 극을 달리기는 해?"

"맞네. 있었네. 역시 내가 처음부터 제대로 본 거야."

다리에 힘이 확 풀려 버린 다영은 쪼그리고 앉는 것도 힘들어서 그냥 바닥에 털썩 주저앉았다.

"하다영이 예쁜 짓을 할 땐 기분 좋았다가, 하다영이 아프게 할 땐 급 우울해지지. 그러니까 내가 조울증에 걸리면 그건 다 너 때문이야."

"나는 남 탓하는 인간이 제일 싫더라."

"그건 그렇다 치고. 아이스커피. 콜?"

상우는 근처에 테이크아웃 커피점을 가리키며 싱긋 웃었다.

"오늘 일 년치 운동 다 하게 했으니까, 그쪽이 사요?"

"알았어. 내가 살게. 그럼 콜?"

"콜!"

상우는 벌떡 일어나 손을 내밀었다. 잡고 일어서라는 뜻이었다.

"이 손 잡으면 골치 아파질 것 같아서 싫은데."

"그래도 잡아주길 바라면 안 되는 건가? 난 그랬으면 좋겠는데."

"단순하게 손잡고 일어서는 거 아니잖아요."

상우는 다시 그녀 앞에 무릎을 꿇고 앉았다.

"네가 원하는 거 다 들어준다니까? 네가 무슨 조건을 내걸든

다 받아들일게. 그래도 싫어? 나 그 정도로 싫은 거야?"

무조건 거절해야 한다. 이 손을 잡으면 앞으로 복잡한 여러 가지 문제를 떠안게 되니까. 그걸 알면서도 다영의 마음은 이리저리 흔들리고 있었다.

"어머니 확실하게 해결하기."

"그래. 알았어."

다영의 머릿속은 분명히 상우를 받아들이지 말라고 경고하고 있었다. 하지만 머리의 경고와 달리 그녀의 마음은 그를 받아들이고 싶어 했다.

"자, 이제 내 손 잡고 일어서는 거지?"

상우는 다시 일어나 손을 내밀었다.

"그리고 약혼, 이런 말 다시는 나오지 않게 하기."

다영은 이 조건을 내걸며 상우의 손을 잡고 일어섰다.

"OK. 내 선에서 다 자를게. 절대로 너한테까지 안 가게 할게."

"그리고 또 하나."

"또? 하다영과 사귀기는 거 힘들다. 알았어. 뭐든 말하세요. 또 뭐?"

상우는 빙긋 웃으며 가볍게 말했다.

"내 마지막 조건은……."

아주 잠깐이라도 한상우와 함께하고 싶었다. 다시 혼자가 되기 전, 잠깐 기대어 쉴 수 있는 상대, 다영에게 상우는 그런 사람이 돼줄 수 있을 것만 같았다.

"떠나 달라고 하면 미련 없이 떠나주기."

고민 없이 시원하게 대답하던 상우가 이번 요구 조건에는 대답 없이 미간을 찌푸렸다.

"대답 안 해요? 싫어요? 싫으면 그만두고."

"시작도 하기 전에 헤어지는 걸 생각하면 반칙이지."

"난 그래요. 그래서 싫어요?"

"그래. OK. 그렇게 하자. 알았어."

이 남자는 이미 알고 있다. 자신이 이 관계를 오래 지속할 생각이 없다는 것을.

'떠나줘. 부탁이야.'

이 남자에겐 이런 말을 할 필요가 없을 거다. 눈치가 빠른 남자는 때가 되면 알아서 떠나줄 테고, 그렇게 되면 저는 다시 평화로운 생활로 돌아가면 되는 거다. 잠깐 기분 좋은 깜짝 이벤트. 한상우는, 다영의 인생에 그런 깜짝 이벤트였다.

"그럼…… 커피?"

다시 평소대로 싱긋 웃는 상우의 모습에 다영은 빙긋 미소를 머금었다. 그리고 고개를 끄덕였다.

"갑시다! 커피 사러."

상우는 다영의 목에 팔을 휘둘러 바짝 끌어안았다. 그리고 볼에 기습 뽀뽀를 했다.

"뭐하는 거예요?"

다영은 낮게 버럭 하며 주위를 둘러보았다. 몇 명밖에 없는 사람도 저마다 해야 할 일들로 바쁘다. 다영은 이번에는 아무도 안 봤다는 걸 확인하고는 안도의 한숨을 토해냈다.

"연인끼리 오면 당연히 이런다고 생각하거든."

"이거 풍기 문란이에요. 진짜 변호사 맞아?"

"아마 맞을걸?"

"법대 다녔죠? 대학 어디 나왔어요? 설마, 지방의 이름 없는 대학 나온 것 아니에요?"

"여기 나왔는데?"

상우는 손가락으로 위를 가리켰다.

위? 무슨 위?

무심코 그가 가리킨 곳을 올려다본 다영은 절대 믿을 수 없다는 얼굴로 '하늘?' 하고 외쳤다.

"맞아."

"하늘 중 어디?"

"네가 제일 먼저 생각한 그곳?"

"기분 나빠. 공부는 더럽게 잘했구나. 아! 그래서 정신병이 살짝 있는 거야. 공부만 너무 열심히 해서. 이제야 이해가 가네."

"넌 어째서 결론이 그쪽으로 나? 자기 남자 정신병자로 만들어서 뭐가 좋은데?"

"좋을 것 없지만, 그렇게 생각 안 하면 이해가 안 되는 부분이 몇 군데 있거든요. 아니면 사이코패스나 소시오패스 같은 쪽으로 결론이 나야 하는데, 그건 좀 그렇지. 내 안전과 직접 연관이 있는데."

"나에게 진짜 정신병이 있어도 네 안전과 직접 연관이 있을 텐데?"

"괜찮아요. 그 정도는 감당할 수 있어요. 몇 대 패면 해결 나겠죠."

"기승전 결국에는 패는 거로 결론이 나네, 너는?"

"그러게 평소에 나한테 잘 좀 하지 그랬어요?"

다시 생각해도 기분이 나쁜지 다영이 이를 바드득 갈자, 상우는 손가락으로 커피집을 가리켰다.

"가자. 시원한 것 마시러."

상우는 다영을 더 꽉 끌어안으며 머리로 그녀의 머리를 살짝 박았다.

"난 네가 때린다면 백 대도 맞아줄 수 있어."

그리고는 그녀에게 아주 작게 속삭였다.

"진짜요? 그 말 진심이죠?"

"대신 장소는 내가 정해."

"좋아요. 그 정도는 해줄게요."

"내가 원하는 장소는……."

상우는 다영 외에 다른 누구도 듣지 못하게 그녀의 귀에 대고 귓속말로 뭐라 속닥거렸다. 그리고 잠시 후, 얼굴까지 벌겋게 달아오른 다영이 그를 밀어내면서 소리쳤다.

"야! 한상우 너 진짜 죽을래?"

간단하게 늦은 점심을 먹고 무사히 무의도를 빠져나온 그들은 다시 공항 도로를 달리고 있었다.

"뭐할까? 영화 볼래?"

"그냥 내 집, 내 방, 내 침대에서 자고 싶어요."

"내 집, 내 방, 내 침대라고 하는 것 보니까 정혜 이모 집은 아닌 모양이네."

"나, 내 집으로 데려다주면 안 돼요? 어머니 집 말고. 열두 시되기 전에는 들어갈 테니까."

"데이트의 꽃은 야심한 밤에 둘이 함께 있는 거야. 큰일 터진 것도 아닌데, 훤한 대낮에 애인을 데려다주는 정신 나간 놈이 어디 있어?"

"오늘 너무 일찍 서둘렀잖아요. 게다가 등산까지 했고. 나 정말 피곤해."

"저녁은 진짜 맛있는 거 먹자. 아침하고 점심 너무 허술하게 먹었어."

결국 지금은 집에 데려다줄 생각이 전혀 없다는 뜻이다. 운전사가 안 데려다주겠다는데 어쩔 수 없지. 다영은 이렇게 생각하며 집에 가서 쉬는 건 깨끗하게 포기했다.

"뭐 먹을 생각인데요? 메뉴 들어보고."

"게."

"멍멍이?"

다영은 화들짝 놀라며 목소리를 높였다.

"아니 어떻게 게를 개로 받아? 게. 옆으로 가는 게. 가위를 두 개나 가지고 있는 그 가위손 말이야. 네 발로 온 데 쫓아다니는 그 개 말고!"

"아! 난 또 하도 이상 짓을 많이 하기에 멍멍이 먹으러 가자는 줄 알았지."

"다영아, 네 것은 네가 아끼는 거야. 네가 막 굴리면 남도 막 굴려. 넌 남들이 날 그렇게 대했으면 좋겠어?"

"걱정 마요. 남들 앞에서는 모른 척해 줄 테니까."

너무 예쁜 말만 골라서 한다. 반, 아니 삼분의 이는 강제성을 띤 교제지만, 애정이 없어도 너무 없다는 생각에 상우는 진심으로 삐칠 뻔했다. 아니 다영의 다음 말이 아니었으면 진심으로 삐쳤다.

"대신 세 번 중에 한 번은 아껴줄게요. 그럼 두 번 정도는 막 굴려도 되죠? 어차피 보는 사람 없으니까."

졌다. 이길 수 없다. 아니다. 처음부터 이길 수 없다는 걸, 잘 알고 있었다. 다영과의 관계에서 상우는 막대한 힘을 가진 갑, 다영의 눈치를 살피며 하루하루 피가 말라가는, 힘없고 약하기까지 한, 보잘것없는 을이었다.

"떠나 달라고 하면 미련 없이 떠나주기."

시작을 생각하기도 전에 이별을 먼저 생각하고, 좋아하는 것보다는 싫어하는 것을 더 많이 찾아내며, 사랑한다고 고백할 수 있으나 사랑해 달라고 애원은 할 수 없는, 상우에게 다영은 끝을 알 수 없는 아픔이었다.

"너 나 좋아하지?"

"이 뜬금없는 대화법 또 나온다. 내가 말했을 텐데요. 싫어요."

하지만 거짓말이라도 '좋아해요, 아주 많이' 이런 말을 들을 수는 없을까?

떠나 달라는 말을 듣기 전에 딱 한 번만, 더는 바라지도 않으니까 딱 한 번만, '좋아해' 이 말을 들길 바란다면 너무 큰 욕심인 걸까?

막 시작했는데, 이상하게 이별을 앞둔 것 같은 느낌이다.

"역시 나 좋아하는구나? 다행이다."

달리는 차 안, 상우는 빙긋 웃는 미소 속에 복잡하고 아픈 마음을 숨겨 함께 흘려보냈다.

상우가 자주 간다던 게 요리 전문점에 가기 전, 그들은 공방에 잠깐 들러서 커피를 마셨다. 그리고 게 요릿집으로 자리를 옮겨서 정말 맛있게 저녁을 먹었다. 적당히 농담도 하고 적당히 놀려 먹기도 하는, 특별할 것도 없고 특이할 것도 없는, 그런 시간이었다.

"오늘 처음으로 그쪽하고 나 평범했던 것 같아요. 엄청 재미있었고, 데이트가 꽤 괜찮았어요. 오늘 고마워요. 답답했는데, 스트레스가 풀렸어요."

정혜 집으로 가는 길. 고맙다는 다영의 말은 진심이었다.

"그랬다면 다행이야."

"곧 나갈 거예요. 나가지 말라고 해도 나갈 거예요. 그리고 특별한 일이 아니면 어머니를 뵙는 건 안 할 생각이에요."

예상했던 말이다. 상우는 대답 없이 고개를 끄덕였다.

"어머니와 죽은 아영이, 이해할 생각도 받아들일 마음도 없어요."

"알아. 이젠 강요 안 해. 그럴 수 없다는 것 아니까. 나도 우리 어머니도, 다시는 이모 일로 괴롭히지 않아."

"그쪽하고 약혼, 결혼, 그 어떤 것도 안 해요."

"……그래. 그건 내가 정리할게. 걱정 마."

상우의 얼굴에서 장난스러움이 사라졌다. 지금은 상우와 다영, 두 사람 모두 진지하고 심각했다.

"만나는 동안은 아무도 몰랐으면 좋겠어. 골치 아픈 건 싫으니까."

"알았어."

"나는 바뀌지 않아요. 많이 무심하고, 귀찮은 것 엄청 싫어하고, 누군가를 애틋하게 생각하고 챙겨본 적도 없어요. 그런 내 옆에서 그쪽 마음이 상할 거예요. 어쩜 상처 받을 수도 있어요."

"짐작하고 있어."

"난 분명히 경고했어요. 내가 경고한 부분에 대해선 화내지 마요. 화내도 난 변하지 않을 테니까."

"걱정 마. 너한테 화 안 내. 내가 어떻게 화내? 우리 관계, 밀어붙이는 쪽도 나, 매달리는 쪽도 나, 억지 부리는 쪽도 난데."

"만나는 동안에는 똑같이 해요?"

만나는 동안. 밝은 내일을 꿈꾸는 만남이 아니라, 이별을 결정해 놓은 만남이라…….

심장에 찌릿한 고통이 느껴지는 것으로 봐서, 확실하게 말로 들으니 짐작했던 것보다는 더 아픈 것 같았다.

"그래. 그러자."

상우는 빙긋 웃었다. 지금 이렇게 웃는 것, 이게 자신이 할 수 있는 최선이라는 걸, 상우는 아주 잘 알고 있었다.

정혜 집으로 돌아온 다영은 다녀왔다는 말만 하고 곧장 이 층으로 올라갔다. 그리고 침대에 걸터앉으며 낮게 한숨을 토해냈다.

"내가 당신에게는 아주 많이 잔인한 사람이겠다."

집 앞에서 들어가라며 싱긋 웃던 상우의 얼굴, 미소 속에 아픔을 감춘 그 표정, 그 순간 다영은 옛날 자신이 떠올랐다. 무서움을 웃는 얼굴에 감췄던 어린 시절의 자신이.

"그쪽 마음, 내가 생각했던 것보다 더 깊은 거지?"

눈 감고, 귀 막고, 마음조차 닫아버려서, 가볍게 장난치듯 다가오는 상우를 제대로 보려 하지 않았다.

"그래도 오래가지 않을 거야. 그쪽 정도면, 사랑스럽고, 성격도 좋은, 아주 괜찮은 여자 곧 만날 테니까."

상처가 많은, 그래서 꼬일 대로 꼬여 버린 자신은 상우와 어울리는 그림이 아니다. 냉정하지만, 그래서 약간 자존심도 상하지만, 맞는 말이었다. 상우 인생에서 하다영은 잠깐 스치는 바람이면 충분하니까.

"아영아…… 어째서 날…… 이렇게 만들었어? 이러면 내가…… 너무…… 초라하잖아."

중얼거림과 동시에 그녀의 고개가 아래로 툭 떨어졌다.

제 7 장

나름 즐거운 주말을 보낸 뒤, 새로운 시작을 알리는 월요일.

누군가 머리를 쓸어내리는 어색한 느낌에 다영은 눈을 떠보았다. 그리고 잘생긴 얼굴로 싱긋 웃는 상우가 눈에 들어왔다.

"뭐예요? 그쪽이 내 방에는 왜 있는데요?"

"왕자가 잠자는 공주님 깨우는 거잖아."

"지금 몇 시야."

다영은 더듬더듬 휴대폰을 찾아 시간을 확인했다.

"여섯 시 사십 분? 이렇게 일찍 왜 왔어요? 이건 또 무슨 괴롭힘인데요? 잠 못 자게 하는 고문?"

"하다영이 생각보다 체력이 약한 것 같아서 운동시키려고."

"싫어요. 나 한 시간 정도 더 잘 수 있단 말이에요. 그러니까 괴롭히지 말고 내 방에서 나가줘요."

다영은 이불을 머리끝까지 덮으려다가, 한발 앞서 이불을 걷고 일으켜 세우는 상우 때문에 그 뜻을 이루지 못했다.

"정신 차리자."

상우는 양손으로 다영의 볼을 감싼 후에 꾹 눌러서 오리 입으로 만들었다. 그리고 그 입술에 가볍게 입을 맞췄다.

"내려가 있을 테니까, 딱 오 분 만에 씻고 내려오기?"

"도대체 날 이렇게까지 괴롭히는 이유가 뭐예요?"

"하다영의 건강."

"몸 건강은 좋아질지 모르겠으나, 정신 건강은 안 좋을 텐데요?"

"오늘은 아침 공기가 꽤 좋아. 그러니까 빨리 나와?"

그는 다시 한 번 오리 입에 입맞추고는 그녀의 방에서 나갔다.

"아이씨, 저 원수!"

어쩔 수 없이 침대에서 내려온 다영은 밀려오는 짜증에 머리를 쥐어뜯었다.

100% 강압 때문에 어쩔 수 없이 끌려 나온 다영은 그녀의 삶에 단 한 번도 없었던 그것, 바로 아침 운동을 해야만 했다.

"조건 하나를 더 추가할게요. 하다영이 잘 땐 절대 건드리지 않는다."

"그건 안 되지. 난 하다영의 건강을 위해서라면 무슨 짓이든 할 생각인데, 그 조건 붙으면 아무것도 못 하잖아."

그러니까 그 무슨 짓이 아침 운동을 뜻하는 모양이다.

"내가 어쩌자고 이런 남자와 엮여서."

다영은 어깨까지 들썩이며 깊게 한숨을 토해냈다. 그리고 고개를 아래로 뚝 떨어뜨렸다.

"내가 그렇게 미워요? 자는 것도 꼴 보기 싫을 만큼?"

"그건 바른말이 아니지."

"바른말은 뭔데요?"

"내가 그렇게 좋아요? 이 아침부터 보고 싶을 만큼?"

상우는 아주 예쁘게 웃으며 눈을 몇 번 깜빡였다. 어디서 많이 본 듯한 장면에 다영은 고개를 갸웃했다. 그러고 보니 어릴 때 TV 만화에서 본 것 같았다. TV로 볼 때는 웃었었는데 그걸 실제로 보니 순간 소름이 쫙 돋는 기분이었다.

"내가 전생에 나라를 팔아먹는 대역죄를 지었나 봐. 어떻게 주위에 이상한 사람들만 있어?"

"나 말고 이상한 사람이 또 있어?"

"본인이 이상하다는 건 아는구나?"

다영은 그와 떨어지며 여차하면 도망갈 생각으로 경계했다.

"넌 운동이 절대적으로 필요해. 그러니까 오늘부터 나랑 아침 운동하는 거다?"

"몸 혹사하는 건 지금 하는 일만으로도 충분해요. 일상이 막 노동인데, 왜 굳이 운동까지 해야 해요?"

"노동과 운동은 다르지."

"몸 움직이는 건 똑같거든요."

"노동은 노동이야. 노동할 땐 우리 몸이 스트레스를 받거든. 운동은 그 스트레스를 풀려고 하는 거고."

"난 운동할 때 오히려 그 스트레스를 받거든요!"

"누구랑 하느냐에 따라 달라지겠지. 혼자 하는 거랑 사랑하는 애인과 함께하는 거랑 똑같겠어?"

몸으로 그녀를 가볍게 툭 친 상우는 느끼하게 히히히 웃음을 흘렸다.

"내가 내 무덤을 스스로 판 거지? 아, 진짜! 어제 내가 미쳤던 거야. 그래서 하면 안 될 짓을 한 거였어."

짜증을 온몸으로 표현하듯 다영은 머리끝까지 차오르는 듯한 괴로움에 머리를 쥐어뜯었다.

"상우야!"

그렇게 정상인에서 미친년으로 넘어가고 있을 때 누군가 상우를 부르며 다가왔다.

"어? 동현아."

다영을 보며 킥킥 웃고 있던 상우는 동현이 다가오자 그 웃음을 멈췄다.

"하다영 씨?"

서둘러 머리카락을 정리하던 다영은 모르는 상대가 이름을 부르자 아주 잠깐 생각에 잠겼다. 낯선 사람인데 왠지 익숙한 느낌이 들어서였다.

이 사람 어디서 본 적이 있던가?

다영은 빠른 속도로 과거 자신이 만난 사람 중 이 사람과 비슷한 인물이 있는지 생각해 보았다. 하지만 딱 떠오르는 사람은 없었다.

"이동현이라고 합니다. 다영 씨 옆에 있는 저 못생긴 놈과는 절친이죠."

"이 얼굴이 못생겼으면, 네 얼굴은 짐승이냐? 말이 되는 소리를 해야 적당히 받아주지."

못생겼다는 말은 듣기 싫은 듯, 상우는 주먹으로 친구의 어깨를 감정을 실어 조금 세게 툭 쳤다.

"하동운 형사님 친구인, 정신과 선생님 아들."

상우의 소개에, 다영은 그제야 이 사람이 아닌, 이 사람과 닮았지만 나이가 훨씬 많은 분을 떠올리고는 빙긋 미소를 머금었다.

"아! 네. 안녕하세요?"

"다영 씨 이름을 참 오랫동안 듣고 살았는데, 이렇게 보네요?"

"제가 원래 여기저기서 존재감이 빛나요. 한 번 보면 잘 지워지지 않는 타입이라."

"아! 그렇구나."

동현은 잠깐 멈칫하다가 크게 하하하 웃음을 터뜨렸다.

"지금 나랑 같은 사무실 쓰고 있어. 이 녀석도 변호사거든."

"변호사? 의외네요. 보통은 아버지를 따라 의사가 되지 않아요? 의사랑 변호사, 잘 매치가 안 되는데."

"의료소송을 전문으로 하는 변호사예요. 이러니까 매치가 좀 되죠? 그리고 제가 어렸을 때 좀 아팠는데, 그때부터 소독약 냄새가 싫더라고요."

"그래도 의료소송은 입증하기도 힘들다고 하던데."

"의료소송 피해자들은 대부분 대형 병원과 맞붙죠. 그들은 자금과 전문 지식 면에서 피해자들을 앞서거든요. 저는 그 병원을 헤집는 게 신나요. 다 아버지 도움이 있어서 가능한 거지만."

아버지 직업에 대한 안 좋은 기억이 있나 하고 잠깐 생각했던 다영은 동현의 설명을 듣고 이해된다는 듯 고개를 끄덕였다.

"동현 씨는 의료소송 전문이고, 그쪽은 뭐가 전문이에요?"

다영은 상우에게 물어본 그 순간 생각했다. 참 빨리도 물어본다.

"형사사건 전문이야. 아버지께서 강력계 검사기 때문에 그런 사건에 익숙하기도 하고, 사이코패스 기질이 있는 살인마들 외에, 대부분의 우발적인 사건들은 피의자들의 안타까운 과거사가 연결되어 있을 때가 많거든. 난 지은 죄를 무죄로 만들지는 않아. 다만 사회가 버린 그 사람들이, 자신을 버린 사회에서 아득바득 살다가 순간에 잘못된 선택으로 평생 나쁜 놈 내지는 악마로 낙인찍히는 게 싫어."

와! 이 남자들 멋있다. 다영은 상우와 동현을 번갈아 보다가 속으로 감탄사를 내뱉었다.

"다영 씨 가구 디자이너라면서요?"

"네."

"나중에 우리 가구 바꿀 때, 주문하면 잘해주실 거예요?"

"잠재적 고객이신데, 당연히 잘해 드려야지요. 최선을 다하겠습니다. 맡겨만 주세요."

"그럼 제 얼굴과 이름 기억해 주시는 거예요?"

"그럼요, 잘생긴 이 얼굴을 어떻게 잊겠어요? 이동현 씨, 꼭 기억할게요."

"저기, 하다영아?"

상우는 그녀의 어깨에 손을 턱 하고 올리더니 싸늘한 목소리로 이름을 불렀다.

"난 매번 그쪽이라고 하면서, 어떻게 오늘 처음 본 저놈은 이동현 씨냐?"

"난 모든 사람에게는 이름을 불러줘요. 딱 한 사람, 그쪽만 빼고."

다영은 차갑게 말하고는 어깨에 있는 손을 툭 쳐냈다.

아침 운동을 끝내고 집으로 돌아온 다영은 서둘러 출근 준비를 했다. 그리고 평소대로 내키지 않는 아침을 먹기 위해 내려왔을 때, 거실에 앉아서 커피를 마시고 있는 정혜와 마주쳤다.

"저녁에 일찍 들어왔으면 하는데. 할 말이 있어."

"말씀하세요. 들을게요."

소파에 앉으며 다영은 주방에 계신 박 씨에게 커피 한 잔을 부탁했다.

"저녁에 하자. 아침에 할 말은 아니니까."

"아침에 못 하면 저녁에도 못 합니다. 그러니까 지금 하세요."

아무 감정도 느낄 수 없는 담담한 표정. 정혜는 딸의 이 표정이 싫었다. 어떤 감정이라도 보여야 거기에 맞춰 반응할 텐데, 지금 딸은 아무 말도 하면 안 될 것 같은 그런 느낌이 들었다.

"차라리 화내. 소리치고 원망해. 그래야 내가 무슨 말이라도 할 것 아니야? 지금의 넌…… 내가 무슨 말을 해야 할지 모르겠어. 미안하다고 사과하면 될까? 잘못했다고 용서해 달라고 애원하면 돼? 네가 지금 무슨 생각인지 알려줘야……."

"이번 주 일요일에 나갑니다. 딱 일주일 더 있을게요."

다영은 정혜의 말을 중간에 자르고는 일상적인 말을 하듯 가

녑게 말했다.

"다영아, 그건⋯⋯."

"어차피 오래 있을 생각 없었어요. 알고 싶은 게 있었고, 다 알았으니 더 이상 여기 머물 이유 없어요."

어머니가 하는 말은 듣고 싶지 않았다. 변명이든, 애원이든, 사과든, 아니면 다른 어떤 이유든 상관없이, 다 듣기 싫었다. 그게 정혜의 말을 중간에서 자꾸 자르는 이유였다.

"어떻게 넌 네 생각만 해? 간다고? 가겠다고? 모든 걸 알았으니 이젠 됐다고? 그럼 난? 너에게 사과도 제대로 못한 난?"

"어머니께서는 사과할 이유 없어요. 그러니 당연히 제가 사과받을 이유가 없죠. 각자 선택했고, 그 선택의 결과는 스스로 책임지면 되는 겁니다. 난 평화로운 생활을 원해요. 내 선택은 나고, 그 선택 안에 어머니는 없습니다. 어머니께서는 예전에 선택하셨고, 그 선택의 결과는 지금의 어머니 모습이죠. 그때 어머니 선택 안에 내가 없었듯이 앞으로도 쭉 없어야 한다는 게 내 결론입니다."

"적어도 날 원망은 해야 하는 거잖아! 난 그 원망 들을 준비돼 있어!"

가늘게 떨며 눈물을 글썽이는 정혜와 달리 다영은 빙긋 웃었다. 그리고 박 씨 아주머니가 가져다주신 커피를 한 모금 마셨다.

"어머니, 원망은 감정이 남아 있을 때나 가능한 겁니다. 그리고 어머니는 내가 원망하며 하루하루 버티던 그때 없었어요. 지금 난, 그냥 하다영이에요. 그러니까 어머니도 잊으세요. 지난일 같은 거 지우세요. 그저 편히 사셨으면 좋겠어요. 여행도 다니고, 좋은 사람도 만나고, 그렇게 재미나게 사세요. 그래도 어머니와 연결된 끈 하나는 남겨둘게요. 그래야 안심하실 테니까. 한상우, 그 사람은 아주 가끔 만날게요. 어머니 소식은 그 사람이 전해주겠죠. 내 소식도 가끔 전해줄 거예요. 어머니와 나, 딱 거기까지만 해요. 그게 내가 바라는 어머니와 내 관계니까."

다영은 커피잔을 내려놓고는 자리에서 일어났다.

"나가기 전에 식사 한번 해요. 제가 처음이자 마지막으로 식사 대접할게요."

다영은 이 말을 끝으로 출근하려 했다. 어쩌면 출근을 핑계로 이런 골치 아픈 자리를 피하고 싶었는지도 모른다. 일어나 그대로 현관문만 통과하면 끝. 다영은 이 껄끄러운 대화가 그렇게 간단하게 끝나길 바랐다.

"어떻게 그렇게까지 잔인하니? 어떻게 그렇게까지 차가울 수 있어?"

현관으로 향하던 중 감정에 복받친 정혜의 고함에 다영은 우뚝 멈춰 섰다.

"네가 그러니까 잘못을 빌 수가 없잖아! 네가 그러니까 용서해 달라고 말할 수가 없잖아!"

정혜의 울음 섞인 소리에 덤덤했던 그녀의 얼굴에 짜증이 떠올랐다.

"도대체 왜 다들 나에게 용서를 바라는지 모르겠어. 그냥 살면 될걸, 지금처럼 그냥 살면 되는 건데, 그게 뭐가 어렵다고 이러는지, 도무지 이해가 안 돼."

의미 없이 이리저리 고개를 돌려보던 다영은 어느새 현관으로 들어와 자신을 보고 있는 상우와 나희를 보았다.

왜 이 남자는 이런 장면만 보는 걸까?

몇 개는 괜찮은 모습으로 기억 돼도 좋은데, 계속 안 좋은 모습만 보이는 것 같아 조금은 속이 상했다.

"내가 잔인하다고? 내가 차다고? 난 그렇게 자랐고 그렇게 살았는데, 내가 그렇게 클 동안 그렇게 하는 건 아니라고 말해주는 사람이 내 옆에는 아무도 없었는데, 도대체 왜, 어째서, 그게 비난의 대상이 되는 건지 도무지 이해가 안 돼."

다영은 안타깝다는 눈빛으로 자신을 보는 상우를 응시한 채 빙그레 미소를 지었다.

"저는 어머니께서 무슨 말을 하셔도 이해 못 해요. 어머니를 이해하는 게 가능했었다면, 예전에 아버지를 이해하고 용서해 드렸겠죠. 마지막 숨을 모두 짜내 끊임없이 나에게 미안하다며 용서를 비는 아버지께, 난 용서한다는 그 한마디를 못 했어요. 아버지를 용서 못 한 게 아니라, 나에게 용서를 비는 아버지를 이해 못 해서예요. 난 그렇게 생겨 먹은 인간이에요. 그러니까 제발, 나에게 다른 걸 바라지는 마세요. 내가 할 수 있는 게 아니에요, 어머니."

상우의 눈동자가 미세하게 흔들린다.

아, 이 사람이 아파하고 있구나. 아파할 일이 아닌데, 아파하지 말지.

아픔 담당은 상우로 정해지는 모양이다. 상우의 아픔이 자신 때문이라는 걸 알면서도, 다영은 그걸 해결해 줄 능력이 없었다.

"다녀오겠습니다. 오늘 늦어요. 기다리지 마세요."

다영은 평소처럼 덤덤하게 출근 인사를 했다. 그 순간 다영은 생각했다. '나 정말 비정상적인가 보다'라고.

현관에 우두커니 서 있는 상우를 지나 밖으로 나가는 그 순간, 다영은 스쳐 지나가듯 상우의 손을 잡았다가 놓았다.

어머니께 정혜 이모를 부탁한 상우는 곧장 다영을 따라 나왔다. 그리고 막 차 문을 여는 그녀를 뒤에서 끌어안았다.

"뭐지? 훈계?"

"내 여자를 안고 싶어 하는 남자의 욕망."

다영은 피식 웃고는 상우의 품에서 빠져나왔다. 그리고 뒤돌아 자동차에 기대 상우와 마주 봤다.

"그쪽도 나 이해 못 하죠?"

"나 자신이 아닌 이상 누구도 날 100% 이해 못 해. 그러니까 나를 가장 잘 이해하는 건, 나 자신이란 소리지."

"이상한 궤변 같지만, 그렇다 치고. 출근해야 해요. 뒷정리는 그쪽이 해줘요. 사고 쳤으니까 수습해 달라고 부탁하는 거예요. 그러니까 꼭 들어주세요."

"이모는 어머니께서 잘 위로해 주실 거야. 그러니까 넌 내 담당이지. 내가 데려다줄게. 서비스로 전화해 주시면 퇴근도 가능합니다."

상우는 자기 차를 가리켰다.

"됐어요. 내 차 타고 갈게요. 그리고 나 아무렇지도 않으니까, 위로 같은 이상한 짓은 하지 않아도 돼요."

"그럼 오늘 나 좀 데려다줄래?"

"그쪽 엄청 좋은 차 있잖아요. 그거 타고 가요. 좋은 차 두고 왜 내 똥차에 태워 달래?"

"잠깐이라도 더 같이 있고 싶은 내 마음을 이렇게 몰라주나?"

"아침 운동 핑계로 함께 있었으면, 오늘 하루 할당량은 채웠거든요. 그러니까 혼자 가세요."

"와! 할당량이래. 우리 막 시작한 연인이야. 보고 있어도 보고 싶어 해야 하는 게 정상이라고."

"난 비정상인가 보죠. 나는 보고 있으면 지겨워하는 스타일이고, 그쪽은 쉽게 질리는 타입이고. 그러니까 오늘 할당량은 이것으로 끝. 그럼 일 열심히 하세요. 신나는 월요일 되시고."

다영은 상우를 뒤로 밀고는 자기 차에 탔다. 그리고 대충 손한 번 흔들어주고 그대로 가버렸다.

"하다영, 오늘 두 명의 가슴에 대못을 박는구나. 으이그, 매정한 녀석."

상우는 멀어져 가는 다영의 차를 살짝 노려보며 진심으로 서운한 감정을 드러냈다.

작업하기 전 잠깐의 티타임.

"결국, 그렇게 됐구나."

다영이 상우와 아주 잠깐 사귀기로 했다는 말을 하자 현주는 이미 예상했다는 반응이었다.

"오래가지는 않아. 그 사람도 곧 떠나게 될 거야. 난 사람들을 떠나게 하는 묘한 재주가 있으니까."

믿었던 어머니가 그랬고, 애착했던 아영이가 그랬으며, 의지해

보려고 했던 아버지가 그랬다. 그리고 자라서는 친구들이 떠나갔다. 사정이 어찌 되었든, 그렇게 모든 사람이 떠났다. 그건 상우도 마찬가지일 거다. 지금은 옆에 있겠지만, 결국 상우도 이런저런 핑계가 생길 테고 결국에는 떠날 거다. 그게 순서니까. 다 괜찮았다. 어차피 세상은 혼자 살아가는 거니까.

다영은 그런 것쯤은 아무것도 아니라는 얼굴로 빙긋 웃었다.

"결국, 그쪽 세계와 깔끔한 정리를 택했다는 거네?"

"그렇게 되겠지? 그게 예정된 결말이니까."

"과연 한상우 씨가 네 뜻대로 움직여 줄까? 상우 씨는 너 사랑해. 사랑은 그렇게 쉽게 포기할 수 있는 게 아니야."

"사랑일 수도 있고, 동정이나 연민일 수도 있어. 그게 뭐든, 그런 감정은 시간이 지나면 식어버려. 그러면 그때 떠나 달라고 하면 돼. 그때가 되면 그 사람도 고마워할 거야. 그렇게 좋게 끝나면, 가끔 보면서 살아도 괜찮을 테고."

"한상우 씨는 식어서 떠났다 치고, 넌 어떤데? 넌 괜찮겠어?"

"안 괜찮을 게 뭐 있어? 난 평온한 내 생활을 즐기면서 그렇게 살면 되는데."

"평온을 가장한 외로움이겠지."

"뭐가 됐든."

"친구로서 바람이 있다면, 네가 외로움을 느끼는 순간이 한상우 씨를 떠나보낸 뒤가 아니길 빌어. 네가 그렇게까지 아픈 것은 보고 싶지 않아."

현주는 그녀에게 남은 마지막 사람이었다. 아니다. 남았다는 말은 적당치가 않다. 머물러 있다고 해야 옳은 건지도 모른다.

고등학교 삼 년의 생활에서 얻은 결론은 이젠 싸우는 것도 지겹다는 거였다. 그래서 그냥 배움에만 충실하자고 생각했었다. 세상을 살아가려면 직업이 있어야 했고, 생각 끝에 선택한 것은 가구 디자인 학교였다.

　다영이 바라는 생활은, 있는 듯 없는 듯 조용히 학교만 다니는 거였다. 하지만 그 바람은 현주가 그녀를 친구라고 부르는 그 순간 무너지고 말았다. 주위가 늘 시끌벅적한 현주는 학교에 도착하자마자 다영을 찾아다니는 것부터 시작했다. 그렇게 몇 달이 지나고 나니, 다영이 있는 곳에 현주가 있다는 공식이 성립되어 버렸다. 덕분에 동기들은 현주를 찾기 위해 다영을 찾기 시작했다. 그렇게 현주는 옆에 머물렀다. 그리고 친구가 됐다.

　"괜찮아. 그런 걸 느낄 만큼 내가 그렇게 감정 폭이 넓지가 않잖아."

　픽 웃으며 가볍게 말하는 다영과 반대로 현주는 불안하다는 얼굴이었다.

　감정 폭이 넓지 않은 게 아니다. 다영은 감정을 느끼고 그것 때문에 아파하는 게 무서운 거다. 그래서 일부러 무덤덤한 척하며 문을 닫아버리는 거다. 어린아이가 아프다는 말도 못 하고 혼자 웅크리고 있는 듯한. 다영을 보면 늘 그런 느낌이었다. 현주는 그게 늘 안타까웠다.

　"오늘도 열심히 일합시다!"

　다영은 다 마신 컵을 테이블에 올려놓으면서 힘차게 외쳤다.

　따스한 오후, 향긋한 커피 그리고 두꺼운 소송자료. 크게 다를 것도 없는 날이었다.

"오빠."

이 녀석만 빼면.

상우는 벌컥 문을 열고 들어오는 여자에 미간을 찌푸렸다.

"너 왜 이 방으로 와? 네 오빠는 어쩌고 여기로 오는 건데?"

"집에서 매일 보는 오빠가 뭐가 보고 싶겠어?"

민주는 상우의 반응이 영 마땅치가 않은지 입을 삐죽이며 소파에 앉았다.

"동현이 보러 오는 것 아니면 네가 여기에 올 이유가 뭐가 있는데?"

상우는 들고 있던 펜을 놓고는 의자에 등을 기댔다.

"보고 싶은 사람도 있고, 듣고 싶은 이야기도 있고."

보고 싶은 사람이라고 말하는 부분에서 상우의 미간이 일그러진다. 민주도 그걸 봤지만 모른 척, 아니 못 본 척했다. 그걸 일일이 짚고 넘어가면 상처 받는 쪽은 자신이라는 걸 잘 알고 있기 때문이었다.

"네 오빠 뒀다 뭐할 건데? 동현이한테 물어."

"우리 오빠보다는 상우 오빠가 더 잘 아니까."

"지금 바빠. 빨리 묻고 가."

"재판 혼자 다 해? 뭐가 그렇게 바빠? 커피도 한 잔 안 줘?"

"카페에 가든가, 아니면 네 오빠 방에 가서 달라고 해."

민주는 상우를 잠깐 노려보다가 체념한 듯 나지막하게 한숨을 내뱉었다.

"아영이 동생 어떤 애야?"

민주는 동현의 동생으로 아영과는 동갑이고 친구 사이였다. 그러니 당연히 다영이가 궁금할 수 있었다. 하지만 상우는 민주가 다영에게 관심을 두는 게 싫었다. 태어나면서부터 공주님이었고, 자라면서도 내내 공주님이었던 민주는 지금의 다영과 절대적으로 맞지 않는다는 걸 알고 있기 때문이었다.

"할 일이 그렇게 없어? 관심 끊어. 아영이와 완전히 달라. 그러니까 괜히 친한 척 굴다가는 피 본다?"

"엄마가 그러던데, 그 애 오빠 약혼녀로 온 거라며?"

"그건 네가 상관할 일 아니고."

"도대체 오빠는 왜 그 집에서 못 벗어나? 지금이 조선시대야? 부모님이 점찍어놓은 여자랑 결혼한다는 게 말이 돼? 엄청 순종적인 아들이었으면 말도 안 해. 자기가 하고 싶은 건 다 하고 돌아다닌 사람이 왜 결혼은 그렇게 못 해?"

"그것도 네가 상관할 일 아니야. 제발 내 일에 관심 끊자?"

"아영이라면 인정할 수 있어. 하지만 걘 인정 못 해. 아영이 동생이라는 것만으로 오빠를 차지하는 건 부당해. 오빠도 아영이 그림자에서 좀 벗어나. 걘 아영이가 아니야. 아영이 동생이지. 얼굴도 완전히 다르다고 하던데, 도대체 걔 뭘 보고 결혼까지 하려는 거야?"

"가. 너랑 일 분 이상 대화하면 골치가 아프다."

안 그래도 머리가 복잡하고 어지러운데 민주가 거기에 얹어서 골치까지 아프게 한다. 상우는 펜을 집어 들었다.

"오빠 이러는 거 아영이에 대한 과한 집착이라고 다들 쑥덕거린단 말이야."

민주는 벌떡 일어나 상우에게 다가와 그가 보던 서류를 손으로 가렸다.

"내 일은 내가 알아서 하게 좀 둘래? 너희들이 뭔데 내 일에 감 놔라 배 놔라 하는 건데?"

음성이 커진다. 아니 사나워진다. 그 순간 민주의 얼굴이 당황스러움이 스쳤다. 상우는 친구의 동생에게도 예의를 지켜주는 편이었다. 못마땅해도, 아니 싫어도 적당히 웃어주는 편이기 때문에 감정을 고스란히 드러나는 지금의 얼굴은 처음이었다.

"오빠가 걱정돼서……."

"난 너희에게 내 걱정하라고 한 적 없는데. 지금에야 말이지만, 난 아영이가 너희와 어울리는 거 영 마땅치가 않았어. 관심사라고는 자기 몸치장하는 것밖에 없었던 너희가 아영이를 이상한 쪽으로 물들일까 봐. 내가 그나마 널 상대해 주는 건 동현이 동생이기 때문이야. 그러니까 절대로 주제넘은 짓은 하지 마. 동현이 동생이라도 가만 안 둬."

눈빛이 차갑다. 아니 무섭다. 생전 처음 보는 상우의 모습에 민주는 예전에 아영에게서 들었던 말이 떠올랐다.

"오빠 한상우는 너무 좋지. 세상에 둘도 없는 오빠. 동생 바보라 할 정도로 나만 생각해 주는 완벽한 오빠야. 그런데 남자 한상우는 얼마나 나쁜지 아니? 무서워. 너무 차서 두렵거든. 오빠는 선을 넘는 걸 아주 싫어해. 그러니까 민주 너도 명심해. 오빠와 좋은 관계를 유지하고 싶으면, 절대로 선을 넘지 마. 네가 선을 넘으면 오빠는 진짜 모습을 드러낼 거야. 난 네가 오빠의 그 모습은 안 봤으면 좋겠어."

죽기 며칠 전, 자신이 죽을 걸 안 사람처럼 아영은 갑자기 이런 말을 했었다. 그때 민주는 생각했었다. 제`가 오래전부터 상우를 좋아하고 있었다는 걸 아영이 알고 있을지도 모른다고. 그래서 미리 거짓 경고하는 거로 여겼다. 하지만 지금 상우의 표정에서, 어쩌면 아영이 한 그 말이 진실일 수도 있겠다는 생각이 스쳤다.

"오빠는 무슨 말을 그렇게 심하게 해?"

하지만 이대로 물러나고 싶지 않았다. 오랫동안 상우 옆을 지켰던 아영이가 없는 지금이 상우에게 가까이 갈 유일한 기회라는 걸 알기에 포기할 수 없었다.

"내 눈에 너희들은 취미라고는 명품숍 돌아다니며 쇼핑하는 것밖에 없는, 돈 처들여서 메이크업 받고 머리 하는 데 하루를 다 보내는, 머리 텅텅 비어 있는 한심한 된장녀들이야. 그렇다고 그게 너희 돈도 아니잖아. 능력이라도 있으면 상관 안 해. 부모 잘 만나서 부모 돈으로 살면서, 하루하루 열심히 자기 계발하면서 사는 사람들을 비웃지. 만약 아영이가 너희처럼 그렇게 살았으면 당장 머리 깎아서 방에 처박았어. 적어도 아영이는 사회에 섞여 살아보려는 노력이라도 했으니까, 못마땅하지만 그냥 두고 본 거야. 아영이가 없으니 내 옆자리를 누가 차지할지 관심사가 큰 건 알겠는데, 언감생심 너희 같은 인간들이 감히, 어떻게 날 넘봐? 제발 부탁인데 주제 파악 좀 해. 알겠냐?"

한 인간의 자존심을 바닥에 처박으면서도 얼굴색 하나 안 변한다. 차라리 화를 내며 소리치는 거라면 좋으련만. 아영의 말처럼 너무 차서 두렵다는 게 무슨 뜻인지 민주는 오늘 느꼈다.

"꺼져. 다시는 오지 마. 내 사무실에 역한 네 화장품 냄새가 배는 건 싫으니까."

"이민주 나와!"

강한 충격에 그 자리에 굳어 있을 때, 오빠 동현이 민주를 불렀다.

"빨리 안 튀어나와?"

민주는 떨어지지 않는 발을 옮겨 그렇게 상우의 사무실에서 나갔다. 상우는 민주가 방에서 나가고 동현이 문을 닫자 다시 서류를 보기 시작했다. 마치 아무 일도 없었던 사람인 것처럼.

"상우 오빠 왜 저래?"

주차장에 있는 차까지 오빠 손에 끌려 나온 민주는 울 것 같은 얼굴로 동현을 보았다.

"오빠가 좀 변한 것 같아."

"저 녀석 원래 저래. 저 녀석과 가까운 사람들은 다 아는 모습인데, 넌 가깝지 않아서 모르는 거지."

동현과 민주는 별로 안 친한 남매였다. 아니 동현은 민주를 한심하게 생각했다. 아까 상우가 말한 그 이유로.

"하다영, 현재 맑은 누리 가구 공방 공동 대표. 만드는 가구가 디자인도 예쁘고 튼튼하기로 입소문이 나서 주문이 꽤 밀려 있을 정도로 인정받는 가구 디자이너야. 그리고 제일 중요한 부분, 민정혜 사장님의 유일한 핏줄. 다시 말해 민정혜 사장님의 전 재산을 상속받는 상속녀란 소리지. 너희 부류랑 뭐가 다른지 이제 알겠냐? 배경도 좋은데 능력도 출중해. 게다가 예쁘기까지 해. 돈으로 칠갑해서 예뻐 보이는 너희랑 태생부터 달라. 딱 상우와 어울린다는 소리야. 그러니까 상우 말대로 주제 파악 좀 하자. 고작 아영이한테도 기 못 폈잖아. 그런데 아영이보다 몇 배는 업그레이드된 하다영을 어떻게 감당하려고? 적당히 너랑 비슷한 사람 만나. 네가 내 동생이니까 이런 말도 해주는 거야. 알겠냐?"

동현은 쯧쯧 혀까지 차면서 사무실로 들어갔다.

"하다영?"

민주는 아영이 가지고 있던 다영의 사진을 본 적이 있었다. 모두 옆모습이었다. 커피숍에서 커피를 앞에 두고 책을 보거나, 가구를 만드는지 목재의 치수를 재는 모습이었다. 머리를 하나로 질끈 묶고 화장기 하나 없는 얼굴이어서 아영에게 동생 좀 어떻게 해야겠다고 말했던 기억이 있었다.

그런 애가 어떻게 하아영의 업그레이드판이라는 걸까?

민주는 오빠의 말이 도통 이해가 되지 않았다.

"몇 배 업그레이드됐다고? 인정 못 해. 절대로."

"이렇게 만들고 나니까 좀 허전한 것 같아. 포인트라기보다는 주위 가구와 어울리는 정도밖에 안 되는 것 같은데?"

지금 만드는 건 안방에 놓을 화장대였다. 고객이 집의 다른 가구와 잘 어울리면서 포인트 역할을 하는 가구를 원했는데, 디자인 뽑을 땐 좋았는데 만들고 나니까 영 마음에 안 들었다.

"그래도 손님 주문에 제일 맞아떨어져. 여기서 더 하면 너무 튈 것 같고."

"거울에 포인트를 좀 줘볼까? 영 밋밋하단 말이야."

"일단 보여주고 우리 뜻도 전해서 손님이 결정하는 대로 하는 게 어때? 손님 의견은 다를 수도 있으니까."

현주와 의논에 한창일 때, 공방으로 '나 부잣집 아가씨' 하고 온몸에 써놓은 듯한 여자가 들어왔다.

"여기 가구 만드는 곳인가요?"

"네. 혹 가구 주문하러 오셨어요?"

"네. 화장대 하나 주문하려고요."

"아! 사무실로 올라가시죠."

앞치마를 벗어 대충 아무 곳에나 던져둔 다영은 하던 작업을 현주에게 모두 맡기고 이 층으로 여자를 데리고 올라갔다. 그리고 차 대접을 한 뒤에 테이블을 사이에 두고 마주 보고 앉았다.

"음, 가구 공방은 이렇게 생겼구나."

여자는 주위를 살피며 고개를 끄덕였다.

여기 올 여자가 아니다. 여자를 위아래로 쭉 훑어본 뒤 다영의 머릿속에 제일 먼저 든 생각이었다.

"제 소개를 하죠. 이민주라고 해요."

소파에 등을 기댄 민주는 늘씬한 다리를 꼬았다. 그 모습에 다영을 무시하고 있는 마음이 고스란히 내비쳤다.

"네. 하다영입니다. 가구 디자이너 겸 이 공방 공동 대표죠."

민주가 자기 소개를 하자, 다영은 잠깐 '뭐지?' 하고 갸웃했다. 하지만 곧 그녀가 여기 왜 왔는지 알아차렸다. 이 여자는 상우 때문에 여기 온 것 같다. 그러니까 저쪽 세계 사람이라는 뜻이었다.

'내가 궁금해서 찾아온 거네? 가구가 목적이 아니라?'

민주의 숨은 의도를 정확하게 파악한 다영은 짙은 미소를 머금었다.

"여기 어떻게 오시게 됐어요? 대부분 소개이긴 한데요."

"네, 저도 소개받았어요. 가구를 아주 잘 만든다고 해서."

"어떤 분이 소개해 줬죠? 저희 고객들은 대부분 소개해 주는 분과 같이 오거든요. 못 오게 되면 전화를 주시죠. 그런데 전화 받은 기억이 없어서요. 소개해 주신 분 성함을 알려주시면, 제가 그분께 다녀가셨다는 전화를 드리겠습니다."

"아니에요. 제가 전화해도 돼요. 그걸 건 신경 안 쓰셔도 될 것 같아요."

다영이 슬쩍 민주를 떠보자 그녀는 아주 착하게도 그대로 걸려들었다. 연기는 죽었다 깨어나도 못 할 여자다. 돌아가는 상황이 재미있어 다영은 하하 웃음을 흘렸다.

"그런데 저희가 지금 주문을 받을 수가 없어요. 죄송합니다."

"왜죠?"

"저희가 작업할 게 많아서 몇 달이 걸릴지 확답을 드릴 수가 없습니다."

"괜찮아요. 급하지는 않아요. 몇 달이든 기다릴 수 있어요."

"제가 좋은 곳을 소개해 드리겠습니다. 정말 죄송하지만 저희는 작업이 곤란할 것 같습니다."

"그래요? 그럼 그렇게 할게요."

가볍게 알았다고 한다. 애초에 화장대 같은 것은 만들 생각이 없었다. 만들었다 해도 창고 같은 곳에 처박아두겠지. 이런 손님에게 피땀 어린 작품을 줄 수 없었다. 가구에 사연을 담을 수 있는 손님, 다영은 그런 손님에게 가구를 만들어주고 싶었다.

"죄송합니다. 다음 기회가 있길 바랍니다."

"바쁘다니 어쩔 수 없죠. 그럼 저도 다음에 기회가 되면 다시 올게요."

다영은 민주를 배웅하고 작업실로 들어오며 픽 웃음을 터뜨렸다.

"뭐야? 왜?"

"분명히 저쪽인데……."

"저쪽? 무슨 쪽? 아!"

현주는 다영이 말한 쪽이 무슨 쪽인지 단번에 알아차렸다.

"유리 공주님 친구일 가능성이 큰 것 같긴 한데…… 저 여자가 왜 찾아왔지? 이유가 없잖아."

"아영이 동생이 궁금해서 찾아왔으면 직접 신분을 밝혔을 텐데, 손님인 척 연기하는 것 보면 분명히 한상우 때문이야. 어쨌거나 탐색했으니 곧 본론으로 들어가지 않겠어?"

대충 짐작은 갔다. 그리고 그 짐작이 맞을 것이다. 저쪽 세상과는 이래저래 안 좋은 쪽으로 엮이는 게 숙명인가 보다.

다영은 작업 앞치마를 걸치며 다시 픽 웃음을 터뜨렸다.

아버지의 기일이라 봉안당에 온 다영은 경찰 정복을 입은 아버지 사진을 한참을 물끄러미 보고 있었다.

'거기 편안해요? 아영이는 만났죠? 그렇게나 애틋했던 아영이

를 만났으니 아버지는 지금 행복하겠네요?'

다영은 꽃을 내려놓았다.

"다영이구나?"

자신을 부르는 목소리에 뒤돌아본 다영은 상담을 받은 적이 있는 정신과 의사인 민석과 아버지가 죽은 뒤 법적인 모든 일을 해결해 주었던 진혁을 만나게 되었다.

"잘 지냈어? 우린 네 소식 가끔 전해 듣고 있었다."

민석은 빙긋 웃고는 들고 왔던 꽃을 내려놓았다.

"나 기억해? 옆집에 살면서도 불러서 밥 한 번도 못 먹었네."

상우가 진혁을 아주 많이 닮았다. 다영은 진혁을 보며 자신도 모르게 빙긋 웃었다.

"안녕하세요? 잘들 지내셨죠?"

진혁과 민석은 똑같이 미소를 머금으며 고개를 끄덕였다.

"아버지 뵙고 가세요. 저는 지금 가려던 참이에요."

"아직도 아빠 원망하니?"

다영은 진혁의 질문에 우뚝 멈췄다.

"글쎄요. 뭘 원망해야 하는지 잊었어요."

거짓말. 아직도 이해 못 한다는 건 원망을 가슴 밑바닥에 깔고 있다는 뜻도 된다는 걸 알면서도 다영은 진짜 다 잊어버린 사람처럼 평온하게 웃었다.

"동운이 녀석, 씩씩한 네 모습을 좋아했어. 정혜 씨, 아니 너희 엄마 그늘에 가려서 인형처럼 자랄 수밖에 없었다고 생각했었던 것 같다. 정혜 씨하고 헤어진 후로 넌 아영이보다 더 씩씩했고, 무슨 일이든 혼자서 척척 잘해 냈으니까 더 믿었지."

"아…… 네."

친구라 아버지 대신 변명해 주려는 건가. 다영은 고개를 숙이며 살짝 미간을 찌푸렸다. 듣고 싶지 않았다. 하지만 상대는 어머니가 아니라 아버지의 친구였다. 아니 한상우의 아버지여서 어쩔 수 없이 잡혀서 듣고 있어야만 했다.

"동운이가 네 걱정 안 한 게 아니야. 범인 체포 도중 어쩌다 다치기라도 하면, 네가 걱정할까 봐 일부러 말 안 했을 정도로 네가 불안해하는 걸 싫어했어."

"아버지가 다치기도 했어요? 언제요?"

몰랐다. 그녀의 기억 속에 아버지가 다친 적은 없었기 때문에, 언제 다쳤다는 건지 이해가 되지 않았다.

"가장 크게 다쳤던 건 애들 봄방학 때였나? 그때 정혜 씨도 미국에 일이 터져서, 상우 엄마랑 애들하고 다 같이 미국에 갔었어. 상우가 고3 들어가던 해였으니까, 너랑 아영이가 중2 들어가던 해였나 보다."

중2 들어가는 해의 봄방학?

다영은 움찔하며 숨까지 삼켰다. 그리고 진혁의 말에 귀를 기울였다.

"새벽에 잠복하다가 네 아빠가 칼에 찔렸어. 너한테서 엄청 전화가 왔는데, 그때 네 아빠가 수술 중이었던 모양이야. 겨우 깨어나서 네가 전화한 걸 보고, 서둘러 정혜 씨에게 전화를 걸었는데, 그때 정혜 씨도 미국행 비행기 안에 있어서 연결이 안 됐지. 나한테 전화를 걸어서 한 번 가봐 달라고 하더라. 내가 갔을 땐 늦은 오후였는데, 네가 검도복을 입고 도장에 가더라고. 네가 괜찮은 걸 확인하고 바로 네 아빠가 입원해 있던 병원에 갔지. 그때 부상이 심했었어. 유언처럼 자신에게 무슨 생기면 너에게는 말하지 말고, 바로 짐 싸서 널 엄마에게 보내라고 했었다. 엄마 옆에서 자기 소식을 들으면 충격이 덜할 거라고. 그 엄청난 걸 혼자 당하게 하지 말라고."

그때다. 가족에 대한 마음이 어그러진 계기가 됐던 그날. 그때 아버지는 안 온 게 아니라 못 온 거였단다. 자신이 아팠던 그날, 아버지는 생사의 갈림길에 서 있었단다.

뭐 이런 엿 같은 경우가 다 있지?

왜 이제야, 모든 게 어그러지고 비뚤어진 지금에서야 그 진실을 알게 된 거야!

진혁과 민석에게 인사를 제대로 했는지도 알 수 없었다. 그냥 꾸벅하고 넋 나간 상태로 터덜터덜 걸었던 것 같다.

"아가씨."

한참 동안 멍하니 걷고만 있는데 어떤 아줌마가 그녀를 툭 쳐서 제정신으로 돌아오게 했다.

"네?"

"전화 받아. 아까부터 울리잖아."

"아, 네. 감사합니다."

생각에 빠져 벨이 울리는 줄도 모르고 있던 다영은 인사를 하고 얼른 전화를 받았다.

[어디야?]

휴대폰 너머 상우의 목소리가 들린다.

[다영아, 너 지금 아버지 봉안당에 있지? 거기서 기다려. 내가

지금 가고 있으니까, 다른 데 가지 말고 기다리는 거야. 알았지?]

갑자기 힘이 쭉 빠져나가는 것 같아서 다영은 그 자리에 털썩 주저앉았다.

[다영아, 다영아? 대답 좀 해! 하다영, 나 속 터져 죽는 꼴 보고 싶어?]

"나 괜찮아요. 그러니까 안 와도 돼. 피곤해요. 집에 가서 잘래. 자고 싶어."

진심이다. 피곤함에 찌들어서 손가락 하나도 움직일 수 없을 정도였다.

[하다영, 나 미치는 꼴 볼래?]

"무슨 말을 들었는지 모르겠지만, 나 괜찮아요. 그냥 요즘 일이 많아서 피곤한 것뿐이니까, 오지 않아도 된……."

[야! 이 자식아! 거기 있으라면 좀 있어!]

상우의 고함이 휴대폰을 뚫고 튀어나왔다.

"소리 지르지 마. 그렇게 크게 말 안 해도 다 들려."

[거기 있어. 나 지금 미쳐서 돌 것 같거든. 그러니까 제발 더는 불안하게 하지 마.]

"알았어. 기다리고 있을 테니까 끊어요."

다영은 상우가 끊겠다는 말도 안 했는데 통화를 끝냈다. 그리고 또 한참 그 상태 그대로 한참을 넋을 놓았다.

[지금 동운이 봉안당인데 너 빨리 와서 다영이 좀 챙겨. 녀석이 아무래도 이상하니까.]

아버지의 전화를 받고 곧장 차를 몰았다. 그리고 상우는 다영에게 전화를 걸었다.

목소리가 이상했다. 아닌 척하지만 덜덜 떨리는 것이 그대로 느껴지는 것이, 엄청난 충격을 받은 게 분명했다. 그 뒤 신호 몇 개를 무시했는지 알 수가 없었다. 그나마 다행인 것은 차가 막히는 시간이 아니라는 것이었다. 만약 길까지 막혔으면 어쩌면 정말 미쳤을 수도 있을 정도로 지금 상우는 불안했다.

무섭게 달려왔는데도 다영과 통화하고 이십 분 정도 지났다. 불안정한 상태로 차를 몰고 갔으면 어쩌지 하는 마음에 심장이 쿵쾅거린다. 불안을 넘어 두려운 마음으로 이리저리 살피던 상우는, 고개를 푹 숙인 채 벤치에 앉아 있는 다영을 발견하고 안도의 한숨을 토해냈다.

"말 잘 들어서 예쁘네. 내 말 안 듣고 그냥 갔으면 진짜 화내려고 했어."

상우는 다영에게 다가가 앞에 섰다. 상우의 목소리에 다영은 고개를 들었다. 그리고 아무 일도 없는 사람처럼 빙긋 웃었다.

"내가 그렇게 보고 싶었어요? 나 여기서 이십 분이나 기다린 것 알아요?"

"왜 웃어? 너 어째서 웃는데? 너 지금 웃을 때 아니잖아! 웃을 상황이 아닌데 어째서 웃는 건데?"

상우의 음성이 커졌다. 아니 날카로워졌다.

"화는 왜 내? 내가 무슨 잘못을 했다고 화내는 건데? 말도 잘 들었는데, 여기 있으라고 해서 꼼짝 않고 있었는데, 왜 화내?"

얼굴에 떠올라 있던 미소가 사라졌다. 그리고 다영은 억울하다는 얼굴로 그를 노려보았다.

"말해. 무슨 일이야?"

"아무 일 없어요."

"하다영! 너 자꾸 바보같이 굴래?"

상우는 버럭 소리를 질렀다.

"왜 소리쳐? 네가 뭔데? 네가 뭔데 나한테 화내는 거냐고!"

다영은 벌떡 일어나 그의 가슴을 주먹으로 내려쳤다.

"말해. 무슨 일이야?"

"없어."

"야!"

상우의 고함이 주위를 울렸다.

"말해야 알 것 아니야? 그렇게 입 다물고 있는데 어떻게 알아? 뭐가 무서워 말 못 해? 뭐가 두려워서 말을 안 하는 건데? 네가 말 안 하면 모르잖아! 널……."

무섭게 화를 내던 상우가 갑자기 말을 끊었다. 그리고 아프게 그녀를 보았다.

"널…… 위로해 줄 수가 없잖아. 그러니까 말을 하라고. 말을 해야 알아. 아빠 때문에 아프다. 이렇게 말을 하라고!"

"화내지 마. 나한테 화내지 마요."

눈물이 그렁그렁 차오르더니 이내 뚝 떨어진다. 소리도 내지 못하고 우는 다영에 상우의 심장이 찌릿하고 아팠다.

"다영아, 무슨 일이 있었는지, 말해야 알아. 네가 말 안 하면 몰라. 나도 알 수가 없단 말이야. 말해. 무슨 일이 있었던 거야? 무슨 일인데 이렇게 힘든 건데?"

"나도 아팠단 말이야! 너무 아팠단 말이야!"

다영은 벤치에 털썩 앉으며 눈물을 아무렇게나 닦아냈다.

"아빠가 수술받은 그날, 나도 너무 아팠단 말이야! 밤새 열도 펄펄 끓었고, 몸도 아팠어. 그래서 아빠한테 전화했는데, 아빠가 전화를 안 받았단 말이야!"

"그래서? 그래서 다영아. 그래서 무슨 일이 있었는데?"

상우는 다영 앞에 쪼그리고 앉아 아래에서 위로 올려다보며 그녀와 시선을 맞췄다.

"전화를 걸었어요, 아영이에게."

그리고 이어지는 이야기에 상우는 잠깐 멍했다.

도대체 아영이가 왜 그런 걸까? 어째서 동생에게 그렇게까지 해야 했던 걸까? 뭐가 무서워 동생을 이렇게까지 밀어내야 했던 거지?

상우가 알던 아영과 다영이 아는 아영은 전혀 다른 사람이라고 해도 될 만큼 차이가 너무 컸다.

아영을 아무리 이해해 보려 해도 도무지 이해가 되지 않았다.

"그게 계기였어요. 내가 가족 모두를 잘라낸 게 바로 그 일 때문이었다고요! 그때 아빠가 아팠다는 걸 알았다면, 이렇게까지는 안 됐잖아. 아빠가 많이 다쳐서 나에게 올 수 없었다는 걸 알았다면, 내가 그 긴 시간 원망하며 지내지는 않았을 거라고! 내가…… 외톨이로…… 혼자…… 살지는 않았을 거라고."

눈물이 뚝뚝 떨어진다. 긴 시간 묻었던 이야기를 눈물과 함께 하나하나 아프게 풀고 있어서, 상우는 차마 그 눈물을 닦아줄 수가 없었다.

"아빠도, 엄마도, 아영이까지 날 버렸다고 여겼어요. 그래서 내가 모두를 버린 거예요. 모두가 나를 버렸으니까, 나도 다 버려주마. 그랬던 거라고요."

'아영아, 너 도대체 이 아이에게 무슨 짓을 한 거야?'

모두에게 버림받았다고 생각한 그날, 아이는 마음의 문을 걸어 잠갔다. 그리고 편안해졌다고 착각했다. 사실은 아프다는 아우성인데, 아이는 그 감정을 무덤덤함으로 포장해 버렸다. 그렇게 아이는 모든 자극에 귀를 닫았고 눈을 감았다. 사실은 아이가 원했던 건 조금의 관심이었을 뿐인데, 그 관심이 절실하게 필요했던 그날, 아이는 모두가 자신을 외면했다고 믿어버렸다.

"사실은 아빠가 아프다고 말했으면 좋았잖아. 사실은 걱정된다고 말해주면 좋았잖아. 그런 말만 해줬더라면, 내가…… 이렇게…… 밉게 변하지 않았을 텐데……."

상우는 손을 뻗어 다영의 눈물을 닦아주었다. 그리고 옆자리에 앉으며 다영을 끌어당겨 품에 안았다. 그리고 한참을 그렇게 등을 쓸어주었다.

"……뭐?"

혼자 생각하고 싶다는 뜻을 따라 상우는 다영을 그녀의 집으로 데려다주었다. 그리고 곧장 정혜에게로 와 다영이 했던 이야기를 그대로 털어놓았다.

"아영이가…… 다영이에게 무슨 짓을 했다고? 아파서 찾아온 애를 어떻게 해?"

"그 일로 다영이가 상처를 엄청 받았어요. 그래서 가족 모두를 잘라낸 거죠."

"도대체 그 어린 애에게 다들 무슨 짓을 한 거야?"

분노로 하얗게 질린 정혜는 부들부들 몸까지 떨었다.

"그래놓고 지는 여기서 태연하게 아무 일 없었다는 듯 살아? 동생에게 그런 짓을 해놓고 여기서 발 뻗고 살았던 거냐고!"

"이모, 아영이도 이유가 있어서⋯⋯."

"죽었으면 좋겠다고 했어!"

일단 아영이 편에서 변명이라는 걸 해보려 했던 상우는 정혜의 다음 말에 입을 다물었다.

"그래서 그 아이만 데리고 온 거야! 그래서 다영이를 놓고 온 거라고!"

"무슨⋯⋯."

정혜는 마치 정신 나간 사람처럼 거실 여기저기를 서성거렸다.

"이모?"

"이혼하기 며칠 전에 아영이 담임한테서 보자는 연락이 왔었어. 갔더니, 아영이가 부모가 이혼할 것 같다고 말하면서 그러더래. 다영이가 죽었으면 좋겠다 말했다고. 다영이가 모든 걸 다 빼앗아서 독차지한다며, 동생이 죽었으면 좋겠다고 말하더래."

정혜는 부들부들 떨리는 자기 몸을 감싸 안았다.

"그래서 아영이만 데리고 온 거야. 생각해 보니까 내가 아영이는 잘한다는 이유로 신경을 못 쓴 것 같아서, 그래서 아이가 그렇게 된 것 같아서, 아영이 마음 좀 풀어주려고, 다영이는 아빠 옆에 놓고 아영이만 데리고 온 거야. 다영이는 나중에 데리고 오면 되는 거니까."

"서, 설마⋯⋯ 하지만 그때 다영이가⋯⋯."

상우는 말을 끝내지 못했다.

모든 게 아영이 거짓말이라면? 어렸던 아영이가 이 모든 걸 계획한 거라면?

상우는 차마 그 말을 입 밖으로 내놓을 수는 없었다.

"내가 다영이만 끼고 돈 건 사실이야. 자세히 살피지 않으면 애가 뭘 원하는지 알 수가 없었어. 배가 고픈지, 어디 아픈지, 뭘 갖고 싶은지, 자세히 보지 않으면 그 아이 생각을 읽을 수가 없었으니까. 아영이에게 소홀했던 게 미안해서 다영이를 같이 데리고 올 수가 없었던 거야. 물론 다영이가 아빠 옆에 남고 싶어 한다는 아영이 말도 믿었어. 다영이 생각은 나보다 아영이가 더 잘 읽었거든. 난 못 읽는 걸 아영은 귀신같이 읽어내서, 다영이에 대한 건 아영이 말을 절대적으로 믿었는데……."

아영이가 한 모든 말이 거짓일 수도 있다. 다영이는 말을 잘 안 했으니까, 아영이가 원했던 게 다영의 생각으로 둔갑했을 가능성도 컸다.

선생님을 이용해 엄마를 따라갈 구실을 만들고, 다영의 말인 것처럼 속여 동생을 아빠 옆에 떨어뜨렸다. 이런저런 핑계를 대며 주위 사람이 동생을 만나는 걸 막았고, 아프다는 말도 안 하던 동생이 아프다고 전화할 정도면 얼마나 아픈 건지 짐작하면서도, 집까지 찾아온 동생을 외면했다. 그렇게 상처 받은 다영은 영원히 엄마와 멀어졌고, 다영이 없는 세상에서 아영은 모든 것을 다 차지했다.

'아영아…… 도대체 너…… 누구야?'

알면 알수록 더 모르겠다. 이젠 뭘 보고 들은 건지 알 수가 없다. 충격으로 쓰러지는 게 어떤 느낌인지 대충 짐작이 가는 것 같다. 상우는 멍한 상태로 소파 등받이에 몸을 기댔다.

"동생을 그렇게 처박아 버리고, 내 밑에서 호의호식해?"

갑자기 사납게 변한 정혜가 이 층으로 뛰어 올라갔다.

"이모!"

상우는 재빨리 정혜의 뒤를 따랐다.

"그때 차라리 정신 병원에 보냈어야 했어!"

정혜는 무섭게 소리치며 아영의 방에 들어가 물건들을 닥치는 대로 바닥에 집어 던지기 시작했다.

"이년을 정신 병원에 보내고 다영이를 챙겼어야 했다고! 내가 이런 년을 자식이라 여기고 다영이를 그 지경으로 만들었어! 내가 이런 년 때문에 다영이 그 여린 애를 그렇게 만들어 버린 거라고!"

정혜는 이미 이성의 끈을 놓아버린 상태였다. 지금 정혜는 아무것도 안 보이는 것 같았다.

그 어마어마한 기세에 상우는 정혜를 말릴 생각도 못 하고 그 자리에 못 박혀 있었다.

"다 빼앗은 건 다영이가 아니야! 바로 이년이야! 이년이 바로 다영이 것을 모두 빼앗⋯⋯."

미친 듯이 아영이의 옷을 찢던 정혜는 분노가 최고조에 다다르자 결국 그 감정을 이기지 못한 채 그대로 쓰러졌다.

"이모!"

정혜가 정신을 놓아버린 그 순간 상우는 쓰러지는 그녀를 잡으러 뛰었다.

집에 오자마자 쓰러져 한참을 자고 난 뒤에, 날이 바뀌고 해가 중천에 떠서야 다영은 집을 나섰다. 그리고 차를 몰았다.

"우리 다영이!"

한 시간 정도 흐른 후, 다영은 파출소 앞에 있었다.

아버지의 오랜 친구이자 같은 팀이었던 박준수 형사를 만나러 온 것이었다. 아버지가 돌아가신 그때는 다른 분이 파트너였지만, 다영이 기억하는 아버지 파트너는 바로 이분이셨다.

"어렸던 녀석이 이렇게 컸구나? 이젠 숙녀가 다 됐네?"

"아저씨께서도 많이 변하셨네요? 계속 형사로 남으실 줄 알았는데……."

"강력계 형사로 살면서 가족 속 그만큼 썩었으니, 그만둘 때가 지났지. 그리고 나도 이제 나이가 있잖아. 뛰는 것 힘들어 못 해."

준수는 다영에게 잠깐 기다리라고 하면서 파출소를 나갔다. 그리고 얼마 뒤에 생과일주스 두 잔을 가지고 들어와 그녀에게 주었다.

"딸기 주스. 좋아하지?"

"어떻게 아셨어요?"

"동운이가 네가 사주던 거라면서 딸기 주스만 먹었어. 이혼하기 전에는 그렇게 커피를 달고 살던 녀석이 이혼하고 난 뒤에 갑자기 딸기 주스로 바꿨지. 그래서 왜 그것만 마시냐 했더니, 다영이 녀석이 검도장 갔다 오면서 딸기 주스를 사와서 주더니 '커피는 몸에 해로워요' 하고 말하더라나? 그 뒤로 네 아빠 커피는 되도록 안 마셨어. 그 대신 딸기 주스를 사 먹었지."

다영은 모르는 일이었다. 모두를 원망하고 살았던 그때, 많은 기억이 지워진 모양이다. 좋은 기억은 지우고 나빴던 기억만 꽉 붙들고 살았던 것 같았다.

다영은 빙긋 웃으며 손에 꼭 쥔 주스를 내려다보았다.

"자, 이제 나에게 알고 싶은 게 뭔지 말해. 다 대답해 줄 테니까."

"그냥…… 갑자기 아빠가 궁금해졌어요. 아빠는 어떤 분이셨어요?"

"훌륭한 형사지. 나쁜 놈들을 아주 많이 잡은 훌륭한 형사. 위험한 놈들을 주로 많이 잡아들인 탓에 다치기도 많이 다쳤고. 네 아빠가 정말 안 좋은 면이 있는데, 일단 범인을 쫓기 시작하면 살짝 정신줄을 풀어. 다치지 않는 선에서 적당히 하면 좋으련만 항상 목숨 걸고 쫓아. 아마 우리 중에 제일 많이 다쳤을 거다."

"저는 아빠 다친 것 못 봤어요. 단 한 번도."

"너희 아빠, 가족이 불안해하는 거 싫어했어. 다친 모습을 보면 가족이 걱정하고 불안해하니까 항상 숨기더라고. 일한다고 거짓말하고 병원에 누워 있고, 숨길 수 없는 부위가 다치면 또 집에 못 들어가고. 그 답답한 게 네 아빠 사랑법이었던 모양이야. 너 혼자 집에 있을 땐, 근처 파출소에 하루에 한두 번씩 꼭 전화해서 애가 혼자 있으니까 순찰 좀 잘해달라고 신신당부했지. 앞집, 옆집, 뒷집, 네가 자주 다니는 슈퍼까지 돌면서 애 좀 챙겨달라고 부탁하기도 하고. 다행히도 넌 아영이보다 훨씬 더 씩씩해졌고, 네 아빠는 그런 널 엄청 자랑스러워했어."

준수는 중간에 말을 잠깐 끊고 다영을 다정하게 보았다.

"다영아, 네 아빠는 그렇게 감정 표현이 서툰 사람이야. 항상 널 지켜보고 있으면서 널 지켜보고 널 걱정하고 있다는 말을 안 하지. 당연히 너에게 사랑한다, 자랑스럽다, 이런 말도 못 해."

"그랬군요. 아빠가 그런 분이셨어요."

"그런 아빠를 제일 많이 닮은 게 너잖아."

계속 주스만 보던 다영이 고개를 들어 준수와 시선을 맞추었다.

"네가 자라는 모습을 보면서 도대체 이 애가 무슨 생각을 하는지 모르겠다고 하더라. 네 엄마가 끊임없이 너에게 묻고 대답을 강요하지 않으면 단 한마디도 안 할 가능성이 크다며 아파했어. 극단적으로 네가 정신적으로 문제가 있는 건 아닌가 하고 걱정했을 정도였지."

"그때 제가 그 정도였어요? 저는 잘⋯⋯."

"여러 이유로 해서 네가 남아야 했을 때, 네 아빠는 마지막 선택으로 널 도장에 넣은 거야. 지금까지는 네가 몸이 약하다는 이유로 엄마 보호 속에 자랐으니까, 혹시나 환경이 바뀌면 달라지지 않을까 하는 기대감으로. 그런데 넌 거짓말처럼 변하기 시작했지. 친구들과 어울리더니 얼마 안 가 지지배배 떠들기 시작했다고. 네가 아빠를 붙잡고 맨 처음에 했던 수다가 짓궂게 장난치던 남자애를 죽도로 내려친 사건이었다며, 그때 네 아빠가 얼마나 웃었는지 아니? 내 평생 그렇게 웃는 모습은 처음 본 것 같아."

이것도 기억에 없다. 다 지웠다. 아니다. 어느 순간부터 아버지의 얼굴을 제대로 보려 하지 않았다. 그냥 적당히 가족 흉내만 내면 된다고 여겼기 때문에 아버지가 자신을 어떤 표정으로 보고 있는지 알려고 하지 않았다.

"네 아빠가 긴 시간 집에 못 들어갈 땐 대부분 다쳤을 때야. 혼자 있을 너에게 다친 모습까지 보이고 싶지 않아서."

"아…… 네."

다영의 시선이 다시 아래로 떨어졌다.

"네 아빠의 답답하고 서툰 사랑법이 너에게 상처가 됐다는 건 오래전에 알고 있었다. 그때 내가 너에게 이런 말을 안 한 건, 내가 하는 말이 변명으로 들릴 것 같아서였어. 네가 이렇게 와서 물어주길 바란 것도 있고. 그리고 네 아빠가 죽기 전에 널 지켜봐 달라는 부탁을 했다. 그래서 네가 여행 다닌 장소도 다 알고, 가구 디자인 학교에 다닌 것도 알고, 지금 동업하는 친구도 거기서 만났다는 것도 알아."

"아저씨께서 저를 계속 지켜보신 거예요?"

"내가 동원할 수 있는 인맥은 다 동원해서 네가 가는 곳마다 확인했지. 네 아빠가 우리 형사들 사이에서 좀 유명하거든. 존경하는 녀석들도 꽤 많아."

다시 말해 지금까지 죽은 아빠 그늘에서 살았다는 뜻이다. 완벽하게 혼자라 생각했던 지난 시간이 사실은 혼자가 아니었다니. 제 아픔에 갇혀서 밖을 보려 하지 않고 산 지난 시간이 너무 어이가 없어, 다영은 자신도 모르게 하하 웃음을 터뜨렸다.

〈이모가 병원에 입원했어. 문자 보는 대로 와.〉

아버지 친구를 만난 후에 문자를 보게 된 다영은 서둘러 병원으로 향했다. 그리고 초췌한 모습으로 누워 있는 정혜를 보게 되었다.

늘 화장까지 완벽하게 한 모습이었다. 집에 있을 때조차도 완벽한 모습을 유지하고 계셨기 때문에, 이런 어머니의 모습은 상당히 낯설었다.

상우는 주무시게 두고 잠깐 나가자며 그녀를 데리고 병원 밖 작은 공원 겸 쉼터로 향했다. 그리고 제일 먼저 보이는 벤치에 앉았다.

"왜……."

"아영이 일 전해 듣고 충격이 크셨던 모양이야. 사실 심약해지신 건 꽤 오래됐지. 아영이 죽은 다음에 많이 약해지셨으니까. 그래도 너 들어오고 나아졌었는데, 아영이 일 전해 듣고 맥을 놓아버리신 것 같아."

"왜요? 이번에도 내가 거짓말한다고 하셨어요?"

다영은 다 알고 있으니 솔직하게 말해줘도 괜찮다는 뜻으로 미소를 지었다.

"아니야. 어제 그 말 듣고 아영이에게 화내시다가 쓰러지셨어. 곧 안정을 되찾았지만. 지금은 일부러 계속 주무셔. 이모는 버티기 힘들 정도로 힘들어지면 주무셔. 자면서 생각하시는지, 그렇게 몇 날을 주무시다가 일어난 후에는 하나하나 정리하기 시작하시지. 그 부분은 누구랑 비슷하지?"

다영은 상우가 말하는 누구가 자신이라는 걸 깨달았다. 하지만 입 밖으로 꺼내지는 않았다. 어머니와 자신이 닮은 구석이 있다는 게 영 마땅치가 않아서였다.

"어쩌면 아영이는 네가 되고 싶었던 건지도 모르겠어. 이모의 강요가 아니라, 스스로 네가 된 모양이야. 어린 시절의 아영이는 너 때문에 상처 받았고, 자라면서는 자기가 받았던 상처를 너한 테 다 돌려줬지. 그런데 지금은 아영이가 밉다. 꼭 그렇게까지 해 야 했었는지 의문도 들고. 동생보다는 애인이 더 가슴 아픈 모양 이야."

"이상하죠? 아영이의 일기에서 나에 대한 이야기는 어렸을 때, 부모님이 이혼하기 전까지만 나와요. 언니는 그 뒤로 날 완전히 지웠던 걸까요? 나를 외면했던 그날의 일도, 나를 다시 만난 그 이후로도, 나에 관한 내용은 없어요. 한두 번은 나올 법한데, 괜 히 서운해지더라고요."

다영은 모든 걸 다 내려놓은 사람처럼 허탈해 보였다.

"이번에는 나도 아영이 편을 들어줄 수가 없어. 아니 들어주고 싶지 않아."

"한상우 씨는 무조건 내 편을 들어야죠. 그래야 내가 기분 좋 지."

상우는 그녀의 손을 잡으며 깍지를 꼈다.

"다영아, 나는 내가 참 잘하고 있다고 생각했어. 그런데 이제 는 모르겠다. 나 때문에 덮어놓았던 네 상처도 헤집었고, 이모는 몰라도 되는 아영이의 다른 얼굴을 알게 됐잖아. 이게 다 아물어 가는 과정이라면 좋을 텐데, 만약에 말이야, 아니면 어떻게 하 지? 이모까지는 아니더라도, 내 여자만큼은 낫게 해주고 싶은 데, 낫는다 해도 흉터가 너무 크게 남을 것 같지?"

"그래도 이제는 한상우가 내 옆에 있어줄 테니까 괜찮아요."

생각도 못 한 말이었다. 상우는 뜻밖의 말에 너무 놀란 나머지 눈이 휘둥그레졌다.

"나중에 어떻게 될지는 모르겠지만, 적어도 내 옆에 있는 날만큼은 내 편일 거잖아요."

"어이구, 매정한 녀석."

상우는 다영의 손을 놓은 채 상처 받았다는 뜻을 보이기 위해 조금 떨어져 벤치 끝으로 옮겨 앉았다.

"뭐야? 왜? 내가 뭘 짓을 했다고?"

다영은 자기 딴에는 예쁜 말만 골라서 한 것 같은데 상우가 왜 이런 행동을 하는지 이해할 수 없었다.

"예쁜 말만 하면 어디가 덧나? '나중에 어떻게 될지는 모르겠지만' 이 말은 왜 들어가는데?"

"난 '영원히'라는 말은 안 믿어요. 이 세상에 영원한 게 어디 있어? 다 시한부지. 사랑? 나는 그 사랑이 제일 짧은 생명력을 자랑한다고 생각해요."

"그렇다 치고, 그래서 결혼이라는 제도가 있잖아. 법적으로 묶어놓는 거지."

"그래서 이혼이라는 것도 있죠."

달콤하게 사랑을 속삭여야 할 연애 초기. 이성보다는 감성이, 머리보다는 심장이 지배해야 할 때 둘의 대화는 이성, 머리, 냉정함으로 물들어갔다.

"우리 시작한 지 며칠 안 된 연인 맞냐?"

상우가 이를 바드득 갈자 다영은 어색하게 히히 죽었다.

"어머니 일어났을 텐데? 나 들어가 봐도 돼요?"

"들어가라. 나도 사무실 들어가 봐야 해. 저녁에 올게. 그때까지 이모랑 대화 좀 해."

"무슨 대화를……."

투덜거리던 다영은 상우의 눈빛이 날카로워지자 어쩔 수 없다는 얼굴로 고개를 끄덕였다.

"먹고 싶은 거 있으면 문자 보내고."

"빨리 오기나 해요. 나 어머니랑 있으면 엄청 어색하단 말이에요."

"자랑이다. 엄마랑 있는데 어색한 딸이 어디 있어?"

"여기. 나 있잖아요. 그러니까 빨랑 와."

상우는 한숨을 내쉬며 다영의 볼을 양쪽으로 잡아 늘렸다.

"자기야, 너무너무 보고 싶으니까 빨리 와줘. 사랑해. 하트 하트. 이런 문자 보내면 생각해 볼게."

"그냥 가서 밤새도록 일해요. 안 와도 돼요."

다영은 그의 손을 쳐내고는 진저리를 치며 병원을 향해 걸어갔다.

"문자 안 하면 안 온다? 이거 진심이다?"

상우는 다영의 등에다 이렇게 소리치며 하하 웃음을 터뜨렸다.

충분히 푹 자고 일어난 정혜는 옆에 앉아서 스케치북에 디자인을 하느라 열중하고 있는 딸을 보게 되었다.

"왜 가구를 만들게 됐어?"

정혜가 깨어났다는 사실도 알아채지 못했던 다영은 갑작스러운 질문에 움찔 놀라며 고개를 돌렸다. 그리고 일어나 앉아 있는 엄마와 눈이 마주쳤다.

"뜬금없는 것 같아서."

다영은 들고 있던 것들을 내려놓고 엄마를 향해 몸을 틀었다.

"아빠 돌아가시고 여행을 다녔어요. 시골 어느 마을이었는데, 어떤 할머니께서 나무로 만든 앉은뱅이 의자를 고치고 계시더라고요. 그래서 왜 그걸 고치고 있냐고, 그냥 하나 사지 그러냐고 물었죠. 그랬더니 할머니께서 죽은 남편이 할머니를 위해 처음으로 만들어준 의자라면서, 사연이 있는 의자라 버릴 수가 없다고 하셨어요. 그때 생각했죠. 나도 사연을 담을 수 있는 가구를 만들었으면 좋겠다. 혼자 통탕거리고 만들 수 있다 생각하니까, 직업으로도 적당한 것 같아서 이 길로 들어선 거죠."

"사연이 있는 가구라. 좋은 말이구나. 좋은 뜻이야."

"맞게 가고 있는지는 모르겠어요. 그래도 다 만들어진 가구를 보며 손님들이 좋아하면, 그게 좋더라고요."

"그거면 돼. 손님들이 좋아하는 가구. 그 외에 뭐가 더 있겠어?"

정혜는 빙긋 웃고 있는 다영을 가만히 보았다.

이 아이가 언제 이렇게 큰 걸까?

죽기 전까지 남편은 가끔 아이의 사진을 보내줬었다. 그때마다 아이는 언제나 늘 웃는 얼굴이었기 때문에 아이 가슴에 피멍이 들어 있다고는 생각도 못 했었다.

자신이 가까이서 지켜봤다면 어땠을까? 다영의 표정을 살피는 건 늘 엄마인 제 몫이었으니까, 이상하다는 걸 눈치챘을까?

아니다. 어쩌면 몰랐을 가능성도 있었다. 생각해 보니 안다고 생각했을 뿐, 다영의 입으로 다영이 무슨 생각을 하고 있는지 직접 들은 기억이 없었다.

"지금 생각해 보면 내가 널 데리고 왔더라도 잘 키울 수는 없었을 것 같아. 지금까지 난 자식을 위해 결정했다고 생각했었는데, 날 위한 결정이었던 모양이야. 자식을 위했다면 네 아빠랑 그렇게 이혼하지는 않았겠지."

"어머니 주무실 때 문득 이런 생각을 했어요. 언니에게는 내가 큰 상처일 수도 있겠구나. 태어나면서부터 약했던 동생이라, 사랑받고 응석 부릴 나이에 언니는 동생에게 어머니의 모든 사랑을 양보해야 했을 테니까요. 언니는 계속 엄마의 등만 봤겠죠. 그래서 내가 되고 싶었던 건 아닐까 하는 생각. 사실 한상우 씨가 한 말이에요. 언니가 내가 되고 싶어 한 것 같다는 건. 언니가 어린 시절의 내 모습을 흉내 내고 있었다고 생각했었는데, 사실은 정말 내가 되고 싶어 한 건 아닐까 하는 생각이요. 어느 순간 언니는 자신이 아영인지 다영인지 헷갈린 건 아닐까요? 그래서 일기장에 내 이야기가 없었던 거 아닐까요? 만약 그랬다면, 언니를 그렇게 만든 건 아버지와 어머니 그리고 나겠죠? 그걸로 그냥 퉁치려고요. 죽은 사람 상대로 잘잘못을 따질 수는 없으니까, 그냥 그렇게 이해할 생각이에요."

"이해…… 한다고?"

불과 며칠 전에 다영은 이해가 안 된다고 했었다. 그런데 지금은 이해할 생각이라니. 며칠 만에 심경의 변화가 있었다는 사실에 정혜는 무척 놀랐다.

"각자 그럴 수밖에 없었던 사연이 있었겠죠. 아버지도, 어머니도, 언니도. 그냥 그렇게 이해하고 받아들일 생각이에요. 우리 그냥 편하게 살아요. 과거를 캐는 건 더 안 하고 싶어."

"무슨 말을 하는 건지 자세히 설명해 줄래?"

심장이 쿵쿵 뛰고 목소리가 떨린다. 정혜는 엄습해 오는 긴장감으로 어렵게 침을 꿀꺽 삼켰다.

"생활은 따로 해요. 나 같이 못 살아요. 다만 부르시면 갈게요. 딸 독립시켰다고 생각하시라고, 엄마."

"다영아……."

"다만, 내 인생에 관여할 생각은 하지 마세요. 나 엄마 말씀잘 들을 만큼 순종적인 딸 아니잖아요. 저는 못된 말 아주 많이하는 딸이에요. 기분 나쁘면 엄마 심장 후벼 파는 말 같은 거 막쏟아낼 거예요. 그러니까 저랑 싸우기 싫으시면 제 인생은 제게맡겨두세요."

"상우 말이구나?"

"회사도 포함된 말이에요. 저는 지금 하는 제 일이 좋아요. 나무를 깎고 다듬어서 누군가를 위한 가구를 만드는 게 신나요. 내가 디자인한 대로 가구가 딱 만들어지는 것도 좋고. 오 년, 십년, 시간이 흐르면서 쓰는 사람의 사연을 담는 것도 설레거든요."

"상우는 내가 가장 믿는 아이야. 모든 면에서 그 아이 이상의남자는 없어."

"저 엄마가 만나라고 해서 만나고 헤어지라고 해서 헤어지는그런 애 아니에요. 그러니까 신경 끄세요. 아셨죠?"

"그래. 알았다. 알았어. 다 네가 하고 싶은 대로 해. 처음부터널 내 마음대로 할 수 있을 거라는 기대 같은 건 안 했으니까."

정혜는 모든 걸 체념한 듯한 얼굴로 침대에 누웠다.

"오늘은 옆에 있을게요. 말 안 듣는 딸이지만, 앞으로 딸 역할

열심히 하겠다는 의미로."

정혜는 작은 소리로 웅얼 하고는 몸을 틀어서 등을 보였다. 하지만 그 말을 들은 다영의 얼굴에 미소가 번졌다. 정혜가 한 말은 '고맙다'였다.

"잘했어. 장해."

밤늦게 병원에 온 상우는 다영으로부터 정혜와 화해했다는 말을 전해 들었다. 과정이 어찌 되든 이렇게 하나가 해결되나 보다. 다영의 마음에 또 하나의 깊은 상처가 남게 된 건 마음 아프지만, 그런 과정을 거쳐서 가족이 남은 것에 대해선 다행이라는 생각이 들었다. 그런 아픈 과정까지 거쳤는데도, 아무것도 남지 않으면 그건 더 상처가 됐을 테니까.

상우는 다영의 머리를 헝클고는 끌어다가 꼭 안았다. 그리고 부드럽게 등을 쓸었다.

"이해해 볼 생각이에요. 아빠도, 엄마도, 아영이도. 아직도 난 이해가 잘 안 되는 답답하고 이기적이기까지 한 사람이지만, 이해해 보려고 노력하다 보면 언젠가는 진짜로 이해할 수 있는 날이 오지 않을까 해요."

"잘했어. 잘 생각했어."

"오늘 처음으로 우리 가족의 문제점이 뭐였는지 생각했어요. 골치 아픈 문제라 생각했었는데, 답을 아주 쉽게 알겠더라고요."

다영은 그의 품에서 빠져나와 한 걸음 뒤로 물러섰다.

"답이 뭔데?"

"우리 가족은 소통이 없었어요. 아니 더 정확하게 말해서, 우리 가족은 마음을 터놓고 대화하는 법을 몰랐던 것 같아요."

가족이 불안해하는 게 싫었던 아버지, 만약 아버지가 어머니께 마음을 그대로 다 보여줬더라면 어찌 되었을까?

너무나 다른 두 명의 아이, 그때 어머니의 사랑이 두 아이 모두에게 똑같이 갔었더라면 어찌 되었을까?

가장 눈에 많이 띄는 것 같지만 실상은 가장 소외당했던 아이, 만약 아영이가 그런 자신의 마음을 그대로 표현했었더라면, 그래서 부모님들이 아이의 생각을 미리 알았더라면 어찌 되었을까?

아니다. 가장 문제는 자신이었는지도 모른다. 다영 자신이, 자기 문제점을 인지하고 변하려 애썼더라면 어머니와 아영이, 두 사람의 삶은 지금과 많이 달랐을지도 모른다. 그때 다영은 변해야 한다는 생각 같은 건 하지 않았었다. 그 상태 그대로도 편했기 때문에 꼭 변할 필요성을 못 느꼈다.

그때 만약 이런 자기 때문에 누군가 아프다는 건 알게 됐더라면 어찌 됐을까? 그래서 조금이라도 변해보려고 노력했다면 어찌 되었을까?

너무 늦어버린 깨달음에 마음이 무거웠다.

"아빠에 이어 아영이까지 잃은 다음에 얻은 깨달음이라 마음이 아프지만, 엄마는 잃고 싶지 않으니까. 맞춰지지 않을 거라 예상하고 미리 포기하는 건 안 할 생각이에요. 엄마랑 부딪쳐 보려고요. 100% 감정싸움으로 번질 게 뻔하지만, 그래도 싸우다 보면 언젠가는 맞춰지겠죠. 그때까지 도와줘야 해요? 귀찮다고 도망가면 가만 안 둬요?"

"알았어. 절대로 도망 안 갈게."

영원한 사랑을 꿈꿀 정도로 로맨틱한 성격은 아니지만, 조금씩 함께하려는 시간이 길어진다. 조금씩 변하는 다영을 보며 상우는 가느다란 희망을 느껴졌다.

"우리 다영이 이제 행복해지기만 하면 되겠네? 그건 내가 해줄게. 악 하고 비명이 터질 정도로 세상에서 가장 행복한 사람으로 만들어줄게."

이 말에 다영은 까르르 웃음을 터뜨렸다.

"글쎄요. 그게 가능할까? 내 생각에는 열 몇 번 받을 것 같은데?"

이 남자 곁에 맴도는 여자 그림자. 다영은 그 그림자가 누군지 이미 알고 있었다. 물론 이 남자는 관심도 안 줄 것이다. 이 남자는 모든 여자에게 친절한 그런 남자가 아니니까. 하지만 상대 여자는 이미 시작했을 가능성이 컸다. 만약 그렇다면, 쉽게 포기할 수 없을 것이다.

"그럴 수도 있겠지. 하지만 어떤 순간이든 난 네 편일 거야. 너 아닌 다른 사람 편에 서는 일은 없어. 난 네가 살인을 한 살인자라 해도 네 말만 믿을 거니까."

"진짜? 내가 무슨 짓을 하든?"

"바람만 안 피우면? 네 옆에 딴 놈이 있는 건 못 참으니까."

그렇지. 조건이 안 붙으면 안 되지. 다영은 그를 살짝 흘겨보다 가볍게 가슴을 톡 쳤다.

"그런데 야심한 밤에 병원에서 만나는 것도 꽤 짜릿하네?"

상우는 느끼하게 웃으며 그녀의 허리를 감싸며 끌어당겼다.

"이모는 자?"

"자면?"

"나 오늘 집에 들어가지 말까? 내 애인이 어두컴컴한 병원이 무서우니까 옆에 있어 달라고 하면 있어줄 수 있는데."

"어서 들어가요. 어제도 제대로 못 잤잖아."

"그냥 손 꼭 잡고 밤새도록 얘기만 할게. 나 집에 들여보내지 마. 자기야, 나 오늘 집에 안 들어가면 안 돼?"

상우는 일부러 칭얼거리듯 말하면서 가볍게 입을 맞췄다. 다른 남자의 애교에 몸이 오그라드는 것 같아 다영은 기겁하면서 상우의 품에서 벗어나 팔을 벅벅 긁었다.

"이 남자 왜 이래? 나 진짜 전생에 나라를 팔아먹었나 봐. 점점 더 이상해져. 빨리 집에 가요! 아무래도 그쪽 수면 부족인 것 같으니까."

다영은 몸을 부르르 떨며 휙 돌아 정혜가 있는 병실로 향했다. 하지만 몇 걸음 못 가 뒤에서 끌어안는 상우 때문에 그 자리에 멈춰 섰다.

"진심이야. 세상에서 제일 행복한 사람으로 만들어줄게. 사랑해, 하다영. 내 꼬마 아가씨."

상우의 달콤한 고백에 다영의 입가에 미소가 번졌다.

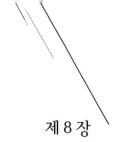

제 8 장

태인의 포장마차. 그는 이곳과 전혀 어울리지 않은 사람들이 가게에 앉아 있자 살짝 얼굴을 찌푸리며 그들을 지켜보고 있었다.

"그 애가 하다영의 동생이라는 이유만으로 오빠를 차지하는 건 옳지 않아."

민주는 며칠 내내 계속 비슷한 말만 했었다. 몰래 다영을 만나고 온 뒤부터 이런 상태였으니, 다영이 마음에 안 들긴 어지간히 안 든 모양이었다.

"그 애가 아영이 동생이라고는 해도 민정혜 사장님은 없는 자식 취급했었잖아. 오빠 부모님이 그런 애를 마음에 들어 하실 리가 없어."

민주는 자기가 유리한 쪽으로 해석하는 게 특기였다. 그래서 상우에 관한 일도 자기가 유리한 쪽으로 해석 중이다.

"그런데 아영이 동생 어떻게 생겼어? 사진으로 봤을 땐 꽤 예쁘던데?"

하지만 모두가 민주처럼 다영에게 악의를 가지고 있는 건 아니었다. 친구 중 성격과 스타일 모두 아영과 비슷한 예나는, 아영이 살아 있을 때 몇 번이고 동생을 만나게 해달라고 했을 정도로 늘 다영을 궁금해했다.

"너는 지금 그게 궁금해?"

민주가 사납게 얼굴을 일그러뜨렸지만, 예나는 그게 뭐 어떠냐는 표정으로 그녀를 보았다.

"우리가 아영이 동생 궁금해하는 건 당연한 거 아니야? 상우 오빠 좋아하는 애들이야 아영이 동생 등장이 싫을 수 있지만, 난 순수하게 하다영이 궁금해."

예나의 말에 다른 한 명이 동의한다는 얼굴로 고개를 끄덕였다.

"우리는 아영이의 친구야. 하다영은 아영이의 동생이고. 몇몇 애들 욕심 때문에 우리가 아영이 동생을 미워해야 한다는 게 말이 돼?"

"자격이 없잖아! 그런 애가 상우 오빠와 어울리긴 하냐고!"

친구들이 하나둘 예나의 말에 동의하고 나서자 민주는 얼굴까지 벌겋게 해서 크게 소리를 질렀다.

"태인 오빠는 아영이 동생 봤지?"

강 건너 불구경하듯 하고 있던 태인은 민주가 갑자기 자기에게 질문을 하자 움찔하고 놀랐다.

"봤지."

"어때? 영 형편없지? 그런 애가 어떻게 아영이 동생인지 모르겠어."

민주는 자기 원하는 대답을 해달라고 강요했다.

"예쁘고 성격 좋다고 하던데, 정말 그래?"

예나도 민주와 별반 다르지 않았다. 자기가 원하는 대답을 하라는 표정이었다.

"아영이와 정반대이긴 하지."

"우리 오빠 눈이 어떻게 됐나 봐. 그런 애가 아영이 업그레이드판이라니. 말도 안 돼."

민주는 다시 생각해도 열이 받는지 부르르 몸을 떨었다.

"그건 모르겠고, 너희랑 붙으면 큰 소리가 날 건 알지. 그 성격에 지금 너희들 수다를 들었다면 가만둘 것 같지 않아. 머리채를 잡아도 골백번은 잡았지."

"머리채? 수준 떨어지게."

'그건 하다영이 너희를 보고 할 말이고.'

민주의 말에 태인은 비웃듯 픽 웃음을 흘렸다.

"쟤들한테 걸리면 안 돼. 감 놔라 배 놔라, 옳으니 그르니, 자기들끼리 얼마나 싸울지 보지 않아도 알 것 같아. 걸린 그 순간부터 머리가 뱅글뱅글 돈다고 생각하면 돼. 쟤들은 힘이 되는 친구들이 아니라, 그나마 있던 힘도 빼내는 친구들이야."

며칠 지켜본 결과, 태인은 아영이 왜 그렇게 말을 했는지 알 것도 같았다. 생각이 다른 민주와 예나를 중심으로 무리가 둘로 갈라졌다. 서로 한 발도 물러서지 않고 맞서는 모습에 태인도 기가 막혀서 고개를 절레절레 흔들었다.

"그런데 너희들 한 가지 잊고 있는 게 있어."

태인의 말에 모두 그를 보았다.

"지금 너희가 하는 말 상우가 들으면 모두 씹어 드시려 하지 않겠냐? 내가 상우 친구라서 하는 말인데, 걔 성격 지랄이야. 너희가 아는 상우가 다가 아니라고. 상우 앞에서는 제발 입조심 좀 해. 이건 너희 동네 오빠로서 하는 말이야."

태인의 경고에 모두 입을 다물었다. 아니 그냥 그대로 굳었다고 봐야 옳았다. 겨우 조용해진 포장마차 안. 태인은 조용히 술만 마시는 민주 무리를 보며 작게 킥킥 웃음을 터뜨렸다.

또다시 상처가 덮였다. 하지만 완전히 혼자가 된 예전과 달랐다. 정혜와의 관계가 조금은 편안해졌고, 매일 들락거리는 상우를 보는 게 자연스러웠다.

"고생하십니다."

야간 작업에 한창일 때, 상우가 화사하게 웃으며 양손 무겁게 들고 나타났다.

"뭐예요?"

"저녁 겸 야식. 좀 전에 전화했을 때 저녁 안 먹었다고 했잖아. 저녁 먹고 하라고."

상우는 손에 든 비닐 쇼핑백들을 주위 탁자에 내려놓았다.

"이거만 주고 가야 해. 나도 볼 서류가 많아. 내일 재판 있거든."

"알아서 사 먹으면 되는데 뭐하러 사와요? 왜요? 돈 없어서 못 사 먹을까 봐?"

"너 저녁 거를까 봐! 고맙다고 말하고 끝내면 안 돼? 기껏 사 왔더니."

야속한 마음에 주먹으로 다영의 팔을 슬쩍 친 상우는 가겠다고 말하면서 작은 소리로 잠깐 나오라고 속삭였다.

"그럼 현주 씨 다음에 봐요. 고생하시고요!"

"네. 상우 씨도요."

상우가 현주와 인사를 한 후 밖으로 나가자 다영도 그를 따랐다.

"이모가 아영이 방을 정리할 것 같아."

다영은 아무 대답 없이 그냥 고개만 끄덕였다.

정리할 때가 되었다. 정혜가 아영의 숨겨진 과거를 알게 된 것이 계기가 되었다는 게 좀 걸렸지만, 앞으로의 어머니 인생을 위해서는 어쩌면 이번 기회가 꼭 필요했던 건 아닌가 하는 생각도 들었다.

"오늘 늦게까지 일해요? 내일 재판 아주 중요한 건가 봐요?"

"확인할 것들이 좀 있어서."

"그럼 내일은 피곤할 테니까 여기 오지 마요. 집에 가서 푹 쉬어."

그를 배려해서 한 말이다. 오늘 늦게까지 서류 검토하고 내일 재판까지 끝내면, 저녁에는 초주검 상태가 될 테니까. 다 상우

건강을 생각해서 한 말이었다.

"밤에 뭐 해?"

"야식 먹고 자겠죠?"

"가면 그 야식 먹여주나?"

상우가 느끼하게 웃었다.

"즉석 밥에 편의점에서 파는 꼬마 김치 어때요?"

"너무하는 것 아니야? 내가 요 며칠 얼마나 힘들었는지 알아? 적어도 밥은 갓 지은 것으로 하자. 어때?"

"난 며칠 동안 힘들게 몸 쓰고 있는데도 아직 안 끝났거든요! 그런 내가 집에서 밥까지 해야 해요?"

할 말이 없어진 상우는 입을 삐죽였다. 그리고 살짝 눈을 흘기며 다영을 노려보았다.

"왜요? 갑자기 너무 밉나? 미워 죽겠다는 표정인데?"

"우리 둘 다 달콤한 향기가 솔솔 풍겨야 할 때거든!"

"난 충분히 달콤한데?"

"찬바람 휙 지나가는 느낌 안 들어?"

다영은 가볍게 웃음을 터뜨리며 작업 앞치마에 딸린 주머니에 손을 집어넣었다.

"자장면 시켜줄게요. 원한다면 탕수육도 사줄 수 있어요."

"그냥 내가 사서 갈게. 맛난 것으로. 그럼 됐지?"

"내 집이니까 내 뜻대로 해야죠. 난 꼭 자장면하고 탕수육 시킬 거니까, 손에 음식물 하나라도 들려 있으면 집에 못 들어와요. 알겠죠? 가요. 내일 봐요."

알았다는 말로 대화를 끝내야 하는데 상우는 대답이 없다. 바로 대답이 안 나올 때는 이상하게 불안해졌다. 속에 다른 생각을 품고 있을 때면 대답 대신 씩 웃곤 했으니 지금도 분명히 저 머릿속에는 전혀 다른 생각이 들어 있다고 봐야 했다.

"내일 이상한 짓 하면 나 가만 안 둬요? 진짜 경고했어요?"

다영은 험악하게 마지막 경고를 했다. 그리고 매정하게 휙 돌아서 공방으로 들어갔다.

"몸……."

'몸 생각해서 쉬엄쉬엄해.'

이 짧은 말 듣고 들어가는 게 그리 어렵나?

"뒤도 안 돌아보고 휙 가버리네. 차다 차. 너무 차서 얼어붙겠다."

키스는 바라지도 않았다. 사실 뽀뽀도 안 바랐다. 포옹 정도는 해줘도 되는데, 너무 과한 걸 바란 건 아닌 것 같은데, 그냥 지나가는 동네 총각 정도로만 생각하는 듯한 다영의 태도에 상우는 아주 가끔, 아니, 엄청나게 자주 상처 받고 있었다.

잠깐 근처 할 일 없는 사모님들과 저녁 약속이 있었던 나희는 모임이 끝난 후에 집이 아닌 정혜의 집으로 왔다. 그리고 소파에 들고 있던 핸드백을 거칠게 집어 던졌다.

"싸구려들."

도대체 무슨 일이 있었기에 이 정도까지 화가 난 것인지. 우아하게 커피를 마시던 정혜는 나희의 거친 행동에 살짝 눈을 찌푸렸다.

"무슨 일이야? 저녁 잘 먹고 와서?"

"잘 안 먹었어. 내가 저 모임에 또 가면 사람이 아니다. 명품으로 치장하면 뭐해? 내뱉는 말이나 생각하는 것들이 싸구려인데."

"뭐야? 뭔데 이렇게 열을 올려?"

"다영이 말이야. 상우랑 다영이 이어주려 한다고 다들 입방아 잖아."

무덤덤하게 커피를 마시고 있던 정혜는 나희가 말을 이어갈수록 점점 험악하게 얼굴을 일그러뜨렸다.

내용인즉슨 이랬다.

아영이와 자매이긴 하나 자라온 환경이 다른데, 그런 애를 뭘 보고 상우 짝으로 받아들이는지 모르겠다. 소문으로는 성격이 엄청 되바라졌다던데 그런 애가 상우의 짝으로 가당키나 하냐. 엄마 때문에 수준 미달인 애랑 결혼해야 하는 상우는 무슨 죄냐.

"애들 머리가 텅텅 비어 있다고 뭐라 했더니, 그 엄마를 보니 알겠네."

마음 같아선 죄다 찾아가서 머리채라도 잡고 싶었지만 법이 있고, 남들 눈이 있어 그런 상스러운 짓은 할 수가 없는 게 안타까울 뿐이었다.

"그래서 내가, 멍청한 너희들 자식보다는 백 배는 낫다고 고래고래 소리 지르고 왔어. 다영이를 한 번이라도 봤어? 아직도 부모 돈 빼 쓰고 다니는 그 여편네들 자식하고, 혼자서 자기 일을 그 정도까지 해내는 애랑 어떻게 비교할 수 있어? 그 여편네들하고 인연을 끊었어야 해. 이래저래 엉켜 있다고 못마땅해도 지금까지 만나줬더니, 거듭 봐도 영 아니야."

"그러지 마. 상우가 그들 중 한 명 데리고 오면 어떻게 해? 얼굴 붉혔는데, 사돈으로 엮이면 그것도 그렇잖아."

"야! 그런 끔찍한 소리 하지도 마!"

정혜의 말에 나희는 기겁하며 목소리를 높였다. 상우가 좋게 말해서 해맑고, 나쁘게 말해서 머리에 든 것이라고는 명품 매장 밖에 없는 애 중 한 명을 데리고 온다면, 차라리 아들을 평생 혼자 늙게 하는 편이 옳다는 게 나희 생각이었다.

"네가 상우 지켜본 것처럼 나도 쌍둥이 지켜보며 살았거든. 아영이랑 다영이니까 상우 짝으로 괜찮다 했던 거야. 집안만 보고 사람 안 볼 생각이었으면 차라리 재벌을 택해. 아니면 적당히 즐기면서 평생 독신으로 살게 할 거야. 아영이 친구들은 절대로 안 돼. 상우 등골 뺄 일 있어?"

정혜는 누구보다도 나희를 잘 알고 있었다. 우아하고 교양 있으며 순해 보이는 그녀는 절대 보이는 게 다가 아니었다. 화가 나면 거친 말도 할 줄 알고, 자신과 마찬가지로 자식 일에는 타협이란 없는 인물이었다. 그런 나희 눈에 아영이가 어울리던 친구들이 들어올 리가 없었다.

"우리 애는 영 아닌 것 같던데, 괜히 기대하지 마."

정혜는 모든 걸 체념한 듯 나지막하게 한숨을 내쉬었다.

"아닐걸? 상우랑 다영이 사이좋던데?"

"뭔 소리야? 다영이가 상관하지 말라고 확실하게 선 그었는데."

"맞아. 확실해. 넌 네 딸을 알아가야 할 시간이 필요하지만, 난 그 시간이 필요가 없어. 분명히 둘이 뭔가 있어. 그런데 다영이 고것이 네 성격을 아니까 일단 막는 것 같아. 상우 녀석 하는 행동이 뭔가 있는 건 확실하거든."

"어떻게 그렇게 확신해?"

"상우 눈빛을 보면 알거든. 다영이를 보는 녀석 눈빛이 심상치가 않아. 아영이 때와는 전혀 달라. 아영이는 동생을 보는 눈빛이었어. 다영이는 분명히 여자야. 녀석이 다영이 앞에서는 남자가 되더라니까? 게다가 상우가 원래 다영이 좋아했어."

"안 바라. 괜히 신경 쓰다가 다영이 녀석 또 발끈해. 이젠 개랑 싸우는 거 힘들어. 몇 번 부딪치다 보니 알겠더라. 개 싸우는 내공이 장난이 아니야."

"상우에게 맡겨봐. 우리 아들이 사람 이리저리 요리하는 건 잘하잖아."

나희는 믿는 구석이 있는지 자신만만했다.

제발 그랬으면 좋으련만.

정혜가 상우를 믿는 이유는 나희의 아들이라서가 아니었다. 상우는 사람들의 행동을 관찰하기를 잘했고, 그 때문일까, 어린 시절에도 부모와 아영이가 몰랐던 다영이에 대해 곧잘 알아내곤 했었다.

"다영이는 딸기 아이스크림. 저는 민트로 주세요."

함께 아이스크림을 먹으러 갔을 때 상우가 자신만만하게 다영이가 먹을 아이스크림을 주문한 적이 있었다. 다영이가 어떤 아이스크림을 좋아하는지는 정혜조차도 정확히 모르고 있었기에 그 자신만만한 태도에 모두가 놀랐다.

"다영이 딸기 좋아해요. 딸기 아이스크림, 딸기 주스. 딸기가 앞에 있을 때 제일 많이 웃던데요?"
"그리고 뭐 또 좋아하는 것 없어?"

그때 나희가 장난처럼 물었었다.

"고기보다는 생선. 생선 중에 굴비 좋아해요. 고등어 같은 생선도 잘 먹긴 하는데, 굴비만큼 좋아하지는 않아요."
"너 그걸 다 어떻게 알았어?"
"쟤 자기가 좋아하는 것 주면 표정이 변해요. 환해지는데?"

그래서 알았다. 다영이가 딸기와 생선을 좋아한다는 것을.
"다영이를 알 수 있는 유일한 사람이 상우인 건 확실하지."
그것만큼은 인정하기에 정혜는 나희와 상우를 믿어보고 싶어졌다.

"그래. 알았어. 알았으니까, 집에 가서 얘기해."
진혁은 아내와 통화 중인 민석을 보며 궁금한 얼굴을 했다. 저들 부부의 통화에서 '상우 엄마', 즉 제 아내가 언급되었기 때문이었다.
"아이고, 결국 일이 터지네."
통화를 끝낸 민석은 깊게 한숨을 토해냈다.
"상우 엄마하고 무슨 일 있대?"

"오늘 그쪽도 모임이 있었잖아. 민주 녀석이 상우 좋아하니까 아내는 어떻게 좀 연결해 보려고 한 모양이야. 나머지는 예상하는 대로고. 그런데 상우 엄마는 우리 민주가 영 마땅치가 않은가 봐?"

"민주야 구김살 없고 좋은 애지. 그런데 상우 엄마가 워낙 아영이와 다영이에게 애틋하잖아. 그래서 두 사람이 심각하게 싸웠어?"

"나희 씨가 뭐라고 했냐면, 상우 아무에게나 보낼 바에는 그냥 혼자 편안하게 살게 하는 것이 더 낫다나? 부모 등골 빼는 명품족이 상우에게 붙어서 아들 등골 빼먹는 꼴은 안 볼 생각이시란다. 민주가 아무리 마음에 안 들어도 그건 너무했어."

팔이 안으로 굽는다고 민석은 웃음 속에 슬쩍 서운한 마음을 내비쳤다.

"아이고, 자식이 크니까 이런 문제가 생기네."

"아영이가 살아 있을 때는 민주는 물론이고 민주 친구들까지 상우 옆은 아영이 차지라 생각하고 넘어갔는데, 아영이가 없으니까 문제가 하나하나 드러나는 거지. 다영이에 대해서는 좋은 점보다는 나쁜 점을 먼저 찾는 건 당연하고. 그나저나 정혜 씨는 이해가 가는데, 나희 씨까지 다영이뿐인 건 좀 뜻밖인데? 안 좋아할 수도 있는 문제잖아."

아영이야 크는 걸 봤으니 그럴 수도 있었지만 다영이는 아니었고, 더군다나 정혜의 집으로 들어온 다음부터 이것저것 사건도 있어서 나희로서는 친구 딸이기 전에, 아들의 짝으로 안 좋게 볼 수도 있었다. 그런데 오늘 보니 나희도 다영이에 대한 애착이 큰 것 같았다. 어쩌면 아영이보다 더 애정이 깊다 해도 과언이 아닌 것처럼 느꼈다.

"하나하나 감춰졌던 진실이 드러날수록 모두 다영이에게 미안해해. 사실 몰랐던 게 아니라 골치가 아프니까 회피한 거잖아. 골치가 아파도 그 속까지 들여다봤어야 했는데, 조그마한 애에게 모든 걸 떠넘기고 모른 척했다고 여기고 있어. 다들 잘 지낸다는 변명으로 눈을 감은 거지. 힘들면 말하겠지 하면서. 남은 아이가 감정 표현이 전혀 없는 다영이었다는 걸 생각 안 한 채. 그래도 대견하지 않아? 그 힘든 걸 다 이겨내고 그렇게 큰 걸 보면? 그 집만 공방으로 만들고 동운이가 남긴 건 일절 안 쓴 모양이야. 힘들었을 텐데, 이것저것 아르바이트도 해가면서 공부하고, 지금은 일 잘하잖아."

"조금만 괴로워도 아프다고 응석 부리면서 주저앉는 애들하고는 다르긴 하지. 동운이 죽었을 때는 정말 위태위태하더니, 그 힘든 걸 어떻게 극복한 걸까? 궁금하긴 해."

"예전에 어떤 죄수가 이런 말을 했어. 이 세상에 날 믿어주고 옆을 지켜주는 딱 한 사람 있었다면, 어쩌면 내가 이렇게 되지는 않았을지도 모른다고. 다영이는 자신을 봐주는 누군가를 기다린 게 아닌가 싶어. 지금 옆에 있는 그 친구가 바로 그런 역할을 한 거지. 대개는 가족이 하는 그 역할을 지금 같이 일한다는 친구가 해줬으니까, 다영이로서는 그 믿음에 보답이라도 하듯 그렇게 변하게 된 건지도 몰라."

"경우가 어떤 거든, 그 친구가 긍정적인 역할을 한 건 틀림없는 것 같아. 그리고 지금은 상우가 그 역할을 하는 것 같고."

사실 동운의 봉안당에서 다영을 그렇게 보낸 뒤에 진혁과 민석은 다영이 걱정돼서 상우가 올 때까지 멀리서 지켜봤었다. 다영은 근처 벤치에 앉아서 골똘히 생각에 잠겨 있었다. 그리고 상우가 달려왔고, 얼마 뒤에 다영이 울음을 터뜨렸다. 민석이 아는 다영은 무덤덤한 표정, 아니 감정의 기복이 없는 냉랭한 표정이 대부분이었기 때문에 다영의 그런 모습에 많이 놀란 건 사실이었다.

  "넌 다영이 어떤데? 친구 딸로 보는 거와 아들의 여자로 보는 거와는 다르잖아."

  이 질문을 하면서 민석은 진혁의 표정을 살폈다.

  "솔직하게 말하면, 아영이보다는 다영이가 더 나아."

  "뭐? 그 반대가 아니라?"

  "아영이도 예뻐하긴 했는데, 걔는 좀…… 이상하게 숨기는 듯한 느낌이었다고나 할까? 다영이는 걱정은 되는데, 속을 숨기는 듯한 느낌은 없더라고. 다영이한테는 미안한 마음도 있고. 게다가 상우와 은근히 잘 어울리는 것 같지 않아? 아내 왈, 둘이 토닥거리는 모습을 보고 있으면 재미있대. 꼭 사랑싸움하는 애들 같다고 하더라."

  "결국, 우리 민주는 아니라는 거네? 집에 가서 냉수 먹고 속 차리라고 해야겠다."

  민석은 서운하다는 듯 일부러 미간을 찌푸렸다. 하지만 친구가 진짜 서운해서 그러는 것이 아니라는 걸 알기에 진혁은 크게 하하 웃음을 터뜨렸다.

  [반찬 좀 챙겨서 보내줄까?]

정혜와 통화를 하면서 집으로 들어온 다영은 쓰러지듯 지친 몸을 소파에 던졌다.

"반찬 있어도 안 먹어요. 신경 쓰지 마세요. 가끔 집에 가서 밥 먹을 테니까, 그때나 맛있는 거 많이 해주세요."

[매일 사 먹는 거야? 사 먹는 밥이 얼마나⋯⋯.]

"엄마, 나 피곤한데, 계속 잔소리하실 거예요?"

잔소리 시동이 걸리기 전에 매정하게 잘라 버린 다영은 급한 일 마무리하면 가겠다고 말한 뒤에 통화를 끝냈다. 그리고 테이블에 던지듯 휴대폰을 올려놓고 그대로 눈을 감았다. 피곤한데 이대로 자자. 침실까지 갈 힘도 없었던 다영은 이대로 한잠 자기로 했다.

"그렇게 자면 나중에 삭신이 쑤실 거야."

익숙한 목소리에 다영은 화들짝 놀라며 벌떡 일어났다.

"그쪽이 여기 왜 있어요?"

"나 계속 여기 있었는데?"

한 손에 커피잔을 든 상우는 뭘 그런 걸 물어보냐는 듯 당연하다는 얼굴이었다.

"이거 무단 가택침입 아니에요?"

"그럼 신고를 하세요. 잡혀가 줄 테니까."

다영은 그제야 테이블에 소송 서류가 쭉 널려 있다는 걸 알아차렸다.

상우는 다영의 옆에 앉으며 서류를 앞으로 끌어왔다.

"그러니까 여기 왜 와 있냐고요? 주인도 없는데?"

"너 들어오는 것 보려고. 여기서 일하면, 너 들어오는 것도 보고, 일도 하고 일거양득이잖아. 안 그래?"

"도둑이나 강도로 신고할 수도 있어요. 알죠?"

"원하시면 그러세요. 애인한테 한다는 소리가, 도둑? 강도?"

"내일 오라고 했잖아요. 나 어려운 말 썼어요? 이해가 안 돼?"

"나 내일 오겠다는 말 안 했잖아. 난 오늘 오겠다는 뜻이었는데?"

그렇지. 분명히 다른 뜻이 있었다니까. 어쩐지 불안하다 했다. 다영은 자신이 진짜 바보가 아닐까 하는 강한 의문에 빠졌다.

"그 시간에, 일하겠다는 사람이, 내 집으로 갈 거라고 생각하는 것 자체가 이상한 것 아니에요? 도대체 왜 온 건데요?"

"너 늦게까지 일하는데 당연히 걱정되지, 안 되는 게 이상한 거 아니야? 안심하려면 너 집에 들어오는 거 눈으로 확인해야 하고, 넌 절대로 이 야밤에 나한테 전화 안 할 녀석이고, 나도 할 일이 있어서 기다렸다가 너 퇴근시킬 수는 없고. 그러니 이렇게 지키고 있을 수밖에."

"봤으니까 됐죠? 가요. 나 피곤해."

"난 내가 알아서 할 테니까, 넌 빨리 씻고 들어가서 자."

상우는 귀찮다는 듯 손으로 다영을 툭툭 치면서 옆으로 밀었다.

"집에 안 가요?"

"할 일 많아. 이거 보다가 자고 내일 갈 거야. 이불이나 하나 내놔라?"

"주인 허락도 없이 뭘 해요? 잔다고? 내가 맞게 들은 거죠?"

"안 피곤해? 빨리 자. 자다가 일어나면 나 집에 갔겠지."

"그쪽이 여기 이렇게 있는데 내가 어떻게……."

발끈해 한 소리 하던 다영은 곧 체념하고 일어나 욕실로 향했다. 다영도 이젠 상우에 대해 알 만큼 알고 있었다. 옆에서 아무리 떠들어도 하고 싶은 일은 꼭 하고야 마는 성격이라, 말해봤자 입만 아플 것을 알기에 괜한 힘 낭비는 하지 말자는 생각이 들었기 때문이었다.

"집에 커피 말고는 먹을 거 아무것도 없어요. 밤에 배고파도 나 몰라요?"

씻고 나온 다영은 퉁명스럽게 말했다.

"냉장고에 음료수랑 물 그리고 과일, 샌드위치, 즉석 밥, 꼬마 김치, 그런 것 채워뒀어. 먹고 싶으면 하나 꺼내 먹어."

준비성은 탁월하다. 다영은 어이가 없고 기가 막혀서 고개를 절레절레 흔들었다.

"나 들어가 자요? 깨우지 마요."

"알았으니까 가서 자."

다영은 영 미심쩍다는 얼굴로 이불 하나를 꺼내놓고 들어가 침대에 누웠다. 하지만 밖에 있는 상우가 신경 쓰이는 건 어쩔 도리가 없었다. 이 집에 자기 외에 다른 사람이 있는 건 처음이라 어색했기 때문이었다. 하지만 어색함도 잠시, 피곤해서 스르륵 잠이 든 다영은 그렇게 상우의 존재를 잊었다.

목이 말라 새벽에 잠이 깬 다영은 휴대폰으로 시각을 확인했다.

한 시 사십오 분. 집에 갔겠지?

조금 기다렸다가 가는 건 봐야 했나 하는 생각을 하며 거실로 나온 다영은 소파에 길게 누워 자는 상우를 보았다. 이상하게 안심이 되면서 웃음이 흘러나왔다. 집에 다른 사람의 기척이 있는 건 참 낯설었지만, 그게 상우인 것은 꽤 기분 좋은 것 같았다.

　다영은 살금살금 다가가 상우와 서류들을 살폈다. 두꺼운 서류는 복잡했고 봐도 이해하기 어려운 말들이 많았다.

　"이것도 할 짓은 아니네."

　다영은 작게 중얼거리며 커피에 손을 대보았다. 뜨겁다. 커피를 탄 지 얼마 안 된 모양이었다.

　"너무하는 것 아니야? 애인이 밖에 있는데, 어떻게 코 골며 잘 수 있냐고?"

　상우의 목소리에 다영은 흠칫 놀라며 시선을 돌렸다. 그리고 빙긋 웃으며 자신을 보고 있는 상우과 눈이 마주쳤다.

　"안 잤어요?"

　"긴긴밤 허벅지를 꼬집어 가면서 지새울 것을 생각하니 열이 오르는 것 같아서, 잠깐 누운 거지."

　상우는 일어나 앉으며 그녀를 끌어당겨 자신의 무릎에 앉혔다.

　"뭐 해요?"

　무게 중심이 흔들려 쓰러지듯 상우의 무릎에 앉은 다영은 서둘러 일어나려고 했다. 하지만 허리를 단단히 감싸 안은 상우의 힘 때문에 뜻을 이루지는 못했다.

　"그만 자요. 내일 재판하려면 힘을 비축해야죠."

　"어디서? 여기서? 방에서?"

"여기서."

"재판을 위해 힘을 비축하라면서 여기서 자라고? 이 좁은 데서? 불편하게?"

"그럼 집에 가서 자든가."

"아! 너무하네. 밤이 늦었는데 자고 가라는 말은 진짜 안 할 건가 봐."

"자고 가요. 소파에서."

"내일 재판 엄청 힘든 건데?"

정확하게 꼬집어 말하지는 않지만 원하는 걸 숨기지도 않는다. 다영은 살짝 노려보며 상우의 가슴을 톡 때렸다. 그리고는 품에서 벗어나 뒷걸음질 치며 침실로 향했다.

"그런데 방에 들어오게 하면 옆에서 조용히 잘 거예요?"

"당연히 아니지. 축제를 즐길 생각이야. 밤새도록."

상우는 그녀를 향해 걸어오면서, 무슨 생각을 하는지 뻔히 보일 정도로 음흉하게 웃음을 흘렸다.

"이상한 걸 하기 위해 나 만나는 것처럼 보이는데?"

"당연히 맞지. 그게 내 여자와 나눌 수 있는 최고의 즐거움인데."

"저질. 혹시 이상한 취미 있는 거 아니에요?"

"범생이를 원했다면 포기해. 난 범생이랑은 안 친하니까."

느린 걸음의 다영과 그녀보다는 빠른 걸음의 상우. 속력의 차이 때문에 다영이 방문 앞에 다다랐을 때, 상우도 그녀와 마주 보는 거리에 서 있었다.

"슬슬 한계치에 다다른 것 같은데, 나 그만 좀 애태우지?"

"애가 타긴 해요? 내가 보기엔 아직 더 타도 될 것 같은데. 지금 엄청 여유로워 보여요."

다영은 방문을 열고 안으로 한 발만 들여놓았다.

"그래서 정말 이대로 가라고? 아니면 진짜 소파에서 자길 바라는 거야?"

상우는 다영과 똑같이 한 발 안으로 들여놓으면서 손을 뻗어 그녀의 허리를 감싸 안았다.

"순수 멜로물은 그만 찍어도 될 것 같은데……."

"진짜 순수 멜로를 못 봤죠? 그쪽 입에서 나온 말은 대부분이 에로티시즘이었거든요!"

"그건 그렇다 치고. 선택해. 가? 아니면 소파? 그것도 아니면, 침대?"

"선택하면 그대로 따라줘요?"

"무슨 선택을 하느냐에 따라 다르겠지?"

"첫 번째 그냥 집으로 가기."

마음에 안 드는 답이다. 상우는 팔에 힘을 주어 다영을 바짝 끌어안았다. 숨을 들이마시고 내쉬는 것까지 모두 느껴졌다. 상우가 내쉬는 숨결이 다영의 머리에 닿았고, 그녀가 내쉬는 숨결이 그의 목덜미를 자극했다.

"두 번째 소파에서 자기?"

이번에도 역시 마음에 안 드는 답이다. 상우는 감싸 안았던 팔을 풀고 그녀를 조금 떨어뜨렸다.

"이거 혹시 인내심 테스트?"

"설마. 선택하라면서요."

"그래서 두 번째로 선택한 거야?"

"글쎄요."

다영은 빙긋 웃으며 침대를 향해 뒷걸음질 쳤다.

"세 번째, 내 방 내 침대에서 자기."

"OK."

이건 마음에 든다. 순간 상우의 얼굴에 화사한 미소가 번졌다. 그러고는 그녀를 향해 몇 걸음 걸었다. 하지만 다영은 순순히 뜻에 따라줄 생각이 없는지, 손을 올려 멈추라는 표시를 했다.

"하다영, 너 자꾸 이러다가 죽는 수가 있다?"

상우는 진심으로 열이 끓어 이를 바드득 갈았다.

"내일 나 때문에 재판 졌다고 하면 때려줄 거예요?"

"이길게. 무슨 짓을 해서든 이길게. 그래서 네 덕에 이겼다고 좋아할게."

넥타이를 풀어 바닥에 떨어뜨린 상우는 빠르게 다영에게 다가가 양손으로 볼을 감쌌다.

"이제 된 거지?"

"OK."

허락이 떨어지자 상우는 다영의 입술에 입을 맞췄다.

얼굴에 닿는 햇살. 그리고 따뜻한 품속. TV에서나 보던 누군가와 함께 맞는 평화로운 아침이었다. 흘러내린 앞머리를 옆으로 살짝 넘긴 다영은 처음으로 보는 상우의 자는 모습을 가만히 지켜보았다.

"속눈썹이 기네."

이 남자와의 미래를 한 번은 꿈꿔도 되는 건 아닐까?

언니의 예비 약혼자였긴 하나, 약혼식 자체가 연극인 데다 애초에 약혼할 생각조차 없었고, 어머니도 아들처럼 여기며 믿고 의지하는 것 같으니 괜찮지 않을까?

잠깐 이런 생각을 하던 다영은 곧 아니라며 고개를 저었다. 이 남자와 함께한다는 건 평생 아영을 그림자처럼 달고 살아야 한다는 뜻도 되었다. 다시 말해, 이 사람이 속한 세계에서는 자신을 하아영의 짝퉁으로 여긴다는 뜻이었다. 아영이를 이해해 보겠다고 했지, 평생 아영이의 짝퉁 역할을 하면서 살 생각은 없었다. 다른 건 다 받아들일 수 있어도 그것만은 하고 싶지 않았다.

"무슨 생각이 그렇게 깊어? 그것도 내 얼굴 보면서?"

상우의 목소리에 겨우 생각에서 빠져나온 다영은 아무 일도 아니라는 듯 고개를 저으며 몸을 일으켰다.

"씻고 뭐 좀 먹어요. 배고파. 그쪽도 집에 들러서 출근 준비해야 하고."

"슈트 몇 벌 가져다놓아야겠어. 여기서 자고 집에 갔다가 출근하는 거 귀찮아."

"누가 또 재워준대요? 김칫국은. 일어나요, 어서."

다영은 상우의 가슴을 손바닥으로 찰싹 쳤다.

"또 반항한다. 너 중2병 있어? 왜 자꾸 미운 말만 골라서 해?"

일어나는 듯 몸을 일으키던 상우는 갑자기 몸을 틀어 그녀를 도로 눕혔다.

"자, 아침 운동 하고 밥 먹자."

"싫어."

다영은 단 일 초도 생각하지 않고 바로 싫다고 대답했다. 전생에 운동 못 해 죽기라도 한 건지, 애인과 달콤한 밤을 보낸 다음 운동을 하잔 말이 이해가 안 된다. 다영은 화사하게 웃고 있는 상우를 원망에 가득 찬 눈빛으로 보았다.

"운동해야지. 건강을 위해서라도."

"나 건강해요. 그러니까 우리 밥 먹으러 가요. 내가 맛난 것 사줄게."

"그건 나도 싫어. 운동하고 내가 맛난 것 사줄게."

진짜 운동을 할 모양이다. 무슨 팔자가 주위에 평범한 사람이 한 명도 없는 건지. 이번 생은 힘들게 가는 게 콘셉트인가 보다 하며 삶을 반쯤 체념한 다영은 대충 고개를 끄덕이며 일어나려 했다. 하지만 상우는 그런 그녀를 위에서 누르며 일어나지 못하게 막았다.

"왜? 운동하자면서요?"

"그러니까 운동하자고. 이 침대에서."

"네?"

이건 또 무슨 소리야 하고 갸웃하던 다영은 곧 무슨 뜻인지 알아차리고 눈을 흘겼다.

"몸과 몸을 비비며 하는 운동이 제일이지."

"레슬링?"

"어떤 의미로는 비슷한 것 같기도 하고."

상우는 다영의 입술에 짧고 가벼운 입맞춤을 남겼다.

"운동 시작할까?"

"트레이너가 마음에 안 드는데?"

"에이, 그럴 리가. 지금 하다영에게 나보다 더 완벽한 트레이너는 없을 텐데?"

"그건 그쪽 생각이고. 잘 찾아보면 더 괜찮은 트레이너도 있어요."

"운동 전에 트레이너를 자극해서 좋을 게 뭘까?"

상우는 손가락으로 그녀의 입술을 훑었다.

"트레이너가 작정하고 빡세게 굴리면 어쩌려고?"

"글쎄요. 그 트레이너가 오늘 할 일이 많아서."

"그러긴 하지."

큭큭 웃던 상우가 내려와 입술에 입을 맞출 때 다영은 눈을 감았다. 입술이 닿으면서 다영의 입술도 자연스럽게 열렸다. 숨결이 오간다. 입술을 빠는 느낌과 입안을 헤집고 돌아다니다 혀와 혀가 엉키는 느낌이 여러 번 번갈아 가면서 느껴졌다. 쿵쿵쿵. 심장이 거칠게 뛰고, 숨소리도 거기에 맞춰서 거칠어졌다. 가슴을 감싸며 부드럽게 조물락거리는 손길, 키스를 남기며 목을 타고 쇄골로 내려가는 입술. 이미 그와 함께하는 행복이 뭔지 알고 있는 몸은 자연스럽게 준비를 끝내고 그를 기다렸다.

"다영아."

달콤한 목소리가 귓가에 들린다. 다영은 눈을 뜨며 사랑을 가득 담아 자신을 보고 있는 그의 눈을 보았다.

"사랑해."

상우의 고백에 다영의 입가에 미소가 번졌다.

설렁탕 집.

밥을 말아 이리저리 뒤적거리던 상우는 앞에서 맛있게 먹고 있는 다영을 불만 가득 찬 표정으로 살짝 노려보았다.

"왜요? 설렁탕 싫어요?"

"싫은 건 아닌데, 넌 어떻게 나랑…… 아니 이건 아니라는 거지."

"사람은 밥을 먹고 살아야죠. 빵 조각 먹고 어떻게 살아?"

"그래도 우리…… 첫 번째 아침 식사는 좀 무드 있어도 되잖아. 평생 기억에 남을 텐데."

"무드가 밥 먹여주나?"

다영은 콧방귀를 끼고는 깍두기를 집어서 입에 넣었다.

"설렁탕, 아침에 이걸 먹으면 몸은 좋겠네."

상우는 한 숟가락 푹 떠서 한입 크게 먹고는 꼭꼭 씹었다.

"오늘은 아침부터 몸 써야 해요. 빵으로는 안 돼. 그리고 그쪽도 오늘 재판 있잖아요. 든든하게 먹고 힘내시라고."

"네. 네. 네. 알겠습니다. 든든하게 먹고 힘낼게요."

장난스럽게 말하며 킥 웃음을 터뜨린 상우는 깍두기를 집어서 다영의 숟가락에 올려주었다.

"많이 드세요. 아침부터 무거운 것 들고 나르려면 힘들 테니까."

"많이 드세요. 상우 오빠."

다영이 떨어뜨린 기분 좋은 폭탄에 상우의 눈이 휘둥그레졌다.

"야! 너?"

"밥 먹자고요. 집에 가서 옷 갈아입고 출근해야죠. 시간 없을 텐데?"

조금 전까지 설렁탕 먹는다고 투덜거렸다는 사실도 잊은 채, 상우는 나사 하나 빠진 사람처럼 히죽 웃음을 흘렸다.

"밥 안 먹으면 다시 그쪽이라고 해요?"

"먹어. 먹는다고. 먹을 거야. 열심히 맛나게 먹을게."

자기가 한 말을 증명하듯 상우는 진짜 열심히 설렁탕을 먹기 시작했다. 그런 상우의 모습에 다영의 얼굴에도 웃음꽃이 피어났다.

"너 어제 어디서 잤어?"

집에 도착한 상우가 서둘러 옷을 바꿔 입고 내려오자, 나희가 느끼하게 웃으며 물었다.

"재판 준비했어요."

대수롭지 않게 대충 대답한 상우는 자연스럽게 나가려고 했다.

"다영이 잘 지내지?"

"잘 지내요."

"일은 안 힘들고?"

"그 일 원래 엄청 힘들어요. 이고 지고 나르고 자르고, 머리와 몸이 한꺼번에 고달픈 직업이잖아요."

"그렇구나.

몰랐던 걸 알았다는 듯 고개를 끄덕인 나희는 곧 눈까지 반짝이며 아들을 보았다.

"왜요?"

상우는 신발을 신으면서 불안하다는 눈으로 어머니를 보았다.

"선 볼래?"

"네?"

나희의 뜬금없는 말에 상우는 화들짝 놀라고 말았다.

"선 볼래? 아버지 밑에 있는 여검사인데, 얼굴도 예쁘다고 하던데."

"어머니, 제가 무슨 잘못한 것 있어요?"

나이가 꽉 차서 결혼할 때가 된 자식에게 선 보라고 말한 것뿐이다. 하지만 문제는 그걸 어머니께서 하신 거다. 어머니는 상우에게 무언가를 강요한 적이 없으셨던 분이었다. 아영과 약혼 말이 오갈 때도 정혜가 강하게 밀어붙였지, 나희는 상우의 의견에 따른다고 했을 뿐이었다. 상우가 싫다고 했으면 나희는 절대로 그런 약혼을 시킬 사람이 아니었다. 그건 지금도 마찬가지였다. 혹여 상우가 독신을 선언해도 그러라고 하실 분이다. 그런 분이 갑자기 선이라니. 이건 자식의 혼인을 걱정하는 뜻이 아니라 자식을 벌주려는 뜻이었다.

"아니."

"그런데 왜 갑자기 선을……."

"나도 이젠 우리 아들 결혼에 관심 좀 가질까 해서. 아영이 못 잊는 것 아니냐고 한 소리 하는 것도 듣기 싫고."

"그런 말 신경 쓰실 분 아니시잖아요."

상우는 가만히 나희의 표정과 행동을 살폈다. 깊게 들이마셨다가 내뱉는 숨, 과하게 찡그린 얼굴 그리고 어색한 몸짓. 이건 분명히 떠보기 위함이다.

상우는 속으로 큭 웃음을 터뜨렸다.

"다영이가 있을 때는 시간이 지나다 보면 어찌 되겠지 하고 안

심했었는데, 가고 나니까 갑자기 조급증이 나네. 앞에서 다영이가 왔다 갔다 할 때는 안심도 되고, 흡족하기도 하고 그랬는데."

"다영이가 딴 나라 가 있는 것도 아닌데 뭘 그렇게 불안해하세요? 오며 가며 애 생존 확인하고 있으니까 다영이 걱정은 하지 마세요."

이렇게 말하면 딱 알아들으실 거다. 그리고 나희의 얼굴에 미소가 감돌자 상우는 자기 생각이 딱 맞았음을 짐작했다.

"아들, 손자나 손녀, 아무나 상관없으니까 한 명 낳아오면 안 돼? 결혼은 나중에 해도 돼. 아니 안 해도 돼. 상관없어. 나 그렇게 꽉 막힌 엄마 아니잖아. 아니면 선을 보든가."

이건 다영이와 어느 정도 사이인지 돌려서 물은 거다. 그냥 오빠 동생 사이인지 아니면 남녀 사이인지에 대해.

"생각해 볼게요. 어머니의 뜻이 그러면 우리도 고민을 해봐야겠죠? 출근할게요. 재판 있어요."

"그래. 재판 잘해, 아들?"

나희의 얼굴에 화사하게 웃음꽃이 피어나자, 상우의 얼굴에서도 미소가 감돌았다.

"정혜야, 정혜야, 정혜야!"

숨넘어가겠네. 갓 내린 커피의 은은한 향기를 맡던 정혜는 나희가 호들갑스럽게 방으로 들어오자 살짝 미간을 찌푸렸다.

"왜? 무슨 일 터졌어?"

"우리래."

앞뒤 설명을 해야 알아듣지, 갑자기 쳐들어와서 우리라고 하면 신통력이 있는 것도 아닌데 어떻게 알아들으라는 건지.

정혜는 나지막하게 한숨을 내뱉으며 들고 있던 잔을 테이블에 내려놓았다.

"우리라고 하더라니까?"

"그러니까 말을 앞에서부터 차근차근히 해. 앞뒤 상황 모르는데 우리가 어떤 우리인지 내가 어떻게 알아?"

"상우가 다영와 자신을 우리라고 말했다고."

"그게 뭐?"

정혜는 이해 못 하겠다는 듯 고개를 갸웃했다. 그러자 나희는 그런 친구가 답답하다는 얼굴로 팔을 톡 쳤다.

"으이구, 다른 건 잘 알아들으면서 왜 그건 몰라? 상우랑 다영이 사이가 진척됐다는 뜻이잖아. 결혼 같은 건 안 해도 되니까 아이 한 명만 낳아오라고 했더니, 그런 거면 우리도 고민해 보겠다고 하더라니까?"

"그게 다영이를 뜻하는지 어떻게 알아?"

"내가 다 확인했지. 상우, 다영이한테 들락거리고 있어. 어제도 분명히 다영이 집에서 잔 것 같아."

"다영이 걔는 상우 영 관심 없는 것처럼 말하던데?"

"자기 인생 관여하지 말라고 했지, 상우는 절대 안 된다고는 안 했잖아. 넌 아직도 다영이 말하는 게 파악이 안 되니? 걔는 우리가 '뭐해라, 뭐해라' 이러는 게 싫은 거야. 혼자 알아서 결정하면서 지금까지 살아왔는데, 엄마라고 갑자기 나타나서 이것저것 관여하는 거 좋겠냐고? 하는 것 봐, 다영이 걔 똑 떨어지잖아. 경우야 어떻게 됐든, 가족이 그 정도로 힘들게 했으면 제 인생 엉망으로 만들어도 우리는 할 말이 없어. 그런데 자기 인생 똑 부러지게 설계해서 지금까지 온 것 봐라. 걔는 애초에 아영이랑 질이 다른 애였다니까. 어렸을 때도 생각은 다 있는데 말만 안 했을 뿐이야. 다영이 겉모습을 보지 말고 행동에 묻어 있는 속마음을 보라고. 분명히 다영이 걔도 상우 좋아해. 으르렁거리면서도 싫은 내색은 아니었어."

다영이에 대해 자신보다 나희가 더 잘 파악한 모양이라 정혜는 살짝 자존심이 상했다. 나희 말대로 저는 계속 아이들의 겉모습만 봤던 것 같다. 딸아이들 마음속에 뭐가 들었는지는 생각하려 하지 않았었던 것 같았다.

"그러면서 상우는 아닌 것처럼 말해? 그 속은 예나 지금이나 알다가도 모르겠어."

"우리가 나서서 일이 진행되는 게 싫은 거야. 네 성격이 멋대로 밀어붙이고 끌고 가는 부분이 있잖아. 다영이 걔는 그거 못 견디는 것 같더라고. 그리고 사실 여기 있을 때, 다들 다영이를 아영이 동생으로만 생각했잖아. 그것도 영 마땅치가 않았을 테고. 난 이해해."

"그렇다고 애한테, 결혼 안 해도 되니까 아이만 한 명 낳으라고 하는 건 좀……."

"그게 뭐? 둘이 좋으면 아이 낳는 건 당연하지."

"결혼은 하고……."

"이 답답아! 요즘 세상에 그 고리타분한 순서를 그대로 밟는 애들이 어디 있어? 난 외국처럼 동거하다가 애 낳고 상황 되면 결혼하는 것도 좋다고 생각해."

"딸 엄마 아니라고 말은 잘한다?"

친구가 한 말이 영 귀에 거슬려 정혜의 눈빛이 사나워졌다.

"내가 말하는 순서가 다영이에게 먹힐 텐데? 다영이한테 결혼하라고 하면 팔짝 뛰면서 거품 물지 않을까? 그 부분에 대해서 우리가 확 놓아줘야, 상우랑 자유롭게 연애하면서 살지."

"그래도 그건⋯⋯."

"보면 몰라? 다영이 얽매이는 것 싫어해. 부담스러워한다고. 상우가 아영이 예비 약혼자였다는 것도 엄청 부담스러울 텐데, 우리 집하고 너희 집이 만만하니? 게다가 이쪽 부류는 또 어떻고? 다영이 여기서 적응 못 해. 둘이 진짜로 같이 산다고 하면 상우가 다영이 쪽으로 가야 해. 그러면 내가 말한 대로 자연스럽게 가야, 다영이가 적응하기 편해. 정식으로 떠들썩하게 해봐야, 이쪽 골빈 인간들 입방아에 다영이 귀만 아파."

하긴 이쪽이 말이 많긴 했다. 특히 나희가 가끔 만나는 할 일 없는 여자들은 더더욱 말이 많기로 유명했다.

"그래도 적응을 해야지. 상우 친구들은 다 이쪽인데."

"적응할 필요 뭐 있어? 상우 친구들은 괜찮지. 상우 눈치 보여서라도 크게 입 안 놀릴 테고. 그런데 문제는 아영이 친구들이야. 난 걔들 싫어. 정말 싫어."

진저리를 치는 나희는 보며 정혜는 하하 웃고 말았다.

"애는 이 결을 살려보는 것도 좋을 것 같다는 생각이⋯⋯."

"실례합니다. 여기 하다영 씨라고 계십니까?"

오늘 막 들어온 목재들을 살피며 이런저런 토론을 하고 있을 때 공방으로 다영이 아는 한 남자가 찾아왔다.

"태인 씨?"

생각도 못 한 태인의 방문에 다영은 반가워하며 방긋 웃었다.

"바쁘네요? 제가 잘못 찾아온 건가 봐요?"

태인은 공방을 둘러보며 물었다.

"아니에요. 차 한 잔 드릴 수 있는 시간은 돼요. 이 층이 사무실이니까, 이 층으로 올라갈까요?"

"네."

태인은 현주에게 꾸벅 인사를 한 뒤에 앞장선 다영을 따라 이 층으로 올라갔다. 그리고 그녀가 원두커피를 내려 가지고 올 때까지 사무실을 둘러보며 기다렸다.

"가구 공방이 꽤 좋네요?"

"아빠 집을 개조해서 공방으로 만들었어요. 여기만큼 좋은 곳이 없어서."

"여기에 놓인 가구들은 다 다영 씨가 만든 거예요? 느낌 있고 좋아요."

"친구랑 둘이 만들었죠. 둘이 스타일이 비슷해요."

"와! 멋있다."

태인은 고개를 끄덕이며 커피를 한 모금 마셨다.

"어쩐 일이세요? 제가 보고 싶어 오셨을 리는 없고."

"그냥…… 궁금하기도 하고……."

"아영이도 생각나고?"

정확하게 핵심을 찔렀는지 태인은 말없이 빙긋 미소만 머금었다.

"상우 녀석이 잘해줘요? 하긴, 녀석 자기 사람에게는 참 잘하는 스타일이긴 하죠."

"이상한 것만 빼면 잘해요."

"이상한 거요?"

"태인 씨 친구가 살짝 이상한 면이 있거든요. 그렇게 자신을 내려놓고 나랑 눈높이를 맞추는 모양이에요. 고맙죠."

상우가 들으면 좋아하면서 팔딱 뛰었을 말인데, 다영은 그 말을 상우가 아닌 태인에게 했다. 왜인지 모르겠지만 상우와 연결된 이야기는 태인과 대화하는 게 편했기 때문이었다.

"다행이에요. 나는 다영 씨가 행복했으면 좋겠어요. 아영이 몫까지."

"아영이가 태인 씨 소개해 줬으면 좋았을 텐데. 태인 씨랑 나, 친한 사이가 될 수도 있었을 텐데요. 소개해 달라고 하지 그랬어요?"

"말했죠, 수십 번은 더. 내가 믿음을 주지 못했나 봐요. 상우는 아영이에 대해 모르는 게 없었는데 나는 상우가 들려주지 않으면 알 수가 없었어요. 그래서 늘 상우 콤플렉스에 시달렸었거든요. 그런데 요즘 그것도 아니라는 걸 알게 되니까, 다영 씨에게는 미안한데 난 아영이가 더 불쌍하다는 생각을 했어요. 상우에게조차도 속마음을 말하지 못했던 거잖아요. 진짜 혼자서 끙끙 앓았던 거니까……."

"그래도 언니 옆에 태인 씨가 있어서 다행이었다는 생각을 해요. 전해도 말했지만, 언니 진짜 행복해했어요. 그건 믿어도 돼요."

"미안해요. 전에…… 아영이 덕에 밝게 자랐다고……. 몰랐어요. 아영이가 동생에게 무슨 짓을 했는지…… 몰랐어요."

이 사과가 하고 싶어서 이렇게 찾아온 모양이다. 묻었던 과거가 들춰지고, 그걸 전해 들은 다음부터 아마 계속 마음에 걸렸을 것이다. 다영은 이런 태인의 마음을 받아들여 빙긋 웃으며 고개를 끄덕였다.

"상우 녀석이 아영이가 왜 그럴 수밖에 없었는지 변명하면서, 우리는 우리가 알던 아영이로 기억하자고 하더라고요."

"언니도 어렸어요. 그래서 그런 거예요. 저는 그렇게 이해했어요."

"나, 다영이야. 언니 동생."

아버지 집에 공방을 차리고 난 이후에 다영은 아영이에게 전화를 걸었다.

[정말…… 다영이니? 진짜 다영이 맞아?]
"맞아. 나 다영이야."

덤덤하게 말하는 다영과 반대로, 아영의 목소리는 눈물에 젖었고 내쉬는 숨소리는 가늘게 떨었다.

[어디야? 다영아, 너 어디 있어?]

"나 집에 돌아왔어. 언니한테는 말해야 할 것 같아서 전화하는 거야."

오래간만에 집에 돌아왔을 때, 다영은 생각보다 너무 깨끗해서 놀랐었다. 하지만 그 의문점은 방에 붙어 있는 메모판을 보고 난 후에 풀렸다. 아영이가 한 달에 두어 번씩 와서 청소하고, 메모판에 편지를 써서 붙여놓았었다. 그리고 편지 끝에는 꼭 집에 오면 전화해 달라는 간절함을 담은 부탁도 들어 있었다.

[우리 만나면 안 돼? 난…… 언제라도 괜찮은데, 안 돼?]

"지금 볼까? 내가 그 동네로 갈게."

[그래. 알았어. 그리고…… 다영아?]

"왜?"

[고마워. 전화해 줘서 고마워.]

"가서 전화할게."

아영이가 어떤 마음으로 이 말을 했는지 알면서도, 고맙다는 말 속에 어떤 말들이 담겼는지 알면서도, 다영은 무뚝뚝하게 말하고 통화를 끊었었다.

"저는 태인 씨가 이번 일들을 잊었으면 해요. 그리고 태인 씨가 알던 그 하아영의 모습만 간직하면 좋겠어요."

"상우에게 심한 말들을 참 많이 했어요. 다영 씨 걸고넘어지면서 속 좁게 굴었거든요."

대충 짐작이 돼 다영은 픽 웃음을 흘렸다.

"녀석에게는 미안하다는 말 안 할 거니까, 다영 씨에게 대신할게요. 그것도 미안해요. 다영 씨 아무 잘못 없다는 거 잘 알고 있었는데 화풀이할 상대가 필요했던 것 같아요. 상우는 딱 맞는 화풀이 상대였고, 그래서 상우를 자극할 생각으로 다영 씨를 끌어들인 거예요. 그러면 안 된다는 걸 알면서도……."

"그만 언니 놓아줘요. 가야 할 사람인데 태인 씨가 안 놓아주면 편히 못 가잖아요. 요즘 그런 생각을 해봤어요. 어째서 어머니 집에 들어갔을까? 어째서 몰라도 되는 사실들을 알게 된 걸까? 어쩌면, 언니가 나를 그 집으로 이끈 건 아닐까? 자신을 아끼던 모든 사람이 이젠 정리하고 제자리로 돌아가길 바란 건 아닐까? 태인 씨도 이젠 정리했으면 좋겠어요. 언니가 편히 갈 수 있게."

태인은 고개를 끄덕이며 슬프게 웃었다.

"일 방해 그만하고 갈게요. 저는 언제나 그 자리에 있을 테니까 술 생각나거나, 상우랑 싸우면 오세요. 제가 상담은 못 해도 듣는 건 잘해요."

"네."

"아 참! 그리고, 이민주 왔다 갔죠?"

이민주? 아! 그 명품녀?

다영은 킥 웃으며 고개를 끄덕였다.

"좀 골치 아플 거예요. 그동안 상우는 못 먹는 감이나 남의 떡이었어요. 상우만 아영이 방패 노릇을 한 게 아니라, 아영이도 상우 방패 역할을 했거든요. 그 방패가 없어져서 다들 좀 기대하는 부분이 있어요. 원래 못 먹는 감이나 남의 떡은 더 커 보이고 좋아 보이잖아요. 상우가 그런 쪽으로 여지를 주는 애는 아니니까 걱정은 안 되는데, 그 사이에서 다영 씨가 시달릴까 봐 걱정은 돼요."

"상관없어요. 뒤에서 뭘 하든 나만 안 건드리면 되거든요. 하지만 쓸데없이 날 건드린다면 피가 튀겠죠? 싸우는 건 자신 있어요. 전공 분야라."

역시 상대가 안 된다. 태인은 민주와 민주 무리가 하다영에게 당하고 억울해서 파르르 떨 모습을 상상하니 자꾸 웃음이 터져 나왔다.

"진짜 가야겠다. 그럼 고생하세요. 나무가 잔뜩 들어온 것 보니까 일이 많이 밀린 모양인데."

"네. 안 그래도 지금 죽겠어요."

다영은 일부러 엄살을 부렸다. 그렇게 태인을 배웅한 뒤, 다영은 한숨을 내쉬면서 목재 상태를 확인하고 있는 현주에게로 다가갔다.

"저 남자가 유리 공주님 애인?"

"응."

"왜?"

"사과하네. 마음에 걸렸나 봐."

"그렇게 이상한 남자는 아닌 것 같고, 얼핏 봐도 멀쩡한 것 같은데 유리 공주님은 왜 자기 남자를 바보로 만들었을까? 생판 모르는 사람은, 얼마나 남자가 형편없었으면 대타를 세워야 했을까 하고 생각하잖아. 나도 그렇게 생각했었는데."

"그러게 말야. 내 언니지만 이해 못 할 행동이 한둘이 아니다."

생각 말자. 생각한다고 답이 나오는 것도 아니고. 다영은 또다시 밀려드는 여러 의문점을 애써 밀어냈다. 아영이 살아서 대답해 주지 않는 한 알 수 없는 것들이니, 그냥 지워 버리고 머릿속을 비우기로 했다.

"일하자, 일!"

굳게 닫혔던 문이 열리고, 정혜는 아영의 방으로 들어섰다.

"엄마, 다영이 가구 디자이너가 됐어. 알아봤는데, 평도 좋아. 지금은 함께 있지 못하지만, 곧 같이 살 수 있을 거야. 이 집에서 다영이까지 오순도순 살 수 있을 거야. 내가 꼭 그렇게 할게. 꼭 다영이 여기로 데리고 올게. 기대해?"

다영을 만나고 온 날 흥분에 들떠서 아영이 한 말이었다. 그때 아영은 진심으로 좋아했었다.

어쩌면 어린 시절 잘못된 선택으로 잃어버린 동생을 다시 찾아서 기뻤던 게 아닐까.

정혜는 사진 속 활짝 웃고 있는 아영을 아프게 보았다.

어디서부터 잘못된 걸까? 다영이를 남편 옆에 두고 온 것부터?

처음에는 분명히 그게 잘못이라 여겼었다. 다영이를 데리고 왔으면 모든 게 자연스럽게 잘 흘러갔을지도 모른다고. 하지만 역시 처음부터였다. 다영이가 약하고 아프다는 핑계로 아영이를 뒤로 밀어놓았던 때부터 잘못이었다.

"정혜야, 여기 왜 있어?"

잠깐 집에 갔다 온다며 나갔던 나희가 아영의 방으로 들어와 정혜 옆에 섰다.

"나희야, 아이들 불행이 나 때문인 것 같아."

"왜 그런 생각을 해?"

"난 계속 남 탓만 했어. 이혼하게 된 건 남편 탓, 아영이가 죽게 된 건 다영이 탓, 다영이가 힘들게 산 건 아영이 탓. 그런데 나희야, 그 모든 걸 막을 수 있었던 사람은 바로 나였잖아."

생각했던 결혼 생활이 아니었다. 남편은 늘 경찰서에서 살았고, 정혜는 바깥일과 집안일을 다 떠안아야 했다. 남편에게 힘들고 버겁다고 솔직하게 말했더라면 좋았을 텐데, 조금씩 삐걱거리던 사이가 되돌릴 수 없을 정도로 멀어진 후라서, 힘들다는 말을 하면 꼭 지는 것 같아서 자존심이 상했었다. 그래서 남편의 변명 같은 건 들을 생각도 하지 않았다.

'난 할 만큼 했어, 난 엄청 노력했어, 일이 이렇게 된 건 남편 탓이야. 모두 남편이 잘못한 거야!'

남편이 무슨 생각인지, 왜 그렇게 할 수밖에 없었는지 알아보려 하지 않았다. 아니 모든 게 남편 잘못이라 남편의 사정 같은 건 알 필요가 없다 여겼다.

아영을 데리고 오고 다영을 남겨둘 때도 그랬다.

'네가 아빠 옆에 남겠다고 했으니까, 소원대로 아빠 옆에 남게 해줄게. 얌전히 잘 있다가, 엄마가 데리러 오면 기쁘게 따라와. 그동안 엄마 사랑 흠뻑 받았으니까, 잠깐은 언니한테 양보해도

될 거야.'

이렇게 생각했었다. 확인도 안 했으면서, 그걸 맞다 여기고 마음대로 결정했다. 그래서 네가 아빠 옆에 남겠다고 하지 않느냐는 원망을 했던 거다. 그 결정은 네가 한 게 아니냐고 다영을 질책했던 거다.

아영이에게도 마찬가지였다.

'넌 건강하니까, 약한 동생에게 양보해도 돼. 넌 잘하니까 엄마가 약한 동생 챙기는 건 당연한 거야.'

그때 아영이도 어렸다는 걸 생각 못 했다. 다영이가 어리면 아영이도 어린 건데, 그 생각을 못 했다. 그렇게 긴 시간 아영의 가슴에 못질을 해댔으면서, 그래서 아영이가 다영이를 미워하게 했으면서, 모든 잘못을 아영이에게 떠넘겼다.

"아내로서, 부모로서, 자격이 없었던 건 오히려 나야. 이기적이어서 난 내 생각밖에 안 했어. 아영이도, 다영이도, 남편까지도, 다 나 편한 대로 생각했어. 아영이를 죽게 한 것도, 다영이 가슴에 그 상처를 낸 것도 다 나야."

정혜는 그 자리에 털썩 주저앉았다.

"내가 아영이를 죽였어. 내가 다영이를 그렇게 아프게 했어. 내가 두 아이를 불행하게 했어."

소리조차 내지 못한 채, 정혜는 그렇게 한참을 흐느껴 울었다.

제 9 장

"푸."

마시던 커피를 뿜어낸 다영은 당황해서 하얗게 변한 얼굴로 나희를 보았다.

문제의 발단은 한 시간 전 나희의 전화로부터였다. 바빠도 집에 와서 저녁 먹으면 안 되겠냐는 나희의 전화에 다영은 알았다며, 잠깐 들러서 저녁 먹겠다고 말한 뒤 바로 집으로 왔었다. 그리고 저녁 식탁이 차려질 동안 잠깐의 커피 타임 중이었다.

"상우 아무래도 밤 생활에 문제 있는 모양이야."

요즘 어떠니, 밥은 잘 챙겨 먹고 다니니, 몸 상하면서 일하지는 마라, 대충 이런 걱정을 하던 나희가 갑자기 한숨을 푹 내쉬며 이런 말을 했다. 그러자 그 순간 다영은 마시고 있던 커피를 뿜어야만 했다.

"영 힘이 없나? 원래 남자란 종족은 짧은 치마 입은 여자가 지나가면 저절로 고개를 돌리지 않아? 그런데 상우 걔는 여자가 다 벗고 있어도 무덤덤해."

"그거 네가 어떻게 알아? 여자가 다 벗고 상우 앞에 왔다 갔다 하는 것 봤어?"

"수영장 그리고 해변! 비키니 입고 돌아다니는 애들이 왔다 갔다 해도 뉘 집 개가 돌아다니나 하더라. 그게 정상이냐고! 걔 아무래도 문제 있는 것 같아. 여자를 봐도 흥분이 안 되는 건가?"

"상우도 눈 돌아가지. 그런데 안 그런 척하는 거지."

두 분 어머니의 대화가 상우의 남성과 성생활에 초점이 맞춰 있을 때, 괜히 불똥이 자기한테로 튈까 두려워 다영은 찍소리도 못하고 커피만 홀짝였다.

"아니야. 생각해 보니까, 상우 걔 집에서 이상한 동영상 같은 거 한 번도 안 본 것 같아. 다른 집 아들들 보니까 꽤 보는 것 같던데. 걔는 어째서 안 보지? 흥미가 없나?"

그건 아닌 것 같던데…….

다영은 차마 말은 못 하고 속으로 이런 생각을 했다.

"상우가 그런 쪽으로 깔끔하잖아. 다른 집 애들하고 비교하면 안 되지."

"아니야. 분명히 문제가 있어. 이런 건 정확하게 판단해야 해. 다영아, 넌 어떻게 생각하니?"

"네?"

진짜 불똥이 자기에게로 튀자 다영은 소스라치게 놀랐다.

뭐라고 대답해야 하는 거야?

다영은 어떤 대답도 못 하고 그냥 하하 웃기만 했다.

"웃지만 말고! 상우 진짜 문제 있는 거 아니니? 걔 혹 여자 안을 줄 모르나?"

문제없어요. 여자 안을 줄 알아요. 아주 잘. 다영은 계속 하하하 어색하게 웃었다.

"그걸 왜 우리 다영이한테 물어? 물으려면 동현이나 태인이 데려다 물어야지."

"네. 그게 좋을 것 같네요."

다영은 서둘러 대답하며 고개까지 끄덕였다.

"걔들한테 내 아들 문제 있는 거냐는 질문을 어떻게 하니?"

"다영이는 해도 되고?"

"혹시 아는 것 있나 물어보는 거지. 요즘 상우와 제일 가깝게 지내는 게 다영이잖아. 주워들은 게 있나 해서."

이거 슬쩍 떠보는 듯한 느낌인데…….

그제야 나희가 왜 이 말을 꺼냈는지 이해가 간 다영은 곧 정신을 차리고 태연하게 빙긋 웃었다.

"그렇게까지 가깝지는 않아요. 한상우 씨 친구들도 그런 은밀한 대화는 저 없을 때 하죠. 있을 때 하면 그거 성희롱이거든요."

"아! 그런 거야?"

"네. 원하시면 태인 씨 가게 가서 물어볼까요? 저 태인 씨랑 친한데요. 제가 물으면 대답해 줄 거예요."

"네가 태인이랑 왜 친해?"

장난 좀 칠까 해서 태인의 이름을 들먹인 건데 그게 정혜의 귀에 거슬린 모양이다. 정혜는 버럭거리며 무섭게 두 눈에 힘을 주었다.

"그냥 친한 거예요. 한상우 씨 친구니까. 성격 좋고."

"그런 애는 가까이하지 마. 괜히 엮여서 인생 망친다."

아영이가 왜 어머니한테 태인을 소개 못 했는지 알겠다. 태인의 이름을 올릴 때마다 정혜의 눈빛이 싸늘해지는 것을 본 다영은 어머니가 그를 얼마나 싫어하는지 느꼈다.

"나는 좋던데요. 성격도 괜찮고, 다정하고, 잘 챙겨주고, 남자로서도 매력 있고!"

"다영이 너 엄마한테 혼날래?"

순간 정혜의 입에서 주위가 울릴 정도로 큰 소리가 사납게 터져 나왔다.

"엄마, 그 남자 너무 미워하는 거 아니에요? 이태인 씨 사람 좋아요."

"상우 친구 중에 동현이는 돼도 걔는 안 돼! 절대로 안 돼! 미래도 없고, 자기 하고 싶은 것만 하고, 평생 유유자적 부모 돈만 쓰고 사는 그런 놈은, 눈길도 주지 마. 눈에 흙이 들어와도 그놈은 안 돼! 너 혹시 태인이 녀석에게 딴마음 있으면 그냥 접어. 아니면 평생 혼자 살아. 그런 놈 만나서 인생 종 치느니, 차라리 우아하게 혼자 살아. 그게 나아."

내내 결혼을 종용하던 사람이 차라리 혼자 독신으로 살라고 할 정도면 정말 싫은 거다. 다영은 아영이가 왜 도망치려고 했는지 이해가 됐다.

"두 모녀! 지금 난 심각하게 상우 얘기하는데, 왜 태인이로 넘어가는데? 나 살짝 기분 나빠지려고 해."

"그게 아니라, 상우 오빠 성생활…… 아니 밤 생활…… 그것도 아니라, 하여튼 문제가 없…… 을 거라는 거죠. 거, 걱정 마세요."

나희가 뚱한 표정을 하자, 다영은 그런 나희의 기분을 맞추면서 하하 웃었다.

"너 언제부터 상우 오빠라고 했어?"

아차! 말실수다.

나희가 눈을 반짝반짝 빛냈다. 당황한 나머지 해서는 안 될 말을 했다는 것을, 다영은 내뱉은 다음에 알아차렸다.

"그래서 결론은요? 제가 문제가 있는 겁니까, 없는 겁니까?"

그 순간 서늘하게 내려앉는 목소리에 다영을 비롯해, 나희와 정혜까지 움찔 굳어버렸다.

"오! 아들! 언제 왔어?"

나희는 콧소리까지 섞어가며 애교 넘치게 말했다.

"도대체 나도 없는 이 자리에서, 내 은밀한 그쪽 생활에 대해, 왜 토론 중인지 물어도 됩니까?"

상우는 나희과 정혜 그리고 다영을 죽 살피며 딱딱하게 물었다.

"토, 토론은 아니야. 그냥 걱정이지."

나희는 당황한 나머지 말까지 더듬었다.

"아! 걱정돼서 하는 말인데, 그걸 다영이를 불러다 했군요?"

"밥, 밥 먹이려고 불렀어. 일이 많아 못 먹는 것 같아서. 그렇지, 다영아?"

"맞아요. 그쪽…… 아니, 오빠가 주인공이 아니었어요. 밥이 주인공이었지."

최선을 다해 웃었지만, 어색하다. 다영은 자신이 생각해도 이런 연기를 참 못한다는 생각을 했다.

"그래?"

상우는 미심쩍다는 듯 한쪽 눈썹을 올리더니 그녀의 어깨에 턱하고 손을 올렸다.

"밥은 우리 둘이서 먹자. 이번 일에 관해 대화 좀 하고."

"무, 무슨 대화를……. 난 아무 말도 안 했다니까요? 할 말도 없고……."

"난 들을 말 있어."

상우는 허리를 굽혀 다영의 귀에 작은 소리로 속삭였다.

"태인이 편을 애틋할 정도로 들더라? 일단 튀어나와라? 죽을 각오 하고?"

이를 바드득 간 상우는 다영의 어깨를 가볍게 톡톡 쳤다. 그리고 나희와 정혜에게 오늘 저녁은 밖에서 먹겠다고 말하고는 먼저 밖으로 나갔다.

"화나면 무서…… 워요?"

다영은 굳은 얼굴로 상우가 나간 현관을 가리켰다.

설마 죽이기야 하겠냐는 생각이 들긴 했지만, 생명이 위협받는 기분이었다. 다영은 희망적인 이야기 좀 해달라는 눈빛으로 나희를 보았다.

"응. 쟤 화나면 무서워."

나희의 말에 다영은 가슴속에 품었던 실낱같은 희망을 그대로 버려야만 했다.

"내가 뭐 어쨌다고? 엄연히 나도 피해자라고요!"

궁지에 몰릴수록 더 당당하게. 다영은 고개를 빳빳하게 들었다.

"피해자?"

"그쪽 밤…… 생활을 나한테 묻는데 그럼 거기서 같이 맞장구쳐요? 말을 돌리려다 보니 그렇게 된 거라고요! 그리고 태인 씨 괜찮은 사람인 건 사실이잖아요. 난 이태인 씨 마음에 들어요."

"태인이 녀석은 네 언니가 결혼하려고 했던 놈이거든! 형부 될 뻔한 녀석이 마음에 든다고?"

"아무도 모르는데 알 게 뭐야? 공식적인 예비 약혼자보다는 낫겠지."

다영이 슬쩍 약점을 건드리자 상우의 얼굴이 더 험악하게 일그러졌다.

"일단 타."

이를 바드득 가는 소리가 바로 귓가에서 들리는 듯했다. 미치지 않고서야 무슨 짓을 당할지도 모를 저 차를 탈까. 다영은 고개를 양옆으로 흔들며 두어 걸음 뒤로 더 물러났다.

"할 말 있으면 여기서 해요. 좁은 데 집어넣고 패는 건 남자의 도리도, 인간의 도리도 아닌 것 같아요."

"내가 미쳤냐? 넌 내가 여자한테 주먹이나 휘두르는 그런 놈으로 보여?"

"이상한 사람에서 미친 사람으로 가는 건 한순간이거든."

"나 정도는 이길 수 있다며? 왜? 진짜 싸울 것 같으니까 자신

없어?"

"자신이 없는 게 아니라, 내가 그쪽 패서 병원에 입원시키면, 나만 불리하잖아요. 아직은 호적에 빨간 줄 긋고 싶진 않아요."

끝까지 입은 살아 있지. 상우는 조수석 문을 열어서 다영을 밀어 넣듯 태우고는 자신도 운전석에 올라탔다.

"진짜 화났어요?"

"그래. 진짜 화났어. 내가 조만간 태인이 그놈과 대판 해야지. 우리 둘 사이에 꾸준히 끼는데, 열 받아서 안 되겠어."

"에이, 하지 말지? 싸우면 질 것 같은데?"

"설마…… 내가?"

다영은 진짜 얄밉게 웃으며 고개를 끄덕였다.

"너무하는 거 아니야? 넌 무조건 내 편이어야지. 내가 약해 빠져서 쓰러지기 직전이라 해도, 넌 내가 제일 강하다고 말해줘야지."

다영의 몸이 갑자기 상우에게로 기울더니, 가볍게 입술과 입술이 닿았다가 떨어졌다.

"난 당연히 내 애인 편이지. 만약에 태인 씨한테 지면 내가 싸워서 이겨줄게요. 나만 믿어요, 상우 오빠."

"어우, 여우."

상우는 나사 하나 빠진 사람처럼 히죽 웃음을 흘렸다. 그러더니 갑자기 차에 시동을 걸었다.

"집에 가자. 우리 집에."

언제부터인지는 모르겠지만 상우는 다영의 집을 우리 집이라고 불렀다. 그리고 다영도 상우가 우리 집이라고 할 때, 포근하고 편안해지는 기분이었다.

"집에 가서 뭐하게? 집에 먹을 거 없어요."

"그냥 시켜 먹자. 밤에."

"지금도 충분히 밤이지 않아요?"

"일단 두 분 어머니께서 걱정하는 그거 확인 좀 하고, 그다음에 시켜 먹자고."

이런 이상한 남자가 어째서 완벽한 남자로 탈바꿈한 것인지. 거듭 생각해도 엄청나게 속은 기분이었다.

"이러면 진심으로 화낼 텐데? 나 배고프면 사람이 변해요. 야수로."

"그전에는 뭐였는데?"

"미녀?"

"미안해, 잘못했어."

이 남자 또 뭔 짓을 하려고 이래?

상우가 갑자기 정색하고 사과하자 다영은 잔뜩 경계하면서 상우와 반대 방향으로 몸을 기울였다. 여차하면 문 열고 도망갈 생각이었다.

"내가 아무래도 너 이상한 물 들인 것 같아. 안 그런다는 보장은 못 해도 자제하려고 노력할게. 그러니까 너도 더는 가지 마. 거기서 더 가면 미쳤다고 그러니까?"

"내가 한 말 중에 어느 부분이 미친 거와 가까운데요? 야수?"

"미녀."

"한상우, 야!"

다영은 욱하고 치밀어 올라오는 마음을 모두 담아 이를 바드득 갈았다.

상우는 바쁜 다영을 위해 재판 서류를 들고 매일 다영의 집으로 퇴근해 일하면서 그녀를 기다렸고, 다영은 집에 들어오면서 '다녀왔습니다' 하고 인사하는 게 당연해졌다. 같이 잠들고, 같이 일어나고, 같이 출근하고, 저녁에 마주 보고 앉아 그날 있었던 일들을 말하고, 같이 TV를 보고, 바쁘면 샌드위치 하나씩 입에 물고 동시에 뛰어나가기도 하고, 상우가 다영을, 혹은 다영이 상우를 회사까지 출근시켜 주기도 하는 일상들이 이어졌다. 그렇게 다영은 혼자가 아닌 둘이라는 개념을 익혔다.

물론 가끔 아니, 자주 싸우기도 했다. 오늘은 늦는다든지, 밥은 먹고 일하는지, 지금 어디 가고 있다든지 등등 전화로 시시콜콜 이것저것 말하는 상우의 작은 배려들을 다영은 이해 못 했고, 상우는 그런 부분에서 불만을 터뜨렸다. 다영은 그런 게 뭐가 그리 중요하냐고 버럭했지만 시간이 지날수록 휴대폰을 드는 횟수가 늘어났다. 그리고 곧 상우의 의도대로 자잘한 보고를 하기 시작했다.

〈일어났음. 나 심심한데, 언제 올 거예요? 주말에 나간다고 이모 눈치 주려나? 지금 배도 고픈데ㅠㅠ〉

다영은 이제 자연스럽게 나희를 이모라 불렀다. 그때 상우는 생각했다.

'이제 거의 다 온 것 같다.'

〈집에 먹을 것 없을 텐데, 어쩌지? 어제 먼저 들러서 채워놓고 올 걸 그랬나?〉

상우가 부모님께서 계신 집으로 퇴근한 탓에 어제 다영은 혼자였다. 처음에는 오랜만에 혼자 넓은 침대를 다 써서 좋다고 하더니 곧 침대가 너무 넓다고 투덜거렸다. 그래서 남들 다 하는 그거, 누구 한 명 잠들 때까지 통화하는 것 한번 해보자 했었다. 하지만 그 통화를 오래 하지 못했다. 요즘 중노동에 시달리고 있던 다영이 일찍 잠들어 버렸기 때문이었다.

〈나가기 귀찮은데……. 굶어 죽을 순 없으니, 지금 나가서 밥 먹고 들어올게요.〉

〈오늘 아영이 방 정리하는 날이야. 그거 잠깐 보다가 갈게.〉

〈난 패스. 몸이 천근만근이에요. 엄마 집에서 또 노동했다가는 진짜 죽을 것 같아. 내 몫까지 열심히 해요. 파이팅!〉

〈OK.〉

문자를 확인하고 보내기를 반복하면서 상우의 얼굴에 빙긋 미소가 번졌다.

"다영이 일어났나 봐?"

저 녀석들이 연애하긴 하나 보네.

사실 나희는 상우의 사생활 중 여자 문제만큼은 불만이 컸었다. 지나칠 정도로 깨끗한 애정사에 아들의 몸에 말하지 못할 문제라도 있는지 진심으로 걱정될 정도였었다. 그런 상우가 아영이랑 약혼하겠다고 했을 때, 사실 나희는 자신의 귀를 의심했다.

"하아영은 내 동생이에요. 동생을 여자로 보는 건 패륜이죠. 막장 중의 막장!"

단 한 번도 아영을 여자로 생각해 본 적이 없었냐는 나희의 질문에 상우가 한 대답이었다. 그런데 갑자기 약혼하겠다고 나선 것이다. 그때 정혜는 기뻐했지만, 나희는 영 믿을 수가 없었다. 아주 잠깐이지만, 아이들이 무슨 일을 꾸미는 건 아닌가 하고 의심도 했었다.

진심이냐는 거듭되는 질문에도 상우는 한결같이 진심이라고 말했고, 나희는 그런 아들의 말을 믿었다.

아영이가 죽은 다음에 다영이가 등장한 게 우리 상우에게는 신이 도운 게 아닐까?

나희는 요즘 이런 생각을 자주 했다.

만약 상우와 아영이가 약혼한 이후에 다영이가 등장했다면?

어쩌면 약혼녀의 동생, 예비 처제를 사랑하는 남자. 마치 막장 드라마 같은 상황에 상우가 빠졌을 수도 있겠다는 생각을 하면, 끔찍하고 소름이 돋았다.

나희는 좋아서 입이 옆으로 찢어지는 아들의 모습을 보는 게 흐뭇하기도 하고 안도감도 들어 빙그레 웃었다.

"지금 밥 먹으려고 나가나 봐요."

"집에 와서 먹으면 될걸, 사 먹는 밥 좋지도 않은데……."

말은 퉁명스러운데 걱정이 담겼다. 정혜의 말에 상우는 하하 웃음을 흘렸다.

"애가 바쁘니까 그렇지. 온종일 힘들게 일하고 나면 녹초가 될 텐데 여기까지 어떻게 와? 집은 바로 그 앞이잖아. 오 분이면 될 걸, 삼십 분 넘게 운전하고 온다는 건 좀 아니지."

"그건 알지만, 조미료 엄청 들어간 음식을 매일 먹으니까 걱정

돼서 하는 말이지."

정혜는 먹는 것 하나하나 엄청나게 따지는 사람이라, 100% 외식에 의존하는 다영의 생활이 마음에 들 리가 없었다.

"바쁜 것 끝나면 왔다 갔다 할 거예요. 주문이 많이 밀렸더라고요."

"아줌마한테 이것저것 좀 만들라고 했거든. 너 조금 이따가 너희 집에 갈 때, 가지고 가."

이젠 나희도 다영의 집을 상우의 집이라고 생각했다. 이미 아들을 장가보낸 기분인 듯했다.

"집에서 밥 안 먹는대요. 저도 바쁘고, 다영이는 더 바쁘고. 그리고 다영이, 밥 해먹을 수 있는 시간 있으면 그냥 여기 와서 먹을 텐데요?"

"내일 아침에 먹을 샌드위치랑 오늘 저녁에 먹을 도시락이야. 내가 너희 집에서 밥 안 먹는 거 모를까 봐? 매일 도시락을 싸다 보내주는 게 낫지 바쁜 너희에게 밥까지 하라고 하겠어?"

"네. 들고 갈게요. 일단은 아주머니 너무 고생하시니까, 올라가서 돕는 척이라도 하고요."

빨리 끝내고 다영이에게 가야지. 상우는 이런 생각으로 이 층으로 올라가려 했다. 하지만 먼저 박 씨가 상자 하나를 들고 내려왔다.

"사장님, 아영이 방에서 이런 게 나왔는데요."

"별거 아니면 버려요."

"그게 아니라, 이거 아무래도 다영이 것 같아서요."

박 씨는 선물 상자처럼 생긴 걸 테이블에 올려놓고 다시 이 층으로 올라갔다.

상우는 아영이가 다영이에게 줄 선물이라도 샀나 싶어 상자 뚜껑을 열었다. 그리고 그 상자 내용물을 확인한 세 사람은 똑같이 놀라며 눈이 휘둥그레졌다.

아영이 방을 정리한다던 상우의 문자를 받았다. 그리고 한 시간 후, 갑자기 찾아온 상우는 다영 앞에 선물 상자 같은 걸 하나 내려놓았다.

"뭐예요?"

"봐."

도대체 무엇이기에 표정이 어두운 걸까? 열면 터지는 시한폭탄 아닐까?

안에 무엇이 들었는지 살짝 알려주면 좋을 텐데. 보기 전에 미리 마음의 준비라도 하면 충격이 덜할지도 모르는데, 이런 마음에 다영은 상우를 보았다. 하지만 상우는 아무 말도 없었다. 꼭 두 눈으로 확인하라는 뜻이었다.

'그래, 한 번 죽지, 두 번 죽겠어.'

다영은 강하게 마음먹고 크게 심호흡을 한 뒤 상자를 열어보았다. 그리고 그 속에 담긴 과거와 마주했다.

인형이다. 상우가 선물해 줬던 인형. 놀이터에 버리고 왔던 그 인형.

"이거…… 설마 다시 샀어요?"

아니라는 걸 알면서도 물었다. 다시 산 게 아니면 말이 안 되기 때문이었다. 누가 가져간 건지도 모르는 이 인형을 상우가 다시 가지고 왔다는 게 믿을 수가 없었다.

"아니."

"그럼……."

인형을 집어 들던 다영은 인형 밑에 있는 하얀색 일기장을 보게 되었다. 그리고 그 일기장 겉표지에는 '내 동생 다영이에게'라는 글이 있었다.

"언니?"

이 인형을 자신에게 보낸 사람이 죽은 아영이라고?

다영은 일기장을 집어 들면서, 두렵다는 눈빛으로, 무섭다는 얼굴로, 상우를 보았다. 상우는 괜찮다고 말하듯 부드럽게 웃으며 고개를 끄덕였다.

-내가 너에게 제일 먼저 해야 할 말은 이거겠지? 다영아, 내 동생아. 미안해. 미안해, 내 동생.

첫 장은 이 말로 시작했다.

-어디서부터 말해야 할까?

맞다. 거짓말부터 해야겠다. 그때 난 아주 잠깐이라도 엄마를 독차지하고 싶었어. 내가 기억하는 엄마는 늘 너랑 눈을 맞추고 있었으니까. 난 왜 쌍둥이로 태어나서 동생에게 모두 빼앗기나 하고 생각했거든.

나쁜 마음인 걸 알면서도 난 네가 미웠어. 너만 보는 엄마, 동생을 잘 돌보라고 말씀하는 아빠. 그때 난 부모님은 다영이 너만 있으면 되고 난 있어도 그만 없어도 그만이라 여겼어.

그러다가 상우 오빠까지 널 좋아한다는 걸 알게 된 거야.

듣지 말아야 했는데. 엄마랑 나희 이모의 대화를 들어버린 그날, 모든 게 변해 버렸어.

"아무래도 상우는 다영이가 더 좋은 모양이야. 아영이는 여동생인 것 같고, 다영이는 이성으로 발전할 가능성이 크지 싶어."

나희 이모가 이 말을 할 때, 엄마가 크게 웃었어. 기분이 좋아 보였거든.

"나도 다영이가 상우 짝으로 어울린다고 생각해. 아영이는 좀 더 큰일을 해야 하니까 이것저것 해야 할 게 많고, 다영이는 예쁘게 키워서 상우 짝으로 줄게."

나도 상우 오빠가 좋은데, 나도 예쁘게 커서 오빠 신부가 되고 싶은데, 엄마는 내 의견은 들어볼 생각도 하지 않고 내 미래를 결정했어. 난 그게 싫었어. 나도 다영이 너처럼 예쁘게 크고 싶었거든.

아니다. 더 정확하게 말해서 난 네가 되고 싶었어. 그때 난 네가 없어야지만 내가 다영이가 돼서 살 수 있을 거라 여겼어.

네 말이 맞아. 난 하다영 짝퉁이 되기로 한 거야. 그렇게 돼서라도 엄마와 상우 오빠의 사랑을 받고 싶었어.

변명이 비겁하지? 나도 그렇게 생각해.

이 인형을 버리면서 넌 얼마나 아팠을까? 아니, 얼마나 무서웠을까?

사실 인형을 놀이터에서 주웠을 땐, 내가 이렇게 오랫동안 가지고 있을 거라고는 생각 못 했어. 금방 줄 수 있을 줄 알았는데, 이걸 다시 되돌려 주기까지 이렇게 긴 시간이 걸릴 거라고는……

내 탓이야. 내가 널 너무 아프게 했어. 미안해. 미안해, 다영아.

인형을 주웠던 게 아영이었다니. 긴 시간 잊고 있었는데, 아영은 제가 버린 추억을 주워서 간직하고 있었다. 아주 오랫동안······.

–아픈 널 외면했던 그날부터 난 계속 생각했었어.

그날 네 전화를 받던 그때, 그 순간에 내 눈앞에 상우 오빠가 없었더라면 어찌 되었을까?

네 전화를 받는 그때, 상우 오빠가 앞에 있었어.

"오! 다영이 엄청 예뻐졌는데? 야! 이젠 길에서 봐도 못 알아보겠어. 완전 숙녀가 됐어."

엄마가 네 사진을 보여줄 때마다 상우 오빠의 얼굴에 화사한 미소가 떠올랐어.

엄마의 생각은 몇 년의 시간이 지나도 변함이 없었지. 상우 오빠와 결혼하는 쪽은 내가 아니라 다영이 너였던 거야.

그때 상우 오빠 마음 같은 건 몰랐더라면 어땠을까? 그랬더라면 지금 달라졌을까?

상우 오빠에 대한 내 마음은 점점 더 커지고 있는데, 난 여전히 상우 오빠에게 여동생인데, 다영이 네 사진을 볼 때 상우 오빠의 눈빛은 달랐어. 그때 난 상우 오빠가 널 만나는 게 무서웠어. 엄마와 아빠를 빼앗겼으면 상우 오빠 한 명만큼은 내가 가져도 된다고 생각했어. 양보하고 싶지 않았어. 그래서 그렇게 널 외면한 거야.

그때는 그게 얼마나 큰 잘못인지도 인지하지 못했어. 딱 하나만 생각했었거든. 다른 건 생각할 수 없었어. 아니 다른 건 생각하지 않았어. 나중에 알았지. 그날, 처음으로 네가 나한테 화내던 그때 알았어. 내 동생이 화를 낸다는 건 다시 보지 말자는 뜻이라는 걸.

내가 왜 그랬을까? 내가 미쳤던 거야. 내가 정말 미쳤어.

넌 내 거짓말도 사실로 만들어주던 동생이었는데, 내가 갖고 싶었던 것들을 마치 네가 가지고 싶은 것처럼 말해도, 넌 입 꾹 다물고 고개를 끄덕여 주던 착한 동생이었는데, 그런 동생을 내가 버렸어. 내가 너무 잔인하게 버렸어.

이 페이지에 눈물이 뚝뚝 떨어져 마른 자국이 있었다.

-다시 만나자는 전화를 받은 날, 너무 기뻤어. 사실 너에게 영원히 용서 못 받을 줄 알았거든.

가끔 박준수 아저씨 찾아가면 네가 잘 있다는 소식을 전해주곤 하셨어.

"다영이는 잘 있으니까 걱정 마라."

아저씨 엄청 매정하지?

아마 아저씨는 알고 있었던 것 같아. 네 불행이 나 때문이라는 걸. 찾아가고 싶었지만, 너무 미안해서, 미안하다는 말도 못 할 정도로 너무 미안해서, 찾아가면 용서해 달라는 말을 해야 하니까, 넌 용서하고 싶지 않은데 내가 용서해 달라고 하면, 착한 내 동생은 용서해 주고 싶지 않아도 용서해 줄 테니까…….

변명이다. 비겁하게, 또 변명하고 있어. 다영아, 나 끝까지 나쁜 것 같아. 끝까지 나, 내 변명하고 있잖아.

"그래 너 나빠. 말로 했어야지, 글로 하냐? 이러면 내가 화도 못 내잖아."

다영은 일기장을 아영인 듯 말하고는 마음을 가다듬기 위해 깊게 한숨을 토해냈다.

-널 다시 만나기로 한 날, 상우 오빠한테 고백한 날보다 더 떨렸어. 그
날 진짜 엄청 떨었는데.

어떻게 변했을까? 머리는 길까? 애인은 있나? 무슨 일을 할까?

아니다. 제일 묻고 싶은 말은 "잘 지냈어?" 이거였어. 하지만 난 그 질
문을 못 했어. 심장이 쿵 내려앉더라. 다리가 후들후들 떨려서 서 있을 수
가 없었어. 네가, 내 동생이…… 너무 슬프게 웃어서……. 말은 잘 안 했
지만 웃을 때만큼은 제일 행복하게 웃던 내 동생인데, 웃고 있는데도 불행
해 보여서, 하나도 안 행복해 보여서, 지치고 힘들어 보여서…….

생각했었다. 언니도 내 표정에서 무언가를 봤을 텐데, 도대체
뭘 본 건지 궁금했었다. 이제야 그 의문이 풀렸다. 언니가 본 건
웃고 있던 얼굴이 아니라 마음이었다. 어둡고, 차가웠던 그 마
음.

-생각했어. 생각하고 또 생각했어. 그리고 결론을 내렸지. 다영이를,
내 동생을, 되돌리자.

그러려면 우선 널 제자리로 돌려놔야겠지?

일단 내가 사라져야 해. 사실 엄마는 다 좋은데 이상한 고집이 있잖아.
내가 있으면, 내 눈치 보느라 너한테 온 마음을 쏟지 못하실 거야. 일단
내가 눈에 안 보여야 해. 그래서 나 도망을 핑계로 사라질 생각이야.

딱 이 년이야. 눈 딱 감고 숨어 있을게. 혼자 가기는 무서우니까 태인
오빠랑 같이. 사실 태인 오빠가 성격은 좋은데 엄마 기준으로는 절대 받아

들일 수 없거든. 엄마가 기겁하는 부류가 미래도 안 보이고, 잘하는 것도 없고, 부모 잘 만나서 일할 생각도 안 하는 사람인데, 겉으로 보기에는 그 기준에 딱 맞는 인물이 바로 태인 오빠라. 그런데 다영아, 너도 보면 좋아 할 거야. 정말 좋은 사람이야. 확실해. 그래서 오빠랑 도망을 핑계로 세상 에 나갔다가 오려고. 고생 좀 하다 보면 오빠도 목표가 생기겠지. 내가 최 선을 다해 빡세게 굴릴 거야. 누가 봐도 멋있는 사람으로 만들어 올게. 자 신 있어.

생각도 못 한 부분에서 웃겨주신다. 참 하아영다운 생각이다. 연약한 것과 거리가 멀었던 인물이 무슨 과정을 거치면 유리가 될까 궁금했었는데, 어떤 과정을 거쳐도 안 되는 건 안 되는 거 라는 걸 이번에 깨달았다.

-내 동생이 진짜 싫어하는 것. 힘든 운동, 특히 위로 올라가는 운동. 그리고 신맛 나는 과일, 딸으로 만든 모든 음식. 가만있는데 괴롭히는 못 된 친구. 자꾸 말 시키는 사람. 그런데 엄마는 예외.

내 동생이 진짜 좋아하는 것. 딸기, 생선, 상우 오빠가 준 곰 인형 그 리고 상우 오빠.

고민해 봤는데, 상우 오빠라면 너 돌릴 수 있을 것 같아. 상우 오빠가 눈썰미가 좋거든. 그리고 성격은 더 좋고. 농담도 잘하고, 자기 사람은 무 슨 짓을 해서든 챙기고. 내가 태인 오빠랑 사라지면 상우 오빠가 널 챙길 거야. 상우 오빠는 믿어도 돼. 너 딸기 좋아한다는 것, 제일 먼저 알아낸 사람이잖아. 오빠라면 네가 말 안 해도 다 알아낼 거야. 장담할 수 있어. 난 그만큼 상우 오빠를 믿어. 그리고 너도 믿어.

좀 덜 믿고 미리 말해줬으면 좋았을 텐데. 만약 그랬더라면, 이상한 계획은 세우지 말라고 화냈을 텐데, 진짜 그랬더라면 지금쯤 살아 있는 아영과 으르렁거리고 싸우고 있을지도 모르는데, 모든 게 안타까웠다.

–넌 모르겠지만, 나 만나면서 너 조금씩 변했어. 모든 일에 관심 없었던 네가 조금씩 궁금한 게 생겼고, 무뚝뚝하지만 엄마 잘 계시냐고 묻기도 하고, 내가 도착하기도 전에 내가 좋아하는 음식을 먼저 시켜주기도 하고, 나랑 같이 백화점에 돌아다녀 주며 옷을 골라주기도 하고.

이건 내 생각인데, 다영아, 상처는 드러내야 치유할 수 있는 거야.

너 엄마한테 제일 많이 화났지? 지금도 화나 있지? 그래서 일부러 더 꼭꼭 닫고 있는 거지?

그거 다 쏟아내. 그러면 엄마도 하고 싶은 말이 많을 거야.

다영아, 가족이 다 너 버린 거 아니야. 나만 너 버린 거야. 엄마는 너 안 버렸어. 계속 너 생각했어.

이건 진짜 비밀이었는데, 아빠 엄마 안 좋은 성격 네가 다 가져간 것 알아?

아빠도, 엄마도, 진짜 해야 할 말들은 입을 꾹 다물어. 진짜 속마음은 말 안 해. 그거 그대로 닮은 애가 바로 너야.

말 좀 해. 그 속에 뭐가 있는지 말 안 하면 어떻게 알아?

겉으로만 변한 척하면 뭐해? 진짜는 속에 꼭 감추고 있는데.

"그러는 언니는? 넌 뭐 다른 줄 알아?"

다영은 또 일기장에다 퉁명스럽게 대꾸했다.

-하다영, 내 동생. 가구 만들 때 네가 얼마나 예쁜지 모르지?

내 동생 버릇. 골똘히 생각에 잠겨 있을 때 입술을 만지작거린다. 결과가 마음에 안 들거나 일이 잘 안 풀릴 땐 손가락으로 미간을 긁는다.

남현주, 동생의 친구. 다영이가 유일하게 친구 앞에서만큼은 웃을 때 즐거워 보인다.

난 언제쯤 너랑 장난치며 웃을까?

네가 친구랑 툭툭 장난치는 모습을 봐서인지, 오늘은 이상하게 기운이 빠져. 그런데 다영아, 너한테 그런 좋은 친구가 있어서 다행이야. 내 친구들도 참 좋아. 좋긴 한데, 깊은 말은 할 수 없어. 내 옆에 있는 많은 친구 중에 마음을 터놓을 친구가 없더라.

내가 딱 그런 친구만 사귄 거겠지? 왤까? 나는 왜 내 마음을 모두 꺼내 보일 정도로 믿고 의지하는 친구가 없는 걸까?

답은 이미 알고 있는데, 그래서 오늘 더 기운이 빠지는 건데, 괜히 죄 없는 친구 탓만 했네. 옛날부터 내 마음을 모두 꺼내 보여주는 친구는 딱 한 명뿐이었어. 오늘 그 친구가 보고 싶었어. 엄청.

아영이가 보고 싶어 하던 그 친구는 바로 다영이었다.

아영은 가끔 공방에 데려가 달라고 부탁했었다. 일하면 너랑 못 놀아준다고 해도 상관없다고 했다. 어쩔 수 없이 공방에 데리고 와 방해되지 않는 자리에 앉혀놓고 작업하곤 했는데, 그럴 때면 아영은 한참을 그녀가 작업하는 것을 곁에서 보곤 했다. 그때는 작업에 빠져 아영이 자신을 어떤 마음으로 보고 있는지 알지 못했다. 이렇게 슬프게 보고 있었다는 사실을 진즉에 알았더라면 좋았을걸. 아니, 아영에게 조금이라도 관심을 보였더라면 좋았을 텐데. 흘러보내 버린 시간이 안타까워 가슴이 아팠다.

─이제 때가 된 것 같아. 내 계획을 실행에 옮길 때가.

일단 내일 널 만나서, 태인 오빠 이야기를 해야겠어. 잠깐 몸을 숨기고 있을 테니까, 상우 오빠랑 같이 엄마 좀 설득해 달라고 부탁할 거야.

알아. 분명히 넌 내켜 하지 않을 거야. 그 남자랑 결혼하겠다고 엄마 앞에서 당당하게 말하라고 하겠지. 자기가 옆에서 도와줄 테니까, 용기 내라고. 하지만 난 끝까지 우길 거야. 네가 대신 말 좀 해달라고 매달릴 거야.

그러면 넌 어쩔 수 없이 내 일을 해결하기 위해 상우 오빠를 자주 만나야 할 거야. 물론 엄마한테도 자주 가야 할 테고. 그렇게 자꾸 두 사람과 부딪치면 돼. 그거면 충분해.

준비물은 태인 오빠와의 추억이 모두 담겨 있는 휴대폰. 사진, 문자, 통화 내역 다 있으니까.

엄마가 엄청 실망하겠지만, 상관없어. 미워하고 원망해도 견딜 수 있어. 돌아오면 분명히 구박하시겠지? 구박하면 구박도 받을 거야. 난 견디는 건 아주 잘하니까, 잘 견딜 수 있어.

다시 돌아왔을 때, 네가 많이 변해 있었으면 좋겠어. 아니다. 엄마랑 조금이라도 친해져 있으면 돼. 그 뒤는 이 언니만 믿어. 내가 다 알아서 할 수 있어. 내 사과는, 너 제자리에 다 돌려놓은 다음에, 그때 할게. 2년 뒤에 돌아와서, 내 동생이 옛날처럼 행복하게 웃으면, 그때 내가 직접 네 얼굴 보고 사과할게. 나 그때까지는 용서하지 마. 절대로 용서하지 마.

널 버리고, 그땐 어렸다는 핑계 뒤에 숨어버린 이 언니…… 절대로 용서하지 마. 알았지?

"미친년. 이런 황당한 계획 세울 동안에 사과하고 끝냈겠다."

심장을 날카로운 송곳으로 콕콕 찌르는 느낌이다. 마지막 일기를 읽은 순간 다영의 눈에는 참았던 눈물이 터졌다.

"긴 시간 안 변한 게 어떻게 갑자기 변해? 계속 너랑 부딪치다 보면 변했겠지! 계속 너랑 만나다 보면 언젠가는 변해 있었겠지!"

일기장을 꽉 움켜쥔 손이 부들부들 떨렸다. 더 퍼부어주고 싶은데, 잔뜩 퍼부어주고 싶은데, 그럴 수가 없었다.

언니가 왜 이런 계획을 세웠는지 알고 있었기 때문이다. 눈 감고, 귀 닫고, 입까지 모두 닫고 있는 동생을 깨울 방법은 충격밖에 없었을 것이다. 아버지가 돌아가셨다는 것에도 별 반응이 없었던 동생이라, 웬만한 충격이 아니면 깨지 못한다는 걸 이미 알고 있었기 때문이었다.

"이건 아니잖아! 내가 못 알아들으면 알아들을 때까지 말해야지! 내가 잘못 살면 그런 식으로 살면 안 된다고 얘기해 주는 게 언니잖아! 어떻게 이런 식으로 알게 해! 어떻게 이런 식으로 느끼게 해!"

일기장에는 정확하게 표현이 되지 않았지만, 다시 만날 그날, 언니가 느꼈을 절망감이 짐작됐다. 입으로는 '언니, 아영아' 하고 말하면서 마음으로는 남을 보듯 그렇게 무덤덤한 동생을 본 순간, 언니의 마음은 무너져 내렸을 테고 자기 자신이 끔찍하게 싫어서 딱 죽고 싶었을 것이다. 그런 언니의 속마음을 보지 못했다.

그저 행복하고 해맑게 사는 언니의 겉모습만 봤었다.

"끝까지 나쁜 년! 하아영 넌 어떻게 나한테 이렇게까지 나쁠 수 있어? 차라리 한 대 팼어야지! 그랬더라면 지금쯤 살아……."

일기장을 품에 안고 고래고래 소리를 지르던 다영은 갑자기 꺽꺽 소리를 내며 숨을 제대로 못 쉬었다.

"다영아, 하다영, 진정해. 괜찮아. 괜찮아."

다영을 지켜보던 상우는 그녀를 품에 끌어안고 등을 쓸었다. 그렇게 얼마의 시간이 흘렀을까, 거칠고 불규칙했던 그녀의 숨이 차츰 진정되었고, 이내 목 놓아 울음을 터뜨렸다.

"그냥 나만 생각했어. 다른 사람은 생각 안 했어. 그게 편했어."

"네 탓 아니야. 그러니까 그만 울어."

"지금까지 언니가 어떤 마음인지 생각 안 했어요. 내가 아픈 만큼 언니도 아팠을 텐데, 내가 힘든 만큼 언니도 힘들었을 텐데, 내 감정에 빠져서 언니 생각은 안 했어. 태어난 그 순간부터 언니를 제일 아프게 한 사람은 나였으면서, 그거 딱 한 번 아팠다고, 원망하고 미워했어. 내가 그랬어요!"

어렸다는 핑계 속에 숨어 있었던 건 언니가 아니라 자신이었다. 그래놓고 뻔뻔하게 모든 걸 지웠다. 나 편한 대로 기억을 편집해 버렸다. 그리고 모든 걸 언니 탓, 아빠 탓 그리고 엄마 탓으로 돌렸다. 현주의 말대로 화가 나서 보지 않았다. 복잡해서 피했고, 골치 아파서 숨었다. 스스로의 생각에 갇혀서 숨어 있는 진실 따위는 보지 않았다.

"다영아……, 다 잘될 거야. 걱정 마."

잠깐 만나고 헤어질 때 뜬금없이 아영이 이런 말을 했었다.

"무슨 말인지 앞뒤 다 붙여서 말해. 알아들을 수가 없잖아."

저는 퉁명스럽게 대꾸했는데 아영은 밝게 웃었다.

"그냥. 그냥 한 말이야."

그때는 깊게 생각 안 하고 그냥 넘겼다. 지금 생각해 보니, 아영은 그때 떠날 날짜를 정한 듯했다.

아영아, 언니…….

다영은 끊임없이 이 말을 되풀이했다. 저 멀리 있는 사람을 목청껏 부르기라도 하는 것처럼, 다영은 아영이를 부르고 또 불렀다.

혹여, 하늘에 있는 아영이 작은 대답이라도 해주지 않을까?

그래서 그만 울라고, 그러다가 몸이라도 상하면 어쩌려고 그러냐고 걱정해 주지 않을까?

다영의 눈물을 멈출 수 없었던 상우는 말도 안 되는 소원을 가슴에 품었다. 어설픈 위로 같은 것도 하지 않았다. 어떤 말로도 다영을 위로할 수 없을 테니까. 상우가 할 수 있는 일은 딱 하나, 그냥 제 품에서 하염없이 울고 있는 다영을 꼭 안아줄 뿐이었다.

'아영아, 왜 나에게 말 안 했어? 너와 다영이 사이에 있었던 일

들을 나한테 말해줬더라면, 내가 도와줄 수도 있었잖아.'

계속 냉정하게 생각해 보았다. 그리고 그날 아영이 한 행동, 이해는 못 하지만 그럴 수도 있다 생각하기로 했다. 문제는 그 뒤였다. 상처 받은 다영은 화를 냈을 테고, 단 한 번도 보지 못한 동생의 무서운 얼굴에 아영은 공황 상태가 되어버린 거다. 만약 그 사실을 자신이 알았더라면, 상처가 더 깊어지기 전에 두 아이를 만나게 해 오해를 풀었을 것이다. 다른 듯 너무 닮은 쌍둥이는 아주 중요한 순간에 똑같이 행동한 거다. 둘 다 말을 안 했다. 그래서 며칠 골내고 끝냈을 일이 십여 년을 끌게 된 거다. 작은 오해가 상처가 되고, 그 상처에 또 다른 상처가 쌓여서, 결국에는 모두를 집어삼켰다.

이번 일로 다영은 가슴에 또 다른 상처를 끌어안았다.

이제는 그만 아프게 해도 되는 거 아닌가?

이 아픔이 끝이길 빌며 상우는 나지막하게 한숨을 토해냈다. 그리고 우는 것밖에 할 수 없는 사람처럼 하염없이 울고 또 우는 다영을 꼭 끌어안았다.

마지막 장

태인의 포장마차.

상우와 태인은 포장마차 문까지 닫아놓고 둘이서만 술을 마시고 있었다.

잔뜩 쌓인 술병들이 그들이 얼마나 많은 술을 마셨는지 말해주고 있었지만, 둘 중 누구도 술 취해 휘청거리는 사람은 없었다. 이런 날은 취해도 되는데. 술에 물이라도 탄 것처럼, 이상하게 취하지도 않았다.

"아영이가 많이 외로웠던 게 아닐까 하는 생각이 들어. 누구한테도 고민을 털어놓을 수가 없었던 거잖아."

상우는 술잔을 들다가 내려놓으며 깊은 한숨을 토해냈다.

"나 때문이야. 내가 인정 못 받고 외면당하는 게 싫어서야. 처음부터 내가 든든하게 지켜줄 수 있었다면 말했겠지. 너하고 나 앉혀놓고 상의했겠지. 아영이는 나 때문에 너한테 상의 못 한 거야. 내가 싫어하니까."

"아영이랑 내가 함께한 세월이 얼마인데, 너 때문에 못 했을까봐?"

"비교당하는 게 너무 싫었어. 나 그걸로 아영이에게 화 엄청냈어. 못난 나 때문에 아영이는 이 모든 걸 해결해 줄 든든한 오빠를 잃었던 거야. 아영이는 분명히 알았어. 너한테 말하면 어떻게 하든 해결해 줄 거라는 걸. 그래서 나를 데리고 떠날 생각이었던 거야. 우리가 사라지면, 넌 그 뒤에 벌어지는 모든 일들 하나씩 해결할 테니까. 널 그만큼 믿었으니까."

하하하 웃는데 그게 더 아파 보인다. 상우는 태인의 빈 술잔에 술을 채웠다.

"결국 아영이를 죽인 건 나야. 떠날 생각만 아니었으면 그날 그렇게 다영 씨를 찾아갈 생각은 안 했을 거잖아. 내가 어머니 마음에 조금이라도 차는 사윗감이었다면, 여기서 모든 걸 해결하려 했을 거라고. 그러니까 아영이의 그 모든 선택은 바로…… 나 때문이야."

태인은 마치 미친 사람처럼 웃기 시작했다. 하지만 상우의 눈에는 피눈물을 흘리며 절규하는 것으로 보였다.

"나랑 마셔요. 와인도 술인데, 술은 혼자 마시는 게 아니에요."

다영은 며칠째 정혜의 집에 머무르고 있었다. 어머니가 걱정되기도 하고, 다영 자신도 마음이 복잡하고 무거워서 혼자 있고 싶지 않았다. 그런 마음을 안 상우가 잠깐 어머니 집으로 들어가는 게 어떻겠냐고 물었다. 사실 상우는 정혜와 다영을 동시에 챙겨야 했기 때문에, 두 사람이 따로 있으면 부담이 되긴 했었다.

"일 많다면서 그냥 자지?"

"한 잔 정도는 괜찮아요."

다영은 냉장고에서 맥주를 한 캔 꺼내서 정혜의 앞에 앉았다.

"냉장고에 맥주가 채워져 있고. 그걸 볼 때마다 네가 이 집에 있는 게 실감이 나."

"맥주만? 다른 것도 있을 텐데요?"

"아! 상우가 자주 드나드는구나? 주말 아니면 그 녀석 얼굴 보기 힘들었는데 요즘은 매일 보고 있으니. 너랑 상우가 연애를 하긴 하는구나 싶어. 아영이랑 있을 때는 그냥 다정하기만 하더니, 나희 말대로 여자랑 동생은 다른가 봐."

다영이 다시 집으로 온 후, 상우도 아침저녁으로 뻔질나게 드나들었다.

"상우 쟤 엄청 귀엽지?"

상우와 다영이 토닥거리며 싸우는 모습을 본 나희가 정혜에게 이런 말을 했었다. 나희조차도 단 한 번도 보지 못했던 상우의 모습이었다. 나희는 아들이 일찍 철이 들면 엄마는 심심해진다는 명언 아닌 명언을 남겼을 정도로 상우에 대해 불만이 많았던 인물이었다. 유머러스하게 곧잘 농담은 하지만 재미는 없는 아들. 다른 집 자식들은 엄마가 24시간 매달려도 할 일이 넘쳐난다고 하던데, 상우는 엄마 할 일을 십분의 일, 아니 백분의 일로 줄여준 탓에 나희는 늘 시간이 남아돌았었다. 그런 상우가 다영에게는 끊임없이 장난을 걸었다. 참다못한 다영이 버럭 화를 낼 정도로.

"엄마 속았어요. 거듭 생각해도 좀 이상한 사람이야. 처음에는 의젓하고 어른스럽더니, 요즘에는 내가 애를 키우는 느낌에요."

"원래 사내라는 동물은 평생 철이 안 든대. 그리고 네 앞에서만 철 안 들었지 다른 사람 앞에서는 완벽해."

"그러니까 왜 내 앞에서만 그러냐고요."

"상우가 그러니까 네가 웃는 거잖아. 무뚝뚝해서 여자다운 맛도 없고, 애교가 있길 하나, 엄마인 나도 속 터질 때가 한두 번이 아닌데……."

"아, 내가 깜빡했네. 이 세계는 한상우 편이 절대적으로 많다는 걸."

다영이 억울하다는 듯 인상을 찌푸리자 정혜의 얼굴에 미소가 번졌다.

"이태인 씨 불러서 위로해 줘요. 언니가 마지막까지 사랑한 사람이잖아요. 자책이 크다고 하던데."

정혜는 대답 없이 와인만 마셨다.

"엄마 기준에는 한심해 보여도, 저는 그 사람이 선택한 삶도 괜찮은 것 같아요. 모든 사람이 그렇게 치열하게 살 필요 있어요? 편한 게 행복인 내 눈에는 한상우보다는 이태인 씨 삶이 더 좋아 보이거든요. 엄마의 기준에 모든 게 맞춰져 있던 언니한테는 달랐겠지만. 만약 언니가 살아 있을 때 그 사람을 소개해 줬다면, 충분히 지금의 이태인 씨만으로도 행복할 수 있지 않으냐고 말했을 거예요."

"편한 게 행복이다. 생각해 보니 그러네. 사는 게 뭐 있나? 편하게 사는 게 행복이지. 편하게 사는 건 그만큼 어려운 거니까."

"이태인 씨 엄마 위로받으면 좀 힘이 날 거예요. 나는 그 사람이 행복했으면 해요. 그래야 언니도 행복하지."

"알았어. 저녁 한번 먹자고 하지 뭐."

정혜의 대답이 흡족한지 다영의 얼굴에 화사하게 미소가 번졌다.

"그나저나 상우랑 넌 어떻게 할 거야? 계속 그렇게 살 거야?"

"결혼하라는 뜻이면 아직은 싫어요. 법적으로 유부녀 되는 건 아직 안 내켜."

이 세계에서는 여전히 자신은 하아영 짝퉁이었다. 하지만 이젠 그러든 말든 저는 저대로 잘 살면 되지 않겠냐는 생각이 들었다. 그리고 그녀가 이렇게 생각을 바꾸게 된 건 사실 상우의 역할이 컸다.

"절대로 안 돼! 어떤 인간도 안 돼! 나 다영이가 그쪽 애들 만나는 거 싫어. 내가 저번에 분명히 경고했어. 한 놈이라도 다영이 찾아오기만 해?"

동현과 통화하던 상우의 목소리가 갑자기 사나워지자 다영은 또 무슨 일이 있나 싶어서 가만히 지켜보았다.

내용인즉슨 이랬다. 아영이 친구 중에 아영이 동생을 한번 만나고 싶어 하는 애들이 있는 모양이었다. 신경 거슬리는 말은 절대로 안 할 테니까 딱 한 번은 만나게 해달라는 뜻을 전했다는 거다. 대충 상황으로 짐작하는데, 모두 상우 눈치를 보는 모양이었다.

"그 무리는 그쪽에서 놀아. 선 넘어오면, 다들 내 손에 죽는다고 해. 분명히 경고했다?"

자기 할 말만 하고 통화를 끝낸 상우는 다영에게도 경고하듯 말했다.

"저쪽 애들 단 한 명이라도 찾아오면 나한테 바로 말해!"

그때 이민주라는 여자가 찾아왔다는 말은 하지 않았다. 말했다간 큰일 날 분위기였다. 그 뒤로, 저쪽이 뭐라 떠들든 안 보면 그만이라는 생각을 하니까 마음이 편해졌다.

"그럼 그냥 둘이 대놓고 동거해. 상우 왔다 갔다 하는 것 보고 싶지 않아."

정혜의 입에서 동거라는 말이 나오자 다영은 놀라기도 하고 당황스럽기도 해도 멍한 눈으로 가만히 보기만 했다.

"이미 나희가 얘기했어! 자존심 상하지만, 너에 대한 건 나보다 나희가 더 잘 알고 있는 것 같아."

"멍석까지 깔아주는데 거절할 이유 없어요. 그렇게 할게요."

"너는 여자애가……."

욱한 마음에 한 소리 하려던 정혜는 중간에 말을 자르고 하고 싶은 말을 꿀꺽 삼켰다. 어차피 자기 하고 싶은 대로 하는 애, 괜히 힘 낭비는 하지 말자는 생각에서였다.

"결혼한다면 한상우랑 하겠지만, 지금은 귀찮아서 싫어요. 결혼식에 환상이 있는 것도 아니고."

"결혼하려면 몇 달 전에 말해. 그래야 웨딩드레스를 만들지."

"왜요? 엄마가 만들어주시게요?"

"그럼 옷 만드는 엄마가 딸 결혼식에 빌려 입히겠어? 말이 되는 소리를 해야지."

"그럼 가구값도 줄였고, 웨딩드레스값도 안 들고, 장소 협찬만 잘 받으면 돈 많이 안 들여도 되겠는데요?"

"그래도 안 한다는 말은 안 하네?"

"안 하고 싶기는 한데, 그건 용납 안 할 것 같아. 엄마가 예뻐하는 그 남자, 고집이 엄청나요. 뒤끝도 길고. 거듭 생각해도 속았다니까요! 언니는 이런 것도 모르고 날 그 남자하고 엮은 거겠지? 다 알고도 엮었으면 나한테 복수한 거예요."

다영이 심각하게 한 말에 정혜는 결국 겨우 들릴까 말까 할 정도로 작게 웃음을 흘리고 말았다.

정혜가 방으로 들어가는 걸 확인한 뒤 이 층으로 올라간 다영은 곧장 욕실로 가서 씻고 방으로 들어갔다.

"읍!"

그때 갑자기 누군가 입을 막고 벽으로 밀어붙였다.

설마…… 강도?

서늘한 기운이 등을 타고 내려오던 그때 '나야' 하는 익숙한 목소리가 귓가에 들려왔다.

이 인간이 드디어 미쳤구나?

소리는 지를 수 없는 관계로, 다영은 상우를 있는 힘껏 밀치고는 퍽 소리가 들릴 정도로 그의 가슴을 향해 세게 주먹을 날렸다.

"헉. 야! 이거 살인미수야! 순간 심장 멎는 줄 알았잖아."

주먹이 생각보다 세다. 잘 싸운다고 당당하게 말하더니, 그게 허풍은 아니라는 걸 몸으로 확인한 순간이었다.

"진짜 죽는 수가 있어요?"

"싸움 잘한다고 하더니, 지금 보니까 강도도 때려잡을 수도 있을 것 같아."

"그쪽 먼저 때려잡을 뻔했거든요!"

다영은 씩씩 거친 숨을 몰아쉬며 매섭게 노려보았다.

"술 엄청 마신 것 같아. 태인이 자식 오늘 술도 안 취하는 모양이야."

"요즘 계속 술로 사는 것 같아. 그러다가 태인 씨 이상한 생각하는 거 아니야? 걱정이네."

상우는 마음에 안 든다는 듯 인상을 구기며 그녀의 볼을 양쪽으로 살짝 잡아당겼다.

"하다영은 한상우 걱정만 해야지. 외간 남자 걱정은 왜 해? 내가 그놈 상대해 주느라 요 며칠 술을 얼마나 퍼마시는지 알아?"

"그건 본인이 챙겨야지. 친구 위로한다는 핑계로 죽도록 마시는 건 바보나 하는 짓 아닌가?"

"매정한 하다영."

기운이 빠지는지 상우는 다영을 놓아주고는 침대에 걸터앉았다.

"이모는?"

"와인 한잔 하셨는데, 많이는 안 마셨어요. 생각보다도 더 잘 넘기셔. 지나갈 건 다 지나간 것 같은 느낌이고. 지금은 방에 들어가셨고, 아마 주무시겠죠?"

다영은 상우 바로 옆에 앉으며 말했다.

"다행이야. 그리고 넌? 넌 괜찮아? 설마 괜찮은 척하는 건 아니지? 그거 나쁜 거야. 진짜 그런 거면 나 화내. 알지?"

"괜찮아요. 평생 울 것 그날 다 울어서 이젠 덤덤해. 그리고 이젠 답답한 것도 없고. 알고 싶은 것도 다 알았고, 알아야 할 것들도 다 알았잖아요."

"그럼 됐네. 그래. 그렇게 잘 지나가면 되는 거지."

상우는 그대로 쓰러지듯 뒤로 누웠다. 다영은 똑같이 뒤로 누웠다. 그리고 옆으로 몸을 틀어 눈 감고 나지막하게 한숨을 토해내는 상우를 보았다.

힘든가 보다. 생각해 보니 이 남자는 여기저기 챙기고 신경 쓰느라 정작 자기 마음은 들여다보지 않은 것 같다. 아영이에 대한 추억은 이 남자도 많이 품고 있을 텐데. 다영의 눈에 그는 주위 모두를 챙기느라 정작 자기 슬픔은 알아채지 못한 것처럼 보였다.

"그쪽한테 아영이는 어떤 존재였어요?"

상우는 감았던 눈을 뜨고 몸을 틀어서 다영을 보았다.

"지켜주지 못한 동생. 그래서 불쌍하고 안타깝고 그래."

"많이 힘들었겠다. 마음도 엄청 아팠을 것 같고. 그거 어떻게 이겨냈어요?"

"하다영으로."

"장난 말고요. 나 진지하게 물어보잖아요. 그럼 그쪽도 진지해지려는 흉내 정도는 내줘야 하는 것 아니에요?"

이 남자를 상대로 심각한 이야기를 꺼낸 내가 잘못이지. 다영은 벌떡 일어나서 손바닥으로 그의 팔을 톡 내려쳤다.

"나 장난 아닌데?"

상우는 다시 바로 누우면서 팔을 벴다. 그리고 다영을 올려다보았다.

"아영이가 그렇게 가버린 건 충격적이고 마음 아팠는데, 다른 마음으로는 눈앞에 네가 있다는 사실이 놀라웠고 믿어지지가 않았어. 그래서 그랬나? 그 정신없었던 와중에도 난 자꾸 널 찾았지. 잠깐씩 내가 하아영의 예비 약혼자였다는 사실을 잊었을 정도로."

"그러니까 계속 내 주위를 맴돌았던 남자가 그쪽이었던 거죠?"

"장례식장에 나 외에 네 옆을 지킨 인간은 없었으니까, 그게 내가 확실하겠지?"

다영은 그다지 놀랍지도 않다는 듯 피식 웃었다.

만약 그때 이 남자를 인지했다면 어떻게 되었을까? 그랬다면 관계가 조금 더 빨리 발전되었을까?

아니다. 진짜 안타까운 건 아영의 죽음이 원인이 된 만남이 아닌 다른 만남일 수도 있었는데 그걸 어이없게 놓친 것이다. 태인을 아영의 애인으로 만나고, 상우를 아영이의 조력자로 만났다면 물 흘러가듯 일이 술술 잘 풀렸을 수도 있었는데 그 기회를 놓쳐 버린 게 너무 아쉬웠다.

"상우 오빠."

"호칭에 통일 좀 해줄래? 그쪽이랬다, 상우 오빠랬다, 한상우라고 했다가, 네가 날 어떻게 생각하는지 가끔 헷갈리거든?"

"좋지 않아요? 그쪽은 처음부터 불렀던 호칭이니까 친근하고, 상우 오빠는 애교 부릴 때 좋고, 한상우는 화낼 때 좋고. 다 내가 특별하게 생각한다는 뜻인데?"

상우는 친근함과 애교라는 말에, 아니, 특별하게 생각한다는 말에 자신도 모르게 배시시 웃음을 흘렸다.

"상우 오빠."

"왜? 왜 자꾸 불러?"

"고마워요."

"뭐가?"

"언니하고 엄마 옆에 있어줘서. 멋있는 오빠, 든든한 아들 노릇 해줘서 정말 고마워요. 이 은혜 평생 안 잊을게. 그러니까 앞으로 애인 노릇, 남편 노릇도 잘해주기?"

"다영아."

생각도 못 했던 말을 들어서일까. 상우는 놀라서 벌떡 일어나 앉았다.

"하다영…… 그거 지금……."

"이거 프러포즈예요. 그러니까 잘 생각하고 대답해 줘요."

"생각 안 하고 지금 대답하면……."

"안 돼. 그러니까 깊이 생각하고 일주일 뒤에 대답해요."

다영은 상우의 말을 중간에 자르고는 강하게 말했다.

"왜 그래야 해?"

"그게 스릴 있으니까. 난 너무 쉬운 남자는 싫거든요. 그러니까 정확하게 일주일 뒤에 대답해요. 심각하게 고민한 티 팍팍 내며. 거절해도 돼요. 내가 말이죠, 그렇게 속 좁은 인간이 아니에요. 다만 속은 좀 쓰리겠죠? 몇 대 팰 수도 있어요. 하지만 괜찮아요. 설마 죽이기야 하겠어요?"

겉으로는 거절해도 된다고 하더니, 속뜻은 거절하면 죽이겠단다. 순간 일주일 동안 진짜 심각하게 고민해야 하는 건 아닌가 하는 생각이 들었다.

"졸려."

다영은 침대에 발까지 모두 올린 후에 베개를 베고 제대로 누웠다.

"여기서 자려면 빨리 불 끄고 들어오고, 아니면 불 끄고 나가요. 나 피곤해."

결론은 무조건 전등은 상우보고 끄라는 소리였다. 상우는 지나가는 소리로 '네, 마님' 하고 말하며 전등 스위치를 끄고 자연스럽게 그녀의 옆에 누웠다. 그리고 둘은 누가 먼저랄 것도 없이 서로를 품에 끌어안았다.

며칠 뒤, 태인은 정혜의 집에서 정혜 앞에 고개를 푹 숙인 채 앉아 있었다.

"죄송…… 합니다. 제가 아영이를 그렇게 만들었습니다."

"잘잘못을 따지면 내 잘못이 제일 크지. 넌 잘못이 없어."

그리고 정혜와 태인, 이 두 사람은 오랫동안 말이 없었다. 꼭 말하지 않아도 상대의 마음 정도는 알 수 있었다.

"태인아."

"네?"

한참 동안 말이 없었던 정혜가 입을 열어 부드럽게 태인의 이름을 불렀다.

"난 네가 조금씩이라도 아영이를 지웠으면 해. 잘못은 그렇게 간 그 녀석과 딸이 사랑하는 남자도 마음껏 소개할 수 없게 한 나한테 있지, 넌 아무 잘못이 없어. 그러니까 잡으려고만 하지 말고 놓아줘. 그게 여기 남아 있는 우리가 할 일이야."

"어머니……."

"난 네가 이젠 편안했으면 좋겠어. 아영이도 나와 똑같이 말했을 거야."

태인의 눈에서 눈물이 뚝 떨어진다. 그걸 보는 정혜의 마음도 아프긴 마찬가지였다. 그리고 다시금 후회가 밀려왔다. 자신의 잘못이 다영과 아영 그리고 이 아이까지 아프게 했다는 사실이, 정혜의 심장에 더 깊이 박혀 영원히 아물지 않을 상처로 남았다.

태인의 포장마차.

정혜와 짧은 만남 이후, 자책으로 하루를 보내던 태인도 조금씩 제정신을 찾았다. 그리고 겉으로는 잘 이겨내고 있는 것처럼 평소와 다름없이 생활했다.

금요일, 연인이라면 주말을 어떻게 보람차게 보낼까 상의하고 있을 그 시간, 상우는 동현과 함께 태인의 포장마차에 있었다.

"프러포즈 답을 일주일 뒤에나 해야 한다고?"

동현은 상우가 답답해하며 꺼낸 말에 하하 웃음을 터뜨렸다.

"원래 프러포즈는 남자가 해야 하는 거 아니야? 너 어쩌다가 자기 할 일도 못 찾는 모자란 놈이 됐냐? 동현아, 얘 원래 이랬냐? 아니면 다영 씨 일에만 이러나?"

태인은 작정하고 상우를 놀려댔다.

"콘셉트를 잘못 잡은 거지. 처음부터 하다영에게 주도권을 빼앗기니까 되돌릴 수가 없는 거잖아."

"오호! 하다영은 한상우 약발이 안 먹힌다는 거구나? 그거 듣던 중 반갑다? 내 소원이 상우가 쩔쩔매는 모습을 보는 건데, 앞으로 평생 볼 수 있는 거잖아."

"재미있냐?"

이것들을 친구라고…….

상우는 기분 나쁘게 실실 웃으며 놀려대는 친구들을 노려보며 험악하게 인상을 구겼다.

"오빠?"

상우가 실컷 친구들의 놀림거리가 되고 있을 때, 어떻게 알았는지 민주와 그 친구들이 태인의 포장마차로 들이닥쳤다.

"너희 여기 왜 왔어? 포장마차와 명품 해맑음 무리라, 이거 아무리 생각해도 안 어울리는 조합이다?"

명품 해맑음 무리. 상우가 이들을 두고 비꼬듯 부르는 별명이었다. 공부는 뒷전, 책 보는 시간보다 거울 보는 시간이 더 많고,

영어는 해외 명품 브랜드 이름 외우는 것에만 쓴다고 해서 상우가 지은 것이었다.

"우리도 여기 손님이야. 태인 오빠도 도와주고 좋잖아."

민주는 상우가 이렇게 부를 때가 진짜 싫었다. 처음에는 저희들 전체를 두고 하는 말이라고 생각했기 때문에 별로 신경 쓰지 않았었다. 그런데 상우가 저희를 그렇게 부를 땐 아영이가 없을 때라는 걸 깨닫고부터, 이 별명만 들으면 신경이 곤두섰다. 상우가 아영이를 놀릴 때는 애정을 바탕을 깔고 있어서 어떤 말을 해도 그저 장난처럼 보였지만 아영을 뺀 다른 친구들에게는 사정이 달랐다. 상우의 저 비아냥거림은 100% 진심이었다. 진짜로 한심하게 생각하고 있다는 뜻이기 때문이었다.

"제발 그래라?"

난 너희가 콩으로 메주를 쑨다 해도 안 믿어. 상우의 얼굴은 이 말을 하고 있었다.

"오빠, 내일 뭐 해?"

"다영이랑 데이트하겠지? 주말에 내가 애인 두고 뭐하겠어? 데이트가 아니면, 다영이 도와주는 거로 데이트를 대신하겠지."

당당하게 하다영을 애인이라 말한다. 그리고 동현과 태인도 그걸 받아들이는 모양새다. 민주의 얼굴에 못마땅한 감정이 떠올랐다. 상우는 그걸 봤지만 일단 모르는 척했다. 친구의 가게에서 민주와 하찮은 일로 승강이하고 싶지는 않았기 때문이었다.

"안녕하세요? 태인 씨, 잘 지냈어요? 안녕하세요, 동현 씨?"

오늘 아주 날을 잡아라. 다영까지 등장하자 포장마차 안은 묘한 긴장감에 휩싸였다.

"어머, 이게 누구야? 아영이 동생이네? 다시 말해 짝퉁 아영이. 우리 한 번 봤었는데, 제대로 인사하죠? 나 이민주예요. 아영이 친구."

민주의 비꼬는 말투에 살짝 미간을 찌푸렸던 다영은 곧 빙긋 미소를 머금었다.

"친구? 그래요? 친구군요."

다영은 조금 과장된 음성으로 민주의 인사를 받아쳤다.

"너희 가. 오늘 장사 안 하니까, 딴 데 가서 놀아."

"그래. 빨리 가! 너희 제발 우리 노는 데 오지 마. 어울리지도 않아."

평화로운 이 순간과 앞날을 위해, 태인과 동현은 민주 무리를 빨리 보내려 했다.

"말은 바로 해. 안 어울리는 쪽은 이 여자야! 아영이 동생이라는 걸 이용해서 상우 오빠한테 접근하는 거라고! 야! 너 오빠가 불쌍해서 봐주는 거야! 아영이 엄마한테 자식 취급 못 받고 자랐으면서, 어딜 감히 상우 오빠한테 접근해?"

"야! 이민주!"

화가 끓어 붉으락푸르락한 상우는 사납게 버럭 소리를 질렀다. 하지만 다영은 그런 상우를 향해 싱긋 웃으며 하지 말라며 고개를 저었다. 이건 내 일이니까 나서지 말라는 뜻이었다.

"아영이가 친구 이야기를 왜 안 했는지 궁금했었는데 이제야 알았네. 아영이는 친구 소개하기 창피해서 말 안 했던 거야. 너, 부모님 잘난 것 외에 내세울 게 하나도 없지? 머리에 든 게 똥이니 입에서 나오는 말 또한 똥이고, 재능이 없으면 노력이라도 해야 하는데 게으르기까지 하니 당연히 할 수 있는 일은 없고. 그러니 하루하루가 심심할 테고, 그래서 몸에 돈이라도 처바르자 하는 거야. 결론은 인생 낙오자, 아니면 실패한 인생?"

그래, 하다영이 말로 지면 안 되지.

상우는 대놓고 웃지는 못하고 고개를 살짝 돌려 킥킥 웃음을 터뜨렸다.

"야, 그래도 내 동생인데, 너 그렇게 웃는 건 좀 아니다?"

동현은 다영의 말보다 상우의 행동이 더 눈에 거슬렸다. 아무리 애인이라 해도 애인이 친구 동생과 싸우면 난처한 기색이라도 보여야 하는데 상우는 자기 애인이 한 방 먹인 게 그저 좋기만 한 것 같았다. 하지만 태인까지 웃음을 터뜨리자 할 말을 잃었다. 제 동생이 이들에게 얼마나 한심한 인물이었는지 두 눈으로 똑똑히 봤기 때문이었다.

"야! 이게 보자 보자 하니까?"

여자들 싸움이 어디까지 가나 지켜보고 있던 남자들은 자존심을 구긴 민주가 시퍼렇게 날을 세우고 다영에게 달려들자 흠칫 놀랐다. 하지만 더 놀라운 건 남자들이 움직이기도 전에 다영이 한 행동이었다.

민주가 머리채를 잡으려 하자 가볍게 그 손을 쳐낸 다영이 민주의 멱살을 잡으며 주먹을 올렸다. 그리고 딱 민주의 코앞에서 주먹이 멈췄다. 얼마나 가까운 거리인지, 민주의 두 눈에는 다영의 주먹 외에 다른 것은 보이지 않을 정도였다.

"으이구."

주먹을 내린 다영은 민주를 친구들이 있는 곳으로 밀듯이 놓아주었다. 그리고는 한심스럽다는 눈으로 민주를 보았다.

"싸움하려면 너한테 맞는 상대를 골라! 내가 요즘 인간이 좀 돼서 참았는데, 스무 살 그때였다면 너 병원에 실려 가든가 관 짜서 누웠어. 다시는 내 앞에 나타나지 마라. 다시 나타나서 내 신경 건드리면, 그 몸속에 넣은 보형물들 다시 꺼내야 할 거야. 알아들어?"

민주는 대답조차 하지 못하고 가늘게 떨었다. 제게 주먹을 날릴 때 보인 살벌한 눈빛은 연기가 아니었다. 그게 바로 하다영의 진짜 모습이었다.

'저 여자 뭐야?'

"동생? 내 동생 멋있지. 나중에 무슨 일이 있어도 내 동생과는 싸우지 마. 못 당해. 우리가 감당할 수 있는 차원이 아니야."

갑자기 아영이 한 말이 떠올랐다. 그때는 그게 무슨 말인지 잘 몰랐는데, 지금은 아주 조금 알 것도 같았다.

"나 오래간만에 애인하고 술 한잔하려는데, 그만 꺼져 줄래? 아니면 본격적으로 한 판 할까? 난 지금도 상관없는데."

민주의 친구들은 서로 눈치를 보다 민주를 데리고 밖으로 나갔다. 그러면서도 몇 명은 해맑게 인사하는 걸 놓치지는 않았다.

"아영이 동생, 안녕?"

다영의 입에서 크게 웃음이 터져 나온 건 민주와 친구들이 모두 사라진 후였다.

"쟤들 나한테 왜 인사하지?"

"인사한 애가 예나라고 아영이랑 제일 죽이 잘 맞았던 녀석이에요. 쟤가 바로 다영 씨 만나고 싶어서 부탁했다가 까였던 애거든요."

태인의 설명을 듣고서 다영은 고개를 끄덕였다.

"지금은 아니더라도 나중에 예나는 한 번 봐요. 걔는 성격이 괜찮아."

"네. 그럴게요."

한번은 만나봐도 좋을 것이다. 언니의 친구들이니 어쩌면 아영을 가장 많이 알고 있을 테니까. 다영은 민주 무리가 사라진 문을 힐끔 보았다.

"상우야, 너 말 잘 들어야 할 것 같다?"

동현은 태인과 다영이 대화하고 있을 때 상우의 귀에 작게 속삭였다.

"응. 나 말 잘 들을 거야. 최선을 다해, 기분 맞춰줄 생각이야. 잘못하면 진짜 언어맞을 것 같아."

상우의 얼굴에 비장함이 서렸다. 그런 상우의 모습에 동현은 참지 못하고 풋 웃고 말았다.

"브라보, 브라보······."

지금은 기분이 좋은가 보다. 다영이 기분 좋게 흥얼거리는 노랫소리를 듣던 상우는 잡고 있던 손을 놓고 어깨를 감싸 안았다.

"그동안 아주 많은 평화와 평온을 외쳤는데, 생각해 보니까 지금이 제일 평화롭고 평온한 것 같아."

"다행이야. 난 혹시 네가 아직도 마음에 짐을 갖고 있으면 어쩌나 걱정했는데."

"짐이 있어도 다르겠지. 그전에는 내 옆에 아무도 없다고 생각했었는데, 지금은 엄마도 있고, 애인도 있고, 걱정해 주는 사람도 많잖아요."

"그래. 그것만 기억하면 돼."

상우는 그녀를 꽉 끌어안으며 이마에 가볍게 입을 맞췄다.

"상우 오빠."

"애교 부릴 타이밍이네? 왜? 뭐?"

다영을 보는 상우의 눈빛에 사랑이 넘쳤다. 다영도 그런 상우의 마음을 알고 있었다. 그리고 그가 이렇게 자신을 보는 게 좋았다.

"우리 여행 갈래요?"

"여행?"

"나 월요일 쉬는데. 현주랑 그렇게 합의했는데, 월요일에 재판 없다고 했죠? 내 기억으로는 의뢰인도 안 만난다고 했던 같은데?"

"그래서 내 스케줄을 물었구나? 누구 애인인지 모르겠지만, 그런 철저함이 마음에 들어."

"한상우 애인."

"그렇지."

상우는 만족스럽다는 표정으로 고개를 끄덕였다.

"이 길 처음 갈 때 생각난다. 그때는 이 남자랑 절대로 엮이지 말아야 했는데, 그때 생각했던 것들이 다 어그러졌네?"

"또 뭐 있었는데?"

"알고 싶은 걸 다 알아내면, 이곳하고 인연 끊으려고 했죠. 영원히."

"난 그게 시작이라고 생각했어."

상우는 감싸 안았던 팔을 풀고는 다영의 손을 꼭 잡았다.

"시작이요?"

"하다영과 한상우의 시작. 사실 장례식 이후에 나 가끔 너 찾아갔었어. 핑계는 다영이가 어떻게 지내는지 보고 정혜 이모께 알려주기 위함이었지만, 사실 보고 싶었거든. 어떻게 하다영에게 접근해야 하나 망설이고 있었는데 핑곗거리가 딱 생긴 거지."

"언니의 남자, 언니의 약혼자, 그때는 정말 상상도 못 할 일이었는데, 내가 어쩌다 이렇게 됐지?"

한 치 앞도 못 보는 게 인생이라더니 정말 그런 것 같다. 이 남자와 이렇게 되리라고는 정말 꿈에도 생각 못 했기 때문에 다영은 지금 자신의 모습이 정말 낯설었다.

"내가 인간성이 좋아. 하다영의 까칠한 성격 다 받아줬잖아. 역시 난 기특해."

상태가 저 정도면 중증인데, 나중에 하얀 병원에 자주 들락거리는 거 아니야?

다영은 자신이 잡으면 안 될 상대를 잡은 건 아닌가 하는 불안감에 휩싸였다.

"결혼은 언제 할까?"

"무슨 결혼? 프러포즈 대답도 못 들었는데?"

"그건 네가 못 하게 했잖아! 할 대답도, 들을 대답도 이미 나와 있는데 그걸 질질 끌어야 하는 내 마음 좀 생각해 주면 안 돼? 안 그래도 자존심 상해 죽겠는데."

나란히 걷던 그들은 누가 먼저랄 것도 없이 동시에 멈추고는 서로 얼굴을 보며 마주 보았다.

"왜?"

"프러포즈는 내가 근사하게 하려고 했단 말이야. 다 계획해 놓았었는데. 이게 뭐야?"

"그럴까 봐 먼저 한 거예요. 나 그런 거 오글거려서 싫거든. 그래도 하고 싶으면 해요. 한 십 년 뒤에. 그때는 나도 마흔이 눈앞일 테니까, 이벤트 좋아할 수도 있어요. 변하겠죠. 십 년인데."

"뭐? 아! 프러포즈는 네가 먼저 했어! 십 년 뒤에 결혼할 거 왜 먼저 프러포즈했어? 그럴 거면 십 년 뒤에야 하지?"

"내 것이니까 침 발라 두려고요. 어디 못 가게. 할 것 다 하면서 살다가 결혼은 십 년 뒤에나 하자고요."

"할 것 다 하는 게 뭔데?"

"다. 결혼식만 빼고 다. 나 드레스 맞춰 입고, 결혼식 하고, 피로연 하고 그런 것 싫어."

결국, 귀찮아서 결혼식은 안 할 생각이라는 뜻이다. 쌍둥이가 정말 다르다. 아영은 받고 싶은 프러포즈도 있었고 결혼식에 대한 꿈도 있었다. 그래서 상우는 태인에게 아영의 취향을 하나하나 알려주기도 했다. 그런데 정작 앞에 있는 인간은 여자들이 꿈꾸는 모든 것들이 귀찮아서 싫단다.

'나 제대로 가는 것 맞나?'

상우는 자신이 가는 길이 옳은 길인지 심각하게 생각하게 됐다.

"그래도 한상우니까."

다영은 상우 가까이 다가와 뒤꿈치를 들고 가볍게 입을 맞췄다.

"그쪽이니까 함께할 생각도 하는 거예요. 다른 남자 같으면 생각도 안 하고 혼자 살겠죠. 누구랑 함께 사는 거 귀찮아서 싫어요. 한상우니까, 내 남자인 상우 오빠니까, 함께 있자는 거죠."

이길 수 없다. 절대로. 그래. 네가 하고 싶은 대로 다 해. 네가 원하는 건 다 해줄 테니까.

상우는 소리 없이 빙긋 웃으며 다영을 끌어당겼다. 그리고 입을 맞췄다.

키스할 때마다 느끼는 거지만 상우는 참 마음과 몸이 모두 따뜻한 사람이었다. 머리가 복잡할 때마다 상우는 마치 다 알고 있다는 듯 감싸 안아주었다. 그러면 머리가 맑아졌고, 힘들었던 마음이 풀리고, 이내 평온해졌다.

그러다 보면 드는 생각. 다 잘될 거야. 지금 복잡해도 언젠가는 풀리겠지.

"사랑해요."

달콤한 다영의 고백에 상우는 마음을 모두 담은 깊은 키스로 답을 대신했다.

[정말 결혼 안 할 거야? 너희 함께 산 지 벌써 일 년이야. 같이 살면서 결혼은 왜 안 하겠다는 건데?]

"엄마, 혼인신고도 했는데, 결혼식이 무슨 의미예요? 그냥 이러고 살래요. 귀찮아."

[넌 귀찮아서 싫다고 치자, 상우는 생각 안 해?]

"그 사람과 합의한 내용이에요. 그러니까 힘 빼지 말고 주무세요. 나 일 있어서 공방 다시 들어가니까 괜히 또 전화하지 마세요. 결혼 문제로 일 방해하시면 화낼 겁니다. 아시겠어요?"

정혜의 잔소리에서 빨리 벗어나고 싶었던 다영은 자기 할 말만 하고 서둘러 통화를 끝냈다.

머리가 아팠다. 결혼식을 안 하면 하늘이 무너지기라도 하는지, 요즘 정혜의 최대 목표는 결혼식인 것 같았다.

"다영아!"

공방에 도착한 다영이 문을 열고 들어섰을 때 친구인 현주가 뛰어오며 그녀를 툭 쳤다.

"왔어? 쉬고 있었지?"

다 만든 가구에 문제가 생겨 다영은 서둘러 현주에게 전화를 걸었고, 퇴근 한 시간 만에 다시 공방으로 재출근하는 일이 벌어진 것이다.

"어쩔 수 없지. 넌? 상우 씨 뭐라 안 해? 일 처음부터 다시 한다고 했어?"

"출발할 때 전화하니까 그때 막 사무실에서 출발하려 한다고 했었거든. 간식 사 들고 잠깐 들른다고 했으니까 오면 손 좀 거들라고 해야지."

지난 일 년간 월급 달라고 할 만큼 상우는 다방면으로 공방 일꾼 역할을 톡톡히 했다. 오죽했으면 상우가 자기 정체성이 변호사인지 공방의 직원인지 모르겠다는 말까지 했을까. 다영은 이 말을 하면서 고개를 푹 떨어뜨리던 상우를 떠올리고는 킥 웃음을 터뜨렸다.

"열심히 하자! 하다 보면 제대로 잡을 날이 있겠지."

기운을 불어넣으려는 뜻에서 다영은 강하게 말하고는 공방 문을 열었다. 덜커덩 소리가 들리고 누군가 후다닥 뛰어와 다영을 밀치고는 달아났다.

"도, 도둑이야!"

날카로운 다영의 고함이 주위를 울렸다.

"다영아!"

간식을 사 들고 공방으로 향하던 상우는 공방에 도둑이 들었다는 다영의 전화를 받고 평소보다 더 서둘러 도착했다.

"괜찮아? 어디 다친 곳은 없어?"

여기저기 다영을 살피던 상우는 두 눈으로 모든 걸 확인한 다음에서야 안심할 수 있었다.

"한상우 변호사님?"

일을 당한 다영보다 더 놀란 듯 떨리는 심장을 겨우 진정하고 있을 때 뒤에서 자신을 부르는 여자의 음성이 들려서 돌았다.

"어? 조 형사님!"

상대를 확인한 후 상우의 얼굴에 미소가 번졌다.

"이분이 한 변호사님 와이프였구나? 얼마나 대단한 분이기에 한 변호사님을 잡고 사나 했더니, 역시 대단하세요?"

여 형사는 호탕하게 웃으며 엄지를 들어 보였다.

"여기 웬일이세요?"

"저분이 도둑을 잡으셨어. 그런데 아는 사이……?"

다영은 상우와 도둑을 맨손으로 때려잡은 무적의 여 형사를 번갈아가면서 보더니 설명 좀 해 달라는 눈빛으로 상우를 보았다.

"사건 때문에 자주는 아니더라도 가끔은 보지. 내가 아는 한 제일 유능한 형사님이셔."

그런데 형사가 왜 이 동네에 있는 걸까? 혹시 이 동네에 범인이 사는 걸까?

다영은 불안한 눈으로 상우의 팔을 꼭 잡았다.

"하다영 씨가 더 대단한 것 같은데요? 평범한 사람 같으면 이 야밤에 도둑 쫓을 생각은 안 할 것 같은데, 위험할 뻔했던 건 아시죠?"

"야! 너?"

이게 미쳤나?

간이 크다 못해 배 밖으로 나온 게 아니고서야 여자가, 그것도 이 밤에, 무기를 들었을 가능성도 있는데 아무 대책도 없이 도둑을 쫓았다는 게 믿어지지가 않았다. 아니, 까딱 잘못했으면 무슨 일이 있었을지도 몰랐다는 사실에 등골이 서늘했다.

"그럴 생각은 아니었어. 그냥 조금 쫓다가 말 생각이었다고."

대충 둘러댄 다영은 슬쩍 상우의 시선을 피했다.

"거짓말. 다영 씨 지금 거짓말하죠?"

이 여자는 오늘 처음 봤으면서 나랑 무슨 감정 있나?

다영은 원망을 담아 여 형사를 힐끔 보았다.

"용감한 건 좋은데 엄청 위험했었어요. 다음부터는 그런 무모한 행동 하지 마세요. 돈 잃고 끝냈을 일을 사람까지 상하게 되면 안 되는 거잖아요. 나쁜 놈 잡는 건 경찰을 믿고 맡겨주세요. 아셨죠?"

참 할 말 없게 만든다. 다영은 고개를 푹 숙이고는 '네' 하고 대답했다. 잘못한 건 잘못한 거니까 인정한다는 뜻이었다.

"그나저나 조 형사님은 왜 여기 있어요? 혹 여기 탐문 오신 거예요?"

"아니에요. 사실 저 여기 가구 공방 찾아온 거예요. 가구 주문 좀 할까 해서. 일이 많아 이리저리 미루다가 이 동네를 지나가게 돼서 혹시나 하고 와본 거거든요."

"아! 결혼하시죠? 얘기 들었어요. 축하해요."

"네. 가구는 나중에 주문하고, 이 지역 관할 경찰서에 들어가 봐야 할 것 같아요. 마무리는 제가 할게요."

여형사는 다영에게 나중에 찾아뵙겠다는 말을 남기고 사라졌다.

"네가 겁이 없는 건 잘 알고 있었지만……."

할 말이 없다. 너무 기가 막혀서.

다영과 상우 사이에 이상 기류가 흐르자 현주는 눈치를 보며 슬금슬금 피했다. 아니, 불똥이 자신에게 튈 것이 두려워 피신했다고 해야 옳았다.

"진짜 쫓다가 말려고 했다니까! 진심이야."

"거짓말이라고 했잖아. 조 형사가."

"내 말을 믿어야지. 어떻게 형사 말을 더 믿을 수가 있어? 나 살짝 기분 나빠지려고 해."

"조 형사 주특기가 범인들 표정 읽기야. 거짓말하는 건 단박에 알아맞힌다고! 지금 이 상황에서 네가 나라면 누구 말을 더 신뢰할 것 같아?"

"형사."

단 일 초도 생각 안 하고 바로 대답이 나오자 다영은 자기가 생각해도 웃겨서 킥킥 웃었다.

"웃냐? 난 지금 심장이 덜컹했는데, 넌 웃겨?"

"아니 그게…… 미안해. 상우 오빠, 내가 잘못했어요."

상우의 기분을 풀어줄 요량으로 다영은 애교까지 부리며 화사하게 웃었지만, 그의 표정은 일그러진 그 상태 그대로 굳어 있었다.

"다시는 안 그럴게. 진짜 안 그럴게. 맹세할게. 그러니까 화 풀자. 응? 상우 오빠, 제발……."

"내가 미쳤지."

다영은 상우의 팔을 꼭 끌어안으며 어깨에 머리를 기댔다. 이런 다영의 행동에 좀 더 길게 화내야 한다는 걸 알면서도 상우는 결국 웃어버리고 말았다.

"그냥 넘어가면 안 되는데……."

이렇게 어이없이 풀려 버린 자신이 미워서, 상우는 머리를 움켜쥐며 괴로움에 몸부림쳤다.

"결혼식? 하긴, 정혜 이모도 많이 참으시긴 했지."

늦은 밤. 다영과 상우는 나란히 침대에 누웠다.

"그래서 혼인신고도 했잖아. 그거면 됐지 뭐가 더 필요한지 모르겠어."

공식적으로 상우가 다영의 집으로 들어온 후, 정혜는 결혼식이 싫으면 혼인신고라도 해두자며 몇 달 동안 다영을 달달 볶았다. 더는 정혜에게 볶이기 싫었던 다영은 버틸 수 없는 지경에 이르러서야 혼인신고를 허락했다. 그리고 결혼식을 주제로 지금 몇 달 동안 또 볶이는 중이었다.

"회사에서 손을 떼시더니 시간이 남아도는 것 같아. 그냥 다시 출근하시라고 하면 안 되나?"

"하다영 엄마 노릇에 충실하겠다며 회사까지 그만두신 분께,

하다영이 귀찮아하니 다시 회사에 나가시라 하라고? 말이 된다
고 봐?"

"그 회사는 위기 같은 거 없어? 그러면 엄마 어쩔 수 없이 복귀
해야 하는 거잖아."

"불효막심한 딸 같으니라고."

상우는 빙긋 웃으며 상체를 들어 위에서 그녀를 내려다보았다.

"이모는 자신이 직접 만든 웨딩드레스를 너한테 꼭 입혀주고
싶은 거야."

"싫어. 엄마 인형 놀이에는 절대로 동참하고 싶지 않아."

"요즘은 스몰 웨딩이 유행이라던데, 우리 그거 어때? 준비는
내가 다 할 테니까, 넌 그날 결혼식만 올리면 될 텐데."

"불편한 드레스 입고 고생하는 건 좀⋯⋯."

"내가 이모께 말씀드릴게. 최소한 간편하게. 웨딩드레스가 아
니라 예쁜 원피스처럼 만들어달라고. 가족하고 친한 친구들만
초대해서 밥 먹고 결혼한 걸 알리는 선에서 간단하게 하면 그렇
게 힘들지 않을 텐데, 안 될까? 너도 이젠 느끼겠지만 이모 그냥
대충 넘기실 분이 아니잖아. 이모 기준에는 안 맞추더라도 대충
흉내는 내야 잠잠해지실 거야."

상우는 달콤하게 웃으며 다영의 입술에 짧게 입을 맞췄다.

"다영아, 그렇게 하자. 내 생각엔 그게 적당한 합의점 같은데."

다영은 고민에 빠졌다. 이대로 계속 어머니의 시달림을 당하느
냐, 아니면 상우 말대로 적당한 선에서 합의하느냐.

어떤 것이 더 싫고 힘들까?

답은 간단하게 나왔다. 더 싫고 힘든 쪽은 어머니였다. 정혜는

절대로 포기 안 할 테니, 한 발씩 물러나는 게 몸과 정신 모두에게 좋은 일이었다.

"엄마가 허락해 주실까? 난 자신 없는데."

"내가 자신 있어. 내일 가서 허락받을게."

"알았어. 그렇게라도 해야 두 어머니께서 안심하신다면 어쩔 도리가 없지."

"역시, 내 예쁜 꼬마 아가씨야."

상우의 입술이 내려와 다영의 입술과 겹쳐졌다. 입술을 빨자 다영은 자연스럽게 입을 벌렸다. 그리고 따뜻한 숨결이 오갔다. 조금씩 거칠어지는 숨소리. 하나씩 벗겨지는 옷가지들. 키스가 깊어질수록 서로를 원하는 몸짓도 그만큼 과감해졌다.

"하……."

상우의 입술이 목을 타고 아래로 내려갈 때 찌릿한 느낌이 다영의 몸 깊은 곳에서부터 퍼져 나갔다.

심장은 뛰었고, 공기가 몸 안으로 들어왔다가 빠져나갔다. 내쉬는 숨결 속에 가는 신음이 섞였다.

뜨거워진 체온, 상우에 대한 갈망으로 한껏 물을 머금은 그곳. 다영의 고개가 뒤로 젖혀지고 허리가 뒤로 휘어질 때, 상우는 비로소 그녀와 하나가 됐다.

다음 날, 정혜의 집.

"정말 결혼식 한다고 했어?"

상우가 가지고 온 좋은 소식에 나희의 얼굴에 웃음꽃이 피었다.

"네."

"고집, 고집, 황소고집보다 더한 녀석."

정혜는 나희와는 반대로 질린 듯한 얼굴로 고개를 절레절레 흔들었다.

"고생하셨어요, 이모."

"조금만 더 버텼으면 내가 포기했어. 걔는 기본이 5~6개월이 야?"

"그래도 짧게 갔어요, 저는 몇 년 걸릴 줄 알았거든요. 이모니까 가능했던 거예요. 도와주셔서 감사합니다."

"그래, 과정이 어떻든 우리 뜻대로 됐잖아! 난 안 될 줄 알았더니, 상우 계획이 다 먹혔어."

"제가 말씀드렸잖아요. 다영이는 귀찮은 거 딱 질색이라고."

"역시 우리 상우야. 잘했어. 잘했어, 내 아들!"

나희의 해맑은 웃음에 정혜와 상우의 입에서도 웃음이 터졌다.

이 주일 뒤.

상우로부터 주소가 적힌 문자가 날아오자 다영은 이게 무슨 뜻인지 몰라 고개를 갸웃했다. 하지만 곧 점심 먹게 현주랑 함께 오라는 문자가 날아오자 그냥 간단하게 점심이나 먹을 거라 생각하고 약속 장소로 향했다.

얼마 뒤 약속 장소 입구에 다다른 다영은 바로 도망가기 위해 뒤돌았다.

거긴 음식점이 아니었다. 누구 소유인지는 모르겠지만 별장이었다. 그리고 곧 다영은 이 별장이 상우의 집안 소유라는 것을 알게 되었다.

저 멀리 강이 흐르고, 넓은 마당이 그림같이 펼쳐진 곳에서 야외 결혼식 준비가 한창이었다. 그 순간 다영은 여기가 자기 결혼식장이라는 걸 알아챘다.

"가긴 어딜 가? 결혼식은 하고 가야지."

그리고 현주 손에 딱 잡히고야 말았다. 친구가 아니라 스파이를 옆에 둔 모양이다. 다영은 현주를 무섭게 노려보며 이를 바드득 갈았다.

"안녕하세요?"

해맑게 웃으며 다가오는 두 명의 여자. 분명히 어디서 본 것 같은 생각에 기억을 떠올려 보던 다영은 예전에 태인의 포장마차에서 잠깐 만났던 아영이 친구를 기억해 냈다.

"어? 아영이 친구……."

"정예나라고 해요. 이쪽은 나미연, 우리 둘 다 아영이 절친이에요."

"아! 예. 그런데 왜……."

다영은 잔뜩 경계하며 뒤로 한 걸음 물러섰다.

"오늘 저희 둘이 신부 스타일리스트예요."

"네? 시, 신부요?"

"저희가 자격증은 없지만 반전문가예요. 믿고 맡기셔도 돼요. 그럼 갈까요?"

예나와 미연은 다영의 팔을 하나씩 잡고 죄수 연행하듯 강제로 데리고 갔다.

"현주야! 현, 현주야!"

당황해서 친구의 이름을 애타게 부르는 다영을 향해 현주는 빙긋 웃으며 손을 흔들어주었다.

다영이 끌려간 곳은 집 안이었다. 거실에서는 사람들이 부산스럽게 움직이고 있었다.

"신부 왔네?"

여기저기서 이런 말이 들렸다. 그렇게 끌려 들어간 방. 다영은 벽에 걸린 웨딩드레스를 보며 눈이 휘둥그레졌다.

"역시 아주머니야. 대박이지 않아?"

예나와 미연은 웨딩드레스가 상당히 마음에 드는 눈치였다.

"자, 변신을 시작해 볼까요?"

예나는 메이크업 박스들을 가리키며 방긋 웃었다.

"서, 설마……."

"세상에서 제일 예쁜 신부로 만들어 드리겠습니다. 앉으세요, 신부님!"

예나와 미연은 다영을 강제로 소파에 앉히고는 메이크업 박스를 끌고 왔다.

"한상우!"

다영은 고개를 돌려 창문을 보았다. 그 순간 창문 너머 마당에서 친구들과 이것저것 확인하고 있는 상우가 눈에 들어왔다. 다영은 사납게 상우의 이름을 불렀다. 그리고 온몸의 분노를 모두 담아 상우에게 고함을 질러댔다.

"한상우 너 죽었어!"

근사하게 턱시도를 갈아입은 상우는 이번 결혼식을 주도적으로 준비한 태인과 동현에게로 다가갔다. 그리고 결혼식 세팅이 잘되었는지 하나씩 확인했다.

"한상우!"

집 안에서 다영의 날카로운 목소리가 뚫고 나와 귀에 꽂힌다.

"한상우 너 죽었어!"

다영의 분노를 느낀 순간 움찔한 상우는 그대로 몸이 굳어버렸다.

"어째 너 오늘 살아남긴 힘들 것 같다?"

태인은 혀를 쯧쯧 차며 고개를 저었다.

"결혼식이 장례식이 될 것 같은 이 무시무시한 예감은 뭐지?"

상황이 재미있다는 듯 동현은 아주 얄밉게 히죽 웃었다.

"그래도 사람을 죽이지는 않아요. 죽기 직전까지 팰 수는 있겠지만."

현주는 빙긋 웃으며 다가와 상우의 어깨를 톡톡 두드리며 기운을 불어넣어 주었다.

"오늘 딱 하루만 죽었다 생각하고 있으면 돼. 저 성격에 그냥 넘어가지는 않겠지만, 설마 자기 남편을 죽이기야 하겠어요?"

"현주 씨, 그거 위로인가요?"

상우의 음성이 가늘게 떨렸다.

"음…… 그렇겠죠?"

상우는 어색하게 웃으며 잘 정돈된 머리를 움켜쥐었다. 하지만 곧 '아자!' 하고 기합을 불어넣으며 크게 숨을 들이마셨다가 내쉬었다.

"할 수 있다! 할 수 있다! 할 수…… 있겠지?"

처음 기운차게 시작한 말이 울먹이며 끝난다.

상우의 이 모습에 현주와 동현 그리고 태인은 동시에 하하 웃음을 터뜨렸다.

친한 지인 몇몇만 초대한 스몰 웨딩이었다. 처음엔 상우를 잡아먹을 것처럼 으르렁거리던 다영도 곧 빙긋 미소를 머금었다. 골치 아픈 순서는 모두 생략한 결혼식은, 둘이 평생토록 의지하고 사랑하며 살겠다는 맹세를 끝으로 모두 끝이 났다.

"결국 이렇게 결혼을 하네. 말도 안 하고 갑자기 이렇게 뚝딱 결혼하는 게 어디 있어?"

주변 사람들의 축하를 받으며 다영은 나지막하게 속삭였다.

"말하면 하자 했고? 계속 미뤘을 거잖아. 귀찮아서."

"하긴. 난 귀찮은 건 딱 질색이니까."

다영은 시원하게 인정하고는 하하 웃었다.

"결혼식 어때? 마음에 안 들어? 안 들면 다시 하고."

"마음에 들어. 진짜 엄청 마음에 들어!"

결혼식을 다시 하는 건 정말 싫은 듯 다영은 정색하며 말했다.

"다행이다. 마음에 든다니."

상우는 픽 웃으며 다영의 이마에 가볍게 박치기를 했다.

"한상우 사랑한다."

다영은 장난스럽게 고백했다.

"나도."

"한눈팔면 죽어!"

다영이 주먹을 내보이자 상우는 풋 웃음을 터트렸다.

"나도!"

"한상우는 영원히 내 것이며 내 편이야. 맞지?"

상우는 다영의 볼에 짧게 입을 맞추고 꽉 끌어안았다.

"당연하지. 한상우는 하다영의 껌딱지야. 절대로 안 떨어져. 죽어서도 꼭 붙어 있을 거야. 하늘에 대고 맹세해."

상우의 맹세에 다영의 얼굴에 화사한 미소가 떠올랐다.

〈The End〉

작 가 후 기

송명순입니다.

저는 사실 작가 후기가 제일 어려워요. 뭘 써야 할지 모르겠어요.

'언니의 약혼자'는 연재할 때 제목이 '언니의 남자'였어요.

이 소설은 여주를 중심으로 가족 개개인의 숨겨진 이야기가 주요 내용이에요.

대화가 단절된 가족이 붕괴되고, 서로 각자 찢어지면서 오해가 눈덩이처럼 커지고 상처가 깊어지죠.

여주를 아프게 했던 가족들에겐 다 각자의 사연이 있어요. 그게 이해가 되는 경우도 있고 안 되는 경우도 있겠죠. 우리가 사는 게 다 그렇지 않을까 싶어요. 가족이라고 다 알 수는 없는 거니까.

남주는 처음부터 강한 성격을 부여받지 못했어요. 여주를 앞에서 끌어주는 역할이 아니라 뒤에서 잡아주는 역할이었거든요.

남주가 주도해서 여주의 상처를 극복하는 게 아니라, 여주가 스스로 극복했으면 좋겠다는 생각을 했었고, 남주는 뒤에서 든든하게 지켜줄 정도의 성격만 받은 거죠.

죽은 아영이는 연재 때 욕을 가장 많이 먹은 역할이에요. 거의 사이코패스 악조였죠.

어린 시절 이야기가 크게 다뤄지지는 않았는데, 저는 아영이도 어린 아이였다는 생각을 했습니다.

처음에는 욕먹을 상대가 필요했고, 그래서 아영이를 전면에 내세웠죠. 그런데 마지막에는 설명을 해주고 싶었어요. 아영이도 상처 받은 아이였다고.

연재가 3월에 시작해서 5월에 끝났어요.

쓰는 동안에는 가족과 대화를 많이 해야겠다는 생각을 했습니다. 오해가 오해를 부르기 전에.

끝으로 책이 나올 수 있게 도움을 주신 분들 감사합니다.